柒 大梦…… 161

陆 震怒…… 129

伍 分歧…… 103

拾 归宿…… 229

玖 把戏…… 205

捌 最后一面…… 183

番外一 掌印莫气… 258

番外二 师徒默契问答… 261

番外三 长生殿一别… 263

目录

肆	叁	贰	壹
祥瑞	银狐	护短	纸鸢
076	057	026	001

"臣往后会陪殿下走去更高的地方。"

 纸鸢

草长莺飞二月天，宫里夹竹桃、洋榆槐一水儿长起来，繁似宫中琉璃灯。

几匹毛发顺滑的骏马列成一排。

齐轻舟几个晚上没睡，改装好的新风筝总算派上用场，他兴冲冲地招呼了一溜儿殿里的小宫女小太监到上林苑一展身手。

少年手脚利落地卸了装备，缠上控线，定好顺风的方位，"哗"一声起跑。脚尖点地，身姿轻盈地从春池镜面上掠过，灵敏得如春宫柳梢上的一只白鸟。

"来！把你们的本事都拿出来！看谁的飞得最高，本王有赏！"

头顶落下之声清越如溪泉撞石，隐含少年人特有的蓬勃和洒脱。

地上的人整齐划一地抬头，看头顶上飞过的青影，青白月牙色的衣袂猎猎翻飞。

长欢殿的几个宫女小厮年龄相仿，正是爱玩儿的年纪。齐轻舟又是个随和的主子，一时之间，空中便飘起了千奇百怪的风筝。

齐轻舟的贴身太监宝福人胖，拉着绳儿气喘吁吁地跑："殿……殿下，赏什么？"

侍卫身形利落地从他身边掠过，笑讽道："啧，宝公公这线都还没拉起来就想着讨赏赐了。"

掌事大宫女樱灵一面导风，一面朝站在树尖的主子担忧地喊："殿下，太高了，快下来！别摔着了。"

齐轻舟充耳不闻，笑眯眯地踮了踮脚，身形一闪，又跳到另一枝翠绿的树杈上去。

一个年纪小些的宫女手上的九天娘娘风筝险些要越过齐轻舟放的那一个。

长欢殿向来没那么多拘束规矩，她也不故意给主子放水，笑嘻嘻地道："各位承让，殿下今日这份赏，看来是我的了！"

"瑶华，真不错！你这风筝的模样也是今日里最好的！"齐轻舟大方地夸她。

"樱灵姐姐给我缝的！"小宫女仰头朝树梢上站着的主子回道。

"那就都有赏！"齐轻舟玩得尽兴，大手一挥，抬眼瞧见几个人往这边走来，嘴边的笑意敛下来。

李尚和几个太子党到上林苑跑马射箭，仰头望天，无端出现一尊栩栩如生的菩萨。

吏部侍郎家的小儿子董吉一双斗鸡眼蓦地睁大："李哥，你瞧天上边的是什么？"

几人纷纷抬头，青天日光太盛，看不太清。

"这……这莫不是上仙显灵吧？"

"愣着干什么？赶紧拜啊！"

"哈哈哈哈哈哈，几个傻蛋，还真以为九天娘娘下凡尘。"

"也没拜错！本就该他们拜咱们殿下。"

齐轻舟和宫女太监没憋住，越笑声音越大。

这几个人平日里在南书房没少捉弄齐轻舟，今日被齐轻舟逮到机会，可不得好好发挥发挥。

等几个人惊觉被耍，脸上臊得一阵青一阵白，丢脸丢到姥姥家了。

李尚是当朝太子的陪读，皇后外家李丞相的嫡长孙，叫皇后一声姑姑，喊太子一声表哥。

与齐轻舟结怨已久。

即便齐轻舟这个皇子还算受隆宠，他也是不放在眼里的。

虽说齐轻舟生母陈皇贵妃是齐盛帝心中的白月光，但已故去多年，外家虽是圣疆大将军，但又远在边疆，鞭长莫及，连最宠齐轻舟的皇太后也在去年驾鹤西去。

李尚心里门儿清着。虽说皇帝喜欢齐轻舟的性子，但皇帝耳根子软，又沉迷炼丹，一年也不见几次外人，这宫里还不是他皇后姑姑和太子表哥说了算。

平时他就最看不惯齐轻舟明明半点倚仗没有还成天一副逍遥自在的快乐神仙模样，今日这股怒火更是让他恼羞成怒，直接动手。

齐轻舟自然也不是什么省事的主儿，平日里李尚那点脏手脏脚的下作小伎俩他没放在眼里，但今天都直接招呼到他面前了，那必须不能忍！

他朝自己身后的人一喝："姑娘家的都退后，其他人给本王上！"

齐轻舟那点儿三脚猫功夫也就够他自个儿在树上跳来跳去混着玩儿，真要动起手来，完全不占什么上风。

几个小太监哪里敢真动手，上前想把扭打在一团的两人拉开，居然还分不开！

一个是深得圣心的皇子，一个是太子眼前的红人丞相的嫡长孙，上林苑的管事公公吓得双腿打战地去禀告皇后。

李皇后跟太子正在御花园里下棋，齐亦风听罢，唇角一扬："不承想儿臣这位表哥，还能有这样的表现。"

看来看草包也有草包的用处。

李皇后蔻色的五指抚上翠金云鬟玉簪，淡淡地饮了口茶："既如此，桂嬷嬷你就去给宫中立立规矩，只管说是传我的话。"

桂嬷嬷在宫中活了几十年，一听这话，哪里还有什么不明白的，中气十足地回道："娘娘放心，老奴晓得。"

桂嬷嬷带着一溜儿开的凤宫侍卫到上林苑时，两个人还在纠缠在一块儿，你一脚我一拳，侍卫上前三下五除二将两人分开。

长欢殿的几个小太监小宫女被吓得魂都出来了，桂嬷嬷是皇后的一把好手，在下人面前的淫威跟她的年纪辈分一样。

连李尚也不得不恭敬地喊了她一声："桂嬷嬷，你来了。"齐轻舟拂了拂脏兮兮的袖子，没动，哪里有主子问奴才安的理儿。

桂嬷嬷面无表情地虚福了一礼："见过七殿下。"

齐轻舟虽然封了王，但那是在陈皇贵妃最得宠的时候破例封的，他才不到十岁，没有封号赐字，后来陈皇贵妃故去，不知怎的这事就不了了之。这个"王"成了宫里尴尬的名位，是以众人还是称他一声七皇子殿下。

桂嬷嬷开门见山，装模作样地问了管事公公几句话，径自下了论断："几位主子正当年龄，贪玩好斗些是常见的。"

上了年纪的老太婆一张皮肉松弛的苦瓜脸上倒三角眼一斜，阴森的眼神跟刀子似的往齐轻舟身后的几个小太监小宫女身上刮过："但下面的人不劝着拉着主子反倒煽风点火起哄看笑话，扰了宫里的清静，那便是罪无可恕的了。"

"关文、关武，帮我好好教训这群不知好歹的东西！"

齐轻舟眉头狠狠一拧，大声喝道："退下！桂嬷嬷是个什么身份，敢来动我的人？"

桂嬷嬷有靠山，得了皇后的令有恃无恐，慢悠悠地道："七殿下还是不要难为老奴了，皇后娘娘要给宫里立立规矩，老奴也是依旨办事。"

犀利精明的眼神往樱灵宝福身上刮过："再说，奴才生来就是给主子消灾渡罪的，什么样的主子什么样的命数，这点儿小罚，是他们的福分。"

003

意思是跟了齐轻舟这么个主子，是他们命数不好。

桂嬷嬷大手一挥，一群侍卫呼啦啦地上前。

齐轻舟直接挡在人面前，双手一振："我倒要看看谁敢动！"

几个侍卫被这清亮的声音制住了手脚，齐轻舟再怎么说也是风头正盛的皇子。

桂嬷嬷不为所动，声如洪钟："擦亮眼睛看清自己的主子，你们是想违抗皇后娘娘的懿旨吗？"

几个侍卫不再犹豫，将齐轻舟拉开，对长欢殿的下人利落地动起手来。

男的打板子，女的掌嘴，一时之间，满地哀呼。

齐轻舟被反手扣住，眼睁睁地看着自己的人在自个跟前儿挨打，气得眼角发红，双脚乱蹬："放肆！你们敢！"

"谁准你们动我的人！"

"住手！给我住手！"

板子落下的声音和掌嘴的声音格外刺耳，李尚几个人在桂嬷嬷身后挤眉弄眼，一脸幸灾乐祸、小人得志的笑容。

桂嬷嬷皮笑肉不笑，弯下腰挤着一双倒三角眼，平视齐轻舟愤怒的眼睛："我劝七殿下还是省省力气，奴才都是驯出来的，不给点颜色永还以为自己头上罩着多大尊佛，心里没个分寸。"

齐轻舟以一个屈辱的姿势被侍卫压制着，亲眼看着板子一次次落下，心脏都要气得爆炸。他宫里的宫女小子们年纪还都不大，哪里禁得起这顿毒打。

他一个猛劲儿挣开压制他的侍卫，朝桂嬷嬷扑去。

那一下子，用了十成十的力。

"哎哟喂。"桂嬷嬷一个老婆子哪禁得住一个半大小伙子的力量，惨叫一声，被撞到在桥边墩子上，惊慌的小宫女们七手八脚地来搀她。

嬷嬷乌鸦般嘶鸣起来："要命啦，来人啊，老奴的腰都折了。"

对着在场一群人哭天抢地："皇后娘娘快来给老奴做主啊，你们大家伙可都看见了啊……"

正闹成不可开交之时，远处传来一个番子嘹亮的声音："何人大胆？敢在宫中撒野！还不向掌印请安！"

这名头让众人皆是一惊。连刀枪不入、软硬不吃的桂嬷嬷都眼角一抖，赶紧收了破锣嗓子爬起来，福了身子问安。

毕竟这"九千岁"在宫里可是比万岁还厉害的角色。

周围哗啦啦跪了一地。

唯有齐轻舟没动,他抚了抚被拉皱的衣角,端端站着,脊背如玉山笔直。

还是那个理,再权势滔天的权臣也轮不到他这个皇子屈膝请安。

他稍稍抬起下巴,看了一眼端端坐在轿辇上的人,怔了一瞬,觉着这个人比他上次见到的时候又漂亮了几分。

那身影一袭红衣,慵懒地斜坐在青玉座上,琼枝玉树,漫不经心。

肤白如常年不见光养出来的玉,眉骨长得绝艳,分寸正好,一双墨黑丹凤眼,唇峰殷红靡丽。

齐轻舟从小在宫里长大也没见过殷淮多少回,都是在隆重的殿礼或国宴上远远张望过几分侧影。

但仅有的那么几回,也令人印象深刻。

殷淮的出场永远都这么大排场,华丽宽敞的座辇,琉璃为帘,珠玉为垫,十六人抬是帝后的礼制,殷淮在上边坐得稳稳当当,理直从容。

一地的奴才跪着,齐轻舟呆愣愣地站在中央,也不说话。殷淮在敞座上遥遥地朝他点了下头,先开了口:"见过七殿下。"

他稳稳地坐在上头,半点没有要下来的意思。

居高临下,声音平缓:"恕臣身体不适,不能下来给您行礼了。"

这是齐盛帝早些年下过的特谕。

齐轻舟回过神来,暗地唾弃自己,都什么时候了竟还分神欣赏美男子。

行不行礼的,他心里头倒没多在意这些,便轻轻摇了摇头,哑声回叫他一句:"掌印。"

殷淮身兼文武官职,又是大齐朝中近百年来的特例,任东厂都督和兰台司礼监掌印。

这个人的出身、官爵、享用的礼制,都是特例。

殷淮斜靠在玉座上,也没叫地上跪着的人起来,一派置身事外的漠然,淡声问道:"怎么回事?"

被齐轻舟撞了腰又跪了许久的桂嬷嬷有些吃不消,插嘴说了几句,还没说完齐轻舟便眉头一皱:"一派胡言!"

虽然没指望过半点交情没有的掌印会帮自己,但听这个丑恶的老婆子如此明目张胆地歪曲是非,齐轻舟还是忍不住火上心头。

殷淮对着跪在他脚下的上林苑掌事公公扬了扬下巴,淡声道:"你来说。"

东厂督主厉名在外,上林苑的掌事公公不敢在月宫阎王面前扯谎,打着抖儿将事情的来龙去脉简略一提。

见他还算公正还原，齐轻舟闷闷地"哼"了一声，也没再出言纠正他。

桂嬷嬷一开始稳操胜券的气势蓦然低下去几分，扶着老腰有些着急地解释道："督主明鉴，长欢殿这些个奴才没大没小是出了名儿的！

"成天引着主子不学好，煽风点火，没个分寸，再不教训教训，就该骑到主子头上去了。

"娘娘一番苦心也是为了给宫里立个规矩，您说是不是？"

吊梢眼里几分着急，几分讨好。

殷淮淡淡地扫了一眼说话之人，缓缓地眨了眨眼，眼梢微挑，长长地"唔"了一声，散漫地扬唇，幽声地应和道："嬷嬷说的有些道理。"

齐轻舟眼神一滞，两片唇瓣张了张，心头猛然下坠。他不怕皇后，但这个东厂督主是出了名的心狠手辣。

殷淮波澜不惊，转了转手腕上的泣血兰檀佛珠，淡声吩咐："那便动手吧。"

座下首席影卫徐一收到主子的眼风，扬手一挥，几个黑衣番子悉数而出，将桂嬷嬷和方才动手的侍卫压跪制服，拿起板子就打。

桂嬷嬷脸上的喜色还没来得及消退又换成了惊恐，面色几变，颤声道："督……督主这是何意？"

殷淮敛了唇边虚虚的笑意，端的是一脸的正义凛然，原话奉还道："奴才没大没小煽风点火，没个分寸，再不教训教训，就该骑到主子头上去了。"

打板子的声音和掌嘴声响起，愣是将齐轻舟也看得怔住。

桂嬷嬷浑浊的鱼目进出闪着火的恨意，扯破了喉咙，有血流出："这可是皇后娘娘的旨意，督主是要抗旨吗？！"

殷淮从容淡定："臣一番苦心也是为了给宫里立个规矩，望娘娘明鉴。"

之前还躲在桂嬷嬷身后得意扬扬的李尚，被几个影卫踢了膝盖，跪在地上接受杖责。

焰莲宫里的影卫们的嚣张作风可不是一天两天了，他们可从来不管是丞相府的还是尚书府的，若是殷淮有令，皇子公主他们也不是不敢动手。

李尚哭得屁滚尿流，口不择言地求爷爷告奶奶，双手并用地爬过去，拉着齐轻舟的裤脚求饶。心中却是怒火中烧，凭什么宫里任是谁都要多偏袒齐轻舟三分，以前也不曾听闻这位东厂魔头与他有什么交情。

"安静些。"殷淮没给齐轻舟表态的机会，蹙了下眉，优雅按了按眉心，"李公子的尊卑之道尚未参透，本督今日斗胆越俎代庖，替南书房的师傅们给您温故温故。"

殷淮面容端肃，在春天稀薄日光之下露出几分料峭的阴寒与沉戾。

东厂的影卫功夫并非宫里的侍卫可比的。

地上一群人咿咿呀呀地哭喊和求情，有人已白沫鲜血齐吐，有人牙齿被打落几颗，座上之人无动于衷，依旧冷眼看着。

在场之人无不肝胆俱颤，督主的心狠手辣和东厂的各式手段大家早有听闻。

待呜咽和哭喊声渐渐小了下去，殷淮才唤人将老命去了一半儿的桂嬷嬷拖到轿子跟前，居高临下地一笑："嬷嬷记得替我向娘娘请安。"

桂嬷嬷面容可怖，眼角殷红一片，是未干的血迹，齐轻舟别开眼不去看。

影卫将他们都拖下去，等到乌泱泱一大堆人都撤走，殷淮才发现这儿还站着个满身狼狈的小皇子，衣角沾着污泥。

方才忙着立威，现下才将人看清几分。

也难怪齐盛帝这么宠爱这个小儿子，确实落得几分陈皇贵妃当年的姿色。

气愤的模样也不显得娇气讨厌，反倒有种宫里人没有的干净率直，像一杆绿意蓬勃的修竹，又像冬日里宫檐青瓦上的一捧白雪，温润昳丽。

小皇子满身狼狈，脸上沾了灰尘和泥，但一双黑眼睛湿漉漉的，蓦然就让他想起多年前在勤政殿后见过的一只小奶猫。

殷淮有些伤神地按了按眉心，今日教训这帮奴才本就不是为了帮小皇子，他还不至于有这个闲心。

不过是丞相那个不知死活的老匹夫近日在朝堂上频频将手往东厂伸，甚至敢暗中重伤他的人，他刚好借这个无依无靠的皇子打个由头，对丞相、皇后一派以示警醒罢了。

毕竟，朝堂之上没烧完的战火就得在后院继续蔓延。

殷淮不欲多留，有礼但疏离地朝齐轻舟点点头："今日委屈殿下了，臣还有事，先行告退。"

"噢噢。"齐轻舟完全退了刚才虎崽子般的暴躁气势，嗫嗫嚅嚅地应了一声，"咳咳咳，多谢掌印，我……"话还没说完，脚踝传来一阵钻心的痛，人就倒了下去。

是刚刚混乱挣扎中的误伤。

殷淮这些年见过的死伤惨状不计其数，早已麻木，但小皇子雪白脚踝上的一圈瘀青还是让他看得有些不顺，可一瞬的恻隐之心还不至于让他破例做些什么。

齐轻舟怎么也算个皇子，直接转身就走到底失了礼数。殷淮思量着，便客套地一问："殿下还能走路吗？是否需要臣送您一程？"

齐轻舟羊羔般的眼睛一亮:"方便吗?"

殷淮手一顿,微微一笑:"当然。"

影卫徐一看了主子一眼,扶齐轻舟上轿的动作不自觉恭敬了三分。

他们东厂里的人,平日里皇子公主也不甚放在眼里,可眼前这个……

殷淮的玉辇很宽敞,坐两个人还绰绰有余。

齐轻舟闻到一股幽淡的暗香,又看到殷淮不动声色地将衣袂往外敛了敛,离自己远了一分,他低头看看自己身上脏兮兮的衣服还沾着泥巴,撇了撇嘴。

行吧。掌印比后宫里的嫔妃还精致。

走了一段路,谁也没有作声,殷淮闭目养神,察觉到齐轻舟左扭右扭、欲言又止的,便睁开眼随口问道:"殿下的纸鸢,是一条鱼?"形态奇异,不同于常态。

齐轻舟这才发觉自己手中的纸鸢已经被撕烂了,着实看不出是个什么东西。他抽了抽嘴角,讪笑道:"是一只鸟。"

他拿起来细细介绍道:"这是翅膀,风来的时候它就能借助张力自己飞起来。"顿了一下,又补充道,"我自己改造的。"

经过数月的试验,才设计出这个精妙的支架和关卡,阻力会比一般的风筝更小,能飞得更高。

齐轻舟说完就直直地看着殷淮。过了半秒,殷淮反应过来,小皇子或许是在等着他夸?遂挑了挑眉,有些敷衍地淡笑道:"甚是……别致,殿下心灵手巧。"

"真的?"齐轻舟提了一口气,想起南书房师傅们的指责,摸着鼻尖讪然笑笑,"您是头一个不说我不务正业、玩物丧志的。"

殷淮拢了拢朱红色宽袖,口吻漫不经心却又显得笃定:"劳逸结合、张弛有度罢了。"

齐轻舟的杏眼亮晶晶地弯了一下,翘着唇角问:"掌印喜欢什么?我送您一个吧,当作今日的谢礼。"

今日杀了李尚那群鼠辈的风头,他确实有些高兴,之前的几次交锋他从未讨到过这么大的好。

殷淮微微吊起眼梢,看了他一眼,狭长的眉眼瞬时有些锋利。

他这个身份,有送黄金的,有送美人的,送纸鸢的倒还是头一回。

他着实对这些个玩意儿不感兴趣,况且今日不是特意帮齐轻舟,说来还是自己借了他的身份去杀丞相皇后的气焰。但对上那道湛亮清澈的目光,殷淮还是淡声道:"谢殿下赏赐,臣没有什么特别喜欢的。"

"是谢礼。"齐轻舟固执地强调。上边儿给下人的才叫赏赐。

殷淮扬了扬眉,不置可否。主子奴才之间哪儿有什么真正的"谢"和"礼"。

齐轻舟在宫里长这么大,倒也不至于什么都不懂:"掌印今日或许不是特地为我,但确实帮到了我,该我承的情我不能赖。"

殷淮凝眸一怔,被他拆穿也不否认,只是一时之间不知该说小皇子是通透还是心大。

贵妃故去,太后长辞,一个无依无靠的皇子能凭借那个不靠谱的皇帝的一点宠爱生存到几时?说是被封了王,结果连个字都没赐下,空有其名,没人当回事。又是皇后的眼中钉,太子的肉中刺,只要皇帝稍不留神,就能把他磋磨得渣都不剩。

可这位小皇子显然没有一星半点儿忧愁,依旧无忧无虑、自由自在,整个人洋溢着鲜活的快意,如同一只灵鸟,高墙深宫也被他活成茂林之森。也不知道瞎乐个什么劲儿。

殷淮看着他清隽的脸庞,眼神里有些微怜悯,也只是一瞬。

与我何干?他漠然地想。

天下可怜人太多了,他也不是最可怜的那一个。

齐轻舟见他不答,以为是他真的不想要,有些低落:"那好吧,如果掌印真的没兴趣,我就……"

殷淮看了眼他耷拉的耳朵,拢了拢宽袖,单手撑着额,歪了歪头,淡声道:"猫吧。"

齐轻舟反应过来,眼睛一亮:"好的!猫儿!"

他摸摸鼻子,笑眼弯弯:"一个猫儿的风筝在天上跑也挺有趣儿的。"

奢靡的轿辇在春日温柔的日光下经行,路上来来往往的宫人目光各异,又马上低下头请安。

只怕不消一刻,掌印与皇子同辇的消息便要传遍宫墙里外。

齐轻舟神色坦然,殷淮泰然自若。

经过芳林苑,花木开得正盛,密密麻麻的紫藤垂直而下,如盈盈珠玉,衬着殷淮乌漆如瀑的长发。

齐轻舟忽然指指自己的发鬓低低地惊呼了一声:"掌印,花瓣落在你头发上了。"

"嗯。"殷淮蹙了蹙眉,这个小皇子好似不怎么怕他,再单纯不知世故也不会没听闻过他的恶名吧?

齐轻舟认真地道:"掌印盛容。"

殷淮还不至于接不住一个十五岁小孩的话,客气地笑了笑,回赞道:"殿下亦是正当风华。"

一张玉辇，两个人坐得不远不近，隔着一团春日的雾气和渺渺的水汽，温和又湿润。

很快便到了长欢殿，齐轻舟同他挥挥手道别。

殷淮依旧在玉辇上坐得稳稳当当，丝毫没有下轿辇送他的意思，只礼仪性地嘱咐了一句："殿下回去记得涂些药膏，好生休养。"说完便让个小太监将他背回去了。

回到焰莲宫时，殷淮特意嘱咐了徐一将轿辇好好清洗一番，不可留一丝污泥。

那小皇子打完架就爬上了他的轿辇，跟只泥猴儿似的，衣服上的泥全蹭上了，啧。

徐一应下，清洗轿子的时候发现了一块质地上乘的玉佩，禀告督主怕是那位七殿下落下的。

"需要属下送到长欢殿吗？"

殷淮此时正被东厂头子送来的线索缠住，有些不耐地挥退他："不必，他若是找来你就给他，人没来找你便自己随意处置了。"

殷淮位至司礼监掌印，照理说宫中夜巡这类差事早就不归他亲为。

但近日朝中局势动荡，各方势力蠢蠢欲动，夜过二更，殷淮只带了少许人马经过西南宫门。长欢殿没有往日的灯火通明、丝竹笙歌。

殷淮手中缓缓翻动起居出入更册，目光锋利，一目十行，合上册子，似是随口一提道："规矩了不少。"

西南宫门掌事的京羽卫道："回督主，长欢殿主子、奴才都受了伤，着实消停了好一阵。"

西南门这一片靠近长欢殿，齐轻舟自小没少从这儿偷溜出去玩儿。

甚至好几回乐不思蜀，到了门禁也不回来，宫里宫外皆知七殿下生性贪玩，皇帝、太后纵容他，殷淮也没把一个心无城府的小孩放在眼里，左右生不起什么波澜，也就睁一只眼闭一只眼了。

这一阵看册子上少了眼熟的名字，倒是生出几分稀奇来。

长欢殿的院子里，满树海棠、钱樱开得肆意，池塘边传来阵阵蛙叫。

掌事大宫女樱灵给长明灯续了油线，贴身太监宝福提着灯笼给齐轻舟照光，殿下正在画他的猫儿纸鸢。

齐轻舟轻轻推了一把宝福软乎乎的肚腩，抽了抽嘴角："宝福，你把光线全挡完了。"

侍卫卫苍道："殿下每天不是赏他烤羊腿就是给他开小灶，宝公公能把这肚子减下来就怪喽。"

宝福一把拂开卫苍搭上来的手臂："去去去，殿下都不嫌弃我，你哪儿凉快哪儿待着去。"

樱灵比他们都年长，稳重一些，拨开斗嘴的两人："殿下，吃碗果子糖水消消燥气，这猫儿明天再画吧，别伤了眼。"

齐轻舟画风筝入了迷。

一只猫儿？掌印这样的人怎么会喜欢猫儿这种动物呢，应该给他配个老虎或是豹子才是。

不过也行吧，他把猫儿画得神气威武些，才衬得出掌印那通天的气势。

齐轻舟又加设了几个巧妙的关卡和侧翼，这几日他亲手试验过的，这样的结构装置，无论风从哪个方向来，风筝都能保持平衡，并且能顺着风势调整高度。

"呀！殿下！你的手！"小宫女瑶华低呼。

齐轻舟这才发觉不知什么时候剪子刺破了指尖，他忙拨开画布："我的猫儿！"

樱灵匆匆抱来药箱子："殿下怎的这般不小心。"

齐轻舟见风筝没染上血迹，放松下来："没事儿，又不疼。"一边任她折腾自己的手，一边扒拉了两口冻果子蜂蜜糖水。

忽然，他放下碗，拄着那还未恢复的腿，快步越过几人，趴到窗边："你们看，那人像不像掌印？"

月光下，朱红的宫门前，一抹身影形如卯月，天青色广袖笼着夜风扬起，手里提着琉璃风灯，璀璨分明，好似天上谪仙下凡尘。

齐轻舟喃喃自语："你们说，掌印这是怎么长的？"

樱灵犹豫了一瞬，还是道："殿下，虽说掌印上回帮了咱们，但听说他这人最是喜怒无常、阴晴不定，奴婢觉着，长欢殿还是不要与他太近的好。"

近来多事之秋，皇后太子盯得也紧。

宝福"啊"了一声："奴才觉着掌印挺好说话的。"

"帮了你一回就是好说话了？"卫苍嗤笑，"有奶就是娘，你怎么不去问问那些被他抄家的人他到底好不好说话？"

齐轻舟眨了眨眼睛："行了，放心吧，本王心里有数。"

齐轻舟因着受伤，没赶上南书房的开学，明日就是病假的最后一日，他得赶紧趁着今天将落下的功课抄完。

和宗原约在金玉阁。

宗原是当朝尚书长子，齐轻舟南书房里的同窗，太傅的得意门生，文章功课皆是同辈中最拿得出手的。

他慢条斯理地喝着茶，向奋笔疾书的齐轻舟扫了个眼风："大半个月的病假一个字儿都没动，臣还以为殿下伤的不是脚，是握笔的手。"

齐轻舟没反驳，宗原人挺好，就是为人太过认真，嘴巴又毒了些。

忽然楼下的街道传来一阵骚动，风尘四扬。

小贩行人节节朝路两旁退，一座华丽奢靡马车前的棕马神气张狂，抬起马蹄径直踢翻了跪在马车前的老人。

齐轻舟看那辆车和那匹马都有些眼熟，果不其然，旁边一桌的客官就与同伴议论起来："是'那位'的车子吧？据说是用圣上赏的南海千年梨花木做成，瞧那帘子，怕也是今年刚上供的金丝缎玉绣织。"

同伴刚想提起"厂公"二字，又被另一人神秘兮兮地"嘘"了一声，只好继续打着暗号："'那位'如此张扬狂妄，上边怎么就……"

"兄台，慎言，万岁震怒尚有一线生机，千岁蹙眉必不留活路。"

"前些日子东厂治了几家世族，据说两日两夜的断板夹指……"

"谁不怕他们，那位的耳目是天罗地网，任你是官宦重臣皇亲国戚还是平民百姓，所有的阴私都掌握在东厂手里。"

有人疑惑："可不是说当年琼州边关有难，我朝派出四名言使铩羽而归，是'那位'亲镇谈判才夺回三座边要城池……"

一个大汉喝得激动："什么平定境郡，我看这等奸贼是通谋敌国！竟没死在琼疆，留着条狗命回京便作威作福。"

齐轻舟被吓得手一抖甩了笔，睁大眼睛瞪了一眼那个半醉的莽汉。

忽然楼下又是一阵惊呼，那马儿的蹄子已经直接踩上了那老翁的咽喉。

宗原捏着茶碗的指尖泛白，一脸正气，骂殷淮："目无王法！草菅人命！"

眼见那杯子都快要被捏碎，齐轻舟把它从同窗手中解救出来："莫激动莫激动。"

他往楼下张望，殷淮没有露面，只是隔着帘子淡淡地问道："何人挡路？"

徐一马上回道："是上个月被抄的杨家的管家。"

殷淮想了半晌才记起有那么一号人，卖主求荣，抛妻弃子，竟上赶着将自己老婆女儿送进东厂做对食换自己苟活。

世人皆恶，他最不介意恶上加恶。

殷淮不再多分出一分神，目光落回手中的书卷，轻飘飘地道："既想找死，便成全他吧。"

行人纷纷将自家小孩子的眼睛蒙上，议论东厂的心狠手辣和残忍暴戾。

那一幕看得齐轻舟心里不适，早没了抄功课的心思，收拾好纸墨，对宗原道："谢了兄弟，今天先到这儿，明儿学堂见。"

宗原按下他的肩头："殿下这么急着去哪儿？"

齐轻舟不善说谎，闪烁其词："我还有事。"

宗原皱起眉看了他一会儿，忽然牛头不对马嘴问道："殿下，臣听闻前些时候那贼子救了你一回。"

齐轻舟抬头，慌乱的目光渐渐镇定下来："那贼子那贼子，人家没名字是不是？"

宗原鼻腔里溢出一声极为鄙夷和不屑的"哼"："只有人才配有名字。人性全无的东西没有。"

齐轻舟将书往他头上一拍："你那么多书白读了，说话如此钻刻。"

宗原严肃地道："我说的是事实，殿下不也亲眼所见？"

齐轻舟咕噜咕噜灌定了口茶，嘀咕道："眼见也不一定为实。"虚虚实实的事儿他从小到大在宫里见过得多了，万事都有个由头。

宗原听闻，像见了鬼般："殿下被下了什么降头？"

人不知而不愠，齐轻舟也不恼，朝好友笑了笑，先走一步。

初九是福亲王的八十大寿，福亲王是齐盛帝的皇伯父，当年有拥立之功，是京中声势显赫、最有名望的宗亲。

京中的圈子说大不大，说小也不小，福亲王邀请的多是京中的皇亲贵族，来来回回也就那么些人，不说熟识也多是脸熟的。

大齐朝民风外放，并未过多讲究男女大防，世家大族设宴听戏从不拘着，衣衫鲜丽的各家小姐与王孙公子坐在一处，更显热闹。

齐轻舟被南书房的太傅留了堂，最后一个来，他作为皇子，是皇亲国戚里最里边的那一圈儿，自然是要坐高位的，最中间那桌就剩了两个位置。

齐盛帝闭关炼丹，太子齐亦风便坐在最上位，他朝齐轻舟亲昵地招招手，笑得如沐春风："舟儿，到为兄这里来。"

一副慈爱好兄长的姿态。

齐轻舟懒得陪他演兄友弟恭的戏，拱手谦声推辞："本王不喝酒，坐那儿扫了太子的兴。"

齐亦风笑意收了收，眼睁睁看着这个皇弟在众目睽睽之下踱步到殷淮面前，朗声问道："掌印这儿没人吧？我能坐吗？"

殷淮这才抬眼看他，一段时间未见，小皇子好似又长高了几分，一袭青色的太学监服衫外披了件月杏色玉带绸锦。

看样子是刚从学堂直接过来的，殷淮不禁又想起前几日午后他经过南书房时无意间听到的话。

南书房那几个酸儒对他不满已久，不知说到哪篇课文借题发挥，提问齐轻舟，其实就是逼他表个态。

"如今佞臣当道，搜刮民脂民膏铺张奢靡，草菅人命乌云蔽日，学了这课，殿下认为当如何？"

殷淮挑了挑眉，这是就差明着点出他的名字了，他倒是向来不在意自己的恶名。

齐轻舟将自己在课本上画的猫儿和王八偷偷掩住，打了个哈欠站起来，摇头晃脑张口就来："夫子，咱们上一课才刚学了'君子不背议，不证不言断'。说的是君子不在背后议人，没有经过求证的事情也不能妄加论断。"

老夫子须眉一皱。

他又说："再说了，我跟那些个佞臣又不熟，怎么清楚他们到底做了什么呢？就这样红舌白口地说人家坏话岂不是非君子所为。"

"夫子饶了学生吧，本王还想做个君子呢。"

太傅气得胡子一翘："我看殿下是文章没参悟到家，下课留堂半个时辰！"

"……"约了侍卫去捉蛐蛐的齐轻舟叫苦不迭。

门外的殷淮，一双漂亮狭长的凤眼忽而变得意味深长起来。

谁说七殿下天真无邪来着，看似呆呆愣愣、不愠不争，其实心中拎得比谁都清。

他不是不懂人心险恶权势利弊，他只是不上心，磊落地与人为善，也磊落地防设，谁也伤不着、套不着他，通透地用自己的方式在与这个被权势争夺的人世周旋，心思清明又姿势轻松。

不知该说他是璞玉藏拙还是大智若愚。

齐轻舟还站在宴席中央等殷淮的回答，身上沾满了来自四面八方的天潢贵胄们的目光，个个眼神复杂，心思迥异。

齐轻舟心里突然紧张起来。

他和掌印……好像也没熟到同坐的程度，是他太冒昧了，刚想开口给自己一个台阶下，说"要不然我还是到那边去坐吧"，下一秒，就听到对方沉稳有力又含着点笑意的声音，像钟声一样徐徐落入耳朵："荣幸之至。"

齐轻舟的嘴角不敢翘得太明显，颇有些受宠若惊地在殷淮身边坐下。

他一个皇子，没带一个伺候的人就直接赴宴，殷淮看不过眼，例行公事地尽一点臣下的职责，简略地用公筷为他布了一些菜。

齐轻舟腮帮子鼓起来，有些惊奇地道："掌印也会这些？"

他看着殷淮夹菜的动作优雅利落，握上筷箸的手指白皙修长，赏心悦目，忽然意识到，这个人能被皇帝信任重用，也不是全然靠的一张脸。

就连布菜这种小事也一丝不苟，比别人更上心认真些。

虽然殷淮面色既不殷勤也不热络，但伺候人的功夫却是非常精细。夹到自己玉瓷碟子上的菜色齐齐整整，荤素搭配也得当。各种菜色的顺序也十分讲究，不会撞味或抢味，若是宝福给他布菜，就考虑不到这些。

但是掌印，就连果子都是挑了最嫩最甜的那块果肉放到他面前，剩下的就不要了。

好奢靡，齐轻舟在心中叹道，这可都是尚宫房精挑细选过的精品。

殷淮听到他的话，并没有说什么，只是淡淡地掀了下唇角。

这有什么不会的，隆冬腊月的雪水，炽热灼人的炼金炉，为嫔妃梳头掌心挨过的刺鞭……

这些年，他从宫里最辛苦最下层的地方的一个小奴才，一步一步走到现在，其中曲折不足为人道也，今日若不是这个不谙世事的小皇子提起，他都忘了。

殷淮略略敛下眼睑："臣之本分。"

齐轻舟笑着比了比筷箸："掌印你也吃，我吃饭不用人伺候。"

他没有再称"本王"。

殷淮也没再同他客气，放下了筷子。

齐轻舟看殷淮很少用筷，知道他挑剔，问道："可是菜色不合掌印胃口？"

东厂提督吃穿用度奢侈铺张世人皆知，殷淮倒也没否认，摇了摇头，语调慵懒地品评今日这一桌："平白浪费了好食材。"

齐轻舟眼神一亮，像屋檐下悬挂的灯火："正是！"

齐轻舟这个人，琴棋书画都不行，吃喝玩乐第一名，想不到掌印也是识货的同道中人，颇有种偶遇知己的激动。

他咽了咽喉咙,往殷淮身边凑近了一点儿,面色严肃地在他耳边小声说道:"您看到张翰林面前那道翡翠松花蟹卷了吗?蟹应该是澄湖运过来的蟹,只是去味的酒不该用陈年花雕,金玉阁那家店用的就是菊花酿,一口咬下去满腔清气……

"还有吴尚书正在夹的那一道金瓜露芝鸡丝,熬的南瓜浓汤太过甜腻抢了味,倒是浪费了越地盛名的霞烟鸡。

"掌印若是有兴趣,就应该到立柳巷十八号尝尝,那可是正宗的手撕鸡!"

"……"殷淮只觉得耳边有个鼓着腮帮子的小松鼠在窸窸窣窣地絮叨。他不动声色微微偏开了些,兴致正浓的小松鼠却尚不自知。

侍女每呈上一道川菜,小皇子就又凑过来认真地点评一番:"这个牛肉切片怎么能直接浸入椒麻油里呢,熏腊出来的川味会被遮住……"

殷淮揉了揉额角,后悔默许了个话痨坐自己旁边。

徐一看得心中大惊。

两个人间看似是单方面的交流输出,却无端端地形成了一个诡异的和谐的氛围,将周遭的觥筹喧嚣隔离开来。

"掌印,你觉着呢?"齐轻舟讲得有点口干,一停下来两人之间一下子就静了下来。

齐轻舟终于发觉自己好像过于多话,对方好像也不是多有兴趣的模样。

殷淮这个人,给他的感觉矛盾、复杂,心情好的时候可以让你如沐春风、备受照拂,不想理你了,就客气疏离得你丝毫够不着他的边界。是远是近,疏离还是亲近,他不动声色却掌控全局,不受任何人影响,对方只能生生受着,完全不是他的对手。

齐轻舟咽了咽唾沫。也罢,高冷一些不是什么大过错,他向来心大,装作一脸平静地瞟了一眼殷淮,发现对方正若有所思地看着他。

齐轻舟:"……"

殷淮倒了一杯茶递到他手上。

齐轻舟愣了下。

"殿下说了这么久,不渴吗?"殷淮晃了晃杯子,将热气散去一些,以防烫着他。

"渴,刚才我就渴了。"只是没来得及说。

齐轻舟受宠若惊地双手接过水,最后总结道:"若是掌印对京中的吃食有什么疑惑,或者要请人吃饭找不到好去处,只管来问我。"

"难怪西南宫门闯夜禁的簿子上回回都有七殿下的大名,原来是钻研这些个去了。"殷淮眉梢一挑,啄了一小口酒,揶揄他。

"咳咳咳……"齐轻舟口中吞到一半的水喷了出来。

殷淮皱起眉头,轻拍他的背,给他顺气,带着些微责备的意味肃声道:"殿下喝这么急做什么?"

已经陆陆续续有打探和审视的目光悄悄落到这边来。

对座的另一边,太子齐亦风与各位大臣周旋寒暄逢场作戏,脸色沉了下去。这个草包七皇弟到底是何时与满朝忌惮的东厂魔头走得这么近的?

如今朝堂局势分明,文臣武将相争,他身后的丞相明显压倒了齐轻舟的外家陈将军府。

但东厂是块硬骨头,自成一派,不站队不下场,任他使了多少劲殷淮这个老狐狸都软硬不吃、刀枪不入,偏偏东厂权势滔天手握重权,他绝不能让这块肥肉落到齐轻舟手中。

他得不到的,也绝不能让齐轻舟得手。

吃过晚宴,戏班子和说书人上台。

宗亲王府山湖亭阁星布,凿开的荷花池里放了上百盏的夜明灯与水鸢纸船,彻夜通明。

齐轻舟依旧挨着殷淮坐。台上热闹,殷淮察觉小皇子连连的哈欠和好几次飘过来的眼神,端了一碗上好的雪茶,笼着月白色的宽袖浅酌一口,不热不淡地问道:"殿下频频看臣做什么?可是臣脸上有什么东西?"

"没有。"齐轻舟被人抓包了也不觉得不好意思。台下忽然传来一阵热烈的起哄和掌声,是京中盛名的花魁伶姬出场了,一众达官贵人看直了眼。

齐轻舟见状也好奇挺直了身板仔细瞧了瞧,那花魁确实比宫中好些女子出色,但见过了珠玉就再难看上鱼目,看台上并不比看身座之人得趣。

台上的戏唱到中止歇台,坐在太子旁边的李尚忽然阴阳怪气地"呀"了一声:"京中名姬果真名不虚传,可我怎么越看越觉着像哪位故人。各位大人瞧着呢?"

被他这么一提,台下一众官员皇戚忽然也觉着有几分眼熟,交头接耳地议论起来。

有人打了头阵,太子手下的头号马屁精董吉忙不迭帮李尚把戏唱下去:"咦?李哥,您这么一说,我瞧着倒是像一个人。"

李尚龇着牙与他一唱一和:"噢?什么人?"

董吉面露豫色:"这个……我不知当说不当说。"

李尚站起来，满脸酒气，拍了他一掌："有什么说不得的，你这样吊着大家伙胃口岂不是扫兴嘛！太子殿下您说是不是！"

　　齐亦风眉目似春风，温声笑道："无妨，今日是私聚，不必太拘谨，说来听听也无妨的。"

　　李尚得意道："看！殿下都让你说了还怕什么？只管说来！"

　　台下之人也被挑起了好奇心，起哄道："说嘛说嘛！"

　　"那我可就直说了啊！"董吉嬉皮笑脸谄笑道，"许是小人眼拙，可我怎么越瞧着越像……陈皇贵妃啊！"

　　齐轻舟伸向果盘的手在半空中一僵，脸变得煞白。

　　殷淮余光瞥了一眼，没说话，继续慢条斯理喝他的茶。

　　其实那名姬远比不上齐轻舟的母妃——陈皇贵妃那般倾城绝色，只不过是眉眼有几分相似。

　　再者这花魁满身风尘，在台上频频对台下暗送秋波、搔首弄姿，与陈皇贵妃通身冷淡冰洁的气质也相去甚远。

　　但陈皇贵妃逝去多年，只给世人留下模糊的影子，才会让人因着这几句话觉得像。

　　台下宾客闻言一时之间议论纷纷，好不热闹。

　　李尚见状，正是合意，立马火上浇油，一惊一乍道："哎哟！你这小子，眼睛够尖的啊，别说陈皇贵妃，就是……"他那双鼠眼不停地往齐轻舟身上瞟来瞟去，嘴角歪咧着含糊其词，"也是有几分像的。"

　　轻浮得不加掩饰。

　　齐轻舟指尖泛白，葡萄汁儿顺着手指流了他一掌，"啪"地一拍桌面，提高音量朗声道："李尚你大胆！随随便便指着个人便说像本王母妃。本王看，你这尖嘴猴腮的样子倒是像极了戏中那个赖三。"

　　台下有人笑起来。

　　赖三是方才那台戏里的丑角，矮小猥琐，贼眉鼠眼，面目丑陋，成日只会议长道短，偷鸡摸狗，与官家小妾偷私，最终被街坊乱棍打死。

　　李尚恼怒，拍案而起："你！"

　　太子见效果已达到，闹得差不多了，适时出来和稀泥方能显得他仁厚，收个谦和厚道的美名，眉眼舒展开来笑道："好了好了，都少说两句。"

　　假模假样继续道："这看戏说戏，各有各的看法说法，不过就是图个乐，给皇叔祝寿，给大家助兴，李尚你和气些，七皇弟也不必如此当真。"

018

李尚见有太子撑腰，得了便宜还卖乖，假装一副愤愤模样："是，殿下，臣省得。"

不料齐轻舟却丝毫不让，眼眸进射出少年人坚韧的锐利："听太子这意思，本王和本王的母妃也是戏子可以拿来给你们取乐的吗？"

他蓦然提高了音量，冷冽的语气和决绝的气势惊到了在场之人。谁也没有想到一向和气温软的七殿下竟然不顺着太子的梯子下来。

太子愣了愣，一时之间下不来台，嘴角一沉，皮笑肉不笑道："孤不是这意思。李尚言有不当，但不过是想活跃一下场子的氛围，并无恶意。七皇弟这般计较就难看了，没这个必要。"

这话说出来，好像齐轻舟这个时候再要理论便是玩不起、失礼仪、不顾大局。寿星宗亲王辈分高，皇亲国戚都得看他几分面子，这时候也出来劝和。

齐轻舟没说好也没说不好，但心知齐亦风话说到这个地步，他已无计可施。他要再揪着不放闹下去就是故意砸寿星的场子了，扫了大家的兴，众人只会觉得是他的错。

胸口被一股郁气死死堵住，上不去，下不来。错不错的他倒无所谓，可平白让人看母妃的笑话他心里难受。

他咬着牙，唇瓣都在颤抖，忍了下去。

意外的小插曲一过，台上台下又重新热闹起来，歌舞升平。

殷淮看了一眼小皇子迅速泛红的眼角，却没有一滴泪珠溢出来，硬是被他生生逼了回去。

齐轻舟葡萄也不吃了，面无表情地盯着台上看，嘴唇抿紧，修长径直的颈脖梗着，显得格外倔强。

殷淮心里暗暗叹了一声气。

那绝色名姬在万众瞩目中又缓缓上台，婷婷袅袅，正要唱出声，台下一道慵懒低沉的声音止住了她："慢着。"

寿星宗亲王见自己费了九牛二虎之力才请来的这位座上宾今晚头一回开尊口，忙不迭地问："厂公，可是有事吩咐？"

台下之人也静悄悄地看着，不敢多出声一句。

殷淮用瓷盖撇了撇浮在水面上的茶叶，半合着眼皮，神色淡然地道："福亲王不必紧张，本督只是忽然想问问董公子的生辰。"

身后响起一片疑惑的议论，齐亦风也不明所以地瞪了董吉一眼。董吉上回见识过殷淮的厉害，闪了闪眼神，不敢扯谎："戌年闰月初八。"

019

"噢?那——"殷淮眼帘微微掀开,倏然眉峰一紧,抬眸看过去,目光沉静,声音也沉静,"陈皇贵妃子英年早逝,董公子时方两岁,尚是襁褓幼儿,又是从哪儿看出台上这位女子同陈皇贵妃相像呢?"

场面一静。

董吉与李尚脸上的血色霎时褪去一半。

被带偏的宾客顿时醍醐灌顶:"是呀!连老夫这个年岁都不曾见过贵妃多少回,他这乳臭未干的小儿又怎么会见过!"

"嘘……这摆明了是……"

殷淮慢悠悠的腔调并不咄咄逼人,可那双狭长的凤眼和森然的目光不着痕迹地流连在谁身上,总能让人背后升起一层毛骨悚然的凉意。

太子脸色极不好看。

殷淮视若无睹,殷红的唇瓣缓缓开合,一派肃容:"本督无意倚老卖老,只不过确实比阁下和殿下虚长几岁,自小在宫中当差,得见过贵妃天颜几回。"

"贵妃出身名门,气质高雅,为人大方得体,风尘女子不及其万分之一。"

台下之人纷纷称是,齐亦风见事情脱离了预计轨道,强忍心中的妒火与不甘,故作宽和一笑:"不过是图个玩乐罢了,督主怎么也这般认真?"

殷淮轻飘飘地看了他一眼,手里的茶碗不轻不重地往桌面上一放,"啪嗒"一响,掷地有声,明显是不高兴了:"玩乐?本督并不这样以为。"

殷淮面色肃穆阴沉,眼弧带着凌厉的线条,目光似锐箭。

"恶意品评皇妃,折损天家威严,乃言行不端。

"挑衅皇子是尊卑不分、挑拨朝臣,乃异心不忠。

"更进者——

"李尚与董吉二人分明没有见过贵妃,却口口声声蒙蔽众人,根本就是别有用心,蓄意谋划,是为心术不正。"

本来一个说笑的乐子被东厂提督一下子上纲上线到这个程度,在场之人皆不敢言语,都静悄悄地竖起耳朵等着看戏。

殷淮倒是依旧神色自得适然,凤眸幽幽一扫,两手拢在一处:"太子殿下作为储君,势必以身作则维护天家尊严,拨乱反正,难不成还要包庇这不正不忠不诚的乱臣贼子吗?"

齐轻舟:"……"这黑的说成白的本事看得他目瞪口呆,连刚才委屈的眼泪都不知不觉干了。

不是,掌印自己的名声就不怎么好,这时候反倒一脸正气地斥责别人是不正不忠不诚的乱臣贼子。"

齐亦风被他咄咄逼人的质问气得眉毛几近拧成结，碍于他的权势，忍气吞声咬紧牙关，一字一句地问："那督主是怎么个意思？"

他浸淫权力争夺多年，不得不敏感地注意到，殷淮这种折不撅的"高岭之花"在别人面前都自称"本督"，只有在他那个傻乎乎的皇弟面前才会称"臣"。

而这个世界上，另一个还能让他称"臣"的人便是圣上。

殷淮到底是什么意思？

齐亦风妒火中烧，齐轻舟这个傻傻呆呆只会吃喝玩乐的草包，凭什么入了殷淮这么精明的人的眼。

殷淮这时候反而不急了，院落的月光洒在他身上，让他整个人更显得镇定从容，神态讥诮宛如逗鼠之猫，带着说不出的倨傲轻慢。

他在众目睽睽之下，轻轻吹了一下茶面，又浅浅细酌了一口，待茶香回甘过后才转过头，微微俯身，姿态低了半分，显得恭敬，温声问齐轻舟："七殿下觉得呢？"

"啊？"齐轻舟被他忽然的恭敬弄得一怔。

殷淮肯为他说话他就已是感激不尽，万万没想过还给他这么大的处置权。

殷淮看他这副呆愣愣的模样，眼中划过一丝无奈，方才气势汹汹的还以为是只小豹子，没想到机会一来就软成了一只小奶猫。

他身形又低了半分，眼里带上了点鼓励的笑意，唇角弯成一个令人信任又依赖的弧度，含着比恭敬更亲昵一点的哄诱："殿下，太子说人随您处置，您想如何，可与臣说说。"

齐亦风气怒，这魔头分明是在偷换概念，他什么时候说人随齐轻舟处置了？

可迫于东厂的淫威，他又不得不吃这哑巴亏。

齐轻舟直直地望着殷淮，眼里像小动物一样纯净坦诚的信赖让殷淮这种杀人如麻的人都禁不住心里一软，他细声道："我听掌印的。"

殷淮低头看他，见他一双清眸里满满地映着自己，信任又仰赖，仿佛找到庇护一般，不由得一哂，有些愉悦地正了正身子。

面上却摆足了姿态，垂下长睫，拢了拢月白色大氅，眼底漫出几分森冷："既然七殿下信任本督，那就劳烦太子殿下屈尊，当众跟七殿下道个歉吧，另外——"

他眼皮一翻，出言定令的声音又是另一种杀伐利落的果断："丞相公子李尚和董侍郎之子董吉，各打一百五十大板。"

徐一亲自将两人拖出去，李尚嘴里还喊着"太子救命"，齐亦风身处议论之中，自身难保,眼角狰狞,咬牙道:"孤是太子,凭什么给臣下道歉!"

"这话本督就不爱听了。"殷淮不为所动,一双凤眼狭长,神秘莫测却又勾魂摄魄,冷冷地弯了弯嘴角,"那如此说来,七殿下贵为天家皇子,是圣上心尖上独一份的珍宠,又凭什么被他人纵容的走狗爪牙取笑图乐?"

齐轻舟以前从不屑狐假虎威仗势欺人,如今轮到自己身上,他不得不承认,确实——爽!

宴会散场,他在齐亦风阴沉的神色和李尚等人愤恨发红的眼神中,昂首挺胸地靠近殷淮身侧。

胆子一抖,虚虚牵了下殷淮的衣袖。倏然转回头去,对着对方一干人等挑了挑眉毛,勾起唇角。

赤裸裸的挑衅与得意。

昏沉夜色掩不去少年满身肆意轻狂,像小狼崽在狼王赶到之后对其他兽类的耀武扬威。殷淮看在眼里,心里无声发笑,那满脸威风的模样竟有几分令人想笑,便也就装作没有看到随他去。

马车上。

齐轻舟眼中的锋锐褪了个干净,规规矩矩地端坐好:"谢谢掌印又帮我,总是给您添麻烦。"

殷淮斜斜觑他一眼,斜靠在软垫上,淡声道:"殿下言重。"

虽态度仍是温和的,但神色上已经没有方才的亲昵和恭敬,又退回到了原本不远不近的距离。

齐轻舟捉摸不透这人,但明白刚才在宴上那是殷淮故意在外人面前给足自己面子,因此也不介意他此时对自己的冷淡,只是有些失落。

返途至一半,经过四乐町,消夜的香味透过车帘子源源不断传进车厢,齐轻舟的肚子发出咕噜的声响,他不好意思地偷看了一眼殷淮,发现对方也正堪堪睨着他。

殷淮散漫地问:"殿下没吃饱?"

"吃饱了。"

殷淮像没听到他的回话似的,直接问:"想吃什么?"

齐轻舟也不再假客气,头探出帘子外面望了望:"蟹肉生煎可以吗?"

殷淮命人买了齐轻舟指定的那一家。买回来齐轻舟却说先不吃,要等回到宫里。

他知道殷淮爱清爽干净，甚至有一点儿洁癖，生怕弄脏人家这镶金嵌玉的宝马香车。

殷淮面上不显，心里倒是又对这个看似粗枝大叶实则观察入微、知礼明德的小皇子高看了几分。这份觉悟，倒是比宫里的绝大多数人有眼色。

他最烦顺着竿子往上爬的人。

殷淮唇角一掀，也懒得再摆谱："吃吧，生煎凉了不好吃，殿下不必顾虑太多。"

得了殷淮的首肯，齐轻舟也吃得极小心，一小口一小口地，像只呆头呆脑的小松鼠，窸窸窣窣地享受着食物，不敢惊动树洞外面的人。

他是真饿了，早前被李尚和太子气得没食欲，此刻鼓起腮帮子专心认真地咀嚼着，吃到一半，才察觉落到自己身上的那道目光。他犹豫了一瞬，举起一个煎得金灿灿的蟹黄小包子，问殷淮："掌印要不要试一个？"

殷淮凝眸，小皇子吃东西的样子确实让人有点胃口，但还是摇头拒绝道："不必了，殿下自便。"

齐轻舟今日下了课就直接从南书房马不停蹄地赶宴席，晚上又费心费力地和齐亦风一党斗智斗勇，累了一天，这下吃饱喝足，瞌睡虫上脑，嘴上的油还没抹干净就打起了盹。

两扇睫毛一关，眼皮子一合，便直接歪着头睡过去。

殷淮看着那截颈子，他稍稍用力便能扭断。都不知道该责备他毫无防备还是太过于信任自己。

齐轻舟睡相不好，马车一晃，脑袋就实沉沉地落到了殷淮的肩头上。

被砸到肩膀的人眉心一蹙，伸出两根手指轻轻推开了他，将那只圆溜溜的脑袋搁在软枕上。

齐轻舟的脑袋像是认准了他似的，在软垫上安分不够两秒钟，又再次压上了他的肩。

皎洁清明的月光偶尔透过风扬起的车帘涌进来，半明半暗之间，殷淮用一种审视的目光打量了身旁沉在梦乡中的少年。

小皇子应该是做了个香甜的美梦，殷淮嘲讽似的地勾了勾唇角，天都要变了，也只有身旁的这个人，还睡得这样安然踏实。

罢了。也就一回。没有更多的了。

马车停在长欢殿。

"殿下，醒醒。"

殷淮推了推还在梦中的人，齐轻舟惺忪地眨了眨眼睛，对着映入眼帘的殷淮有瞬间的怔愣，殷淮也不催他。

"啊抱歉，掌印，"齐轻舟讪讪地摸了摸后脑勺，"您怎么也不把我叫起来。"

他迷迷糊糊的，上身前倾，径自伸手去整了整殷淮被睡皱了的月白华裳，有些懊恼地低低嘟囔了一句："哎呀，都把您的袖子弄皱了。"

得了便宜还卖乖，殷淮往后仰了仰，拉开两人之间的距离，斜靠在软垫上，似笑非笑地睨着他。

齐轻舟仗着自己刚睡醒脑子还不清醒，胆子也比往常格外大些，像只松鼠似的凑近嗅了嗅，充愣装傻道："掌印有没有闻到一股子冷香，实在叫人安眠静神，我这才睡到了现在。"

殷淮挑起唇角："如此说来，这事还得怨臣了？"他掩下眼里的沉黯神色。

哪里来的什么冷香，不过是他常年服的那几味药丸里有珍贵的材料，功效顽强，洗不去的药气罢了。

都是陈年遭的罪，人如蝼蚁，如今落下长疾，每到季节替换便暗痛难忍。

夜风将车帘子卷起了一个小角，齐轻舟脑子也清醒了一些："嘿嘿，开玩笑的，我怎敢怪掌印！谢您还来不及呢。"

殷淮看他仍是钝钝的，想必还是困，便朝门帘扬了扬下巴："徐一把殿里的人叫出来候着了，就在外边，殿下回去早点儿休息吧。"

跟第一回见面一样，还是没有下车送他的意思。

齐轻舟也知道这个，便点点头跳了下去。出于礼貌，殷淮掀起一角车帘目送他。

小皇子身后是明灿如昼的盈盈灯火，只有他一双眼睛在夜里亮似星辰。

他在宫人的簇拥之中往前走了两步，又回过头，目光落到车上那个清影之上，招招手："掌印也早些回去吧。"

殷淮点点头，果真就直接放下了车帘，一行人隐在夜色之中。

齐轻舟望着远去的车马，微微张了张嘴。

心里有点不好受，他看起来大大咧咧，可是又时常生出不合时宜的敏感心思。

方才想问一问掌印，下次再能见到他是什么时候。

或许是今晚的经历太跌宕起伏，明明不过是一起去了场晚宴，可心里却像是看了一场盛大烟火后的怅然若失。

一齐观赏的同伴已经利落抽身而去，唯独留他还在原地沉醉不醒。

但他看掌印好像并没有打算与他多说什么，便知趣地没有说出口。他不想让殷淮觉得自己尝到了甜头就想缠上他，他不想讨人嫌。

自宗亲王夜宴那晚之后,李尚一等人与齐轻舟更不对付,他在南书房的日子更不好过,但也不至于被欺压。他本就不是个能受气的性子,成日上蹿下跳张牙舞爪的,何况还有个殷淮在。

齐亦风那头,许是皇后嘱咐了什么,仍是一副宽和友爱的兄长模样,仿佛那天晚上无事发生。

只是原本压在性子里的好强与攀比开始有些抑不住似的,处处都想压齐轻舟一头。

齐轻舟懒得理他,也不在乎这些,他从不接对方丢过来的招儿,心安理得地当他的快活草包、纨绔皇子。

齐亦风和皇后想什么、做什么,对他来说还没有晚上吃什么重要。

今日的课也没去上,七殿下嘴里叼着个青草编的蛐蛐走在芳林苑里,身后跟着宝福,两人正商量出宫寻点乐子。

徐一带着一行气势威武的京羽卫迎面走来。

"参见七殿下!"

齐轻舟一把扯下含在嘴里的蛐蛐须儿,单手在空中虚虚做了个抬礼,笑眯眯道:"徐侍卫请起。"

徐一请完安要走又被他叫了回来:"徐侍卫,你这是去哪儿啊?"

徐一脑子里过了一遍自家主子对他的态度,拿捏着自己回话的语气和神色:"属下去东厂执勤。"

齐轻舟点点头,静了一秒,又问:"你们近来忙吗?"

徐一嘴巴严实得很:"回殿下,巡宫执勤乃臣分内之事,何来忙闲之说。"

齐轻舟一噎,踢了踢脚下的石子,眼珠子转了两圈,索性直接问:"唔……那怎么最近都没见着掌印?他在忙什么?"

大半个月了,无论是早上,还是晌午,他从南书房溜出来,特地绕过真武殿和议事堂,愣是没见过一次人影。

宝福和樱灵也被迫大晚上地跟着自家主子夜游御花园一周,美其名曰"散步消食"。

徐一不可能告诉齐轻舟,殷淮早在半月前便已不在宫里,这会儿应该到江南了。但回话的时候仍是恭敬地弯着腰:"回殿下,督主公务行程,属下不知,也无权透露。"

齐轻舟不疑有他,只是有些扫兴地眨了眨眼:"好吧。"

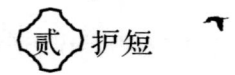

贰 护短

徐一想起他落在玉辇上的那块玉佩。

督主一直没明着说到底怎么个处理法,一个皇子的贴身物件搁在他一个侍卫手上着实棘手,今日既然碰上了便一并禀告:"殿下,您上回落了一块玉佩在督主的玉辇上,属下送到您宫里。"

齐轻舟眼珠子滴溜一转,连连摆手:"今日有要事在身,怕是不方便。"

徐一心说还个玉佩又用不着您有空,他直接送到长欢殿有个人接收就算完事:"那臣——"

齐轻舟知道他要说什么,忙打断:"既然东厂公务繁忙,也不麻烦你再特意跑一趟,待我有空了亲自上门去取。"

说完便一溜烟儿跑了。

"……"

人虽然没见着,但齐轻舟一想到还有那块玉佩,心情快活了不少,出了宫带着宝福到京中最为热闹的乐辞町吃香喝辣,玩了一番。

昨儿刚收到的消息,齐盛帝出关在即,往后他便不能随随便便说出宫就出宫了。

齐轻舟满身荣宠,吃穿用度皆是宫里最好的,可说出来怕是无人敢信,齐轻舟对这个父皇并无多少感情。

也曾觉得齐盛帝是真心待他,直到他知道齐盛帝是如何利用、欺骗他的母妃。

陈皇贵妃是最早嫁给齐盛帝的嫔妃,真要说起来,或许还是当年未封王的齐盛帝高攀了陈家。

陈家百年名门,世代武将,陈皇贵妃是嫡长女,未出豆蔻便惊才绝艳,名动齐朝。彼时的齐盛帝还不过只是个不受宠的皇子。

少年夫妻也是有过真感情的，可当这个男人野心越来越大，为了丞相背后的权势迎娶李皇后，甚至不惜放纵妒妇逼死他母妃的时候，齐轻舟便彻底冷了心。

当年事发时伺候皇贵妃的老宫人都已经死的死，疯的疯，整个陈家都对此讳莫如深。

齐轻舟撞见过外祖母独自对着母亲的手帕以泪洗面的悲痛欲绝，也见过舅舅因受陷害无法雪冤而熬红的眼角。

现下皇帝这几分可怜的宠爱真不知道是对心中白月光的愧疚，还是为了拉拢他的大将军舅舅，抑或是不想让太子、皇后一家独大，需要一颗棋子牵制局面以平衡各方势力罢了。

以齐轻舟的身份、出身和性格，来做这一枚棋子，再合适不过。

即便是现在，他也不敢多与外家走动。

两个舅舅，一个在西北疆界长年驻营，一个在东南海域训练水军，牢牢掌控着大齐的兵马。

身为外将，未有皇令不得进京。

外祖父年事已高，虽被封了一品公侯，但膝下无子孙环绕，孤苦伶仃。说是陈国公与老夫人在皇城颐养天年，但更像皇帝牵制两位舅舅的人质。

齐轻舟心里门儿清，就是自己宫里也有不少皇帝的眼线，无论是他往西北军营寄封家书，还是逢年过节出宫探望外祖，都会被一件不落地落尽齐盛帝耳中。就连他在酒楼吃到新鲜的蟹黄糕，遣人往国公府送一盒这种无关紧要的小事都不会落下。

他是最自由的，也是最不自由的。

渐渐长大，他便不再像儿时那般往国公府里跑，生怕给两位老人和在外的舅舅惹来不必要的事端。明明离得这般近，也只能将思念藏在心底，装成一副没心没肺的模样潇洒快活。

齐盛帝要的就是他的没心没肺。

况且，每回到府里，外祖母一瞧见他总是禁不住眼红，抱着他说许多伤心话。

或许是他长得确实太像母妃的缘故。

宝福见主子遥遥望了一眼国公府紧闭的大门，往反方向走，疑惑道："殿下，咱们不进去吗？"

齐轻舟收回视线，喉咙滚了滚，低声说："不了，回宫吧。"

手上的仙人画糖化了浆，滴到手上，黏黏的。

齐盛帝沉迷炼丹悟道，一出关，没见频频上门求见的太子，没见在御花园假装偶遇的嫔妃，头一个宣来了齐轻舟。

齐轻舟对着前来宣旨的公公撇撇嘴："知道啦。"又叫樱灵拿出几锭金子塞到他手里："公公传话辛苦。"

"谢殿下体贴奴才！"连公公笑得合不拢嘴，更加卖力地奉承起他来，"要不怎么陛下成天儿惦记着殿下呢，奴才不骗您，陛下就是闭关有了闲，偶尔问问外边的事儿，那也是十句里头八句不离您呢。"

齐轻舟面上得体地笑了笑，心中却冷得似化不开的冰。

镜荷湖心亭阁。

齐轻舟坐在乌篷船上，还隔着半面湖水便隐约眺望到那抹熟悉久违的清影正坐在皇帝身边。

原本因为要见皇帝而蔫蔫无神的面色不禁一亮，舟绳都还没有系稳，人已经站起来跳下船头，惹得宝福在身后心惊胆战地喊："祖宗，您可小心着点儿啊，掉湖里去奴才也不活了。"

齐轻舟伸长脖子张望着，三步并作两步跃上岸边，脚尖点地，像只轻盈的白鸟。

"见过父皇。"齐轻舟脸上笑容明媚，比湖面上粼粼的金光来得更加粲然闪耀。

忽然，他歪了歪头，似是不经意的一瞥，仿佛才发现此处还有个人："欸？掌印也在？"

与皇帝同坐，见皇亲贵戚不必行礼，是殷淮的特权。

殷淮八风不动，波澜不惊："见过七殿下。"面色极淡，仿佛两人之前从未有过交集。

齐盛帝见小儿子一脸欢欣笑意，心中几个月以来因求道不得而堆积的阴霾都被驱散了大半。

毕竟，谁会不喜欢光鲜亮丽的事物，越是年朽的枯木，越盼望年少的春风雨露、生鲜蓬勃。

"来，舟儿，快到朕这儿来。"齐盛帝比了他的个头，笑道，"小半年长了不少个儿，都快比父皇高了。"又问，"舟儿想不想父皇？"

齐轻舟笑了笑，没答，只是眨巴眨巴眼睛扬着下巴说："儿臣还会再长的。"

齐盛帝让他坐到自己身边，问他近日都做了些什么。齐轻舟的目光往身旁瞥了一眼，说话不打草稿，抿了抿嘴张口就来："儿臣最近忙于读书射骑，文章也作了不少。"

他话音落闭，隐约听到细微的一声嗤笑，低沉虚渺的。

待他侧目看过去，发现殷淮依旧是一副矜贵端雅的模样，正在喝茶，面容清肃。

齐盛帝未察觉两个人之间的动静，但这个小儿子什么性子他还是有几分了解的，便故意板起脸皱眉道："果真这么用功？那为何朕一出关就收了南书房太傅们的联名告状，说七殿下生性顽劣，连着两回宫测都是垫底！连还未束发的老十二都比你强！"

齐盛帝许是闭关几个月没人说话，此时数落起齐轻舟来滔滔不绝："太傅还说，七皇子不知悔过，时常逃课，课堂上目无规纪，不但拿先生来编段子，还在课本上画王八，这又是怎么回事？你给朕解释解释！"

齐轻舟瞪大了眼睛："太傅连这都知道？他老人家未免也太关注儿臣了！"

齐盛帝气极反笑，一拍桌子："你还有脸说！现在太傅们个个都怕了你，说教不起你这尊大佛，你说怎么办？净会给朕添乱。"

殷淮手持茶碗，细细品着，偶尔给齐盛帝茶碗里续上七分，仿佛是见惯了皇上和皇子这般相互呛声。

他置身事外，既不劝圣上消气，也不为小皇子求情，姿态优雅。

只是心中不掀波澜地多了几分思量。

不知这个小皇子到底是不是故意，顽皮，但不至于顽劣，大祸不闯，小祸不断，每次尽搞些不痛不痒、令人啼笑皆非的名堂，既不会让齐盛帝厌烦，还能让他落得个安心踏实。

无论是父子关系，还是君臣关系，左右不过一个度的问题。

小皇子倒是无师自通。

齐轻舟面对师长愤懑的控诉不甚在意，眼见着齐盛帝是真的生出几分怒意，他还是一点也不愁，杏眼一弯，笑嘻嘻地道："那父皇特准我不上南书房了成不成？我自己在宫里学。"

反正他也不想每天在书堂里与李尚一等人斗智斗勇。

齐盛帝见他毫无悔改之意，反倒还顺杆爬，"啪"地将上好的玉瓷茶碗一掷："原来你还会自己学？朕怎么不知道！

"你这样不学无术，叫朕如何放心！如何跟雪夕交代！又如何跟你的皇祖母交代！"

雪夕是陈皇贵妃的闺名，齐轻舟唇边绚烂的笑意收敛了些，他不知道齐盛帝是怎么问心无愧地将这个浪漫旖旎的名字挂在嘴边这么多年的。

只要他犯了错、闯了祸，齐盛帝就会念出这个名字，可其实心里，却很是乐于见到他继续犯错吧。

齐轻舟收起笑容，轻声道："那父皇想让儿臣如何？"

齐盛帝沉吟了一会儿，拿出一副商量的语气道："朕也不是不知道你这性子，你既坐不定学堂，又不喜与丞相府那帮小子扎一块儿，那朕便指一个人专门负责你的功课，你看如何？"

小儿子可以不学无术，但不能一直让大儿子一脉一枝独秀，无人制衡。

前些时候已经有朝臣提议让太子独立参政了，张口闭口夸的都是太子才情出众，诗书文章在众皇子中无人能及。

"哦。"齐轻舟兴致索然，懒洋洋地叼了颗梅子进嘴里，含混不清地问道，"那父皇打算派哪位老师专门看押儿臣啊？"

这还不如继续去南书房呢，以前先生是看一个班，现在只盯着他一个人。

齐盛帝瞭他一眼，也不介意他用词嘲讽态度不恭，一锤定音道："人由你选，翰林院的先生和南书房的太傅任你挑。但你得跟朕保证，下回宫测必须给朕交出个拿得出手的成绩！"

总之不能让他听到全是夸太子的。

齐轻舟一听这话，原本耷拉着的耳朵一下子竖了起来，尽量掩饰好差点就形于色的喜意，语气平淡地确认道："谁都成吗？"

齐盛帝大手一挥："君无戏言。"

正在一旁看戏的殷淮觉着一道狡黠的目光在自己身上游移了一瞬，待他要捕捉之时已然飞走。

果不其然，下一秒，亭子里就响起小皇子清朗的声音："那便掌印吧！"

微微翘起的尾音没将他的故作随意掩饰好。

齐盛帝似是没想到，微微一顿。

帝王生性多疑，一双浑浊的眼眸在殷淮和齐轻舟之间怀疑地划了半晌，方才沉声道："殷爱卿既不是翰林学士，又不是书房的师傅，你休得胡闹！"

齐轻舟无所谓地笑笑，眼里的波光水色晃人心神："那有什么的？殷掌印可是父皇您亲自封的兰台监学，他的文选和讼论难道还教不了儿臣吗？"

殷淮如今身兼文武官职是齐盛帝的特谕，虽然走的并非寻常进仕入阁之路，但的确是圣殿亲举的官衔。

殷淮年纪不大，却已经做过了几届殿试的辅考官。大齐皇朝的读书人虽人人骂他扰乱纲纪，但他的文名昭盛却没有人不认。

传闻早年还只是同知的殷督主与当届状元郎商讨关境封地治吏。

一个东厂出来的同知竟深谙上古历朝讼典，驳论之老辣，辩得状元郎哑口无言，二月雪天里硬是冒出细细的密汗。

令在场旁听的三朝阁老目瞪口呆。

一个武力深不可测的匹夫或许尚不足畏，但一个满腹经纶的奸佞就难说了。

不怕奸佞武艺强，就怕奸佞有文化。

至此，朝野之事，殷掌印的手越伸越长，宫廷朝野，人事调度，工理吏治……泱泱大齐，齐盛帝闭关一年都没事，可殷淮要是撂一天担子，怕是半个朝野都不知道怎么转了。

齐盛帝转动手上的金樽，眯了眯眼，问另个一当事人："爱卿，你觉着呢？"

殷淮不知道这段时间他与齐轻舟的来往齐盛帝知道了多少，但他明白，此刻齐盛帝是在试探他，也在等他的表态。

齐盛帝最忌讳朝臣与皇子结派，无论是东宫还是旁的皇子。况且还是一个圣宠无两的皇子。

殷淮微微笑了笑："承蒙殿下抬爱，只是臣身兼东厂与宫中数职，俗务缠身，唯恐耽误了殿下的功课。"

一番话说得风清月朗，也推得四两拨千斤。

其实齐轻舟也隐隐知道殷淮不会答应接下自己这个大麻烦，但亲耳听到他拒绝时，还是不由得感到失落。

殷淮的余光扫到小皇子本神色鲜活的脸上此刻变得有些灰扑扑的低落，一边腮肉微微鼓起，话梅核还没吐出来。

殷淮微垂的眼睫凝滞一瞬。

但也只是一瞬，长期形成的疏离淡漠像是已经洇进了骨子里，不为所动的麻木不可能轻易被戳破。

被人当众拒绝并不是什么体面的事，齐轻舟向来擅长给自己台阶下："咳，是我思虑不周，既然掌印……"

倒是齐盛帝不知怎么又突然改变了主意："舟儿。"

"你可是真心想跟着殷爱卿学功课？"他这个儿子古灵精怪又生性多变，谁知道他是发自真心还是心血来潮。但略一琢磨，让齐轻舟跟在殷淮身边也不失为一计良策。

丞相和皇后的手近来伸得太长了，每回拿他这个不按常理出牌的儿子去治一治他们总能收到不错的效果。再者，他对这个儿子也不是一丁点儿感情都没有，齐轻舟这小孩坦荡、贴心、有趣。

齐盛帝明知太子和皇后为难他，但出于别的原因，也只能睁一只眼闭一只眼，现在让齐轻舟借着点殷准的势，也不至于吃太多哑巴亏。

齐轻舟不想让殷准为难，昧着真心含糊地回话："其实也不是很想。"

这一次听到小皇子的否认，殷准又皱起了眉头。

齐盛帝知道他赌气了，转身对着殷准道："爱卿，朕知道你要务繁重，但朕只有舟儿这么个可心的皇儿。"

"你也瞧见了，以前还有贵妃太后，现下宫中还没个能把这小子降伏的，若是他母妃知道朕没有鞭策他成材，定会怨责朕。爱卿，能者多劳，现下也只有你能帮朕解忧了。"

殷准要是不愿意，能有一万个理由和一万种方法回绝，毕竟时至今日，在这个世界上，能逼迫他做他不愿意做的事的人已经屈指可数，包括皇帝。

但他竟因为皇帝这个类似于托孤的命令而感到一丝不受理智控制的亢奋，仿佛有什么原本就一直沸腾的东西要冲破他设置好的心理屏障。

亭台水榭，石山楼阁，细荷初露，暮春的午风夹杂着虫蝉鸟鸣……

齐轻舟听到那个人说："那……谢皇上信任。臣，领命。"

不到一盏茶的工夫，御前公公第二回报皇后、太子求见。

齐盛帝眉眼间生出一丝不耐，置若罔闻，又苦口婆心地嘱咐齐轻舟今后要用功、要听殷准的话，说了好一会儿才乘船离开。

不大的亭阁里忽然一下子空荡了下来。

殷准旁若无人地用雅致的长橹勺了新茶，手法利落。

齐轻舟就这么看着。

对方泡茶的动作行云流水，很是赏心悦目。

"殿下再来一碗吗？"

齐轻舟为自己的无礼暗自懊恼，乖顺地坐下来。

他虽然觉着掌印是最佳的老师人选，长得好看、人也好，也不像会多管闲事的样子，不至于真的拘着自己，但想起对方方才婉拒和勉强应下的样子，心里有些不得劲，强买强卖没意思，他从来不强人所难。

小皇子踢了踢身前的玉阶，抿了抿嘴，斟酌着措辞："掌印，若是您实在是分身不暇，我可以再找个时间去跟父……"

"殿下可是在介意臣方才的回绝？"殷准直接戳破他的别扭。

齐轻舟一怔，不愿意承认："自然不是！"

"是也无碍，"殷淮扫他一眼，不在意地笑了笑，"可是，殿下，这个世界上很多话是言不由衷的。"

殷淮微微倾身，为他倒了一小碗茶汤，抬眸："就像很多事，眼见不为实。您能明白吗？"

齐轻舟轻轻地点了点头："明白。"

也不知道真明白假明白。

殷淮"唔"了一声，又听他说："掌印有掌印的难处，我都明白，我并无责怪掌印的意思。"

其实他也打了自己的算盘。

黑溜溜的眼珠子转了转，确认四下无人，齐轻舟凑近了殷淮，说悄悄话般细声道："我的意思是，您日理万机，父皇方才说的话您不必当真。书嘛，我自己读也是一样的，您公务繁重，也不敢劳烦您费这个时间日日到我殿里授课。"

他的如意算盘打得响极了："您看这样成不成，该学什么，您就给我布置功课，我完成了交给您批阅，若是不懂，再去请教。"这样他就不用日日去点卯，也没人管束着，这神仙日子，搁在以前，他都不敢想！

齐轻舟沉浸在美梦里，嘴角咧得越来越大："只要不在南书房碰上李尚他们，我向来最安分守己，这您是知道的。

"您尽可放心，不会给你添麻烦。"

"噢？"殷淮握茶碗的手一顿，唇边扬起一半的笑意缓缓敛了起来。小皇子过河拆桥倒是挺快。要他领下这个师父的名分，却不受他管教，天底下哪儿有这么便宜的事。

殷淮直接戳破他的心思："那殿下的意思是，要臣配合殿下一同欺瞒圣上？"

齐轻舟托着茶碗的手一顿，皱了皱鼻尖，讪讪地道，"话也不是这么说，掌印，这怎么能叫欺瞒呢？不过是换个教法罢了。"

殷淮一双凤眼上上下下将他打量了个遍，齐轻舟的脊背不自觉地挺直。

"换个教法？"殷淮简直想笑，按照他提的这个"教法"，齐轻舟怕是能疯到把魂都玩没了。他面带讥讽，厉声道，"臣以为，既然殿下在圣上面前如此坚定地选择了臣，就是做好了往后就要按着臣的规矩来的心理准备。"

齐轻舟没见过这么严肃正经的殷淮，他恍惚了一瞬，犹豫了半晌，问："不、不是，掌印的规矩是什么规矩？不会是东厂的规矩吧？"

啧，他以后还有没有机会溜出宫去玩儿？

齐轻舟又想起种种民间传闻，一哆嗦："掌印我跟你说，现在连南书房都不兴体罚了，你可不能……"

殷淮握茶碗的手一顿，眼尾带了点无奈的意味。

他是想先立下威严半拿捏他的意思，可这个小皇子脑子里到底在想些什么？

殷淮眼含笑意，手托着半腮，歪头低声道："殿下听话就不会。"

齐轻舟很快就发现，自己的逍遥日子算是真正到头了。

第一天殷淮就亲自带着贴身影卫去长欢殿请人。

刚从被窝里爬出来的齐轻舟被那阵仗吓了一大跳，皱着眉头斟酌道："这每日到掌印殿里是不是也太叨扰了，不如我就在自——"

"怎么会？"殷淮哪里不知道他心中那点小九九，扬了扬眉，浅浅一笑打断他，"殿下能来，臣之荣幸。"

"臣特意命人修缮了焰莲宫里的书房，正盼着殿下呢。"

齐轻舟没辙，自己选的老师，跪着也要把课听完。

所幸殷淮讲课不错，教的也不是南书房老太傅们的陈旧论调，挺有意思的。

他看到要学的纲目才知道殷淮是要真的教他东西，教材都是对方自己编选的，与南书房那套四书五经完全不是一个体系。

齐轻舟心下一时不知做何感想，很是不好意思，倒是把那副吊儿郎当的心态略微收了收。

此后每日，他都带着功课到焰莲宫报到，有时候嫌麻烦了，便把东西直接留下。

殷淮书房里齐轻舟的物什越来越多，笔墨、茶具、衣裳，还有他所谓劳逸结合的小玩意儿，比如与这奢靡华丽宫殿格格不入的蹴鞠、纸鸢、吊绳和弹弓……

示威似的，他特意摆在案牍上最显眼的位置。殷淮也只是当没瞧见，任由他去。

进了焰莲宫齐轻舟才晓得，殷淮这声"九千岁"不是白叫的，吃穿用度皆精细奢靡到令他这个正儿八经的皇子都叹为观止。

齐轻舟正在犯困，殷淮刚从外面办事回来，没吃上午饭，宫里的人将备好的点心呈上来。

一小块璎珞酥，银白瓷碟下点着小火炉温着。采的是天未亮的荷珠，裹的是名贵桃胶与珍珠鸡丝肉，掺了百年的名贵补材，再糅以羊脂，香浓柔滑，入口即化。

齐轻舟手上还握着笔，故意没抬头，只是两只眼睛一个劲儿地往这边扫射，目光又直又亮，殷淮想忽视都难。

知道小皇子是贪新鲜，便随口问道："殿下可要一起用一些？"

齐轻舟等的就是这一句，尽量让自己起身的动作不显得过于急切，慢条斯理地道:"那我便陪掌印一块儿用一些。"

他搓搓手,伸手要拿筷子,被殷淮一挡,扔了块苏锦过来:"净手。"

啧,真讲究!

齐轻舟先夹了个贝肉虾饺,一口咬下去扑闪着大眼睛:"掌印,这是东海极虾吧!"

殷淮鼻腔里哼出一声沉笑,幽幽地道:"殿下英明。"

贝肉、虾饺柔嫩多汁,齐轻舟都没空跟他多说一句话,一下子吃了七八个。殷淮将茶倒至他面前:"殿下慢些,这两屉都是您的。"

听出他的讽刺,齐轻舟讪讪地放慢了速度。

齐轻舟现在每日最大的盼头就是焰莲宫的一日三餐,殷淮看着他白净的面颊,忽而说:"殿下是不是胖了点儿?"

齐轻舟瞪圆了眼睛,好半天才憋出一句:"我还在长身体!"

天气开始回暖,两宫隔得不近,来来回回又是一身汗,齐轻舟学得晚了就干脆在焰莲宫留宿。

殷淮派人专门收拾了主屋的西厢给他,就在自己的对面。

没见过比齐轻舟还能睡的人,书才翻几页就两眼一闭。殷淮揪起他的后领子,齐轻舟睁眼看他一瞬,又闭上了。

"……"

殷淮没什么耐性,但看了半晌那张恬静的睡容,气也消了几分。平日里生龙活虎的,这般模样可真是难得一见。

索性把他放到床上。

齐轻舟嘴里还叨念着今天殷淮讲课的内容:"明以礼,强直以克己。"

"……"殷淮在旁看起公文。

齐轻舟睡相着实不好,左翻右翻,露出脚丫。殷淮伸手帮他把脚放回被窝,自嘲地勾起唇角:伺候人的活儿,他好多年没做倒一点没生疏。

齐轻舟醒来时已经是午日西沉的光景,窗外绚丽的云霞让人有些恍惚,好久没睡过这么沉了,他呆呆地盘腿坐在榻上,动也不想动。

殷淮抱着手臂,懒懒地靠在门口,已经看他许久,淡淡地出言道:"殿下睡得还好吗?"

齐轻舟以为自己偷偷睡觉惹殷老师不快,仿若一个受惊的小动物弹跳起来:

"我现在马上去把诵论背完！"

自打这往后，这间西厢便成了齐轻舟的专属房间。

徐一很吃惊。

焰莲宫是皇城里最华丽奢靡的宫殿，也是戒备等级最高的地方，督主对这一点格外注重，毕竟东厂干的是脑袋拴在裤腰带上的活儿，哪怕是一只苍蝇进出都要经过严格缜密的审查。

可七皇子这个还摸不清是敌是友的外来客竟能成为焰莲宫的上宾贵客，实在叫人意外。

齐轻舟倒是不客气。今日逛逛花园，明天登登后山，三天两头放个风筝，就差上房揭瓦，跟在自己宫里一般自在。

殷淮近来公务不多，七天里有四天能陪着他在书房里从早耗到晚。

初夏日光澄静，屋子里两人各忙各的，偶有清风自庭前竹林而过，沙沙作响，倒也显得静谧安宁。

课没上几日，齐轻舟实在想出去玩，他性子闷不住，便凑近身去旁敲侧击："掌印，近来东厂不忙吗？"

青玉案牍另一头正在批阅公文的殷淮眉一挑，头也不抬："谢殿下关心。臣认为，东厂俗务不比天家皇子的课业重要。"

齐轻舟："……"

他皱眉噘嘴的表情落进殷淮眼里，让人觉得神清气爽。

齐轻舟这人，表情尤为丰富，说他有进步就眼神发亮，说他的文章不知所云一双耳朵就瞬间耷拉下去，跟只狗儿似的，让人忍不住想去逗。

典型的喜形于色，这很不好，尤其在宫里。殷淮想提醒他，但到底也没说。

拿了笔在他的文章上勾勾点点，齐轻舟手托着下巴突然道："掌印真是字如其人。"

殷淮唇角一弯，嘴上却道："殿下谬赞。"

隔了一秒，又道："这篇《古军行》还是要背的。"

"不是，"齐轻舟嘴角一抽，"我又不是为了这个！"

"是真的夸您，"怕他不信，又道，"比京城妙手容公子写的还要好。"

殷淮嘴角的弧度往回收了几分，似是随口问道："殿下还看过容公子的字。"

京中妙手容磊是书法大家华秀大师的嫡传弟子，其成名篇作是得到过齐盛帝御笔亲赞的。

齐轻舟不在意地摆摆手，如实答道："上回他师傅不是给他办了个什么书画展嘛，宗原非要拉着我去看，确实有两把刷子。"

殷淮笔一搁，垂下眼睑，轻吹茶面，茶气晕开，看不清神色，慢条斯理地翻出一沓以前亲手描摹的字帖扔过去："拿去临帖，每个礼拜把功课交到臣这儿来。"

他看过齐轻舟的字，实属上乘，筋骨透着一股静气，只是脊力弱了些，他年纪尚小，笔风亦未成形，如今矫正不算太晚。

"啊？！"齐轻舟叫惨不迭，暗自怪自己多嘴，没事瞎拍什么马屁说什么字啊，真是搬起石头砸自己的脚。

皇帝出关，设宴招待群臣和后宫是惯例，皇后借此机会一展威仪，精心张罗了规格盛大的宫宴。

皇子、公主、后妃、朝臣衣着装饰皆有严格的规矩，殷淮低首弯腰，亲手为齐轻舟系上玉簪冠铊，更衬得他面若冠玉。

齐轻舟不舒服地晃了晃脑袋，水晶玉琉璃发出一串叮叮当当的声响，他指指头上，问殷淮："这个玩意也太重了，能不能不戴？"

殷淮没说能也没说不能，只是微不可察地退后半步，双手背在身后，评价道："殿下戴着好看。"

齐轻舟知道了，那就是不能。

殷淮看出他的不爽快，极淡地一笑，手按在他的肩头上："走吧，臣护殿下前往。"

宫宴盛大，极尽奢靡铺张，李皇后与太子面上生辉，沉溺于万众朝拜的场面。

各位皇子与公主也纷纷准备了节目和礼物逗齐盛帝开怀，李皇后笑得端庄大方："连小十七都上来吹笛子了，咱们七殿下平日最是个多才多艺的，怎么今晚上毫无动静？快来，你父皇可是盼了你一晚上。"

彼时齐轻舟正在吃虾，被提到也从容不迫："好啊，待儿臣准备准备。"

殷淮知道皇后为今日颇花了一番心思，后头还准备了个大惊喜。

等宴会结束的时候，楼阁顶梁上便会有一幅巨大的"妙道得仙"神符从天而落。好大喜功的齐盛帝向来最吃这一套。

殷淮扬唇讽笑，这些天丞相在他身上吃了不少亏，皇后这边确实是该下点功夫了。

他不急，身边不是还有个更该急的吗。

殷淮低头瞥了一眼挨着他坐的小皇子，慢条斯理擦了擦手，完美无瑕的脸上露出些微遗憾,话也透得不露痕迹:"臣只是想起当年陈皇贵妃一舞倾城,同样也是从空中拉起一道'万寿无疆',说起来贵妃还是首创,不承想,今日情景再现,却已时过境迁,物是人非。"

齐轻舟瞪圆眼睛,他年岁小,不知道还有这么个渊源,母妃从来都是他心中的禁忌,静了一会儿,他低着头轻声问:"掌印,你说我借舞剑之机装作无意挑开系绳可行吗?"

他不争别的什么,但涉及他母妃就不行,必须要让皇后东宫看清楚他的底线。连讨个圣宠都要抄袭他母妃,这不成心恶心人吗?齐轻舟不想忍。

殷淮心中满意,细长眉眼光华幽幽流转,涌起一丝微不可察的亮色,语气里却充满担忧:"殿下不怕皇后打击报复吗?"

"她打击报复我还少吗?也不多这一件。"齐轻舟漠然回答道。

殷淮叹了口气,默不作声,眼底悠然的笑意却越发漾开。虽然今夜之后,皇后、太子,甚至丞相,都不会再对小皇子手下留情,但那不在他考虑的范围之内。

小皇子是挺可爱的,人也得趣,放在身边养着日子不至于像以前那么孤寂无聊,但这几分趣还不足以扰乱他的计划。

果不其然,齐轻舟凌空舞剑,状似无意间划破那根系绳,一幅巨制的"妙道得仙"神符从天而降,蔚为壮观,惊堂满座,齐盛帝激动得恨不得走下去抱着他叫"心肝皇儿"。

齐轻舟面上尽是无辜和无措,他挠了挠头,诚心诚意地道:"父皇,这……这不是儿臣准备的,不知道是不小心借了谁的花献佛,实在对不住这位准备惊喜的有心人。"

半真的话,不能叫撒谎。

殷淮怡然自得地端坐在席上看小皇子演戏,修长的食指有一搭没一搭地轻点着台面,抬手用茶碗挡住唇角,掩住几乎就要漫上来的笑意。

孺子可教。

小皇子还挺机灵,该起作用的时候绝不掉链子。

往后还有的是能用上他的地方。

齐盛帝此刻哪里还管这个,感叹道:"无妨,都是天意。朕记得,当年雪夕她也是这么……"

皇后被齐轻舟搅了局本就满腔怒火,此时齐盛帝还在满朝文武和后宫面前提陈皇贵妃的名字,更令她恨不得当场将齐轻舟碎尸泄愤。

这样庄重隆盛的时刻,皇帝公然提那个死人的名字是什么意思,把她和太子的面子往哪儿搁?

煌煌明灯之下,齐轻舟面不改色,只回以平静的眼神。

齐轻舟收了剑,回到台下,宗原将他拉到一角,面色担忧道:"殿下怎么知道那里有两根隐藏的系绳?"

齐轻舟满脸的漠然尚未藏起,与他往日嬉皮笑脸的模样判若两人,擦了擦剑刃:"哦,那个啊,掌印告诉我的。"

宗原眼瞳一缩:"是他让你这么做的?那东厂魔头给你灌了什么迷魂汤?"

齐轻舟皱眉瞧了他一眼,不满道:"不关掌印的事,是我自己要这么做的!"

"他们可以算计我,但却不能在我母妃身上做文章。"

宗原恨铁不成钢:"殿下疯了吗?你在这种场合坏人美事,树大招风,以后皇后、太子不会再给你留一条活路。"

齐轻舟无所谓地耸耸肩,平静地道:"他们现在也没省着力啊。"

宗原叹气:"殿下长点心吧,你玩不过他们的,也玩不过殷淮。"

殷淮见齐轻舟去了许久才回来,状似无意地问道:"殿下去了这么久,可是哪里不适?"

"没有,遇上了个同窗。"齐轻舟在他身旁坐下,凑近了一些,低声问,"掌印,方才我在台上没露馅吧?"

殷淮慵懒地抿了口酒,轻悠悠地笑了,像瑰色天边悬着的一轮明月,玉白宽袖一抬,奖励似的摸了摸他的头:"殿下表现很好,随机应变,勇气可嘉。"

齐轻舟看到他温和亲切的微笑,觉得安心,嘴角也跟着弯起来。

殷淮徐徐将手收回,目光移开,凝在酒面上,不知在想些什么。

"掌印?"齐轻舟唤了他一声。

殷淮忽然吩咐道:"宫宴结束后,殿下就先不要出门了,这几日留在臣那儿吧。"

谁知道那毒妇被刺激到了要耍什么阴招。

"这是为何?"齐轻舟一听不能出门,黑漆漆的眼珠子顷刻瞪圆,又从那个冷漠的舞剑少年变回了一心玩乐的纨绔。

不是,这好端端的,怎么就搞禁闭呢?!

殷淮瞥他一眼,幽幽地宣布:"自是臣有新的功课要布置与殿下。"

"那我能不能——"

"不能。"

"……"

这变脸也忒快了，怪不得人说九千岁喜怒无常。在齐轻舟的印象里，殷淮孤傲、神秘、高不可攀、阴晴不定。即使现在他和殷淮住到了同个屋檐下，也不能说他了解这个人。他只能触摸到书房这方寸之地的殷淮，或者说，他见到的，只是殷淮愿意展示给他看的那一面。

刚住进焰莲宫那会儿，齐轻舟未弄清东南西北，误入禁殿——一座药宫。

大概是整座焰莲宫本就严防死守、滴水不漏，这里竟没有设重重机关，齐轻舟糊里糊涂就闯了进去。

又是那股熟悉的冷香，掺着腥血的甜味，更加馥郁甜腻。

往日神威凛凛、发号施令的人此刻危险又脆弱，近似朱砂的媚红血丝让他原本漆黑的瞳仁显得更加妖冶，薄唇苍白，又被血色染出诡异的美感。

齐轻舟尚未来得及看清，一只骨节细长、冷硬如冰的手已经狠狠攫住他的颈脖，像索命的锁链，温热急促的气息一点一点从他的气管里被挤出来。

他瞬时大惊："掌……掌印，是我……"

殷淮眼梢吊起，他舔去唇角血迹，笑了笑，手上却锁得更紧："殿下怎么在这儿？"

齐轻舟的瞳孔一寸寸放大。他看出来了，有那么一个瞬间，殷淮是真的想杀了他。

胸腔空气耗尽，齐轻舟气若游丝："不知道，我……"

话没说完他就晕过去了。醒来睁开眼是熟悉的云锦纱帐，齐轻舟一阵恍惚，不知道殷淮为什么最后又放过了他。

可那天煞如鬼魅的阴狠眼神、冰凉的皮肉触感像一阵阴寒凉风时不时扫过他的脊背。

往后好几天，齐轻舟都格外规矩，功课学得认真，吃饭正襟危坐，也不敢再把手伸向殷淮盘中的点心，连菜都只拣摆在面前的那几盘夹。

殷淮瞧他乖下来反而有些不舒服，那种小心翼翼的闪躲不应该出现在齐轻舟脸上。他们之间的生分和疏离让他如鲠在喉。

见殷淮面无表情，齐轻舟就更紧张，心惊胆战，能躲则躲。

当值回来的殷淮一把揪住墙角忽然杀了个回马枪的人的衣领，语气淡淡的："躲臣？"

齐轻舟被他拎着，手都不知往哪儿摆，讪讪道："没有。"

"没有？"殷淮今日身着深紫色青鹤齐领官服，朝中位阶独一份，更显声势威赫，凤眸眯起，"没有殿下跑什么？"

见着他就扭头，就差没撞在柱子上。

齐轻舟受不住他审视的目光，偏过头，细声细气道："我……我去把昨天的吏诵背完。"

殷淮睨着他，居高临下的，一言不发。

齐轻舟又紧张起来，立正站好，主动报告："经议已经抄好，还有明算也写完了，就放在您的桌子上，还有……"

殷淮打断他："殿下故意的？"

"什……什么？"

殷淮也不说破，沉默几秒，往他怀里扔了包东西便抬步往前走。

沉甸甸的一包，在空中划了道弧线落到齐轻舟怀里。

他跟在殷淮后面边走边拆，剥出一袋他之前随口提过的点心。是一家很难排到的点心铺。

"给我的？"齐轻舟张了张嘴，犹豫了几秒，上前扯住殷淮镶青花边的袖子，左右望望，确认无人后，才凑上去小声说，"我不会说出去的。"

在这宫里，谁还没有点秘密，掌印不想让人知道，他就闭紧嘴巴。

殷淮顿住，回过头来看他，目光深邃。

齐轻舟抿了抿嘴："掌印信我。"

半响，殷淮道："那臣便谢过殿下了。"

齐轻舟本来还想问他是不是在疗伤，但还是闭了嘴。

共同的秘密让齐轻舟又放下了防备。殷淮觉得小皇子身上毛病不少，但这种洒脱的性子倒是好养。

像只家养的小狗，被主人训斥了几句，别扭了几天，再扔根骨头过去，就又跟你亲了。即便有那么一瞬主人是真的想宰了它，它也不跟你真的计较。

殷淮很忙，每天依旧都会有衣色不同的暗寐影卫进宫向他汇报事情，有时会避着齐轻舟，有时候也不会。

大约是很没把他放在眼里，他也听不懂。

殷淮有时回来身上会带着血腥味，一种被木质香调掩饰过依旧浓重的血腥味。

他下达命令的声音极轻极冷，像闪着白光的刀鞘，仿佛要处置的是一群卑微低贱的蝼蚁，他指尖轻轻一捻，便定人生死。

这时候殷淮也不是他熟悉的掌印，那是另一个，从地狱走出来的浴血修罗，冷漠得可怖。

齐轻舟每回想起那道阴冷的声音都脊背发寒，抬眼望向正在批公文的殷淮，又觉得那种心惊胆寒是他的错觉。

掌印明明这般风清月朗，不可方物。

殷淮屈起两根修长的手指轻轻叩击一下青玉桌面，以示警醒。

冷声道："殿下专心。"

齐轻舟立刻像是一只被惊着的小奶猫埋头钻进课本里去。心生好奇，也没见掌印看过来，但每次都能准确无误地抓到他开小差。

殷淮担心李后宫宴那天被下了面子恼羞成怒，这几日都押着齐轻舟子在殿里温书，不放人出去。齐轻舟都快憋疯了，悄悄让人给他找乐子。

"这是什么？"

柳菁菁敞了敞黑袍外襟，没有一点儿名门闺秀的模样："这都是现在外面乐坊司里最流行的话本子，你看着有没有好的，解解闷！可千万别让那位殿千岁瞧见了，我可是顶着项上人头给你寻来的——"

齐轻舟摆摆手："我有那么笨吗？"

转头就把经论的书皮扒下来套在话本子上。

正在书桌前看得津津有味，一个低沉的声音像一盆凉水似的冷不丁从头上泼下来："那小公子面若冠玉……"

齐轻舟跟被点着了的炮仗似的噌地跳了起来，用书捂住心口，语气里带着羞赧的责备与暴躁："掌印，你怎么能偷看别人的书？！还念出来！"

殷淮幽深的目光锁住他，撇了撇朱红色的宽袖，沉声问："怎么？殿下看得，臣却念不得？"

他人高手长，虚晃一招就夺走了那本"伪装"的话本子，看到书皮跟底下的书页黏得严丝合缝，眉头一扬，讥讽道："殿下的手工又长进了不少。"

这话本子的书皮竟比上回的纸鸢做得更精细些。

这装帧几乎可以假乱真，不过糊弄他还差些火候，骗骗南书房那几位老眼昏花的酸儒还是绰绰有余的。

齐轻舟退无可退，掌印本人大概不知道自己那张脸的杀伤力吧。

他被热乎乎的气息和一股冷香紧紧包围，心跳得极快，烦躁地辩驳道："你……你先放开我，这个不是我挑的！"

他撒谎道:"我让柳菁菁给我找几本江湖侠游的书来,那丫头就塞了这个糊弄我,这里边说的好多……我都还没看懂呢!"

这个作者不行,故事怎么看都怪得很。

殷淮眸色幽沉下去几分。他看不懂倒还委屈起来了?

柳菁菁那丫头,殷淮略有耳闻。驻疆大将军的女儿,自小被家里放到军营里当男儿养,咋咋呼呼,不拘小节,相当不正经,怎么净带着小皇子学歪。

殷淮蹙起眉心,双手背在身后,面带讥讽冷声道:"殿下交友还是谨慎些好。"

小皇子一顿,皱了皱眉,转过头来。

齐轻舟这个人吧,护短,别人批评他没事,但要说他的朋友他就不乐意了,掌印长得美也不行!

柳菁菁是他偷溜出宫在赌场玩儿认识的朋友,他输得连裤子都不剩的时候是对方仗义捞了自己一把。柳菁菁为人豪爽、讲义气,有大将之风,跟京中那些扭扭捏捏的闺阁女子不一样。

他在宫里本来就没什么朋友,不服气地嘟囔道:"我交友怎么了?柳菁菁她人可好了,掌印不认识可不能随便评断本王的朋友。"

殷淮本只是随口一说,没想到齐轻舟平日里这么个心大的人竟然为了个将军的千金,头一回顶撞他。

殷淮眸底划过一丝阴鸷,幽沉地望着他。

小皇子就是这样,带着生猛的坦率和真心,认定了谁是自己人就会百般维护。只是当这个被维护的人不是他的时候,殷淮顿时就心头火起。

殷淮退开一步,直直地对上少年那双乌漆圆溜的眼睛,勾唇讥讽道:"臣说错了吗?近墨者黑。我看殿下身上不少坏毛病没准就是从这位将军府的千金身上学来的。"

齐轻舟瞪大了眼睛,气得胸口起伏不平。

他知道自己全身上下都是毛病,还是一个人人都想避开的大麻烦、烫手山芋。别人都可以这么认为,可当殷淮这么说他的时候,他就格外羞愧、难受和委屈,他特别想在殷淮面前表现出自己优秀的那一面。

可是没有。

殷淮一个权势滔天的权臣,身上的气场和底气都是齐轻舟一个无依无靠的年少皇子难以比拟的。

他张开嘴又不知道说什么,反正他对眼前这个人也说不出来什么难听的狠话。

挤了半天,终于从牙缝里吐出两个字:"庸俗!"
殷淮:"……"

第二日清早,齐轻舟醒来,殷淮已经离宫。

殷淮什么时辰走的他不知道,虽然这个人平日对他的功课上心,但睡懒觉倒是没怎么管。

齐轻舟一个人坐在丰盛的饭桌前对着他最爱吃的几样糕点,有些食不知味。咬了一口金丝糯米团子,犹豫半晌,还是问一旁侍候的宫女:"掌印去哪儿了?"

焰莲宫的宫女比别处的下人更显得训练有素,谨言慎行,只是弯下腰恭敬道:"回殿下,奴婢只知道督主天没亮就出门去了,其余的不清楚。"

齐轻舟没为难她,自己一个人胡乱扒了两口,又怏怏地在草木成荫的院子里发了会儿呆。

巡视的徐一忽然被人拦住:"徐侍卫,你知道掌印去哪儿了吗?"

"主子出宫了。"这些天主子对小皇子是什么态度,徐一看在眼里,平时在书房议事也不特意避开他。徐一顿了一秒,也不打算刻意瞒他,左右也是正经公事。

"出宫做什么?"

"宫里想征几块地,在四水町最繁华的路口,背后的庄家闹事,是几个宗亲的旁支,闹到了皇上那儿,督主便亲自去看一看。"

齐轻舟长长地"噢"了一声,不是被他气走的就好:"没事儿,我就问问,你去忙你的吧。"

徐一看他轻松得快要飞起来的身影,想起主子出门前的嘱咐,还是恭敬地弯下了腰回道:"督主出门前让属下转告殿下,今日不要出门,回来还要考您文章。"

徐一这话说得委婉,没敢告诉他殷淮的原话。

昨日不欢而散,齐轻舟一听殷淮还愿意管他,两只漆黑的眼睛弯了月牙,亮晶晶的:"你家督主还说了什么别的吗?"

徐一犹豫了一下,如实相告:"督主还说,冰果儿从今天起也只能每回供您两个,说是怕您……没节制。"

齐轻舟也不计较,拍拍他的肩,信誓旦旦道:"好,我知道,我今日铁定不出去,就留在宫里好好温书,等着你们督主回来,不会让你们为难。"

徐一没在齐轻舟身上吃过亏,信了个十成十。

等他们发现书房里空无一人时,小皇子人已经飞到了皇城边上的四水町。

齐轻舟同自己说,他不是特意来找殷淮的,他真不是,他就是好奇,过来看看。

等他和柳菁菁把四水町的酒楼、赌场和勾栏全逛了一遍之后，天完全黑了下来。

柳菁菁比他还不自由，道别后直接回了军营，他一个人返回宫里。

天色已暗，齐轻舟心中急切便抄了条近道。

走到一半就碰上了血腥现场，他向来不爱凑这种热闹，脚尖一转正准备绕道走，忽然觉得被包围在中央的那辆马车格外眼熟。

殷淮今天没带多少人出来，对方来势汹汹，一瞧就是打听好了他的行程有备而来。

他仇家多，面对这种半路暗杀早已游刃有余。

今天的来人诡计多端，围了障人眼法的阵型，还有大量火药包和火铳，硬打起来殷淮不占任何优势。

但他依旧气定神闲，脚尖一点轿顶，闪过火球与暗箭，翻飞的朱红阔袖在皎洁月色下夺目鲜明，如同一株夜色中肆意盛放的赤莲。

对方阵法是针对他练的九莲宫术围的，但他们不知道他为了解身上的冰蛊还练了阳宵重影，阳气磁场比他们的火力更猛烈，殷淮寻到突破口后不再恋战。

对方却紧咬不放，讨不着好也要玉石俱焚。

黑衣头子掏出一节重型火药引向殷淮，这个和之前那些都不一样，留着最后用的，即便殷淮练了内力强大的阳木也未必能抵住这火力。他拼尽全力点燃引子，谁料天幕之下，忽降一人，趁其不备将他和殷淮阻断开来。

齐轻舟平日混江湖，自然也识得这不是一般的火雷子，当机立断将手里抱着的一大坛酸梅汤哗啦一下泼向那刺客，糊得那黑衣人一脸黏腻，帽巾尽湿，整个人蒙在原地。

引子没烧完，火药没响便熄灭了。

殷淮看清楚半路杀出的人是谁时，心都要从嗓子眼里跳出来。

"齐轻舟！"殷淮眉眼间狠厉之色尽显，既吃惊又生气，头一回大声呵斥了他。

少年在朦胧的夜色里，快速穿行于屋顶的檐角，像月光下轻盈敏捷的鹭鸟。

这只白鹭疾走如飞，还寻出空隙回过头朝他笑了笑，那得意的笑容比天上的月亮还要亮上几分，皎洁又闪耀，隔着重重夜雾都亮得殷淮眯了眯眼睛。

齐轻舟确认火引熄灭后便马上向殷淮飞去，眼看就要进入殷淮的势力范围，一个已经倒地了的杀手又忽然翻身跃起。

显然是一群死士，死到临头的绝地反击，繁复缭乱的刀法快如闪电。

是冲着殷淮的。

齐轻舟离那人更近，脚尖方向一转，推开他。

"让开！"殷淮漆黑的瞳仁一寸寸放大，眉心狠狠皱起，点地凌空，朱红宽袖一扬，于呼啸夜风中猎猎作响，一掌解决了那杀手。

但对方那拼死反杀的一刀还是刺在了齐轻舟的小腿肚子上，伤口深，汩汩血水像开在夜间艳丽、腥甜的花。

节节落败的杀手迅速撤退，殷淮奔过去将齐轻舟一把揽起来，动作极为轻柔，侧脸却冷若寒霜，在玉色月光下更显疏离，眼底闪过阴厉。

声如寒冬冰雪刺人的骨子里："殿下是非要跟臣作对吗？"

脸色苍白的齐轻舟一愣。

殷淮怒斥："为何就不能听话一些？"

齐轻舟第一次见他真的生气，往常或笑或冷哼或讽刺，都不曾这样直接激动地表露过心里的真实情绪。

他不自在地扭了扭，长这么大，还没有被谁用这种姿势护在过身后。

母妃没有，太后没有，皇帝更无可能。

"别动。"殷淮冷着一张脸，目光扫过他滴着血的小腿，眼底漫出层层森冷和阴沉。

当初齐盛帝问他要不要接受齐轻舟的提议，他就在想，小皇子跟他沾了关系，他就得承担双份的风险，只怕是更不安全。

这天下想要他殷淮这条命的人未免太多，果不其然，今日应验。

小皇子半路杀出，毅然决然挡在他面前的场景一遍又一遍地在他眼前重现。

殷淮忽然发现，小皇子这些日子又长高了一些。

那个跳出来的背影没有他想象中的羸弱，像一枝抽干的竹竿，势无可挡、锐气逼人。一下子形容不出那是种什么感觉，只能任夜色遮掩，强迫心神平静。

一个影卫上前："督主，让臣……"

殷淮一避，尽量避开小皇子流血的腿，亲自查看他的伤口。

齐轻舟下意识地一缩，立马被他定住，力道强势，又喝他："还动？"

接收到对方狠厉的眼风，又见他面色阴沉难看，齐轻舟不敢再挣开。

殷淮撩开裤腿一瞧。

胫骨上，一道如同一只丑陋蜈蚣的伤痕蜿蜒其上，冒着热腾腾的血气。

殷淮的薄唇抿成一道冷峻的线条，眼尾也仿若被那热气腾腾的血色染红一片，活像个从地狱火宫走出来的浴血阎刹。

齐轻舟畏惧他的眼底的森冷和长时间的沉默，挤出一丝勉强的笑意，小心翼翼地开口道："掌印，其实……我也不是很疼，它就是看……着……吓……人。"

殷淮一言不发，给他做好简单的止血包扎。凌厉的目光剜了他一眼，声音森冷，充满讥诮讽刺的意味："臣还不知道，殿下原来这么能忍。"

"……"齐轻舟自知理亏，默默地闭嘴。

殷淮将他放在坐垫上，路途颠簸，马车一顿一顿，齐轻舟无力的身躯也跟着摇晃得动歪西倒。

有时候碰到伤口疼得龇牙咧嘴，但碍于逞英雄后的形象和怕挨责罚，不敢开口喊疼。

殷淮这个人，从来不让人近身，警惕性和防备心也极重。

有好几次他在书房假寐，齐轻舟只走近了些，殷淮几乎是第一瞬间就惊醒，攫住了齐轻舟，力道之大，齐轻舟疼得脸色一下子就变了。

"啊疼疼疼！掌印！是我！掌印！"

殷淮即便是在休息状态，功力依旧一分不减，他的身体在常年的训练中已经形成本能反应，先于理智出手。

听到熟悉的声音，他愣怔了一瞬，才立刻将力道放轻。

殷淮向来喜欢一招毙命，齐轻舟疼得眼角都红了一层水光，但他不小心窥探到对方初醒时眼底划过的一丝阴霾和狠戾，又不敢再抱怨。

殷淮看到小皇子手腕上一圈红紫，按了按眉心，静了几秒，才说："抱歉，殿下。"

是真的疼，但齐轻舟心里反倒很理解殷淮。

对方向来是个私人领地意识很重的人，坐在这个位置上稍不留神就会丢性命，多么警惕都不为过，他咧了个比哭还难看的笑容："只是一点点疼而已。"

殷淮命下人拿来膏药亲自为他上药，淡淡地道："臣这个人睡得浅，往后殿下还是离我远着些，以免再误伤了您。"

齐轻舟知道殷淮这是不高兴了。

自从那次之后，他再也不敢在对方浅寐或是闭目养神的时候靠近，因为殷淮不喜欢。

可是现在，殷淮居然主动让他靠着，齐轻舟还以为自己在梦里。

"别动。"殷淮固定好他的腿，不让他乱动碰到伤口。

齐轻舟立马乖乖不动，殷淮的衣袍丝质奢华柔软温暖，构筑出一个安全的空间，令人昏昏欲睡，心头生暖。

夜色漫漫，长路迢迢，没有尽头。

过了许久，就在他以为殷淮不会再说话的时候，对方低沉的声音卷了一丝沙哑与疲惫："殿下方才为何要挡在臣面前？"

那声音像宫中日暮的钟声，很近又很远，飘飘荡荡地闯进齐轻舟的耳朵里。

齐轻舟迷迷糊糊的，语气自然地诚实答道："我不知道，当时您好危险啊，我什么都来不及想就已经冲到那儿了。"

齐轻舟沉在药香里，就像是疲惫至极的旅人浸在一片清气里，混混沌沌的，心里想什么便说什么："我知道掌印厉害，但就是……没忍住。"

齐轻舟察觉背后的身躯僵了一瞬，他又抬起头问："掌印，我破坏了您的计划吗？

"您是不是在怪我？"

过了一会儿，齐轻舟才听到一道声音从头顶落下："殿下艺高人胆大，臣不敢。"讥讽意味浓重。

"那掌印还是怪我。"他抿抿嘴，小声嘟囔道。

靠着殷淮的肩侧，很舒服。

"掌印怪我也没办法，"小皇子也很委屈和苦恼，"我的身体不听我的话呀。"

殷淮低头看着身旁人下意识的小动作。

小皇子不听话的时候能让人担心得牙痒痒，但一旦对谁掏心掏肺起来，倒是窝心得像一把熊熊的小火苗。

齐轻舟的头越来越重。

由于冰蛊的缘故，殷淮的体温常年都比正常人低一些，齐轻舟觉着自己像是浸泡在一池清浅的水里，能驱走躁意。

他有气无力地扯了扯殷淮的宽袖："掌印我好困啊，能不能睡一小会儿？"

殷淮不答。

齐轻舟挤出个可怜巴巴的笑容，比哭还难看："到了记得叫我啊。"

殷淮的印象中，小皇子永远精力充沛，显少有这么乖的时刻。沉声道："睡。"

回到宫里自然也没叫醒他，直接将人送到房间里继续睡。

在宫门迎候的徐一大吃一惊。东厂权势滔天，督主权倾朝野，何曾这般平易近人过。

待他借着宫灯看清那张安然酣睡的脸庞时，惊讶的眼中又浮现出一丝了然。

殷淮将齐轻舟放到床榻上，吩咐跟在身后的徐一："传医正。"

东厂不用太医，自己培养有特殊的医疗队伍。首席是个上了年纪的老爷子。

清洗了齐轻舟腿上的脏污后，露出了狰狞的伤口。

老医正皱起眉，摸着胡子沉吟了一会儿，犹豫着要如何开口。

殷淮靠在床边，寸步不离，眯着眼睛不耐道："有话直说。"

老医正弯腰拱手："殿下腿骨里头有旧伤，这回又刚好伤了筋脉，切断了筋元，怕是有些棘手。"

殷淮脸色一沉，窗外的月光都更冷清，惊飞几只夜鸦，他冷声问："怎么治？"

老医正的腰身弯得更低了："臣……臣估摸着要缝上十八针，再用天子山的名贵药材制一味药，每日涂上三回。这些药物有的性寒，有的极烈，臣的这个方子一下去，东厂的京羽卫都未必能坚持下去。殿下年纪尚轻，臣怕……"

齐轻舟早就醒了，原本还懒洋洋地瘫在软被上，这会儿被吓得险些跳起来，眼睛瞪得跟个铜铃似的："那个，医正，我不……"

殷淮一把按住他蠢蠢欲动的肩膀，下颌线绷得极紧，问老医正："可会留下什么后遗之症？"

老医正擦擦额头的汗："若是殿下配合治疗，精准用药，再把复健坚持下来，恢复如初应当是没什么大问题。"

"那可会留疤？"殷淮问道。

齐轻舟默默地翻了个白眼，现在是担忧这个的时候吗？

老医正也不敢妄下定论："臣这里倒是有一个去疤的古方子，只是这其中的几味药材难找，宫里未必有。"

"这个不用你担心，只管开方子，缺什么找人管本督要。"

殷淮面目清冷，语气是毫不掩饰的压迫与威胁："只一条，我要他这腿完好如初，无论里子还是外皮。"

他用茶碗的盖子撇了撇茶面，长睫垂下，沉声问："本督这个要求不算过分吧？医正今日就要给我个准话，做得到吗？"

老医正一摸脑门上的冷汗："臣自当尽力。"

几个医正手托药箱，一字排开，镊子、钳子和各种型号长短不一的细针闪着亮光。

齐轻舟咽了咽口水："不是……"

医正用刀片刮去他小腿上流脓的烂肉，薄薄的刀刃刚切入伤口，齐轻舟脸色就骤然一变，面上的血色退了个干净。过了两秒钟才缓过神来，提着嗓子尖叫起来："疼疼疼疼疼……"

几人平常对东厂伤员的反抗习惯以蛮力压制，此时也下意识去压住齐轻舟。

齐轻舟两只扑腾的胳膊被压住，凄厉的哭喊声将场上之人的心都提了起来，唯有殷淮仍姿态优雅地低着头喝茶。

朱红嵌金丝线外袍在皎皎月光下异常妖艳，如同一株沐血的莲。

无人看见的是，那双一贯冷漠的眼睛像一个挣扎回旋的漩涡，不明的情绪不断翻涌，最终又归于了平静。

殷淮掌领东厂这么多年，是众人口中的嗜血魔头，作恶多端，无论多么惨无人道的绝境都已经不能激起他心中的半点波澜。

这点小场面在他眼里更是排不上号。

但此刻小皇子的哭喊却像悲号的鸣笛一般缠绕在他的心尖，仿佛只要齐轻舟再这么哭一哭，他的胸腔也要跟着崩塌一块。

殷淮烦躁地挥退两名学徒，英眉紧蹙。

麻烦！

他上前，按着齐轻舟的肩膀。那双清明透亮的眼睛好不可怜，泪汪汪的。殷淮拍着他的脊背，跟给小奶猫儿顺毛似的，帮助他放松，压低声音同他讲道理："殿下不想要这条腿了吗？忍一忍就过去了，听话。"

殷淮一边哄着人，一边给医正使了个眼神，让他们趁齐轻舟其不备，赶紧动手。

医正的刀伸过来一寸，齐轻舟便往后挪退一寸。

他现在知道了，这时候求谁都没用，只有眼前这个男人能让他免于承受这刀刮针缝的痛苦。

齐轻舟也知道这样十分没有男儿气概，但他实在无法直视这些灸针与钳镊。

母妃过世后，那些日夜纠缠的梦魇仿佛洪水猛兽卷土重来，当年那间透不进一丝光亮来的黑屋子也曾摆满这些。

洁白的额沁出细密的汗，齐轻舟紧紧地拽着殷淮的手臂痛哭流涕，祈求道："掌印，求你……"

殷淮面无表情地将自己没有一丝褶皱的宽袖抽出来。

疗伤是大事，不可能由着小孩子乱来。再说，一个皇子在他手上受了重伤不医治算怎么回事，传出去又该如何交代？

齐轻舟看他无动于衷，一半是真害怕，一半是浮夸演技，软着声音呜咽："掌印，我怕疼，我从小就特别特别怕疼，真的受不住……"

齐轻舟就这无赖地颤抖哭泣，像一只任人宰割的小羊羔。

殷淮眉心深锁，若有所思。看小皇子这激烈的模样，好像不是腿上有多疼，更多的是一种心理恐慌和应激反应，他总是下意识地缩着腿不让医正碰。

还有，旧伤又是怎么回事？

殷淮拍了拍他颤抖的背，又捏住他的后颈，冷声命令道："别哭了。"

齐轻舟哼哼唧唧，置若罔闻。

殷淮迫使他抬起一张汗泪沾湿了的脸，低声道："丢不丢人？"

彼时冲出去为他挡剑时那股英勇气概呢？

一屋子的宫女、太监都低着头，殷淮命他们都下去，屋子里只留了几个医正。

齐轻舟眨巴眼睛，没来得及掉下的一滴泪悬在羽睫上。

殷淮无奈，拿出手帕给红眼睛小兔子擦脸。心里叹气，养一只小动物竟是如此麻烦。

殷淮拿惯暗器的手放松，放轻柔。

齐轻舟哭得累了，虚虚地趴着。殷淮面上拂了拂被小皇子压皱了的衣摆，心里倒是被人无意识流露出的依恋和信赖取悦，试图和齐轻舟讲道理："殿下，臣知道疼，可现在不忍这一时的疼，等过了时机，腿再也好不了的时候，那可就是一辈子的疼，您说呢？"

道理齐轻舟都懂，但他过不了心里那一关。当年那个人也是拿着这样的针一步一步朝他逼近的，银针如密雨落到皮肤上、关节里、指甲缝里的记忆太过清晰深刻，所以他垂眸，所以他沉默。

殷淮见他又不说话，做消极抵抗，深邃的目光幽幽地望进他心里去："殿下害怕吗？"

齐轻舟皱着眉，不知道怎么与他说，自己身上那些腌臜事，他也不想和这个人提起。

殷淮等了一会儿没等到他的回答，缓缓道："不用怕，臣在这儿呢。

"臣陪着殿下，殿下要是觉得疼得实在受不住了就咬臣一口，怎么样？"

"咬，咬就不用了。"齐轻舟也没那个胆，谁敢咬九千岁啊？但他讨价还价，还挺委屈地将就道，"你陪着我就行。"

他扭了扭身子："就像现在这样。"

殷淮抬眼瞥他。

"怎么？"小皇子的眼又红了，"不行啊？"

小时候上药，母妃就是给他吹吹的，掌印这人怎么这样？自己还是他救命恩人呢！

殷淮缓缓开口，从善如流："殿下想让臣陪着，臣就陪着。"

"一直陪着吗？"齐轻舟顿了顿，瞥了一眼那满满当当的医具，身子抖了下，更得寸进尺，"挑肉的时候得陪着吧？缝针的时候也得吧？"

殷淮微微一笑，诱哄道："一直陪着。"

齐轻舟赴死一般深深地吸了几口气，对眼睛不知道往哪儿瞟的医正闷声道："来吧。"

殷淮鼓励地按了按他的脑袋。

医正动手，整个过程异常艰难。筋肉缠在一块儿被泛着银光的针和镊子分离、挑起、片下。

齐轻舟低低地呜咽，汗水、眼泪将胸前衣裳的一大块布料都浸透。

殷淮眸心一寸寸沉冷下去。

小皇子抖得太厉害了，这么怕疼的一个人。

殷淮嘴上说着些别的话哄他分散注意力，语调平平的，齐轻舟光顾着疼，没注意到那声音竟破天荒地温柔，像三月的湖水。

"殿下去过清平山的行苑吗？臣在那里有个庄子，养了不少小猫小羊的，殿下想去看看吗？"

齐轻舟咬牙梗着，视线模糊，隐约望得见掌印下颌线条和玉挺的鼻梁，他疼得话都说不清楚："好……好玩儿吗？"

"臣觉得殿下会喜欢，那里有菜地和鱼塘，殿下腿养好了可以亲自去采摘蔬果和捕鱼。"

浊血染上床单，腥浓的血气在房间里化开，夜半无风，凝在空气里一般。

齐轻舟疼得气若游丝："好……到时候带我去，掌……掌印不可食言。"

殷淮给他擦汗，眼里带了不自知的怜惜："臣不敢。"

"殿下乖乖的，等这腿养好了咱们就去。"

齐轻舟心理阴影太深太重，晕针、缝针到一半彻底晕了过去，几个医正都出了满身大汗。

议事房。

东厂的副左使正在向殷淮禀告公事，徐一在门外徘徊了一阵不知道该不该打断。

可想起督主之前"关于齐轻舟的事宜即刻禀报不得拖延"的命令，还是冒着被罚的风险硬着头皮敲了门进去。

殷淮朝副左使打了个停止的手势，下巴一抬："什么事？"

徐一瞧了眼副左使,斟酌着道:"回督主,七殿下今日闹着回长欢殿。"后面那几个字,明显泄了底气,放得很轻也在空荡的议事房清晰可辨。

殷淮背着光,徐一站在一米外的阶下,看不清主子面容与表情,只见他身后窗外的枯木灰扑扑冷荡荡一片,寒风渐起。

"噢?是吗。"殷淮执描金砂壶的手点落一二,语气不甚在意,甚至还勾了勾嘴角。

唯有副左使离上头近些,隐约瞄到主子眉眼骤然沉黯和蹙起的弧度。

殷淮却是不急,慢悠悠嚼了口刚煮好的晴雪龙井才慢条斯理撇了撇银狐大氅,起身走出议事房。

齐轻舟这人到哪儿动静都大,自己受伤,别人也别想好过,原本静肃的焰莲宫被他搅得每日鸡犬不宁。

与给他上药的宫人讨价还价成了七殿下的养伤日常。

焰莲宫上至管家,低至熬药的宫女,没有不被他套路过的。

伤口正准备蜕皮,又疼又痒,齐轻舟龇牙咧嘴:"你是胡医正的学生?多大年龄?什么时候进的东厂?"

小医正来之前受了师父的嘱咐,这个皇子不好对付,一不小心就能着套里,因此不敢大意,提起十二万分的警惕一一仔细答了。

齐轻舟笑眯眯地,挺和善:"五年啦?那也不短了,就不知道点什么能止痛的偏方?本王听说胡医正研制的一味桐芦丸很是神奇。"

小医正低眉顺眼:"回殿下,那桐芦丸药性与这膏药相冲,使不得。"

齐轻舟又生一计:"唔……要不你把药放这儿吧,待会儿本王自己弄,让你每天上完课还往我这儿来回跑本王心里过意不去。"

小医正面色复杂。

齐轻舟不得不拿出他的皇子架子:"你这是信不过本王?本王自己的腿我能不着急吗?"

"哎回来,你待会儿回东厂的时候可是要经过长欢殿?你帮本王捎句话儿给宫里的掌事公公宝福,你说了他就懂了……"

推开掩着的房门忽然被人从门外一把推开:"殿下要传什么话,不如臣亲自效劳。"

冷傲孤清又盛气逼人的身影,不是殷淮是谁?

齐轻舟一怔。

自己的小把戏被这人逮了正着,有些恼怒地捶了捶被面:"掌印进来也不

053

敲门！"

　　殷淮没理会，径直走进来，皮笑肉不笑地道："不知焰莲宫是哪里招待不周，竟惹得七殿下一刻也不愿意待。"

　　眼神冷漠，语气嘲讽。

　　齐轻舟想到自己在这儿养伤许久，吃喝不愁，此刻被人揭了短连连摆手，讪讪地笑道："没有没有，掌印待我极好，我乐不思蜀。"

　　乐不思蜀？殷淮静静盯着那张无辜纯良的脸庞想，养不熟的小白眼狼罢了。

　　他眸心水光幽幽流转，竟也轻悠悠地笑了，一双邪媚长眸伴着那虚而不实的笑容反而更显得具有攻击性："那臣怎么听说殿下今日频频提起回宫？"

　　丝袍轻扬，殷淮一步步走过来，气势太盛，坐在床榻上的齐轻舟不自觉地稍稍往后退了几分。

　　他的皮肤太白，唇色又太红，显出一种大病初愈的苍白感，但眉目依旧如画。殷淮眯起狭长的眼等着他回答。

　　齐轻舟像是遭不住那沉甸甸的目光与假笑，眼睫颤着别过视线，无措的手又摸了摸鼻子："我每天上药太麻烦了，一圈人都得围着我，我……我过意不去。

　　"反正最近也不上课，还是回自己宫里方便些。"

　　在这儿不仅要上药、复健，还要一天喝四顿骨头汤，一圈人看着他不许干这不许干那，这是人过的日子吗？！

　　殷淮扫了个眼风过去，视线凝在齐轻舟正儿八经说胡话的脸上，险些又要气笑。

　　在这里上药都千不情万不愿的，回了长欢殿能乖乖按着医嘱复健根本是无稽之谈。

　　他就是嫌自己被人管着。

　　殷淮索性在床榻边坐下，姿态优雅闲散，嘴角带着讽意："那到底还是臣这里伺候不好。"

　　齐轻舟连忙摆手否认："不是不是，是这上药真的麻烦，我回宫里好……"

　　殷淮懒得再理会他，直接对那小医正扬了扬下巴，示意他开始："那本督便也瞧瞧上这药究竟多麻烦。"

　　小医正手上的药刷子才轻轻地碰上齐轻舟的皮肤，他又一哆嗦一退再退，整张脸皱起来。

　　殷淮不惯他这臭毛病，直接将人按住，提起，不喜不怒地道："看来上药这个活儿，以后还是由臣亲自来伺候殿下吧。"

齐轻舟瞪大眼睛"啊"了一声，连痛都顾不上，回过头商量："这么累的活，就不……不劳烦掌印了吧。"

殷淮扳过他，正对着自己，眯着一双细长眼微微笑了笑："臣乐意之至。"

齐轻舟知道这事没得商量："不是，掌印，这真的疼，火辣辣的，一沾药水，跟伤口上撒一把沙子再铺一层盐似的。"

他说得认真又传神，也不觉得自己是在撒娇，对方却不为所动，仿佛拿捏住一条调皮小蛇的七寸，漠然地道："殿下忍忍，医正说已经参了最好的止痛药，若是不按时按量涂上，就等于功亏一篑，殿下前边吃的苦头不就白吃了？"

齐轻舟轻嘶，处处被人钳制，皱着眉噘着嘴，一声不吭。

哼，玩消极抵抗是吧？

殷淮眯了眯眼，忽然俯下身凑近，语气轻得似一缕烟："您说是不是这个理儿？殿下。"

齐轻舟一个哆嗦，忽然整条脊背都绷直了，随即又一寸一寸缓缓软下来。

许久反应不过来似的，但又万万不敢回过头去看。

背后的人似是低低嗤笑了一声。

殷淮逗弄够了他，总算是出了齐轻舟说要搬回长欢殿那口恶气。

说出来许也没人信，当他听到小皇子想回自己宫里那一刻，心里倒是真的有几分动怒。

莫名的暴戾和狂躁全在一瞬悉数涌上心头，他一时之间竟然无法想象，齐轻舟要是不在，焰莲宫会变成什么样子。

书房里的那几只没画完的风筝要带走吗？

那一摞堆得高高的话本呢？

还有他从长欢殿搬过来的几大盆金字绣球和在御池里捉来的肥硕懒动的锦鲤，也要收回去？

然后什么也不给焰莲宫留下？让这里又回到原来的冷寂和荒芜。

光是想一想，心火就起，握着齐轻舟的指骨又不自觉地紧了紧，他低低"唔"了一声，不明所以。

殷淮眉尾有些凶狠地挑着，他焰莲宫是什么地方？春水汀的市井之地吗？想来就来想走就走。

殷淮拽紧还傻兮兮愣着的人，接过医正手里的药刷子，心想活了二十二年，第一次知道自己还有这么好的耐性哄一个小孩儿上药。

齐轻舟可算回过神来了："疼疼疼疼疼……"

殷淮左手紧紧揽着他，右手举着药刷子，淡淡地睨他："殿下，臣这还没下手呢。"

旁边的人一顿，不出声了，埋下头吸了吸鼻子。

齐轻舟腿上那伤口丑陋又狰狞，像一只脏黑的虫子，殷淮温凉的掌心轻轻捂住他的眼睛："别看。"

齐轻舟埋着脸，想起小时候也是那条腿那块皮肉受过的折磨，手拽紧了殷淮的肩膀。

艰难地呼吸着，忽然被一股尖锐的疼痛逼出了泪水，悉数被殷淮月内里那件白色的华裳吸了去。

到了最尖锐难忍的那一刻，齐轻舟忽然感受到那片可靠温热的胸膛轻轻震动，低低沉沉的声音像溪水一般淌出，尾音含着浅浅淡淡的笑意："殿下要哭湿臣的多少件衣服才罢休？嗯？"

那温淡的声音像是秋日里平静又清澈的湖水般，在他心里荡开一圈又一圈的涟漪。

那一刻，齐轻舟忽然觉得，腿上那药水的渗透好像没有他想象中那么疼了。

上完药，殷淮见忍着痛的人一动没动，也不从他身上下来，顺势将人微微一托，拍了拍他的背："殿下，药涂好了。"

你可以下来了。

齐轻舟看殷淮总算不阴阳怪气，胆子又大了起来。扭扭捏捏地依旧将脸埋着，不愿意离开。

良久，才听到细细弱弱的一声叫唤："掌印……"

尾音像是被汗湿过似的，轻得殷淮都听不大清："什么？"

齐轻舟不好意思地哼哼唧唧："我说，我这样是不是太没用了，一点男儿气概都没有。"

殷淮愣了一瞬，失笑，嘴角的弧度带着几分倨傲与不羁："殿下是天潢贵胄，身份尊贵，本就不该吃这些苦。"

齐轻舟抬起头，眼神清澈，目光认真："掌印，你……我、我不是故意捣乱，我就是……我就是……"他想说，但又说不出口。

一想起那段不见天日的日子他就头痛欲裂，筋骨抽疼。

殷淮本来也不讨厌哄他，静静看着，等着他自己开口说。

不说，他心里也大抵能猜测到几分，宫里的腌臜事，翻来覆去不就那几样吗？

他自己就是从那条路一步一步走过来的。

叁 银狐

齐轻舟还是没能说出口,扭了扭身子,犹豫了下,仰起一张白皙的脸问:"您烦我吗?"

每天给您添那么多麻烦。掌印又不是他,整天闲散在家没事干。

殷淮一怔,低低一哂:"殿下成日想着从焰莲宫里搬出去,就是在纠结这个吗?"

说不麻烦是假的,养小孩儿又不是真的养个宠物,得每日看他有没有磕着碰着,伤口恢复得怎么样,吃没吃好睡没睡好,还得顾着他的心情,开不开心。

但是养齐轻舟却是殷淮每天在繁累疲倦的官场争斗中唯一的放松,给他时刻保持高速运转的脑子注入一点儿鲜活的生气和能量,提醒他还活着,提醒他还是个有血有肉有情绪波动的人。

他从来没有把齐轻舟当成一个要完成的任务,只是心里想这么做,自然而然就这么做了,好像关心照顾他是他与生俱来的使命一样,不用人说他自己就会做。

归根到底还是,他想那么做。虽然初衷并非如此。

一开始他需要一个听话省心但脑子机灵的傀儡以便应对政敌,一个更名正言顺的身份去把控宫廷。齐轻舟的身份、处境和性格都决定了他是再合适不过的人选,但现在……

算了。

丞相那条老蟒蛇还不配用这样一个钟灵毓秀的小东西去换。难得有个他想要的东西,难不成他还护不住吗?

齐轻舟抓了抓他的手腕摇一摇:"那掌印要是什么时候觉得我太娇气了,一定要告诉我。"

告诉我了,我就自己走。

殷淮莞尔道:"臣怎么会烦殿下呢?"

小皇子就是这样，没人依靠的时候格外倔强也格外隐忍，可自己一出现，他就会不自觉地露出娇气撒娇的一面来。像一只猫儿在外人面前冷淡又矜贵，只有到了主人怀里才毫无防备地摊开肚皮。

殷淮还是不放心，防着齐轻舟再生出回长欢殿的心思，回头就把宝福调过来伺候着。

"你主子的腿是怎么回事？"

宝福现在见到殷淮还是不自主地打抖："回……回掌印，当年贵妃仙逝，殿下被送到锦妃的严华宫养过一段时日。"

锦妃肖似陈皇贵妃，是在贵妃重病之时被皇后安排进宫的，只可惜形似神不似，她知道皇帝分明是在通过她的脸看另一个人，没有人能忍受自己做别人的替身，因此对贵妃本尊恨之入骨。

贵妃仙去后锦妃自动请缨领养齐轻舟，为了让齐轻舟不乱跑，命人用火针银镊刺齐轻舟腿上的关节穴位，深至骨缝。

又故意将小小的齐轻舟折腾生病，给他灌些方子不明的药物。

好在齐轻舟机灵，在迎接太后从南山修养回宫的大典上故意摔了一跤，太后忙让太医一查，原来孙儿的膝盖骨已经快要坏死了。

太后大怒，从此将齐轻舟养在庆寿宫。

殷淮听后沉默良久，说："你下去吧。"

"好好伺候你主子，他有个什么闪失，本督就在你身上报以十倍。"

齐轻舟受伤的一个月里，被殷淮惯出了一身的坏毛病，上药有殷淮亲自哄着，吃饭殷淮喂到嘴边，穿衣服也只需要两只胳膊一伸，真正做了回"衣来伸手饭来张口"的皇子。

天气越回暖他越喜欢往殷淮身边凑，殷淮身上总有一股冰凉清爽的气息，挨着他就像是挨着一块冰，很舒服。

他被上药时候的那股子痛劲儿吓得有了应激反应，潜意识认定只有在殷淮身旁他的痛苦才能得到纾解。

殷淮在书房批公文，他就捧着个话本坐在一旁吃葡萄，殷淮淡淡地看他一眼，没说什么，齐轻舟抬起头来，一双清澈的眼睛里尽是疑惑，丝毫不觉得自己这么黏着一个公事缠身的权臣有哪里不对。

殷淮一梗，扔了张帕子给他擦唇边残留的果汁。

宫里有客人来，殷淮要和人到亭子里喝茶赏花谈公事，他也一步不落地跟在后边，只是他腿上的伤还没好利落，走不快，殷淮便不动声色地放慢了速度等。

齐轻舟一双眼珠子只会盯在前面那道清绝的背影，一个趔趄，慌乱中被一双手扶住才没摔倒。

他看到殷淮缓缓转过身来，两道墨眉不悦地蹙起来。

"殿下认真看路。"声音还是恭敬温和的，只是夹杂着责备的意味。

齐轻舟眨巴眨巴眼睛，点点头。

殷淮看到那张脸上乖顺的表情，便把到嘴边的提醒压了下去。

莲宫五月的石榴长得极好，一溜串地坠在碧色的枝头，星星点点白里透红像宫灯。

齐轻舟腿上的伤刚复原没多久，闲了小半个月到底没忍住，非要爬树上摘果子，试一试腿是不是真的完好如初。

他在一群宫人紧张的目光下灵活地爬上树杈，他故意晃了晃树枝冲下边儿没心没肺地笑："瞧你们吓的。"

底上的奴才们恨不得围成一层人肉垫子，生怕这尊矜贵的金樽佛一不留神就摔了。

殷淮打西殿走过来的时候，身后还跟了一群幕僚，顺着宫人奇怪慌张的眼光仰头一瞧，树上攒着个轻盈灵活的身影。

齐轻舟也看见他了，从繁茂的枝叶里探出来脑袋，露出一口糯米似的白牙讪笑道："掌印你来啦？"

殷淮双手负在身后，凤眼一眯，嗓音慵懒，像那天丝丝缕缕的轻云："殿下这是做什么？"

齐轻舟伸手摘了一个饱满的果实晃了晃："帮你试试这果子熟没熟。"

怕他嫌自己淘气，又补了句："掌印不介意吧？"

殷淮配合他了然地点点头，微微勾唇，似讽似笑："莫不是臣宫里的病床太舒服了，殿下想再躺上一遭？"

齐轻舟嘴角扯出个干笑，他果子摘了满满当当一兜，往下一瞧，地上的人也都仰着头瞧他，两方大眼瞪小眼。

"……"是有点儿高，齐轻舟皱起眉。

刚才爬上来的时候没什么感觉，现在想下去了又揣着果子，他没了把握。

殷淮看出他的犹疑和试探，也不主动说话，就这么似笑非笑地等着看他的笑话。

场面一时僵持,脸面和腿相比,齐轻舟觉着还是腿比较重要,也不管下边站了一地杂七杂八的人,索性直接冲下边喊:"掌印,我从这儿跳下去,您能接住我吗?"

宫人和幕僚心想七皇子殿下好大的胆子,宫里还没有谁敢对东厂督主这么呼来喊去的。

殷淮眉梢一挑,故作为难思考了两秒,保守回答:"臣不敢保证。"

齐轻舟皱眉"啊"了一声,自言自语的声音不太小:"应该行的吧。"

看他挠头抓腮,殷淮逗弄够了,波澜不惊道:"殿下可以试试。"

齐轻舟深吸一口气:"那我跳了啊。"表情视死如归,眼睛闭上,纵身一跃。

殷淮上前几步,两袖一展,将人扶下地。

"殿下,睁眼。"

齐轻舟睁开眼睛第一件事就是确认自己兜里的果子还在不在,拍拍胸脯,惊魂未定:"幸好没掉几个。"

殷淮面无表情幽幽地道:"殿下也真敢。"

齐轻舟讨好地笑笑:"这不是有掌印在嘛。"

殷淮被他脸上毫无保留的信赖取悦,也跟着扬了扬唇。

齐轻舟瞄到掌印身后乌泱泱一大群人,顿时有些不好意思。

殷淮低头看他一眼:"站在树上这么久腿不软吗?"

又对着他满兜的果子扬了扬下巴:"殿下试出来了吗?臣院子里的果子长得好是不好?"

一说到自己辛勤采摘的果实,齐轻舟立马乖顺不挣动了,歪了歪头耍嘴皮子:"掌印辛苦捞我,第一口孝敬您的。"

齐轻舟徒手掰开一个石榴,递给他。

殷淮:"那臣便恭敬不如从命了。"

齐轻舟:"怎……怎么样?"

殷淮一本正经地答:"不如殿下亲自试一试。"

齐轻舟也吃了一个,做出评价:"是甜的。"

殷淮微微一笑,沉声应和:"嗯,是甜的。"

两人一天之中有一大半时间待在一块儿,齐轻舟已不觉得殷淮难接近,但还是觉得他神秘。

殷淮身上的秘密很多，他不想让齐轻舟窥探到的那一面，那他是一丝缝隙也够不着。

这么忙的人还是坚持每日当完差就赶回来陪他吃饭，把人伺候得连筷子都不必亲自举。

齐轻舟从院子里的澄湖边喂鱼回来，宫女前来说晚饭已经摆好。

他"咦"一声，随口问道："掌印今天这么早？"

宫女回话道："督主刚才让军机处的人过来传话说，今日有要紧事，尽量赶回，但肯定比往常晚些，殿下自己先吃，不用等。"

齐轻舟脚步的方向一拐，正准备踏进阖心苑的半条腿立马收了回来，摆摆手道："那先撤下去热着吧，本王还不饿。"

宫女想起自家主子务必让七殿下按时进食的命令，为难道："这……"

齐轻舟抬眼看着她，温和一笑，左右看看徐一不在附近，小声对那宫女道："没事，掌印回来我自己和他说，怪不到你头上，你先下去忙你的吧。"

宫女感激地福了福身："谢殿下体恤。"

宝福抱了一摞书进来，是齐轻舟前些天列好让他去借的。殷淮给他列了好长一串书单，他看都看不过来。

"殿下，您猜下午我去崇文阁给您取书的时候见到谁了？"

"谁？"

宝福确认四下无人，小声道："锦妃。"

齐轻舟脊背一僵，眉心皱起来，腿又开始疼了。

宝福没瞧见他顿时有些苍白的脸色，一边点灯一边道："疯疯癫癫的，嘴里不知在说些什么。"

齐轻舟下颌绷紧，沉默着不知道在想什么。

宝福还在滔滔不绝："经过严华宫的时候奴才就看见里头有人烧纸，一打听，是秦嬷嬷去了。"

齐轻舟一顿："死了？"

那老婆子的掐人扎针和打耳光的手劲儿有多狠多大，他这辈子都忘不了。

"锦妃一直喊有鬼，要宫人烧元宝送秦嬷嬷快走。"

"奴才瞧了一眼，嗬，吓死个人，锦妃那张脸都脱相了。"

齐轻舟问："怎么回事？"

"金翠在隔壁水云殿当差，跟奴才说，严华宫这位不知怎么的，忽然就病了，那病来势汹汹，一直卧床不起，最后连精神都错乱了。还冲撞了在镜湖修禅听经

061

的陛下,被永久关禁闭了,十七公主被放到云嫔膝下养着。"

"不知是受了什么折磨,锦妃一直寻死,都被救了回来,死不成,每天半夜就像亡魂一样鬼哭狼嚎,叫声又尖又凄厉,怪瘆人的。"

"祸不单行,她父亲私建圣庙、擅造假币被人揭发,择日问斩。她叔父造的河渠出了事故,被革职罚俸。"

齐轻舟沉默了一会儿,忽然觉着腿也没那么疼了,冷笑一声:"多行不义必自毙。"

殷淮过了宫禁才回来,一身雪白的月牙银裳带着寒夜的露气,齐轻舟等他都快要等到睡着,殷淮看着软榻上睡相七歪八扭的人,话本子的扉页折了一角,揉了揉他的发顶将人叫醒。

饭桌上。

殷淮揉了揉带着疲色的额角,蹙起眉指责道:"臣说过让殿下先吃饭,并不是同殿下客气。"

小孩儿长身体就该按时饮食,进食太晚容易消化不良。

齐轻舟一双眼睛在暖灯下水汪汪的,眨巴眨巴道:"本王也说过,我一个人吃没意思,我也并不是同掌印开玩笑。"

殷淮凝眸,扬了扬眉。

小皇子越来越不怕他了,一开始见到他明明像只怯怯的小狗,想要凑上来打声招呼说句闲话,那点胆子又只够巴巴地晃头晃脑,原地转圈。还得等他先主动叫,才敢摇摇尾巴,踮着脚靠近一点儿。

殷淮从一开始就能完全地、充分地感受他身上的善意和兴趣,因为那实在是太明显了,宫里显少有这么坦荡地将自己心思和对另一个人的兴趣写在脸上的人。

现在不一样了,小狗的胆子被他亲手一点一点养大了起来,不高兴会吠,不合心意会甩尾巴,唯一不变的是,那双黑不溜秋的、泛着水光的眼睛,看向他的时候一如初时的纯粹坦然。

齐轻舟见殷淮似笑非笑地望着自己,顿时头皮有些发毛,他最是招架不住殷淮这种意味不明、深不见底的假笑,像一只皮毛漂亮但奸险狡诈的狐狸。

齐轻舟动了动腿,顾左右而言他:"掌印,那个是什么虾?"

这是他腿受伤后养成的小习惯,有一段时间伤口那处蜕皮痒得厉害,齐轻舟就习惯通过不断抖腿分散注意力。

在饭桌上被殷淮发现了,手掌牢牢按在他的膝盖上,面上却像什么都没有发生,连眼都没有抬一下,继续用另一只手将菜夹到他碗里。

齐轻舟惊讶地看向恍若无事发生的殷淮,奇怪,他腿上的皮肤好像真的没有那么痒了。

殷淮理都不想理他这句过于明显的用来支开话题的话,一边剥开虾放到他碗里,一边道:"殿下,如果臣没记错的话,宫测该是七日之后吧。"

腮帮子鼓起来的齐轻舟噎了一下,自己给自己倒了一杯茶,眼珠子四处乱转,含糊不清道:"是吗?"

殷淮看他像一只仓鼠似的慌张,慢条斯理地净了净手,指尖若有似无地点着桌面:"殿下打算交个什么样的答卷,不妨先与臣说说,好让臣心里也有个底。"

齐轻舟从一席佳肴里蓦然抬起头来,直直对上殷淮那双幽沉漆黑的凤眼。

掌印知道,他什么都知道。

齐轻舟有些不好意思地抿了抿嘴道:"我……我不知道。"

殷淮早知道他是故意藏拙,此时看把人喂得八九分饱,便两手拢在一处,故作长长地"唔"了一声,红唇开合:"我瞧着殿下平日最是个机灵的,怎么关键时刻倒没了主意。"

齐轻舟见他早已知晓自己的底,也不同他绕弯子,垂着长长的睫羽,看着地毯轻声问:"那依掌印看,我该如何?"

他能如何?

他功课并不是真的差,努努力学得比太子好根本不是问题,甚至和宗原比一比也不是没可能。

毕竟陈皇贵妃就是大名鼎鼎的才女,还在世的时候没少在他的教育上下功夫。只是齐轻舟为避风头故意藏拙这么多年,草包人设立得稳稳当当,没想到被殷淮这么一针见血地戳破了。

但他没别的路可走。

齐盛帝的捧杀和太后的爱护就已经让他处处遭受太子一脉的嫉恨,若是在学问才谋上还显露慧根,无疑更招人忌恨。

殷淮看他快要皱成一团的眉眼,轻轻一哂。

"变天了,殿下。"他耐性极好,等齐轻舟慢慢捋清思路。

望着窗外璀璨明亮的宫灯和夜风中摇曳的旗幡,殷淮沉沉地道:"您还能退到哪里去呢?"

齐轻舟猛然抬起头,清澈干净的眉眼染上点点忧思:"可我怕——"

"怕什么?"殷淮收回视线,神情专注地凝望他,打断,"有臣站在您身后,还有什么好怕的？"

齐轻舟抬头，哑哑张口，过了一会儿才低声问："那掌印是为什么站在我身后呢？"

殷淮侧眼扫他，散漫地扬了扬唇，不带半分烟火气。

他绵长的气音回转："殿下觉得是为什么呢？"

齐轻舟怔怔地抬眸。

殷淮微微笑了笑，神态温柔，眉眼却是淡淡的："殿下不是一开始就将臣拉下水了吗？"

现在说他东厂督主殷淮和七皇子殿下齐轻舟没关系，谁会信？

齐轻舟顿了顿，眉心一皱："我不是！"他不想让殷淮觉得自己一开始接近他，是为了他的权势，是为了给自己找个靠山。他不是，他就是……

"那是什么呢？"殷淮面上仍是笑意盈盈，眸光却深邃沉静。

齐轻舟眉心皱起来，他是因为什么想要接近殷淮呢？自己也不是很清楚。

殷淮不在意地笑了笑："殿下生气了？"

"臣不过开个玩笑。"

他根本不在乎齐轻舟一开始接近他的真正原因到底是什么，反正这些年别人在他身上求索的东西无非就那几样，地位、财富、权势，或者庇佑。

人之常情，无可厚非。

而这个不知道该说是聪明还是愚钝的小皇子，的确非常会讨他欢心、合他心意，宫里难得还有个这么鲜活的有趣人，看着也解闷，殷淮还舍不得这只快乐的小奶猫毛都还没长齐就死在皇后太子的掌中。

何况还能气一气丞相那个老家伙，倒是一个不错的生意。

可他没想到，齐轻舟忽然就发作起来，喘着不平稳的气息，声音微微颤抖，重复着强调："我再说一遍，我没有！"

他就知道殷淮不信，不信他是不带目的地想跟他结识一下，他委屈得手都抖起来了："我就是……想和你交个朋友。"

"……"饶是见惯大场面的殷淮也不禁愣了一瞬。

朋友？

他从出生到现在，有过什么朋友吗？

没有，他没有亲人，也不需要朋友，但如果这个朋友是小皇子呢？

齐轻舟觉得再在这儿多待一秒，搞不好都会流出委屈的眼泪来，那真是非常丢脸。

他霍地站起来，刚转个身就被手疾眼快的殷淮一把按住。

殷淮心底的阴霾被他几滴眼泪和几句话扫了个一干二净，无奈地嗔了句"磨人精"。

齐轻舟心里的火没消，用力地挣了挣，殷淮强行将人扳正过来。他力气很大，静静盯了几秒，在对方又要参毛之前低声一笑："殿下真的只是想和臣交个朋友？"

齐轻舟眼角发红，甩开脸："爱信不信！"

殷淮似笑非笑道："臣可没有脾气这么大的朋友。"

齐轻舟委屈得要死，一字一句咬牙道："你，误，会，我！"

还嫌我脾气大？！

殷淮垂眉敛目，掩下眼底几乎要涌上来的笑意，平了平嘴角的弧度，从善如流、真诚地道歉："是臣不对，殿下恕罪。"

齐轻舟又不干了："你……你别这么跟我说话。"

殷淮叹气道："欸，真难伺候。"

齐轻舟怒目瞪他："我又没要你伺候！"

殷淮也不介意："嗯，是臣上赶着伺候殿下。"

"……"他怎么觉得掌印跟以前不一样了呢，蔫坏蔫坏的。

殷淮笑道："殿下想怎么考，能跟臣说说吗？"

齐轻舟抿了抿唇："掌印呢？掌印想让我考成什么样？"

殷淮睨着他，心想，小皇子这皮球踢得真好，于是他说："殿下随心随喜，您考成什么样臣都接得住。"

齐轻舟若有所思，良久，仿佛才下定了决心，靠近他，小声道："掌印，您就等着我一鸣惊人吧。"

"到时候大家都得称赞您一句慧眼识珠，有教无类！"

殷淮嘴角一掀，小皇子的性子就这点好，上一秒还闹着脾气不跟你说话，一翻篇了又还是会巴巴地凑上来对你笑，跟你低声细语说悄悄话。

"那臣便静候佳音。"

宫测如期而至。

齐轻舟知道自己水平，倒没什么好紧张的。只是他久未露面，在南书房引起一番不小的骚动。

见他腿脚无虞，动作灵便，齐亦风心头一沉，还是走过来恭贺他康复。

李尚一等人依旧没给他什么好脸色，对他冷嘲热讽的。齐轻舟正眼都没瞧他们一眼，笑嘻嘻地和旁的一些同窗说着话，更把李尚气得不行。

齐轻舟自信满满地将各色上好大白云、羊毫分门别类，井井有条地摆满了整张考桌。

还有青石玉砚、黄梨雕花镇木，全是殷淮给他准备的行头，被他一样一样地从书袋里挑出来，格外有仪式感。

那阵仗，不知道的以为他是考科举。

宗原笑他："殿下这是摔断腿了，还是摔坏了脑子？我以前怎么不知道你有这么多读书写字的玩意儿？"

他在长欢殿见的全是些齐轻舟从宫外搜罗回来或者自己发明的新鲜玩意儿，连砚台都没见过。

齐轻舟笑而不语，神秘兮兮地看得宗原心里发毛，又继续眉飞色舞地摆弄起自己的文房四宝来。

过了一小会儿，他没忍住，咳了咳，想低调但话里的炫耀和得意没压住："掌印给我准备的，说怕不够我发挥。"

"……"

监考的老夫子姗姗来迟，许久未见齐轻舟，齐盛帝当时可是特意来南书房给他请过假的，说皇七子生性顽劣，给几位太傅添了许多麻烦，现特请东厂督主司礼监掌印殷淮来管教，等性子扭过来了再回到南书房上学。

一众老翰林心里极其不满，七殿下虽然资质差了点儿，但胜在品性纯良，谦逊开朗，撇开课堂上种种顽劣的行迹，这小子平常在宫里见到他们几个老家伙都是恭恭敬敬地笑着问好打招呼。

不像某些学生，仗着自己的家世出身，便趾高气扬地要他们一身老骨头给他们行礼。

七殿下堂堂天家皇贵，放在一个东厂宦官门下管教成何体统，这岂不是明着在说他们教导无方？苦读几十年圣贤书满身才学的学士竟然比不过一个出身低微的宦官，让他们的脸面何存？

想至此，老翰林重重地哼了一声，须眉白胡扬起来："这个做文章，讲的是师从正道，怀清正之气，利民之心，不是搬些花花架子来便能成文的。"

齐轻舟灵活地转了转手上那支价值连城的兼毫细软，笑眯眯地点头赞同道："老师说得是。"

老翰林是个文人，平时有些收藏笔墨的爱好，看到那支绝世的毛笔被齐轻舟放在指尖肆意玩弄，更觉得是殷准这个奸臣佞贼剥削民脂民膏："附庸风雅！殿下这次换了这么好的笔画王八未免有些铺张！！"

齐轻舟也不在意，摇头晃脑道："这次不画王八了，老师只管等着瞧吧。"

齐亦风心中不安，但不信这短短的小半个月，这个草包皇弟真会转性。

但齐轻舟真的一次也没有把头从卷面上抬起来过，脸上的神色竟看不出到底是郑重还是轻松，又或者两种皆有。这更让齐亦风不由得紧张起来。

齐轻舟写得很顺利，交了卷才发现窗外已经下起了雨，淅淅沥沥地打在芭蕉叶上，雨雾中，宫阁朱红色的檐角折射出水珠里的光晕，显得一切朦朦胧胧的。

他没带伞，打开窗趴出半个身子张望了一会儿，收拾好笔墨在南书房门口徘徊。

那帮被考试折磨了一天的皇子皇孙一哄而散，只剩下齐亦风和李尚一等人，慢悠悠地朝齐轻舟围了过来。

齐亦风被包围在其中，若有所思，没有阻止的意思。

齐轻舟这会儿心情还不错，自顾自地伸出手掌去接屋檐上滑落的水珠，懒得理他们。

齐亦风道："七弟，这雨下得大，要不要为兄送……"

"殿下——"一道沉幽幽的声音划破朦胧的雨幕。

齐轻舟抬头，眼睛一亮。

殷准单手执一把素伞站在空旷深远的雨幕里，一袭青杏白广袍，长身玉立，清逸出尘。

天地都要失色的。

他的目光穿过层层雨幕，穿过花坛、树木、池塘，穿过不相干的路人，直直抵达齐轻舟的眼中。

齐轻舟呆愣愣地看着他，眼睛瞪得大大圆圆的，被水汽氤氲过，变得乌黑发亮。

他刚才还在猜，来送伞的会是徐一，还是掌事的大宫女。

才这个时辰，掌印不是正在当值吗？

殷准挑了挑眉，刚要抬步走过去，回过神来的齐轻舟就已经一头埋进雨里向他奔来："掌印——"

殷准上前将人纳入伞下，动作亲切又带着不失规矩的恭敬。

齐轻舟无视身后复杂的目光，沉溺在殷准突然出现的愉悦里。

殷准幽沉的眼眸里升起淡淡的笑意，如同涟漪般一圈一圈漾开来。

南书房地势低，积水太深，马车过不来，就在前边的花园候着。

殷淮将人拉到伞中央："殿下急什么？臣又不会走了。"

"我……"齐轻舟刚才脑子一热就冲进雨里，此刻才觉得有些赧然，顾左右而言他，"掌印，怎么是您来？"

殷淮眉梢一扬："殿下想谁来？"

齐轻舟看着殷淮，今日的掌印明明身上什么配饰都没有，衣裳也素，可就是过于招眼。

他忽然说："掌印，我觉得我今日可能考得不错。"

是那种很有可能拿榜首的不错，但这话他没敢说出来。

殷淮一愣，福至心灵，瞬间接收到小皇子眼中的滚滚赤诚，明白了他的意思。

听他哂笑了一声，齐轻舟问："你不信吗？"

殷淮浅浅一笑，顾盼风流："臣自然是相信殿下的。"

两人一把伞往前走，没理会身后那几个被他们无视的人面色有多难看。

雨越下越大，伞的大半侧过了齐轻舟那头。

齐轻舟愣了一下，说："不用。"

"没事。"殷淮语气恭敬，但动作强势，不容拒绝。

齐轻舟下意识挣了一下，就听见殷淮淡淡地道："离马车还有一段距离，殿下若是想臣全身湿透就继续动吧。"

齐轻舟立马乖了，更靠近他一些，说："一起撑。"

放榜当日，齐盛帝尚未闭关，对此颇为关注，他近日感觉越发力不从心，从皇子皇孙与族亲青年里挑选未来的肱骨苗子便显得愈发迫切。

由此，一个普普通通的宫测变得万众瞩目起来。

难以置信的消息是从宫人们的口中传开来——从前不学无术的草包纨绔七殿下，宫测成绩一鸣惊人地凌跃于一向文韬武略的太子殿下之上，齐盛帝龙颜大悦，在朝上重重赏赐了殷督主。

如今殷淮每日上朝都要穿过同僚一片或打探虚实或逢场作戏的恭维。

他本对这些虚假夸张的声音早已麻木，这次却有些不同，冰冷如枯石的心底竟也悄然滋生出一种宽慰和骄傲来。

慌的是皇后与太子，殷淮心眼多，又放了两条暗线将人盯紧。

齐轻舟从前总藏着掖着，这下恨不得将尾巴摇到天上去。

恰逢迎来春猎，齐盛帝兴致大好，吩咐殷淮今年大办。定名册、查路线、看围场、备物资,殷淮忙得每天月挂枝头才回宫。

齐轻舟有时候不愿在殿里等,就提盏宫灯坐宫门口的墩槛上。

过了二更还不见人影,齐轻舟靠着石狮睡着了,殷淮把他拉起来。

齐轻舟迷迷糊糊地睁开眼,隐约瞄到殷淮的下颌线,嘟囔着抱怨:"齐东云怎么这么会折腾人。"

不满到连皇帝的名讳都喊出来了,殷淮蹙眉责备他:"殿下谨言。"

宫道上已无人,斑驳的青石板路与朱红宫墙洒满玉色月光,夜里花气浓郁,鸟雀啾鸣,更显寂静。

齐轻舟毫不在意,嘟囔道:"你好辛苦啊,累不累?"

殷淮顿了顿,胸腔发出一声沉沉的低笑:"臣不累。"

春猎行队,殷淮亲自给齐轻舟选了一匹性情温和的良驹,马背很软,长途骑行也不会感到不适。

九千岁排场依旧很大,但这回没坐车,就骑着马走在队伍里,一身烈火金丝镶边的云锦氅袍迎风猎猎作响,衬得眉眼愈盛。

殷淮平日神龙不见首尾,不少皇亲重臣都趁此良机上前露脸卖好。

齐轻舟本来跟个飞出笼子的灵鸟似的,但看到有个人时不时地驱马追上殷淮与其并行,交谈良久,满腔热血被浇灭一半。

那人叫兰羽,和齐轻舟差不多大年纪,当朝新太尉的弟弟。他大哥兰统是殷淮亲手扶上去的,有点本事,太尉这位置抢手,掰了丞相的好几个人才坐稳的。

今日把家中小弟带出来放到殷淮面前,不知是表忠心还是另有所求。

兰羽容貌清秀,神情乖顺,有些害羞地笑了笑,倒也不怕,眼神毫不掩饰地往传说中的东厂提督身上打量。

别人都怵殷淮怵得要命,这个太尉二公子不怕。走一段路就要上前问问殷淮这里是哪里,有什么好玩儿的,地势怎么样,风俗如何,那番好奇心和生命力比起齐轻舟有过之而无不及。

殷淮这人,心情不差时倒也不难说话,顶多有些冷傲不好接近。

见来人是自己左臂右臂的弟弟,兰家又是世家里为数不多愿意向东厂示好的,也正有用处,便耐心地有一搭没一搭地答。

殷淮说话的声音和兰羽清脆的笑声随风断断续续地传过来,齐轻舟被风沙吹得连肺都快咳出来了,殷淮还丝毫不觉,依旧与兰羽并行在前头。

齐轻舟在殷淮这儿哪受过这等委屈,索性牵了马绳慢下来,落在队伍后边儿。

殷淮余光一扫不见熟悉的身影，立刻掉头，骑到齐轻舟面前。

兰羽猝不及防，只能回头眯着眼看着殷淮的背影。

殷淮牵马过去问道："殿下怎么了？"

齐轻舟瞥他一眼，不说话，闷声往前骑。

殷淮皱眉，将速度调整到和他同一频率，耐着性子问："是不是骑太久了不舒服？"

"是，本王不舒服。"

齐轻舟忽然冲他吼了一句，还少见地称了"本王"，声音高得连随行的官员和侍卫都不自觉地瞥过来。

不舒服？殷淮看了一眼那匹瞪着无辜大眼的高丽马，心想进贡的也不过如此，耐着性子好脾气提议道："不如臣载殿下？"

齐轻舟权当没听见，继续闷声往前骑，殷淮冲上去，将马横在他面前堵住他去路。

齐轻舟停下来，与他对峙。

殷淮在马背上朝他伸出手，齐轻舟没动，甚至有些故意地看着他。

殷淮眉心蹙了蹙，手就这么支棱在空中。

过了几秒，殷淮忽然驾马凑近了两步，低声提醒："殿下，有人看着呢，陛下还在前头。"

皇子朝东厂提督发脾气，他们的一举一动一言一行都落在了随行官员的眼里。

齐轻舟扫了周围一眼，众人又纷纷扭头装作寒暄说笑。

齐轻舟也不想让人看笑话，尤其是在皇后太子面前。他一脸勉为其难，跳下马的动作倒是迅速利落。

殷淮往拍拍身后，示意他坐上来。

齐轻舟又火了，勾着嘴角阴阳怪气道："坐后边视线全给掌印挡完了，风景都看不上一眼，有意思吗？"

殷淮平静地看了他一眼，齐轻舟的脊背无端生出一股寒意，脖子下意识地缩了缩，可当目光无意间瞄到还在不远处原地不动等着殷淮的兰羽时，心里那簇无名火又让他挺直了腰板，直直对上面无表情的殷淮。

殷淮狭长的凤眼眯了起来，不知道小皇子今日发什么癔症，说一句顶撞十句，平时也没见这般无理取闹。索性不再同他商量，直接俯身，伸出双臂，将面前的人提到马上。

齐轻舟低声惊呼："你——"

殷淮二话不说将人放到身前："冒犯了，殿下。"

齐轻舟怔了一瞬，皱了皱眉，有点不习惯。可一抬头又看到前头也正在看他们的兰羽，吃定了殷淮绝不会在外人面前教训他，放宽了心开始摆谱。

"掌印，好困。"

殷淮把心里那句"殿下到底是要看风景还是想休息"压了下去，惯着他："那先闭眼眯会儿。"

齐轻舟非要挑刺，皱着眉埋怨道："掌印这马跑这么快，不会把我摔下去吧？"

殷淮索性用不牵控绳的那只手按住他："这样行吗？殿下。"

"……哦。"

殷淮："安心睡会儿。"

齐轻舟的气消了不少，唇角不自觉地上扬，反应过来又迅速放平，像个得了糖的小孩儿，尤不知足。

对上兰羽频频回头的目光和故意放慢等他们赶上来的速度，齐轻舟眼珠子滴溜溜一转，故意仰起头道："掌印这马术怎么连一个侍郎家的小公子都赶不上？"

殷淮神色平静地看他一眼，如他所愿地加速追上前去。

座下的马儿长腿一蹬，齐轻舟拉了下殷淮的外袍，只露出一双黑溜溜的眼睛："风尘忒大，掌印的衣裳借我挡挡。"

殷淮很好说话："嗯。"

马儿终于超过原本在前头的人，兰羽本想问问出了什么事，但殷淮压根没有停下来。

擦肩的瞬间，兰羽分明看到那位传说中的七皇子朝他挑了挑眉。

得意的、嚣张的、挑衅的笑容一晃而过，兰羽沉下脸来。

到了猎场已近黄昏，殷淮再无暇顾及齐轻舟的小脾气，他是领队，要统揽大局，盯着各队人马扎营生火，安顿下来。

齐轻舟看他忙得抽不出身，也乖乖地不闹了。

猎场自古是少年逞英雄的地方。

齐轻舟在半山腰看中一头银狐，光滑亮丽的皮毛几乎瞬间俘获了他，他只看一眼就能想象出那身皮毛做成外襟披在掌印身上会多么夺目。

他认识的人里也只有殷淮那样的容貌气质才撑得起这样的好物，他想将其猎下送给殷淮做礼物。

瞄准目标弓弦紧绷，千钧一发，半路窜出来个竞争对手。

"殿下，这么巧？您也瞧上了这头银狐？"兰羽笑意盈盈地立于马上，面上再无半点途中对着殷淮的含羞与怯意。

齐轻舟眯了眯眼，手里的弓箭没有放下，也笑道："是啊，难得碰上个这么漂亮的，谁能不动心呢？"

兰羽一语双关："看来臣与殿下缘分着实不浅，喜欢的东西大都相似。"

"那便废话少说，各凭本事。"

齐轻舟说完便凌空一跃，跳到岩石上，兰羽紧随其后。两人你来我往，你追我赶，步步紧随银狐身后，距离范围相当无差，端看谁的准头更胜一筹。

几乎是在同一时间，两支箭"咻"地划破林中的空气，一支射在银狐耳缘上，一支正中肚腹。

当齐轻舟看到正中肚腹的那一支箭领上刻着繁复的雕花，眸心一亮，沉了沉气让自己不至于显得多高兴："承让。"

兰羽出身兵部侍郎府，一向对自己的武技自视甚高，此刻心中懊恼，皮笑肉不笑地咬牙道："殿下好箭法。"

齐轻舟将银狐扛上马背，风轻云淡道："这是自然，毕竟——掌印亲传。"

也不管身后之人脸上精彩的表情，扬长而去。

傍晚，篝火一簇簇燃起来，文臣武将面前都放了自己今日的收获，齐轻舟一路热闹看过来，走到殷淮面前，没瞧见白虎也没瞧见黑豹，只有一只文鹿，四肢修长，一双眼睛柔和安静。

齐轻舟蹲下来，靠在殷淮身边，疑惑道："掌印怎么就猎了这个？"

殷淮翻了翻正在烤的鹌鹑，抬眼瞭他一眼："臣看着这鹿有些眼熟便顺手猎了下来。"

齐轻舟"啊"了一声："哪儿眼熟？我怎么看不出来？"

殷淮唇边噙了点笑意，定定地望着少年："臣原本也一直没想起来它到底像谁，可殿下一走过来……"

得！齐轻舟瞬间懂了，殷淮这是故意侃他呢。

他两手搭在对方的肩头上使劲儿晃："哪儿像我了？一头呆鹿！掌印可要给我说清楚……"

一旁无辜躺枪的文鹿瞪着水灵灵的眼睛："……"

殷淮笑，举着木枝上的烤鹌鹑递到他嘴边："尝尝咸淡，小心烫嘴。"

齐轻舟咬了一口烤得金黄焦脆的皮肉，好吃得眼睛都眯了起来："好吃！掌印，你快尝尝!"

殷淮一点不着急,慢条斯理地说:"好,臣去净手,把它拆了再吃。"

齐轻舟扯着衣袖将他拉回来:"没那么多规矩,就这样吃。"

郊外猎场水源不足,最近的水井也在好几百米外呢。他自己接过木枝,着急道:"你快尝尝呀!"

"……"殷淮咬了一口,齐轻舟兴冲冲地问:"怎么样,好不好吃?"

"好吃。"

一只烤鹌鹑,殷淮就尝鲜吃了几口,剩下的全让齐轻舟一根骨头不剩地吞到肚子里去,意犹未尽。

殷淮牵起唇角:"明天再给你烤别的,烤兔肉吃不吃?"

齐轻舟眼睛一亮:"吃吃吃!掌印你好厉害!比御厨师傅还厉害。"没忍住打了个饱嗝儿,"你怎么什么都会?"

殷淮:"做多了就会了。"

齐轻舟一愣。

什么样的环境和条件能让人"做多"?齐轻舟忽然发现他对殷淮以前的事知之甚少,即便两人都是在宫中也不曾有过什么交集。

他轻轻地叫了一身:"掌印。"

齐轻舟动动嘴皮子殷淮就知道他想说什么:"殿下想知道什么?"

齐轻舟摸了摸鼻尖讪讪地道:"你以前在哪个宫做事啊?为什么我小时候都没见过你?"

殷淮将火扑小一些,语气平静道:"长明宫、淮秀宫、涧水房,都待过。"

得,就没碰上一个好去处。长明宫的主子宴妃妒好狠辣,克扣宫人银两;淮秀宫的言妃刻薄尖锐,动辄打骂下人泄恨;涧水房是宫里最脏最累最苦的地方,但凡是有点门路的都要逃出来。

齐轻舟小声道:"要是我早点认识你就好了。"

殷淮心里一梗。

其实也并不是真的毫无交集,只不过是小皇子不记得了。

隆庆年腊月,十五岁的殷淮在长明宫当差,宴妃苛刻好妒,看不惯一个奴才生得比她一个正经主子还好,时常想些法子把自己受的气撒在殷淮身上。

寒冬腊月,让他只穿一袭单衣在鹅毛大雪里跪着举长明灯为皇上祈福。

殷淮永远不会忘记那种彻骨的严寒,每一丝雪都化作一把针,细细密密扎在他的皮肤上,膝盖、手掌和脸冻伤一大片。

彼时宠冠六宫的陈皇贵妃的马车经过。

车帘里冒出一个圆溜溜的脑袋，看到脸色苍白的殷淮跪在墙角，心中无端一跳，悄悄地往他身上扔了一个小小的暖袋，又塞塞窣窣地把脑袋缩了回去。

殷淮捡起那个像小火球一样的暖袋，看着马车驶远，长明宫灯在奇寒雪色中不熄。

齐轻舟听了，难过得大喊："真的假的？我怎么能忘了？！"

这么重要的事！

不过他那会儿估计连人都没看清是谁，只知道有个太监被罚跪在雪地里，冷得瑟瑟发抖，顺手给了个暖袋。

齐轻舟心里难受："掌印对不起，如果当时我多留神一眼就好了，我一定会让母妃把你要到长欢殿。"你就不会受后面那么多苦。

他没法想象如今这般矜贵优雅的殷淮当年是如何遭人践踏，又是如何挨过宫中这漫漫年岁一步一步走到现在的位置。只消假设一秒，他心头就隐隐发痛。

殷淮扬了扬唇角："多留神一眼殿下就会把臣要走吗？"

齐轻舟认真地说："一定会的。"

"为何？"

"你长得那么好看，肯定是个好人！"

殷淮幽幽道："原来殿下只是以貌取人。"

齐轻舟退后一些，讪笑："也……也不能这么说。"

殷淮勾了勾嘴角："臣和殿下还是现在结识更好些。"

他不再是那个任人鱼肉的低贱太监，而是能给七皇子殿下护佑的司礼监掌印、东厂提督。

若是早几年相识，也不好，那是他最钻营权势不择手段的日子，杀红了眼，横眉冷煞，周身血腥，小皇子见了定会被吓跑。

所以，还是现在好。

齐轻舟愁眉："不好，亏了那么多年。"

殷淮低声一笑："亏的这些年臣都能还。"

齐轻舟刚问他怎么还，就有人来报皇帝的赏宴开始了。

朝臣武将，亲王皇子，各显身手，上敬的奇珍猎兽数之不尽，皇帝开怀，人人有赏。

其中以太子齐亦风风头最盛。

"儿臣想着父皇炼丹终日盘坐，特猎下这头东白虎，虎皮松软手感上佳，天冷时以可保暖驱寒，望能缓解父皇体累。"

近来确实腰酸背痛的齐盛帝面露满意之色："太子有心。"

皇后笑道："皇上，风儿为了这东白虎可是差点连命都丢在了越山，一心想着他的父皇，穷追不舍，侍卫来报的时候臣妾这心都跳到了嗓子眼。"

又不紧不慢将太子是如何英勇智取猛虎的过程说了一遍。

皇帝拊掌大赞："好！不愧是我大齐的太子，马背上的好男儿。"

齐亦风面色正直："谢父皇，母后言重了，这都是为人臣子应该做的，只要能为父皇分忧，儿臣便知足了。"

席上顿时一片称赞之声，大臣纷纷附和太子文武双全、孝顺仁厚。

齐轻舟缩在自己的座席上神游，宴上的菜肴跟掌印的手艺没得比，他一口没动，心里盘算着今日从兰羽手上抢下的那张雪狐皮做成什么样式才最衬殷准。

后边谁又说了什么他全没听见，也就不知道话题是怎么忽然落到他一个装聋作哑的透明人身上的。

"小七，本宫听文大人说你猎了头灵气十足的雪狐要送给殷大人，毛发光泽漂亮，百年难遇，不知给你父皇准备了什么？"

自宫测一战成名后，齐轻舟声势回涨，这个以吃喝玩乐不学无术闻名的纨绔皇子重新回到朝臣的视野。

皇后急着证明比文比武太子都是当之无愧的储君人选。

皇帝听了，也笑容慈爱地望过来，但浑浊的棕色眼球里寻不着笑意，帝王那怀疑的眼风极轻地扫过殷准与齐轻舟。

肆 祥瑞

齐轻舟一凛，回过神来，下意识地想向殷淮望去，又生生止住了。

不能看他，这时候最不能看他。

殷淮的座席离齐轻舟很远，就在皇帝旁边，真正的一人之下、万人之上。

齐轻舟眨了眨眼，不卑不亢地回道："诸位大人身手了得，儿臣骑猎功夫不佳，不敢班门弄斧贻笑大方，也寻不来什么奇珍异兽，偶捕得一二雕虫鸟雀实在登不上大雅之堂。"

他想起往常殷淮撑一众朝臣的威风与从容，竟也学着几分样子微微笑起来："至于那只雪狐——并没有那般神乎，儿臣看它色泽白而不亮、软而不密，还跑去问了饲官，得知这并非最上乘的皮毛料子还失落了好一阵。无人可送，幸得老师不嫌弃笑纳了。"

他偏了偏头，看到高堂之上那人优哉游哉地饮着茶，突然被皇后将了一军那点子慌张无措早已慢慢平复，脸上表情显得越发真挚："臣想着，送父皇的东西，自然就要是最好的，要么便不送。"

齐盛帝不知信否，容色松缓一些，只是道："无碍，你有这份心便可。"

齐轻舟弯了弯嘴角，一旋甜蜜酒窝显得乖糯温顺，很是能骗过人："父皇说得是，儿臣还打算，明日再去寻一寻看能不能猎到拿得出手的孝敬父皇，可巧——

"今晚就被娘娘问起了。"

明明人还是那样温顺纯良笑着的，语气却急转直下，幽声轻飘飘地明讽道："娘娘好辛苦，既要心系着太子在越山斗虎，又要挂心本王是否猎得雪狐，怕是比在猎场里驰骋的大人们还忙些累些。"

李后道："本宫也是关心皇子们的安危。"

齐轻舟有些放肆地嗤声一笑。关心皇子安危？只怕是其他人等不足为惧，唯独盯着他一人吧？

主子过招，下面的人沉默不敢言语。

齐轻舟仗着自己不守规矩礼仪的草包性子，当堂笑嘻嘻地问："噢？那娘娘可知今日八皇妹猎得了何物？可知十三弟射下了一双英雕？又可知明霞郡主猎得的一窝兔儿有多少只？"

"还是说——"他蔫坏地拖长声音，卖了个关子。

等大家都屏气凝神的时候，才掷地有声、朗声质问："众多兄弟姐妹里，独独本王入得了皇后的眼？"

"七皇子这是何意？！"皇后目光犀利。

齐轻舟无辜地看着她，他本不打算参与这争宠的游戏，是皇后先挑起纷争，非揪住他不放，那便大家都别好过。

他心里发了狠，嘴角一掀，笑容越发不怀好意。众人大气不敢出，生怕有什么更不敬的话从他口中吐出时，堂上一直气定神闲的殷淮忽然笑了笑："娘娘息怒，殿下年轻气盛，不懂娘娘一番好意，多有顶撞，为师替他赔个不是。"

又朝堂下的齐轻舟温声道："殿下坐回去用膳吧，新烤上来的羊肉，凉了可不好吃。"

齐轻舟鼻腔了轻轻溢出一声"哼"，果然乖乖地坐了回去。

朝臣心中松了一口气，看来这孙大圣得唐僧治，这无法无天、口出狂言的七皇子还得殷督公治。

皇后不甚甘心地扶了扶鬓边珠华玉钗，淡笑嘲讽："徒不教师之过，七皇子目无尊长，掌印若再不严加管教，岂非辜负圣上一片信任，惹人骂一句教导无方。"

"教导无方？"殷淮好似听到什么好笑的话，勾了勾唇角，慢条斯理放下筷箸，垂眸细细净着手，"娘娘说得是，臣是该自省，近日名师出高徒听得太多，毕竟——"

他一顿，歪了歪头，笑容慵懒："臣这位爱徒在上次宫测中拔得头筹。"

皇后的脸终于一白。太子就是她的死穴。上回正面交锋他们落了下风，这是不争的事实，再说下去也只不过是提醒朝臣太子的不争气。

齐盛帝虽乐得看两方对抗制衡的局面，但也不喜弄得场面太下不来台，他刚开口咳了一声，便有神色焦急的侍卫冲进帐帘匆匆来报："陛下，马厩与物舱忽然燃起来了，京羽卫正在扑灭，火势嚣张，恐怕一时无法扑灭，还请陛下与各位大人移步山脚下的帐篷。"

丝竹之音停了，夜里风声就显得格外大。

不多时，帐外的马蹄声、猎物的嘶吼声、嘈杂的脚步声、宫人的叫喊声、水声，自很远的地方源源不断地传来，越来越近，顿时闹得人心惶惶。

齐轻舟皱着眉偷偷撩开手边的窗帘一角，不知什么时候，外面已经火光冲天。他倒没有多怕，只觉得蹊跷。

果然，就在他们准备转移之时，离皇帝最近的那位倒酒侍女忽然掏出匕首，趁乱向皇帝刺去。

银盏玉杯碎了一地。殷淮眼疾手快，脚尖点地，在刀尖落下的最后一瞬挡在皇帝面前。

齐轻舟瞪大眼睛，心脏都要跳出来了。他用尽全身力气才勉强控制住自己没有大声喊出掌印的名字。

殷淮身形一闪，刺客刀刃穿过他黑长青丝，女刺客尚未反应过来就被身后的内力掌击至一米之外。

殷淮扶正差点缩到桌底下的皇帝，朝堂下喝令："拿下她！留活口。"

女刺客动作比侍卫快得多，见事不成即刻自刎。

殷淮神色狠戾，眯了眯眼，敛下神色从容镇静地转过身，朝惊魂未定的皇帝赔罪："今夜之事是臣的失职，请陛下责罚。"

面色恍惚的齐盛帝还没缓过神来，紧紧拽住"救命稻草"的胳膊死死不放，话也说不清楚："多亏了爱……爱卿挡在朕前头，何……何罪之有，回……回宫后朕必有重赏。"

殷淮眉心漾出一丝轻蔑与不屑，手却温柔体贴地托住齐盛帝发抖的手臂，温声抚慰："陛下言重，护驾乃臣的本职，不如让海公公先送您回寝帐，臣必定查清来龙去脉，给陛下一个交代。"

"好好好，辛苦爱卿了。"皇帝半点也不想在这差点丧命的地方待了。

殷淮露出令人安心的温和笑容，上前扶稳了他软成一摊烂泥的身体："陛下放宽心回去，泡个澡放松放松，好好睡一觉。明日天亮事情便水落石出了。"

又吩咐他的贴身太监："海公公，照顾好陛下，睡前点些木槿香，驱山中寒气、安神助眠。"

皇帝看着殷淮有条不紊地安排，拍拍他的肩膀感慨道："爱卿，若是没有你，朕真不知道怎么办才好。"

殷淮还是那样宽和平静地一笑："能为陛下分忧，乃臣之福分。"

早不知躲在哪个角落的太子忽然窜出来道："父皇，您没事吧？吓死儿臣了。"

皇帝已无心神应答，摆摆手。太子马上搀住他，在他面前半蹲下："父皇受了惊吓，儿臣背您回去。"皇帝依了。

遣人送走在场的皇亲朝臣，殷淮才得以抽身去看起火的物仓与马厩。

这次出行的车马粮都放在那一片，若是全被烧毁，后备供给则被斩断。皇帝出行本就耗费巨大，他们这群人可能被困在这片山林，从最近的镇调配人力物力最快也要个两三日，即便是以殷淮的能力和效率也颇为棘手。

殷淮在各处细细查看火源与烧毁的路线，循着蛛丝马迹查找线索。

齐轻舟也想跟过去，徐一不知什么时候忽然出现在他身边，神情恭敬道："殿下，督主让臣护送您回寝帐。"

齐轻舟看了他几秒，说："走吧。"

他知道对方留徐一的用意，想到殷淮还要去灭火、排查、重整，该是忙得分身乏术，自己就听他的话吧，不要去添乱了。

齐轻舟回帐中沐浴洗漱，看到帐外的人影，撩开一角问："徐影卫，你怎么还在？"

徐一低头答话："督主让我随时跟着殿下。"

齐轻舟说："不用，本王这有侍卫，你去帮掌印吧。"徐一是殷淮身边最得力忠心的助手，才干出众，一个顶俩。正是用人的时候，让人给他守夜算怎么回事，大材小用了。

"督主有令，属下誓保殿下安全，换别的人……主子不放心。"

"……"那他这寝帐安全系数比皇帝的还高了。

齐轻舟给他倒了热水便进了帐。

帐外人声、水声渐渐变小，唯有夜风呼啸与山中的鸟兽之音传来，三更梆子响过，齐轻舟两眼一睁，直接下了床，披了件外袍，出帐。

徐一拦在他面前道："殿下？"

齐轻舟揉揉眼睛问道："掌印忙完了吗？"

徐一犹豫了一下，还是如实道："应该是，方才听京羽卫那边传来消息，陛下夜半噩梦惊醒，又把督主传去了，不知道这会儿回去了没。"

齐轻舟面色一沉，心里来气，不怎么高兴地说："本王去掌印帐里瞧瞧。"

徐一不知该不该拦，齐轻舟铁了心要去："你若是不放心，跟过去亲眼看着本王进帐好了吧？"

殷淮的寝帐比皇后、太子的还讲究，密不透风，守门的影卫见来人是齐轻舟，也没拦。

齐轻舟进去的时候殷淮已经躺在榻上了，合着眼，气息很静，少了攻击性，昏暗的烛火在鎏金苏绣灯罩里燃着，影影绰绰。

齐轻舟看了一会儿，忽然情绪汹涌，难受委屈得不得了，刚想要凑近，手腕忽然被人一拽，对上一双含笑的凤眼。

殷淮低声问道："殿下做什么？"

齐轻舟吊了一晚上的心脏终于安全落回胸腔里，有些后怕，憋了一晚上隐忍不发的忧心再也藏不住，呆呆地说："你没睡着啊？"

殷淮好似轻笑了一声："嗯，刚从陛下那儿回来。"

齐轻舟嘴角一平，愤愤地道："他怎么这么晚还折腾人。"

有时候齐轻舟真希望殷淮不是什么司礼监掌印，不是东厂督主，不是京羽卫统领，不用去管刺客、管皇帝、管天管地，只是他一个人的老师就好了。

殷淮眉一扬，知道齐轻舟是受了惊，笑道："殿下不也是大半夜的来折腾臣。"

齐轻舟圆眼一瞪："我跟他能一样吗？"

殷淮有些疲乏，但还是被逗笑，双手枕在脑后，歪着头，故意问："噢？有何不一样？"

"在臣眼里，都是主子。"

齐轻舟脸上娇憨轻松的神色骤然凝住，眼神也充满少年的锋锐，冷声问："你说什么？"

殷淮一怔，说笑而已，没想到小皇子反应这么大，哄道："别恼，臣与殿下说笑的。"

齐轻舟气了好半天，才闷声纠正他："我不是你主子。"

殷淮从善如流道："嗯。"

又问："那是什么？"

齐轻舟想法很多，可说得出口的只有一句赖皮的"不知道"。

又马上补充道："反正不当主子。"

殷淮看着他水汪汪的黑葡萄眼，像只敞开肚皮的黏人小狗，被彻底取悦了："好，不是主子，是臣的——"

"爱徒。"

幽黄的烛火映到齐轻舟表情一言难尽的脸庞："那就暂时这个吧。"意思是以后想到更好的身份，他还要改。

殷淮又笑了，那种有点无奈又有点纵容的笑。

疼了一晚上的脑子也被小皇子闹得轻松许多，齐轻舟给他捏肩捶背，殷淮整个人都懒洋洋的："谢殿下体恤。"

可齐轻舟觉得他按得并没有那么舒服，便又更卖力了一点，问："今晚的事是太子干的吗？"

殷淮闭目养神："知情，但非主谋。"
齐轻舟："那会是谁？"
殷淮："殿下的好叔叔。"
"成王？"齐轻舟惊讶，"他想做什么？"
成王是齐盛帝的十六弟，齐轻舟的十六叔，平日面上对他尚算过得去。
殷淮忽然睁开眼，眸心迸射冷冽寒光："那一刀的目标不在陛下，在臣。"
他前不久刚以雷厉风行的强势铁腕收藩减封，触犯的皇亲国戚的利益不计其数，那帮人恨不得对他啖肉饮血。
齐轻舟的身体紧绷了一瞬，殷淮知道自己吓到他，让他放松。
齐轻舟问："他烧完粮草和储备图什么？是想让父皇责你办事不力？"
"大概，"殷淮道，"这些人奈何不了臣，只能使些烂招给臣添些麻烦罢了。
"殿下要送臣雪狐的消息只怕是他命人特意透露给皇后的。"皇帝易猜忌，皇子与权宦亲厚足以挑起他的疑心。
殷淮不紧不慢地分析道："现下粮仓和储物的供给不足支撑半日，援兵最快也要两日才到。这一大群用度奢靡、金尊玉贵的皇亲重臣被困在山中，届时少不得出什么乱子。"
齐轻舟面色凝重起来，届时怨声四起，那些站着说话不腰疼的人又要去皇帝面前告掌印的状了。皇帝的欲求一旦得不到满足，面上不说，心里也定会埋怨掌印办事不力。
"那怎么办？这什么破差事，吃力不讨好！"齐轻舟愤愤不平。掌印起早贪黑，又忙又累，到头来还得给人背锅遭受骂名。
殷淮倒是神色轻松，很缓地眨了眨眼，故作苦恼地问道："是啊，怎么办呢，殿下？
"臣怕是要被唾沫星子淹死了。"
他说得委屈，齐轻舟安慰道："能不能将成王供出来？"
殷淮摇摇头："证据不足。"
齐轻舟又说："那掌印给我一支影卫队，我先从附近镇上的集市看看能运些什么物资应急。"
"啧啧，殿下好本事。"殷淮发笑，看他这样认真要为自己卖命也不再逗他，"放心吧，臣有法子，祁延山阴面还有三个仓库，是臣之前就备下的，没料到真用得上。"
齐轻舟眼睛一亮："你早知道有人作乱？"
殷淮懒洋洋道："不知，臣防备心重罢了。"

齐轻舟感叹道："掌印好厉害，走一步想五十步。"

殷淮："殿下睡吧，明日臣带你上鹿鸣山。"

齐轻舟听话，忽然又折回来："我就在这儿睡吧！"

在殷淮开口之前他又赶紧抢话道："今夜那一刀吓死我了，做了噩梦，在我帐子里睡了半天没睡着，一闭上眼就感觉不知道哪儿会有刀刺过来。"

良久，殷淮幽幽地道："殿下就这么放心臣？"

狼环虎伺，他也未必是好人。

齐轻舟都快睡了，迷迷糊糊间艰难地抬起眼皮："什么？"

"殿下的防备之心也太轻了，就不怕臣也是不轨之徒？"

齐轻舟含糊笑一声："你才不是！"

殷淮人坏，非要将人惹急了才罢休，故意说："殿下是看臣卑贱之躯才敢如此放心——"

齐轻舟果然睡意一下子消了，肃着脸色抬头，嘴角绷紧："你乱说什么？！"

殷淮被他的反应取悦，勾了勾嘴角，温声道："臣说笑的。"

"说笑说笑！你成天与我说笑！"齐轻舟凶巴巴地道，"掌印若是再与我说这些胡话我便真的不理你了。"

他听不得一句关于殷淮的折辱践踏之词，掌印本人自嘲也不行。

殷淮很缓地眨了眨眼，心里头不知是什么滋味。怎么会有一个人就只是光听了句关于他的不好听的话就能气愤成这样？

就这么在乎吗？

殷淮微笑着，齐轻舟又像受到了蛊惑似的闷声道："掌印不卑贱，掌印是尊贵的。"

"完美的。

"我最……"

"什么？"

齐轻舟斟酌了半天，终于找到个比较合适的词："也是我最敬仰的。"

殷淮终于愿意放过他："那臣——荣幸之至。"

齐轻舟睡着了。

殷淮因早时被人下毒，多年饱受体寒苦楚，长年彻夜不得安睡，如今有齐轻舟在，在这多事之秋竟得一夜无梦好眠。

第二天齐轻舟醒来的时候，殷淮已经出门处理昨夜的烂摊子了。

殷淮雷厉风行，连夜处置了一批人，早上又兴师动众排查整治，将可疑人等通通逮捕关起来，甚至有些未经押审和讯问便被隐秘处理掉了。

没走程序，没有证据，也无人敢置喙。

齐盛帝的确是老了，又一生守成，未经历过出生入死的腥风血雨，这么点刺杀风波就足以令他惊慌惶恐、忧思深重。

皇帝管不了事，生杀大权就都落在了九千岁头上。

殷淮手段狠厉，一时间人人自危，做事都安静谨慎了不少，生怕下一秒脑袋就不在自己脖子上。

殷淮不留情面地处置了成王几个随行的左膀右臂。成王则私底下煽动朝臣去皇帝面前，说殷淮目无王法、擅用私刑、独揽大权、指鹿为马，皇帝没听进去。

相反地，殷淮的果决狠厉反倒给了皇上一种安全感。

当殷淮禀告皇帝山上还备有充足物资、春猎可按原计划进行时，皇帝喜出望外，众人脸色各异。

皇帝昨夜受了大惊，只跑了一会儿马便回帐中休息了。殷淮从皇帝寝帐中出来时，齐轻舟已经等了好一会儿。

看着殷淮对皇帝笑意盈盈、事必躬亲，他眉头拧了起来。

是不是等他也坐到了那个位置，掌印也会这样对他？下一秒他又被自己忽然生出的念头吓一大跳。

可转念一想，那又有何不可？

如果能那样的话……

在人多的地方，掌印与他总隔着一段距离，明明昨晚还很近，今日又很远。齐轻舟心里不是滋味，又有些痒。

可殷淮真的过来找自己时，齐轻舟又不忍心给他摆脸色了。

掌印太辛苦，权势显赫的背后有多少眼睛盯着、多少暗箭指着，错一步便万劫不复，若是他还不体谅这个人，掌印就真的太可怜了。

殷淮亲手牵来他的马："臣带殿下上鹿鸣山。"

齐轻舟拂开，上了殷淮的马："我与掌印共骑。"

殷淮知道他等久了心里多少有些气，好脾气地笑了笑。

山林繁茂，殷淮给齐轻舟加了件外袍，手把手教他射猎。

"指端扣紧弦口。

"指根立定，别抖。

"瞄准，拉弓——"

一只斑鸠在空中盘旋了几圈，落下来，身后随行侍卫捡起来放进网兜里。

殷淮沉声一笑，夸他："殿下一点就通。"

齐轻舟大受鼓舞，又陆续独自猎下野兔和山羊，尤不满足："掌印，你看那只！"

一只银耳雪狐。

竟比昨日他从兰羽手中抢下的那一只还要灵动漂亮。

虽比昨日猎的年幼一些，但这只雪狐四肢修长有力，眼珠乌黑，敏捷狡猾，躲过他三番四次的追捕和密集的箭雨。

殷淮笑道："殿下连续两日遇上雪狐，天降祥兆，福瑞环随。"在大齐，雪狐是福气仙瑞的象征。

殷淮问："想要吗？"

齐轻舟点头，但并不是因为什么祥瑞之兆，而是那只雪狐通身雪白，唯独眉间染了一点红，莲花瓣印的形状，第一眼就给他极为熟悉的感觉。

漆黑透亮的鸦目，高傲慵懒的神情……很像一个人。

像谁呢？

齐轻舟歪着头思索，然后就看到了殷淮的那张脸。

对方勾了勾嘴角："要就拿下，臣与殿下合捕。"

只见玉白衣幡飞扬，足尖点地，林间筛下的光斑碎在他脸上，像把脱鞘的闪着寒光的剑，又似优雅振翅的鹤。

殷淮掠过树梢，低喝："愣着做什么？"

齐轻舟回过神来，自另一头山岩包抄，双箭齐发，布下天罗地网。

他射中银耳雪狐的尾巴，殷淮射中它的腿部。

小狐狸"呜嗷"一声，全然没有之前嚣张气焰，齐轻舟小跑过去想摸想抱，银狐蛮横伸出利爪，殷淮踹了它一脚，低叱："畜牲。"

山兽敏感，闻见殷淮身上浸入了骨子里的血腥味，敛起横态，有些惧怕，委屈地蹭了蹭他玉白色的衣角。

齐轻舟见它可怜，忙上前护着："别伤着它！"

殷淮："……"

齐轻舟蹲下身，观察了一会儿，小狐狸乖乖地趴在殷淮靴面上，两只前蹄抱着殷淮的脚。齐轻舟看着狐狸黑曜石般的眼，对殷淮说："它跟你亲。"

又问："我能养吗？"

殷淮将人拉起来："有何不能。"

"野兽性子野,等臣驯好再送给殿下,祥瑞长伴。"

齐轻舟就着他手上的力气站起来:"才不是。"

殷淮不解:"什么?"

齐轻舟认真道:"不是雪狐祥瑞,是掌印祥瑞。"

殷淮一怔,心想这小皇子嘴巴甜起来真像颗糖直直化进人的心里去。

他这样低贱的出身还头一次有人说他祥瑞。

齐轻舟认真道:"掌印是我的贵人,就是我命里的祥瑞。"

殷淮一双狭长的眼忽然沉下去,看了他许久,想说自己不祥,殿下才是他的祥瑞,可又想起昨晚齐轻舟有多排斥他自嘲自怜的话,最终还是轻声道:"那臣,便一直保殿下祥瑞齐天。"

齐轻舟高兴了:"啧,怎么感觉拿到了免死金牌。"

殷淮不可离开营地过久,两人到幽谷里玩儿一会儿水便打道回府了。

皇帝遇刺没了兴致,春猎提前结束。

回程途中齐盛帝频频召殷淮到自己马车中。殷淮耐心,嘘寒问暖,添茶换香,面面俱到。

皇后与太子无令不得靠近半步的龙辇,九千岁来去自如。

殷淮这人成精了,若是他想对谁好,便能将人哄得死心塌地的。

午后太阳毒烈,齐轻舟不骑马了,躲到马车里,撩开帘子喊住打马而过的殷淮。

"掌印。"

殷淮戴了一顶玉珠箬笠,在泱泱人马里更显气势与神秘。他以为齐轻舟有话要说,故而弯腰凑近,压低声音问道:"殿下?"

齐轻舟面无表情,语气有些怏怏的:"你好忙。"

殷淮扫了眼马车里头,点心剩下一大半,蜜瓜葡萄都没动:"殿下无聊了?"见齐轻舟不说话,他又安慰道,"再忍忍,到前边的镇上就能出来走动了。"

齐轻舟兴致不高:"嗯。"

殷淮说:"那臣先到前边巡队了。"

他一转身,齐轻舟又突然拉住他的衣襟,不说话。

殷淮等了一会儿,齐轻舟忽然没头没尾地来了句:"掌印对父皇真好。"

殷淮听懂了,细长入鬓的眉一挑:"臣对殿下不好吗?"

也不是。

齐轻舟皱起眉。

他是想要殷淮对他好,可又不想要殷淮给他跟别人一样的好,看殷淮对别人好，他心里又不舒坦。

一颗心被拉扯变形，思绪不宁。太复杂了，他都不知道自己在想什么。

看他沉默，殷淮又道："臣是很势利的人，对谁好，都不过是一种交换罢了。"

他在齐轻舟惊诧的眼神中大方地坦言："陛下给臣权势地位，臣就尽责分忧。

"食君之禄，忠君之事。"

齐轻舟听他这么说，心上的雾霾被风吹散一些。不多时又纠结起来："那我呢？"

殷淮面色坦荡，毫不掩饰："自然也是要换的。"

齐轻舟心脏一缩，缓缓下坠："换什么？"

殷淮打量了他一会儿："殿下聪慧，不如自己想想，能给臣什么。"

风声树声划过耳畔，时而近，时而远，捉摸不定，像眼前这个笑容优雅的人。对方游刃有余，他患得患失，因为齐轻舟绞尽脑汁也想不出，他能给殷淮什么。

权势、财富、地位、名利，全都不能，他只是个徒有虚名、一无是处的皇子。那掌印是不是要把那些好都收回去？

他有些伤心地说："我什么也给不了你。"

殷淮恶劣，甚至饶有兴致地欣赏了一会儿小皇子沮丧的神情才出声："殿下妄自菲薄了，您身上确实有臣想要的东西，只看殿下愿不愿意拿出来换了。"

齐轻舟漆黑的眼睛亮了些："是什么？"

殷淮宽和地笑了笑："往后您就知道了。"

"只怕到时候殿下不肯给臣呢。"

齐轻舟争辩道："怎么可能！只要掌印开口！"

殷淮在珠玉箬帘后浅浅一笑："只要臣开口要，殿下就给吗？"

齐轻舟手里还拽着他的衣襟："给。"

"什么都给？"

齐轻舟说："什么都给。"

殷淮玩够了，道："那臣便当真了。"瞧着小皇子还是有些愁眉苦脸，便俯身低声道，"殿下别乱想，您在臣这里是独一份的，再没有旁的人能越过去。"

齐轻舟面色这才柔和了几分，确认道："真的？"

殷淮应道："嗯。"

回到京州已是子时，京卫十二护队，宫人仆役，长长一列。

宫门大开，领事宦官带着少监府的内侍掌着一字排开的长信灯与凤祥灯恭候。

寂静的宫城瞬时亮如白昼，二更的春夜又开始飘起细雨，冷风带寒气。

主子们都很疲惫，尤其是行队里还有几个体弱的嫔妃和年幼的皇子公主，护送的京卫队接到上头旨意，将主子们直接送回各自的寝宫。

齐轻舟坐在轿子里半梦半醒地问："掌印呢？"

一路上殷淮几乎都陪在皇帝身侧，他一个人待着无聊至极，心里也不甚痛快。

皇帝的车轿在很前头，中间隔着皇后、嫔妃、太子，马车外的小太监张望了许久，确认过殷淮马头上的幡旗才回话："回殿下，掌印大人似是跟着陛下的车走了。"

马车里静了一瞬，隔着帘子传出一道恹恹的声音："那回去吧。"

小太监心下恻恻，小心回道："是。"

焰莲宫里暖气、热水、夜宵都备着，齐轻舟沐了驱寒的汤浴出来，问贴身侍候的宫女："掌印回来了吗？"

"回殿下，还未曾。"

齐轻舟皱了皱眉，没说什么。

吃不下东西，他下令让宫人别张罗了都去睡，自己在榻上随手拿了本话本子，不知过了多久又听到宫里的梆子敲更，勉强掀起快要黏在了一块儿的眼皮，问门外守夜的宝福："还没回来？"

宝福算是看出来了，他家殿下从这趟春猎回来之后心里就憋着不快，只好低声道："殿下，没回来。"

齐轻舟心头涌上一股莫名的躁郁，将手里没翻一页的话本子往床上一扔，嘟囔道："干脆别回来了。"

宝福讷讷的，不敢说话。

齐轻舟扯过被子往头上一蒙，宝福默默地剪了灯芯火烛，怕他冷，又添了床几日前就晒好的被子，被齐轻舟不耐烦地拂开。

齐轻舟辗转反侧，睡不着，一边竖着耳朵听门外的动静，一边与睡意抗衡，还是敌不过连日的疲惫，迷迷糊糊地睡了过去。

夜半惊雷，细如针线的春雨砸在瓦檐上、树叶上、窗户上，凌乱的雨声在寂静的深夜里显得更加清晰。

齐轻舟本就睡得不踏实，雨声中睁开惺忪的睡眼，缓了一秒的神，随手拎了件外衫披在肩上就下了床。

院子里几盏长信灯晕开一团不刺眼的柔光。

殷淮的寝殿就在他的对面，灯还亮着，齐轻舟挥退守夜的宫人，走到那间厢房的门外，愣愣地站了一会儿。

什么时候回来的？

用过饭了吗？

那里头传出一些低低的水声，一股熟悉的冷香顺着蒸腾的气雾冒出来，混着些许草本药味。

是在沐浴？齐轻舟脑子混混沌沌的，刚要抬步离开，屋里头便传出一道清朗的声音："殿下。"

齐轻舟心头一跳，醒了大半，下意识地低头，自己明明没有穿鞋，踩在厚重柔软的地毯上也不会发出声响，是怎么被发现的。

齐轻舟一晚上心里那点气还没撒干净，转身想走，殷淮略带疲惫的声音又传进耳朵里："殿下怎么不进来？"

齐轻舟像是被钉在了原地，没有走，但也没有应答。

过了一瞬，里头传来一声极浅的轻笑："殿下进来吧，臣今日都没有机会与殿下好好说儿话。"

齐轻舟"哼"了一声，伸手推门，探身进去，四下环顾，前厅无人。

他走进去，殷淮一双锋利的眼隔着水雾锁住他。

闻到桂枝子、党参和龙姜的味道，齐轻舟伸手拨了拨水面。

水温吓他一跳，低呼道："这么烫？"

殷淮懒洋洋地回他："臣中了冰蛊，殿下不是知道吗？"说的是那回齐轻舟无意间闯进他疗伤的药宫里。

齐轻舟皱眉："还没好吗？"

都过了这么久了，殷淮内力深厚，这些日子朝夕相处也没见过复发，他还以为只是一时受伤。

当事人无所谓道："好不了了。"

这些年一直用药汤、药浴养着，但也是治标不治本，每到月中和阴雨雪寒时节便会发蛊，血液僵凝，筋脉虬结，刺骨剜心之痛将会永远跟着他。

齐轻舟显得有几分低落："怎么中的蛊？"

殷淮眼底闪过沉重的阴鸷，声音却很轻："上一任掌印。"

齐轻舟的手蓦然攥紧，露出泛白的指节。殷淮道："别紧张，人都已经不在了。"

齐轻舟低低地"嗯"了一声。

殷淮问："殿下不怕吗？"

齐轻舟看着他,还是情绪不高。

明明今晚憋了一肚子气,刚刚走进来的时候也想着要怎么让这人哄自己,这会儿却又像一个泄了气的皮球,什么气都发不出来了。

齐轻舟怏怏道:"掌印累不累?我给您按按吧。"

殷淮眉一挑,被他这副沮丧又正经的表情逗得好笑:"臣惶恐,殿下是主子,臣是奴,这怎么使得。"

可调侃的语气和从容的面色丝毫瞧不见他口中的惶恐。

齐轻舟最烦他说这些,直接伸手按在殷淮的肩膀上。

殷淮似乎心情很好,仿佛卸下了这些天的疲累。

"殿下还生气吗?"

齐轻舟撇了撇嘴,讽刺道:"我还以为掌印不知道呢。"

殷淮不介意他的阴阳怪气,翘了翘唇,径直道:"臣给殿下求了样东西,不知道殿下会不会喜欢。"

齐轻舟不太感兴趣地问:"什么?"

殷淮勾唇一笑,慢条斯理的,但说出的话像平地惊雷:"臣给殿下要了个封号。"

齐轻舟低垂的眉眼倏然抬起,黑溜溜的眼瞪得更圆了。

殷淮看他这副吃惊的模样有些好笑:"不然殿下以为臣这两天总围在陛下身边是在做什么?"当真无事献殷勤吗?

他早就是一人之下、万人之上,连皇帝都忌惮他、依赖他,他不需要去讨好巴结任何人。

可即便他权倾朝野,应有尽有,小皇子想要什么他都能给,偏偏除了这种最讲究名正言顺、出身正统的礼制之誉,他办不到,他站得再高也给不了。

因为他不是皇族宗室,他没有皇家血统。

齐轻舟好一阵回不过神来。殷淮又问:"殿下不问问臣为您要了什么封号吗?"

他在回程时向皇帝提这事的时候就说了,反正选字也是司礼监的活计儿,他作为司礼监掌印,又作为七殿下的老师,便一并包揽了。

齐盛帝本就对这事不甚上心,不然也不会晾着齐轻舟这么多年都空着封号,自然是殷淮说什么便是什么。

齐轻舟垂着头,抿了抿唇,问:"什么?"

他听见殷淮愉悦的声音在一片春夜骤雨声里格外清晰:"淮字如何?"

"淮王殿下。"

齐轻舟的呼吸急促了一瞬。

他母妃一族宗籍地为淮水之南，取"淮"字确实不错。

齐轻舟轻声应道："很好。"

殷淮犀利的目光隔着渺渺水雾打量了几秒他的面色，嘴边的笑意淡下去几分，幽幽地道："可臣看殿下不是很喜欢。"

这还是他头一回上赶着要给人争点什么东西。

他就是要让世人一想起淮王就想到他身后还有个权势滔天的殷淮护着。

齐轻舟不是不喜欢，他是一下子百感交集。感动、难受、心酸……复杂的情绪像穿错针头的线团一般缠绕混乱。

原本一片宁静的心湖被眼前这个人纵了数尾游鱼，跃起层层涟漪与水花。

齐盛帝迟迟不肯给他的那个封号，他早已不稀罕。可却是他母妃生前最遗憾、最放心不下的一件事，死都没能瞑目。

他争不了，他保命都还来不及。如今却有人替他争了。

难受是因为殷淮为了他，在齐盛帝面前低三下四地伺候着，去换一个无用的赐字，一个可笑的封号，就为了让他不再成为宫里的笑话。

而自己竟然还不懂事地生他的闷气。

齐轻舟走上前，心潮澎湃："不是不喜欢，是不想让你为了这些与他周旋。

"不值当。"

殷淮一怔，没想到小皇子是为了这个生气，笑道："怎么就不值当？"唇角勾起一个嘲讽的弧度，冷声说道，"这本就是他欠殿下的。"

齐轻舟低垂的脸上神情温和，耷拉着眉眼显得很乖。

殷淮条理清晰地夸他："殿下这样好，心善仁厚，武能射骑，文居榜首，还会做风筝，旁人凭什么亏欠咱们殿下的。

"别说是一个封号，就是一文一两、一丝一线，该属于殿下的，臣都要帮您讨回来。"

齐轻舟终于被他哄得脸色柔和了些，将帕子递到殷淮面前："擦干头发。"

封号的诏旨隔了几日方才正式批下来，齐盛帝给这封号给得不算大方利落，藩地、份例与赏赐都中规中矩，丝毫看不出冷落皇嗣多年的愧疚与对传闻中最得盛宠皇子的格外偏爱。

殷淮瞥了眼诏旨，冷笑一声。

他这人极其护短，齐盛帝不给的他给。

册封的仪式、规格、流程、服饰、装设和宾客，事无巨细，殷淮皆亲力亲为，力求将奢靡铺张的排场贯彻到底,宫里大批大批地进绣娘、裁郎、乐师、伶人。

亲王制服采西蜀飞针双面云绣法,耗时过长,只得日夜赶工。宫妃绣女的月衣新裳一律延后,引起诸多不满,殷淮充耳不闻。

甚至齐轻舟的腰带与束发簪子,都是他命匠人采罗什国的碧镜湖玉雕琢而成,琉璃玛瑙旌冠上镶的宝珠比太子束帽上的还夺人眼目,越发衬得齐轻舟眉目矜贵、顾盼生辉。

云袖与衣领子上的细致花纹和獬豸图案也被殷淮亲手改动,设计得更为繁复精细。

擅自改礼服是大忌,被人知道甚至会被冠上违逆礼制、蓄意谋逆的罪名。

殷淮无所谓,他性子浑又不是一天两天了,能为齐轻舟折腾这么一场,他就早做好了在朝堂上明枪暗箭悉数全收的准备。

那些跳脚的蛇鼠都奈何不了他,皇帝敢亏欠他的小皇子这么多年,就得付出相应的代价。

最先沉不住气的自然是相后一党,太子没有发言,礼部侍郎甘当马前卒,上书痛斥:"司礼监枉顾祖制,逾规采办,铺陈奢靡,中饱私囊。"

工部司丞附议:"东厂提督殷淮擅改礼制规格、滥采御品,目无尊卑法纪、为所欲为,置东宫于何地?置圣上于何地?"

"恳请圣上治司礼监掌印殷淮目无尊卑、扰乱朝纲之罪!"

"典乐监监丞附议!"

"御史郎中令附议!"

"太史令附议!"

殷淮高坐在仅次于御座的明堂之上,半垂的眉眼从容地睥睨堂下一群跳脚的大臣,兀自笑了笑,并不辩驳。

想必是他近日的一出出戳中了某些人的痛脚,一个两个急得像热锅上的蚂蚁,倒是有趣。

直到皇帝出言:"爱卿,你可有什么话要说?"

殷淮嘴边噙着笑,眼底却冷:"各位大人讨伐完了?"

世家权臣个个目含激愤地抬头望向他。

"说完了那便轮到臣来给诸位算一笔账。"

殷淮声音不大,却冷冽得像一把淬了金水的剑:"七皇子殿下,噢不,现在该称淮王了。

"淮王殿下未满八岁便封王,如今十五过半方才赐字封地建礼,且不说这些年受的流言蜚语、冷眼委屈如何消弭。

"单算一个亲王番地的财税租例、每年的奴仆规制、府院地皮、份例用度赏赐几何,本督就取几位已封王的皇子的均数,一年是八万两黄金,八岁至十五岁是七年。

"七年间,大齐欠淮王殿下五十六万两,这又该如何算?"

堂下诸位大臣瞬时面色苍白,相顾无言。

殷淮勾起嘴角讽笑道:"本督且问诸位,册封大典的礼服、旌冠、御品,一切用度合起来可有五十六万两?若是没有,那这五十六万两该如何补偿淮王?

"本督听闻上半年,户部不过是迟发年俸半月,朝中便抗议声四起。

"怎么?诸位大人竟比淮王殿下还尊贵?你们受不了的委屈,淮王殿下便受得?尔等好大的胆子!"

一字一句,不紧不慢,却掷地有声,像琴崩玉碎,亮刃吹雪,让人忽然想起眼前这位可是当年舌战五国群雄的外使议臣,仅靠一张嘴就力排众议。

殷淮不仅手段狠毒,嘴巴也尖利刻薄得很,众臣顿生悔意,怎么就受了丞相的蛊惑敢上前挑衅呢?

殷淮人坏,心眼小,不但吓唬他们,还要挨个点名:"杨尚书,你位列三品,给你发七品的俸银如何?"

蔫坏的凤眼悠悠一转,又拎出一个:"李司丞,齐丰十四年晋丞位是吧,如此刚正不阿、傲骨清廉,不如往后七年就只给你享司监位份的福制可好?"

"何大人……"

被点到名的人汗毛立起,额冒细汗,屏息不语。

殷淮口干了,慢条斯理地饮了口茶,又开始说:"枉顾礼制的并非本督。倒是诸位,什么样的位份便匹配相应的福祉与责任,空有虚位不能享受皇家恩泽,你们置天家皇子于何地?置古训先例于何地?置陛下一番拳拳爱子之情于何地?"

殷淮步步紧逼的质问声在空旷的殿堂里声回响:"现在本督只一句话!若是哪位大人自己掏出这五十六万两送到淮王府上,本督便再不插手此事!

"如何?"

方才群情激昂的朝臣此时噤若寒蝉,脸时白时青,一听到要掏钱更是立即全身发汗。

丞相左右看看,方才还底气十足的言官们此时都成了哑巴,一阵气急攻心,面色阴沉、中气十足地驳斥:"一派胡言!殷督主切莫在此妖言惑众、扰乱圣听!"

"陛下圣明，君恩弘厚，封号赐字皆是雨露，何况臣尊君纲、子从父纲，何时封号何时赐字陛下自有定夺！"

他最了解皇帝的心病，笑得也胜券在握："督主言下之意，可是在怨圣上迟迟没有赐字，以致七皇子殿下委屈多年，你是在质疑圣上吗？"

"陛下，殷淮这分明是在借题发挥。"

殷淮看了一眼皇帝的脸色，果然阴下去几分。

丞相这老狐狸将战火撇得干干净净，故意扯上齐盛帝。皇帝最好面子，自己不厚道还怕人说。

殷淮倒是从容不迫，针锋相对道："丞相何必这般混淆视听，臣不过是就事论事罢了，陛下何时行赏、何时赐字，自有他的道理。"

殷淮连理由都帮齐盛帝找好了："淮王殿下封王时恰逢陈皇贵妃仙逝，便耽搁下来，众人皆知，母丧三年不宜晋位。紧接着又是太后西去，自然不能大张旗鼓称王封号。如今陛下重提此事，自是有心弥补殿下，丞相这一番含沙射影的叵测之言，实在显得别有用心。"

他这话里有两层意思。

第一，皇帝你以前对儿子不闻不问，拖着该给的不给，这些个破事是情有可原的，先是陈皇贵妃故去，接着又是太后长辞，这怨不得你，我也就不追究了。

第二，但现在已经没有什么能阻碍给你这可怜儿子赐字封王了，你赶紧的，我帮你把理由都找好了，你也别给我拖着。还有这些排场和用度你也别想逃，我不让你还这七年的五十六万两就已经是手下留情了。

殷淮看着丞相的面色一寸寸灰下去，忽然一笑，不声不响亮出最后一把刀："况且，此次册封仪式是要与殿下成年前的祭母之礼一同操办的，若是陈皇贵妃九泉之下看到淮王殿下晋升王位仍是简陋如旧，在天之灵如何慰藉？"

殷淮垂眸，故作感伤之态，声音沉下去："殿下年幼失恃，本督与殿下既有缘分师徒一场，便绝不会置之不理。"

丞相气急攻心，连忙看了一眼上头。齐盛帝面上果然露出感伤怅惘的神情，丞相在心里痛骂殷淮阉贼："你——"

一直沉默不语的齐盛帝忽然出声道："好了，此事便交与殷爱卿全权负责，你们谁若有意见，便冲着朕来。"

丞相还想说些什么，殷狐狸早已噙着淡笑谢恩了。

册封仪式亦是殷淮一手操办主持，挑了春天里景和蔚然的一日为他的殿下加冕。

"润亥日天旷清朗,紫星移绕,必佑殿下福星高照,坦途顺遂。"

齐轻舟不甚在乎这些虚的,只是问:"一会儿掌印也会在吗?"

殷淮不答笑问:"殿下怕吗?"

"没怕。"齐轻舟挺直腰板,抬起下巴,更方便他替自己整理衣领,"但你一定要在。"

语气平直,齐轻舟平时不摆皇子架子,但这句话说得实在有点儿"必须"的意味。

殷淮站在他身后,极淡地勾唇,没答话。

齐轻舟看不见他的脸,也听不到声音,扭头问:"不行吗?"

殷淮正给他戴耳侧的流珠:"淮王殿下不该这样问。"

齐轻舟疑惑道:"什么?"

殷淮嘴边噙着笑,在他面前半蹲下来抚平他的礼服,极恭敬的姿势,循循诱导道:"往后就是亲王了,身份尊贵,殿下可以命令任何人,包括臣。"

他今日走出殿门的时候,一片哗然。

位高权重、奢华铺陈的九千岁竟然换回了深青素衣,那是宫人的服饰。

殷淮当奴才的时候拼了命想要脱下这一身耻辱的标志,却又在今日心甘情愿地穿上。

并且不戴珠笠、不饰宝石,去箭卸刀,如此行为,只是为了给齐轻舟立威、展示忠诚,昭示这位年纪轻轻的淮王殿下是他的主子,九千岁甘愿任他差遣。

这是皇帝都不会有的待遇。

齐轻舟眨了眨眼,看着身着素衣的殷淮站起来。

他黑发素面,依旧清逸出尘,为齐轻舟检查仪容,恭敬道:"殿下应得的、想要的,臣都会去为您要来;殿下不喜欢的、看不顺眼的,臣都会为您铲除。殿下要学会倚仗臣、依赖臣、利用臣。"

齐轻舟心里又响起了噼里啪啦的小炮仗,比殿外的司仪奏乐还响,扬起的唇角压了又压才装出一副正经严肃的面孔:"那本王命令你,要陪在本王身边。"

殷淮看了他一秒,大大方方将双袖拢起,微微一揖,正色道:"臣领命,愿做殿下的手中利剑。"

齐轻舟皱了皱眉,抓住他的手臂:"不许这样。"

"不就是封个亲王,掌印不许与我生分。"

殷淮的心不可抑制地软下去，笑着应道："好。"

册封仪式繁复隆重，齐轻舟一步一步登上百尺宝殿的时候，听见殷淮在他耳边说："殿下往前走，别回头。"

把抬头仰望的百官众臣、面色阴晦的太子皇后、假意微笑的皇帝通通抛在身后。

柔软洁白的云缕缠绕在头顶，他越走越高，好像变成了一只风筝，风那么轻轻一吹便要振翅欲飞，可是引绳被一个人牢牢抓住了。

宝塔高百尺，齐轻舟只听得到呼呼的风声和下边远远传来的司仪乐声。

然后，殷淮柔和沉稳的声音破开一切嘈杂清晰地传入他的耳中："臣往后会陪殿下走去更高的地方。"看河清海晏，看太平盛世。

小皇子的赐字是他选的，旌冠也是他亲手戴上的，未来的路，也要将他紧紧握在手里一步一步地走。

齐轻舟又忍不住在流玉旌帘后翘起嘴角。

高处不胜寒，可是高处有殷淮。

齐朝王位晋升流程琐碎，册封、祭祀、落典一系列仪式过完，费不少时日。春将近尾，转眼便入了夏，迎头便是夏露上巳节，四年一闰，入夏之初星月最为明亮的一日。

青碧草木繁盛，繁花初开，潮涨河溪，京州之地有探亲访老、摆百家淮、游彩仙、许河灯的习俗。

宫里也热闹，张灯结彩，皇后将国丈与一品夫人接进来，还有她的侄女、太子的表妹。

丞相近来办好了滨江水渠事宜，皇帝也给足外戚面子，设了家宴，嫔妃皇子公主列座，皇后凤宫威仪尽显，太子一时风头无两。

皇帝最擅制衡那一套，近来齐轻舟正式封王赐号，朝上不少人嗅出了点不同寻常的味道，这下便要赶紧抬一抬太子这边，以防一家独大。

丝竹笙乐，觥筹交错，看着两鬓斑白的国丈享尽天伦之乐，齐轻舟心头发酸。

他也想外祖父了。

皇帝猜忌心重，当年对不住陈皇贵妃，也心虚，一度认为陈氏一族对自己有异心，总盯紧齐轻舟与外家的往来。他倒无所谓，就是担心皇帝拿老人与他两位戍守边疆的舅舅做文章。

他的外祖父，陈国公，三朝元老、两朝帝师，月明佳节、百家团圆之际，竟落得无人相伴的凄凉境地。

举族忠良，膝下两子皆戍守边疆、保家卫国，幺女香消玉殒折命于深宫，孤孙因于宫闱不得相见。

齐轻舟心酸，不自觉就喝多了几杯。

贴身宫人劝阻道："淮王殿下，可要解酒茶？"

近来殿淮都在刻意为齐轻舟立威，早前其他几个宫里的下人许是喊习惯了，请安时说的依旧是"七皇子殿下"。

齐轻舟自己都没反应过来，随口就应了，站在一旁的殿淮却命人将喊错的下人各掌嘴五十下。

自那日后，宫中再无人口误，谁见到齐轻舟都恭恭敬敬道一句："请淮王殿下安。"

齐轻舟面色潮红，神情恍惚。

殿淮坐在堂上，远远瞧着他的醉态，想起影卫曾经报的殿下三番两次借机经过国公府而不入，心中暗自叹了声气。

怎么回的宫齐轻舟毫无印象，次日醒来，一番洗漱出了房门，看到会厅堂摆了满桌礼品。饶是见惯好东西的他也不得不承认都是些难寻的佳品。

他问宫人："谁送的？"

殿淮位高权重，每日上门送东西的人不计其数，但也不是谁都能送得进这扇门。

宫人还没来得及答话，一道慵懒散漫的声音就从门外徐徐传进来："是臣准备的。"

齐轻舟回过头，诧异地问："掌印今日要探访亲友？"

殿淮嗤笑一声："臣没有亲友。"又说，"但殿下有。"

齐轻舟一愣，对上他了然的神色，抿了抿嘴，过了几秒才轻声问："可以吗？"

殿淮漫不经心地撇了撇天青色宽袖："有何不可？"

若是学生在他门下还要受这个委屈，那他这个老师不当也罢。别人有的，他的小皇子也要有。

见他不决，殿淮又道："想去就去，怕什么？"

齐轻舟犹豫，殿淮马上又说："臣亲自送殿下回去。"

齐轻舟耸了耸肩："他不会让我去的。"

殿淮拉他去用早饭："有臣在。"

听殿淮说可以，齐轻舟面上终于有了些笑意，殿淮说行就一定能行。他兴冲冲跑去翻那满满当当的礼品，竟比昨夜皇帝赏的还重，看得出来是用心挑过的、适宜老人的物件与补品。

他有些感激地看向殷淮，从来没有人这样对他，忧他所忧、念他所念、急他所急。心湖仿佛忽然生出一株喜悦的莲，甚至能听得见花瓣绽开的声音。

殷淮给他舀了粥，等好半天不见人过来，对上一双巴巴的黑眼睛，不甚在意地笑了笑，评价他："殿下也太容易感动了。"

齐轻舟目光灼灼地望着他不说话，殷淮翘了翘唇角，更觉得他像一只养熟了就朝主人摊开肚皮的小狗。

上巳节当日，殷淮果真香车宝马、护卫列队将人送到国公府门口。

阵仗之隆、用度之奢叫京州民众叹为观止。

买彩灯的、做糖画的、写对联的都停下来围观，不知道的还以为是状元进京或是哪家嫁娶。

殷淮："殿下去吧，臣看着你进门。"

齐轻舟疑惑地抬眼："掌印不进去喝杯茶吗？"一大早辛辛苦苦送他出宫。

殷淮笑了笑："不了，臣这个身份，不合适。"他奸臣佞贼恶名在外，总有人忌讳这个的。

齐轻舟哑口，道："我外祖父不是那种——"

殷淮无意多言，只说："无碍，臣不介意这个，殿下快进去吧，臣还要回宫办差。"

齐轻舟撇了撇嘴，朝他挥手道别："那我走了。"

"嗯，过几日臣来接您。"

老国公看到齐轻舟回来喜不自胜，又看着大箱小箱的礼品被侍卫源源不断地搬进来，不解道："舟儿，你哪来的这些东西？"

天山老参、东海象牙粉、高丽蜂胶……

都是些价值连城的御用之品，他这宝贝外孙不会盗皇仓去了吧。

"啊！这个，是孙儿孝敬您的。"齐轻舟喝着外祖母倒的茶，舒了口气，把外衫也去了，出门前掌印帮他打的君子结被他三下五除二给解开。

老国公问："陛下赏的？"

"不是。"齐轻舟道，"掌印给的。"

"殷督主？"

"是。"齐轻舟将他拜到殷淮门下的来龙去脉和近来的事藏头去尾说了一遍,听得老夫人心惊肉跳、老国公面色担忧,欲言又止,齐轻舟笑道:"外祖父,您想问什么?"

老国公道:"听闻这位殷大人喜怒无常、阴晴难测,他可有为难你?"

齐轻舟剥了个夏橙,笑道:"没有的,他对孙儿极好。"

"这次能不在宫里过节也是掌印帮孙儿去说的。"

"噢?"老国公疑惑,"他为何对殿下这么好?"

齐轻舟又想到了那日在行车上殷淮说的,他的好都得拿东西去换,自己身上有掌印想要的东西。

是什么他不知道,掌印也没告诉他。

齐轻舟想了想,对老国公咧嘴一笑:"那自然是因为孙儿讨人喜欢。"

老国公:"……"

老夫人哈哈大笑,连连称是:"确是!确是!"

老国公有些无奈又有些纵容地叹了口气:"外祖父老了,朝堂之事就不再多嘴,你也长大了,与谁为伍、做什么决定都由你,不用顾虑家里,无论你走哪条路,都要记得,外祖父和你两个舅舅是你最大的后盾。"

这几乎是在告诉齐轻舟,若是决定了要争权,他也是有势可依的。

齐轻舟鼻子一酸,蹭到老人膝下闷声道:"嗯,我知道,谢谢外祖父。"

又问:"舅舅们今年回来吗?"以前他们也还互通书信,自从发现皇帝命人在驿站盯梢,他便让舅舅们别再写了。

外臣最易受到牵制,尤其是在朝堂内没有靠山的。

用铮铮血骨保家卫国,却困于争权夺势的逸言,大概便是武将最无奈又悲凉的宿命。

老国公道:"回不了,你大舅上个月来信说原本上头有意削兵权,但恰逢边奴来犯,圣上又恐不敌奴军,便打消了念头。边境这两年不太平,想来应该都没有大变动。"

齐轻舟冷哼:"除了兔死狗烹、鸟尽弓藏。"

老国公拍拍他的手背:"殿下慎言。"

老夫人将爷俩拉到偏厅:"好啦,舟儿难得回来一趟,我命厨房做了许多你小时候爱吃的,用了饭再聊吧。"

齐轻舟在国公府过了几日温馨清闲日子,每日帮外祖母浇菜园子、和面,陪外祖父垂钓、下棋,夜晚在庭院赏月乘凉,说起母妃许多往事,倒是补足了这几年没享过的融融亲情与浓浓关怀。

夏会上巳节最后一日是京州灯会,百姓都到护城河畔放花灯,以期许心愿。

老国公待人宽厚,府中的侍女与小厮也都得了假,成群结队去凑热闹。

老夫人走到院子里,推了推半躺在摇椅上的齐轻舟,笑骂:"年轻人天天躺在家里成什么样子,今晚多热闹,怎么不约朋友一块儿出去耍?"

齐轻舟坐姿逍遥,衣衫松散,跷着二郎腿,手里拿了个桃子啃,嘴里嚼着果肉,含糊道:"我这儿正赏月呢!"

今晚河边肯定很挤,他才不凑这个热闹。

老夫人戳穿他:"殿下是懒得动弹吧!今夜月亮是好,可自个儿看那多没意思,老身也要跟老爷出去了,你自个儿留着看家慢慢赏吧。"

齐轻舟口中吐出个小小桃核:"你们去哪儿?"

老夫人凝他一眼,端庄地扶了扶鬓间新做的朱钗:"你外祖父说给我订了一盏花灯,现在去取。"

齐轻舟扯扯嘴角挥手目送:"您老走好,多让几个人跟着,别玩儿太晚。"

老夫人走了,府里静悄悄的,蝉鸣蛙声一片,齐轻舟重新躺下来望着那轮月亮,想起那个人了。

掌印也如这一轮夏夜新月,时而清晰可触,时而朦胧缥缈。

想起他在朱红宫门下提灯等自己的身影,想起他在南书房撑一把素伞接他的模样,想起他立于马上玉白广袖迎风翻飞的落拓……

迷迷糊糊不知睡了多久,有人摇他:"舟儿,醒醒。"

是老夫人。老国公也负手站在一旁,手里提着几盏精致的花灯,与他清癯的形象有些不搭。

齐轻舟愣了好一会儿,才开口道:"你们回来了?"

老夫人道:"怎么在这儿睡,夜里风凉,快,进屋去。"

齐轻舟揉揉惺忪的眼,问:"什么时辰了?"

老夫人道:"二更刚过。"

他笑一声:"那你们玩得可真够晚了。"

两位长辈被他这么一打趣,有些不好意思,老国公咳了一声,绷起脸道:"走了,进屋早点休息。"

齐轻舟爬起来,伸去穿靴的脚顿了顿,支支吾吾地道:"外祖父,我……我能不能出去一趟?"

老夫人惊讶:"这会儿?"她是不懂这些年轻人了,放着空闲的一个晚上躺在榻上,临近夜半说要出去。

老国公与夫人相视一眼,问:"这么晚了做什么去?"

齐轻舟说:"去看个朋友。"

"我那位朋友没有亲人,也不过节。"

他不过打了个盹,一个时辰不到,就梦到殷淮了。

去找他。

脑海中瞬间闪过的念头似滚滚浪潮席卷心头。

齐轻舟是个行动派,他着急地找鞋,怕再晚一点殷淮就睡下了。

看他火急火燎的模样,老夫人又问:"是……很重要的朋友吗?如果是不急便明天再——"

齐轻舟说:"是,急。"

老国公沉吟了一会儿:"那让人备好车送你去吧。今晚还回来吗?"

齐轻舟咧嘴一笑:"谢谢外祖父,不回了。"

老夫人也知道拦不住他,只好说:"你自己小心一些。"

齐轻舟理了理睡皱了的衣衫,抱了抱她:"放心,今夜过节,外头还亮堂热闹得很,护城河的花灯哪年不是放到天亮的?我走啦!明早回来给您带金玉阁的栗子枣泥糕。"

城里热闹,宫里也不遑多让。国丈进宫,皇后心情大好,操办节日规矩便松了些,临近夜半也还有嫔妃带着小公主游园。

午夜的宫道畅通无阻,齐轻舟一路小跑至焰莲宫,守门的太监影卫见到都有些吃惊,不明白淮王殿下为何这个时间突然回宫,可是想到他当皇子的时候也是说一出是一出的行事作风,又觉得不足为奇。

影卫抱拳躬身正要请安,齐轻舟就急忙说道:"不用禀报掌印了,本王自己去找他。"

说完就一阵风似的闯了进去。

殷淮决定接见李玲珑的时候,万没想过齐轻舟会突然杀回来。

当朝皇后的侄女、东宫的表妹于上巳节夜半出现在司礼监掌印的宫苑里,确实很难解释。

虽然殷淮向来也不用向谁解释任何事情,但齐轻舟显然不在这之列。

李玲珑是名动京州的才女,并没有多么惊艳,但腹有诗书的气质让她在一众大家闺秀中脱颖而出。且才干不容小觑,传闻豆蔻年纪就随父下江南,于治水工程颇有见解。

不好红妆好诗书，是深闺困不住的有才也有胆的怪女子，行事思维与相后一脉大相径庭，面对殷淮也淡定直率："求见大人一面可真不容易。"她之前就送过几次拜帖，殷淮都没理她。

殷淮嘬了口梨宫酿，面无表情地瞭她一眼："李小姐好胆量，三更半夜也敢往本督的殿里闯。"

李玲珑没有寻常深闺女子的扭捏，笑了笑："能见得九千岁一面，就算要等到天亮我也是要等的。"

殷淮对她的奉承无动于衷，放下酒杯："阁下这般明目张胆，只怕令尊与皇后等不及明日就要来找本督麻烦。"

李玲珑径直坐在他对面，自己给自己倒了杯酒，摇摇头："他们找不了大人麻烦。"

殷淮这才正眼看她，直接说："不要与本督兜圈子。"

李玲珑发现，这张脸，无论看多少次都是需要勇气和克制的，泠泠月色下殷淮凤目剑眉，眼神犀利深邃，初夏夜里最亮的星辰也要黯然失色。

她本还淡定自若的面色变得有些不自然，移开了目光，直接道："殷大人这般运筹帷幄怎会不知道臣女的来意，只是不知有什么条件。"

"噢？"殷淮有点兴趣了，修长的指节点了点桌面，却没再继续说，就这么将她晾在一旁。

这样高傲轻慢的态度，李玲珑也丝毫不在意："大人疑我很正常，但臣女自信自己还是有些用处的。"

殷淮没问她有什么，只是漫不经心地转了转腕上的玉珠，低沉下来的声音让人不禁想象出那串玉珠坠地的声音："李玲珑。"

李玲珑第一次被他叫名字，耳朵不禁动了动，生出一分红。

其实殷淮的语调又平又冷，根本听不出情绪的波动，话也直接得很："你父亲姑母这样捧着你，你这般狼心狗肺，就不怕伤了他们的心？"

李玲珑不知用了多大的自制力方才在这个人、这张脸面前维持自己的得体与平静，不至于完全被震慑和压制。她垂眸淡淡地道："那是捧着臣女吗？那是哄着我要死心塌地为他们的荣华奉上一生罢了。"又不屑一嗤，"臣女不觉得只会一味往宫里送女人的世家会有什么出路。"

她年龄到了，婚嫁已经提上议程，不是嫁给太子就是被收入皇帝后宫。

她不甘心，她自幼饱读诗书、天赋极高，深闺与宫闱绝不该是她唯一的归宿。

殷淮笑了，薄唇玩味地勾起，冷嘲热讽道："李小姐好志气，太子妃和贵妃之位都入不得眼。"

"扶不起的阿斗和半截身子入土的傀儡，哪一个不是火坑？况且，本人对姑侄共侍一夫的荒唐之事不敢苟同。"李玲珑忽然将目光转回来，在殷淮脸上停留了一会儿，似是要回击方才他的嘲讽，又似乎不单纯是，半真半假地道，"若是有大人这样的选项，那我倒是没什么好犹豫的了。"

殷淮嘴角收平，冷淡地道："本督天残之人，无福消受。"

李玲珑被他犀利冰凉的眼风扫得脊背生寒，抖了一下，语气里重新带上了恭敬："是臣女僭越了，但臣女方才所说皆为肺腑之言，大人不妨考——"

她话音未落，就见殷淮突然抬头，目光像离弦的箭般直直往门口射去。

齐轻舟下意识地闪避，怎么也没想到自己刚在门口站了不到三秒钟就被发现了。

就在他拔腿要跑的瞬间，那个发现他的人已经大步走过来了。

"殿下怎么回来了？"

齐轻舟心头涌起一阵委屈，猛力甩开他的手，恨自己太傻！

怎么会以为团圆佳节之日掌印真的会形单影只？

殷淮随口说什么他就当真，一个字一个字记在心上，齐轻舟都快烦死自己了。

殷淮第一次被他这样蛮横地甩开，愣了一瞬，眉目瞬间染上阴沉，问道："怎么？出了什么事？"

齐轻舟喘着气又踢又打挣不开，索性放弃抵抗，往后一仰，撒开下巴，像是折腾累了一样摆摆手，有气无力地道："无事，我回去了。"

殷淮心里一紧，直接将他拽了回来，耐着性子，好声好气地问："臣又哪里惹了殿下？"

齐轻舟无力地踢了踢玉石门槛，面无表情道："没，你没惹我，是我打扰你了。"

打扰？

殷淮嘴巴张了张，淡笑道："殿下莫不是——"

"大人，可是出了什么事？"李玲珑出来了。

方才她没来得及瞧清楚，殷淮就跟一阵风似的往门口走，罕见地没有往日的从容。

原来是那位新晋的小淮王殿下。

伍　分歧

李玲珑恭敬地向齐轻舟请安，齐轻舟点点头。

李玲珑神色自然，仿佛对他为何此刻出现在此一点都不好奇，又直接向殷淮道别，恳请他好好考虑自己的提议后，便带着侍女利落地离开了。

齐轻舟也妄想趁其不备逃脱。殷淮眼疾手快，将人按住："殿下这就要走了吗？"

齐轻舟正难受，委屈似洪水扑来，不远处一星火光映入眼帘，他怔了一秒，心里更是泛酸，低声喃喃讽道："掌印魅力无边，连李家的掌上明珠都亲自上门送灯示好。"

那光是从院子里石桌放着的一盏花灯照过来的，巧夺天工，方才李玲珑带过来的。

她说的是："虽然知道大人什么都不缺，但初次拜访总不好空手上门，正好是上巳节，便顺手带了个亲手做的小玩意聊表诚意，望大人笑纳。"

虽然这表的不知是合作的诚意，还是别的什么心意。

殷淮也没否认，就这么睨着齐轻舟，笼住他头顶一片宫灯与月光。

齐轻舟背靠宫墙，退无可退，神色怏怏的："做什么？"

殷淮眼神饶有兴趣："不做什么，只是臣忽而茅塞顿开，大概晓得自己哪里惹到了殿下。"

齐轻舟抬起眼，显出几分迷惑，其实他自己也不知道。

殷淮看着面前这张怒气冲冲却有些无辜的脸，敛去眉眼里打趣的笑意，认真专注地望着齐轻舟道："臣知错了，臣赔罪，殿下就原谅臣这一回好不好？"

他说得温柔又恳切，虽然齐轻舟也不并清楚自己在生什么气，但他觉得殷淮骗了他。

他冷冷地道："掌印知晓就好，我这人最讨厌别人骗我。"

殷淮收起笑意，认真地道："好，臣记住了。"

"殿下可是特意回来找臣的？"

齐轻舟气消了些，但还是介意，撇过脸，否认道："不是。"

殷淮仍是微勾着嘴角静静地凝视他，齐轻舟又说："我是放花灯回来想起新做的风筝还在宫里，回来拿，明天要用。"

殷淮希望他能诚实一点儿："外边没有风筝卖？"

齐轻舟梗着脖子辩驳："我做的最威风！"

殷淮点头称是，故意用一种羡慕混着怅惘的语气感叹道："殿下过得真逍遥，臣只能在这宫中三寸之地批阅奏折累死累活。"

齐轻舟抿了抿嘴，不说话，过了会儿，才轻声道："你又骗我。"

浮动的月色照亮殷淮的脸。"没骗殿下。"

他淡淡地道："臣这几日都在书房没出过门，殿下若不信，可以问徐一。"

齐轻舟的气来得快，去得更快，关心地问："那怎么不出去散散心，我瞧宫里也挺热闹。"

殷淮看着他说："臣去瞧别人的热闹，岂非更孤独？"

"⋯⋯"好像也是，齐轻舟这会儿又觉得他可怜了，连一晚上的委屈和兴师问罪也忘记，"那你喝祈茉茶没？"

"没。"

"福禄糕呢？"

"没。"

"放花灯了吗？"

"没。"

齐轻舟都不忍瞧他了，小声啧道："⋯⋯太惨了。"

殷淮还反过来安慰他："没事，臣都习惯了。"

齐轻舟忽然说："掌印，我带你去放花灯吧？"趁节日还没有结束，最后一夜了。

殷淮也爽快："好。"

齐轻舟："不过得去宫外。"宫里人多口杂，玩不尽兴。

殷淮一笑："都听殿下安排。"

亮堂堂的明月自鱼鳞般的薄云中显露，虽已至深夜，但护城河边依旧热闹。

融融灯火倒映在波光粼粼的水面，旖旎绚烂，树梢上结满许了愿的彩带，在夜风中飘扬。几帆雅致的游船行于水面，清幽丝竹之乐飘出⋯⋯

齐轻舟与殷淮穿梭于人群中，河畔卖花灯的小哥招呼道："两位公子，瞧瞧要哪盏？"

花灯做得花样百出，好几十种，灯罩上写了不同的寓意，"金榜题名""长命百岁""前程似锦"，应有尽有。

如非必要，殷淮鲜少来这种人多拥挤的地方，他往旁边偏了偏身，道："殿下帮臣选一盏吧。"

"好！"齐轻舟伸手去拿最顶上那盏"平步青云"，想了想，又放了回去。

殷淮问："怎么了？"

齐轻舟伸手去拿了另一盏，望向他的眼睛弯弯的，亮如檐下灯火："掌印已经在青云上了，高处不胜寒，我还是祝您福顺安康吧。"

掌印走到这个位置，是用尸骨血肉堆出来的，希望他能多积攒一些福气，身体也要好起来，不知道他现在还有没有再去地下药宫疗伤。

齐轻舟不敢问，只希望他能真的福多意顺、身体安康。

殷淮心头一烫，低声说："谢殿下。"

齐轻舟不在意地笑了笑，搜寻的目光又回到令人眼花缭乱的花灯上。

他要给自己也挑一盏，他不缺钱财，不考科举，身体倍儿棒，啧，要不就拿个"姻缘美满"吧！

齐轻舟手伸到一半就被截断，殷淮面不改色地对上他疑惑的神情，目光沉沉地道："礼尚往来，臣也给殿下挑了一盏。"

齐轻舟看了一眼他挑的，喜乐平安？说："还不如求个姻缘呢！"

殷淮淡淡地睨他，幽声问："殿下这就开始考虑姻缘了？"

齐轻舟一怔，随后有些害羞地讪笑道："没有没有，那不是什么都不缺，先求着嘛。这种事，说不定的，没准哪天就到了是吧！"

殷淮望着他，沉默几秒后，用笃定又带着些强势的语气道："殿下姻缘必然很好，不必再求。"

齐轻舟乐了，"哈"了一声："掌印什么时候还会看命相了？"

"殿下不信？"殷淮挑起细长的眉，徐徐开腔，"那臣保证殿下姻缘美满，也保殿下从今喜乐平安。"

齐轻舟一怔。

"殿下信不信臣？"

齐轻舟回过神，敷衍说："信……信的，那便听掌印的吧，平安喜乐也挺好。"

"嗯，"殷淮这才满意了，问，"这里可以吗？"

刚好有两块平整的青石板。

"可以。"

还没来得及坐下,一个笑容嫣然的姑娘就走过来,面色泛红地问殷淮:"公子,可否借你的灯一点?"

还没等殷淮张口,齐轻舟就先跳出来了:"啊不好意思这位小姐,我哥的灯有主了,您再瞧瞧别的人吧。"

等人走了,殷淮双手抱在胸前,背靠树干问:"臣怎么不知道自己的灯有主了?"晚风飞起他的衣角。

齐轻舟阴恻恻地道:"掌印可真是艳福无边。"前边走了个李玲珑,又来了个爱慕者。

殷淮挑了挑眉,走过去帮他将灯油和火烛弄好,道:"既然殿下把帮我点灯的人赶走了,不如就自己补上吧。"

齐轻舟一脸惊讶:"不好吧,掌印没听说过那个……"

殷淮忽而抬起眉眼,打断他:"这不过是表达祝福的一种方式,亲友之间互相为对方点灯也是可以的。"

齐轻舟呆呆地"哦"了一声,好像……也是这么个道理?

他应了声好,又凑过来讨价还价:"那掌印也要帮我点上,你自己许了我姻缘美满、喜乐平安的,可不能反悔。"

殷淮侧过脸来的一瞬,河面恰好有花灯亮起,齐轻舟听见他笑意盈盈地道:"好,臣不悔。"

齐轻舟心里一跳,飞快转回头去,两盏花灯已经被点亮,并排着,顺着潺潺水流漂远,划破远处的黑雾……

一盏是"福顺安康",一盏是"喜乐平安"。

与宗原放风筝之约又被齐轻舟往后拖延,直至节的最后一日方才成行。

"殿下做什么去了?再过几日河堤的花都谢光了。"

齐轻舟低头将线竹枝骨架撑好,提线,回味道:"与掌印放花灯去了。"

那夜天边露出鱼肚白,河岸上的人都走光了,殷淮才策马将他送回国公府。

齐轻舟迷蒙着醒来,依依不舍道:"我不同你回宫吗?"

殷淮轻笑一声:"殿下再多陪国公几日吧,臣在宫里等你。"

齐轻舟就又在国公府里过了数日逍遥快活的日子。

宗原难以置信地道:"你与殷淮去放花灯?"

齐轻舟正在勾他的帐角："嗯，不行？"

宗原瞪大眼："殿下怎么能与那佞贼同去？"

齐轻舟翻了个白眼："佞贼佞贼，人家没名字吗？"

宗原噎了一声，又纳闷道："可是他这会儿怎的还有闲情与你去放花灯？我还以为他近日与丞相斗得你死我活、焦头烂额来着。"

齐轻舟手上动作停了："怎么了？"

"东源水运案啊！"宗原绑好自己风筝的角带，"殿下没听说？"

齐轻舟摇头。

"东厂影卫为截取情报虐杀无辜良民，所到之处，地方官无不胆寒，皆搜刮民脂民膏以供贿赂。被丞相狠狠参了一本，殷党好几个官员被拉下马了。"

齐轻舟对这种政治斗争下的所谓案情真相并无太大触动："这些个官员们若是不心虚，那么急着巴结东厂做什么？"

又心想，难怪过节了人人休沐，掌印却忙得连书房都没有出。

宗原无语："殿下的心偏到菩提河去了。"菩提河在京州西边，每年夏季西涝东旱，京州人以此形容老天不公。

"丞相这几日意气风发，满面春光，又于昨日上请圣上拟旨让太子主持文庙祭，也得允了。"

文庙祭是天子集结太学才俊、新晋国之栋梁，到旭东峰上的文庙进行祭拜的国礼，以示重文教才、文明昌繁、文教开化。

天子若是国事缠身，可委以东宫或是名望声威的皇子代之，代表天子出席文庙礼拜其意义非同凡响。

齐盛帝贪好权势，极少放权，尤其是这种具有号召集结天下文人、具有象征意义的隆重祭典。宗原感叹："真没想到陛下会让太子代之。"

"殿下可收到了圣帖？"

像宗原这种名门世家后起之秀定在受邀之列。

齐轻舟不太在意道："没有。"

宗原说："怎么会没有？宫测榜首不出席文庙祭太说不过去。"而且上头怎会纵容太子一家独大。

"不知道。"齐轻舟摆摆手，"走吧，一会儿风势过了。"

齐轻舟又在国公府陪了两位长辈几天。回宫那日，谁也没知会，本是想给殷淮一个惊喜。

不料却在后苑湖上遇见一不速之客。

焰莲宫后山曲径通幽,齐轻舟不走正门,堪堪遇上一位在弹弄琵琶的公子。

那人圣衣如雪,额心点朱,姿容昳丽。他怀里抱着一把琵琶,身后站着一个小厮。

这一片冷清,齐轻舟没怎么来过,还以为后苑是下人住的地方。可如今看来,又不像。

哪儿有这么好看的下人。

三人六眼相对,还没等他开口问,那人的小厮倒是先出了口:"你是什么人?别在这儿扰了我们公子习琴。"

齐轻舟莫名其妙:"你又是什么人?这儿写了你们公子的名字吗?"

齐轻舟从后山绕过来,衣衫沾了些灰尘草屑。那小厮眉毛一提,鄙夷呵斥:"你新来的吧?没学好规矩也敢四处乱走,问问你的管教公公,我们公子是什么人,这里是什么地方。"

齐轻舟好笑:"噢?什么地方,什么人?"

小厮抬出名号吓他:"江上雪听说过吧?这是督主特意辟给我家公子练琴的地方。"

原来他就是江上雪,最爱徜徉于风花雪月之地的齐轻舟怎会不知。

名动京州的琵琶乐师,以天容之姿与精妙乐技闻名,多少达官贵人、鼎盛世家重金聘请江上雪公子而不得,清高冷傲,不容玷污。

原来被殷淮藏在焰莲宫。

那小厮看他沉默,得意扬扬道:"啧,知道怕了吧,督主敬重公子,最喜公子的《平江月》,因此特地——"

"行了,"一直抱着琵琶望着湖面发呆的江上雪忽然出声,也把齐轻舟当宫仆了,扬了扬下巴,冷冷吩咐,"你下去吧,没什么事别来这儿扰我。"

江上雪刚被殷淮拒绝,心情奇差。小厮看不清,只有他心里清楚明白自己与其他人没什么区别。

自从被殷淮救下,他便一心想攀住这根金枝,乘上这片青云。

可殷淮刀枪不入,软硬不吃,这些天也只唯独见过他对一人和颜、在意,旁的人根本连一个眼神都分不到。

或是看他本事高些,比其他人有用,才不像软禁别的乐师一般将他困在后苑,也并不是什么特地为他辟了练琴的地方,原话是"允许他走动和弹琴"。

殷淮从司礼监当差回来,听宫人说淮王殿下已经从国公府上回来了,没说什么,只是嘴角略微提了提,跨坎的步伐加快不少。

齐轻舟正躺在他的书房里看从外祖母大丫鬟那里搜来的话本子,占着他的软榻和薄被,果子热茶一样不少。

听到动静,眼皮都不抬一下。

殷淮解开朱红外袍,挂好,问:"殿下怎么不等臣去接?"

齐轻舟仍是低着头垂目,淡声反问道:"掌印不希望我回来?"

殷淮一怔,不知道他闹什么脾气,只当是恼自己这几日忙起来没去接他,笑着哄道:"臣求之不得。"

齐轻舟又懒洋洋地翻了个身,缩回去继续翻了一页。

殷淮看着他,也不走,问:"殿下在国公府上过得可好?"

齐轻舟视线未从话本上移开一分,随口那么一应:"好。"

殷淮想了想,剥了个青橘递给他:"尝尝,这是川蜀进贡的新果,臣记得殿下爱吃。"

齐轻舟圆而黑的眼珠子终于往那橘色饱满的果瓣上滴溜一圈,又收回,咽了咽口水,矜持地道:"不了,刚吃完饭。"

殷淮挑了挑眉,心中不解,但也没恼。他乐得哄小皇子这些小性子,这样才不显得生分。

他自己把那果子吃了,一瓣一瓣,优雅极了。齐轻舟的目光不禁看过去,心烦,索性撇开眼,不看了。

殷淮吃完,净了手,说:"殿下回来得正是时候,支乐国进献的马戏团到了,臣陪殿下去瞧瞧可好?"

他明明已经净了手,可还带着那股微淡清新的柑橘香,齐轻舟"啪"一声盖上话本子:"我不去,要去你自己去!"

殷淮一怔,凤眼如漆,语气重了些:"殿下又怎么了?"放花灯的时候还好好的。他虽乐意哄着,但绝不允许小皇子抗拒排斥他的亲昵。

"几日不见,又要与臣生分?"

齐轻舟下巴紧紧绷起,嘴角扯出一个微讽的弧度:"掌印不是爱听琵琶吗?马戏团这么俗的乐子哪里入得了掌印的眼!"

殷淮蹙起眉:"臣什么时候——"随即又了然,"殿下碰到江上雪了?"

齐轻舟听到那名字自他口中吐出,又重重哼了一声,将被子一拉,把头埋进去。

殷淮无奈地揉揉额角,伸手去拉被角:"可是他冒犯了殿下?"

齐轻舟道:"不是!"他倒不是介怀江上雪的态度,他堂堂一介亲王,要真对付一个乐师不费吹灰之力。

他介意的是殷淮没告诉他宫里有人,他如鲠在喉。

齐轻舟恶狠狠地道:"江公子并未冒犯我,倒是我一不小心误闯了掌印特意辟给江公子练琴的地方,扰了他的雅兴。"

殷淮似笑非笑地睨他,等他脸红起来方才悠悠地解释:"特意辟给他练琴的地方?臣怎么记得,臣的原话是'允许他走动和弹琴'?"

"殿下不必为他坏了心情,这人很快就不在宫里了。"

最迟后日,马上就要送进王府,丞相的好日子已经过得太久了。

齐轻舟没想到殷淮居然舍得将江上雪送走。

殷淮挑挑眉:"有何舍不得?"

齐轻舟看着他,还是心烦,似诉似怨,轻声喃喃:"掌印身边太多人了。"走了个李玲珑,又来个江上雪,个个才貌惊绝、才华横溢,掌印还看得见他这个一无是处的门生吗?

他也不是不知道,以殷淮的身份地位,总是会有人贴上来,自己只是他的门生,没资格管那么多,可他就是难受。

殷淮一怔,没想到他介意的是这个。

他不否认,他的权势和职位决定了身边会被送来各种各样的人,都是有所用他才会留下。

殷淮收了笑意,一时半会儿没有说话,久到齐轻舟都觉得自己是不是太过了,正想说"算了",殷淮让他抬起头:"殿下何必在意那些人。"

齐轻舟:"为何不在意?掌印见过的人太多了,身怀绝技的、才谋过人的、能为你所用的,我什么也不会,只会给你添麻烦。"

"殿下真这么想?"

齐轻舟垂着头:"嗯。"

殷淮温声询问:"那殿下又是为何要在意?"

齐轻舟一怔,抬起头,神情疑惑,眼睛里闪过一丝迷茫:"我……不知道。"他只知道这不是他想要的回应。

殷淮精明又洞悉人心,自然知道他想听的是什么,齐轻舟想要的是他的表态,想要听他说他们的师徒情分是独一份的,其他人再才貌惊绝也比不上他这个学生。

可是天底下哪儿那么便宜的好事,亲近、忠诚,他是可以给齐轻舟,可他也要齐轻舟想明白,要齐轻舟给他同等的师徒之情、君臣之谊。

殷淮狡猾,也足够有耐心,没有像往常一样哄他,而是循循善诱:"殿下若不知道为何在意，那臣也不知道如何解殿下的心结。"

齐轻舟没有听到自己想听的话，有些失落，又有些慌张。半垂着头，一副思考的模样。

殷淮一点不心软："殿下可以慢慢想，自己想要什么总归要自己想明白的，您说是不是？"

齐轻舟恹恹地不说话。

殷淮也不要他现在就想明白，这个念头种下去就可以了，于是转了个话题："臣饿了一天，殿下发发好心，陪臣再用些点心可好？"

齐轻舟撬不开他的金口，自己一时半会儿又想不明白，脑子一乱，不甘心又别无他法，发气似的踢开被子，霍然直起身。

殷淮被他撞得连退几步，

齐轻舟趾高气扬地指使他："给我剥个果子。"

殷淮："殿下不是吃不下吗？"

齐轻舟痒得跟只猫儿一般龇起牙来："我现在要吃！！"

殷淮只得给他剥好，有宫人来报："江公子求见。"

齐轻舟笑着看殷淮。

殷淮剥着橘子，头没抬起，神情专注，动作优雅："不见。"

宫人犯难："公子说，若是大人不见，他便滴水不喝，等到大人转变心意为止。"

殷淮温柔的眉目间闪过一丝阴鸷："告诉他别太把自己当回事，再闹今夜就送他去王府。"

宫人退下，齐轻舟问："王进真的会为了一个江上雪背叛丞相？还有，那老狐狸最近给皇上使了什么迷魂计？"

殷淮将一瓣果肉递给他："无事，臣逗着他玩儿罢了。"

齐轻舟嘴巴鼓鼓的，睁大眼，吐词不清："你故意的？"

殷淮又给他递一瓣："飞得越高跌得越重。"就让他们一群蠢夫先得意几日好了。

齐轻舟哑巴了一下嘴，他气来得快，去得也快，说："那别把江上雪送去王府了吧。"

殷淮挑眉，未曾想小皇子还能有如此胸襟。

齐轻舟挠挠后脑勺："其……其实他也没招我，他送进去还出得来吗？"

殷淮说好。

想起那天宗原说起文庙祭之事，齐轻舟问："掌印，我不在宫里这几日可有人来送圣帖？"

殷淮那只沾着果子汁液的手一顿："殿下想去？"

那帖子是他给压下来了，没到齐轻舟手上。

齐轻舟有点兴趣："还真有啊？"

殷淮薄唇弯了弯，笑意却未达眼底，他看着晃出涟漪的茶面，淡声问："殿下这么想出去吗？"

刚回来就又想走了。

齐轻舟贪玩本性难改，两眼冒光："怎会不想！"

说完他才察觉殷淮此刻可能不是很高兴。

殷淮"嗯"了一声，没看他一眼，拢了拢袖子道："想去那便去吧，臣派几个东厂的暗卫保护殿下。"

近来朝堂不平，又是太子主事，本没打算让齐轻舟去蹚这浑水的，可看着他的眼睛，殷淮又说不出拒绝的话来了。

东宫主事祭拜文庙，更像是一场青年才俊的盛大游学。

登高、策论、作赋、辩驳、赏景、游园，世家子弟鲜衣怒马地指点江山，意气风发。

同行者中虽有党派纷争，但多了地方上来的才俊，齐轻舟倒是融入得很好，如鱼得水。

明明只去大半个月，齐轻舟亦要隔日就往焰莲宫寄信。

报喜不报忧，不说他在文庙的第一场诵念祭拜就差点被油灯砸到，还是随行的一位同仁手疾眼快推开他，他才没有被火烛烧伤。只说今天登上了祁山顶峰，一览众山小，在庙里给殷淮求了个平安符；明天吃到了澄湖精养的虾蟹，要命人带一筐回焰莲宫让掌印也品一品。

事无巨细，精彩生动，少年人蓬勃的好奇心和鲜活的生命力，一路风景跃然纸上，殷淮仿佛都能听到他清越的声音在耳边说个不停。

其实每天都有专人来向他汇报齐轻舟的行踪，可那几页纸一直被放在他衣襟的内里。

齐轻舟信的最后，总要再加上端端正正的几个正楷——"甚念掌印"，一笔一画，周正端然，透露笔者的清正坦然，赤诚纯粹。

只要是齐轻舟来信那个晚上，殷淮便睡不了一个好觉。

东厂议事房的左右使看着督主的不知道第几回走神，面面相觑，一个胆子大些的手下唤了一声:"督主——"

殷淮回过神来,心头烦躁,敛眉淡声道:"下去吧。"

待人全走后,他才从衣襟里拿出那几张薄薄的信纸,沉默。

殷淮自诩孤傲绝情,可如今,人一走才便知道,自己亦有常人的喜怒哀乐。

大概是初为人师,小皇子稚虎出林,雏鹰振翅,他如此阴狠冷血的一个人竟也生出了许多慈悲心肠,尝到古人那一句"意恐迟迟归"的牵挂和担忧。

每天都在等一封写满流水账的信,听到齐轻舟稍感风寒心里就提得紧,知道他和人去了柳巷花楼凑热闹就眉头紧皱……

夜里风声很大,殷淮也不命人来关上,任由它吹,只是紧紧地捏住那几封薄信。

焰莲宫连着三天有人被罚。

殷淮前段时间的宽宥让他们几乎忘了他们的主子以前是个什么样的人,淡漠阴狠、严苛无常。

嘴角一掀,置人生死。

下面的人开始警觉起来,没有敢放松的,他们的主子变得又陌生又熟悉。

陌生,是因为殷淮早前在齐轻舟面前伪装的善过于逼真,让他们都跟着入戏;熟悉,是因为那位淮王殿下没住进来之前,他们对这样的殷淮习以为常。

就连焰莲宫扫地的仆妇都深刻地感知到,淮王离开后,整座宫殿像一座萧肃冷寂的冰窟,弥漫着阴郁的紧张气氛。

人人自危,心中惶惶。

好在他们不用这样每天提心吊胆地撑多久,就把淮王殿下盼回来了。

外面的世界虽然精彩,但越到后面,齐轻舟越觉得索然,一想到回焰莲宫倒是心跳快上几分。

灵鸟跃于九天,最后也总要归巢。

回到宫中已经二更时辰,殷淮提着一盏八宝琉璃宫灯,一手抱着那白狐,似月宫谪仙,那狐狸便是座下灵兽。

宫灯如昼,琉璃灯盏璀璨分明,为他照亮了一条长明的道,也照亮殷淮雍容清贵的脸。

齐轻舟从马背上跳下,急急地跑过来:"掌印!"

"我太想你啦!"

殷淮拍拍他的肩,齐轻舟笑嘻嘻地仰头,撞进他眼睛里,听他道:"臣也想你。"

齐轻舟又笑嘻嘻伸手去抱地上那只毛发发亮、胖了一圈的雪狐:"乖乖!想不想我？！"

仙气十足的雪狐优雅地眨眨黑眼睛，柔软又矫健的身躯蹭了蹭他掌心。

当初要把他带回宫的是齐轻舟，可喂养训练的却是殷淮，雪狐那股高傲又懒洋洋的劲儿被养得越发像他的主人。

身后跪着乌泱泱的一群人，殷淮一手提着灯，领着齐轻舟回宫。

大的走前头，小的怀里抱着一只狐狸，走在灯亮如昼，花瓣飘落的宫道。

殷淮为他挡去大半夜风，亲近中透着一种恭敬的保护。

齐轻舟兴高采烈地将他这些天的收获一股子倒腾出来，眉飞色舞地给殷淮介绍这是哪里的特产，那又是什么地方的名物。

殷淮静静听着，凝神望着他："殿下继续说。"

"掌印，怎么了？"

殷淮将他从头到脚上上下下打量了几轮，齐轻舟被他看得有点不自在，听到殷淮忽然说："殿下长高了不少。"

齐轻舟一下又往他面前凑近了半步，比画了一下，惊喜道："好像是的，"下一秒又有些丧气，"可还是没有掌印高。"

殷淮说："殿下这样就很好。"

齐轻舟从行李中摸到一样东西，两手背过身后，支支吾吾道："掌印，其实……我还给你准备了一件礼物。"

"什么？"

齐轻舟郑重道："要先说好，掌印要是不喜欢——也不能生我的气。"

殷淮被吊起兴趣，挑了挑眉："臣尽量。"

齐轻舟将收在背后的手伸出来，掌心分明是一枚血凝脂胭脂扣。

合上是个衣着配饰，拆开里头，可作唇脂，可作丹蔻，亦可做颜料，是桃笺镇最负盛名的工艺。

殷淮勾了勾唇："殿下这是何意？"

齐轻舟生怕他误会自己，着急解释："我没有别的意思，只是觉得掌印每回穿绯色或朱红的衣裳很……"他顿了顿，小声道，"很惊艳，和这个颜色很相配。我一看到它就想起您在上林苑救我的那一回……头脑一热就买了。

"你还记得吗？！就是咱们第一次见面的那回！

"我还说，要给您画个大风筝，这色泽正好，与您甚是相配，我便想着买回来，咱们可以一块儿画。"

殷淮还是不说话，就这么静静望着他。

齐轻舟没有得到期待中的回应，抿了抿唇："您要是不喜欢我就不送了，但送您这个绝对没有冒犯你的意思。"他说着就要把那个巧夺天工的胭脂扣收回去。

殷淮手一抬高，压根没叫他碰着，问："殿下觉着臣着朱红好看？"

"好看！"

殷淮唇一弯："那臣也喜欢殿下的礼物。"

"不过，"他在齐轻舟错愕的眼神中拿起胭脂扣打量了一下，扬起底面问他，"殿下这是何意？"

齐轻舟凑近来看，那扣身上面分明写着几个隽细的蝇头小楷"世无其二。"

齐轻舟坦然地赞赏道："掌印在我眼中，正是如此！"

"嘴像吃了蜜似的。"殷淮靠在椅背懒懒散散地笑，把玩胭脂盒子，状似无意地问道，"殿下路上可还有什么趣事，又碰上什么得趣的人？"

齐轻舟道："我不是都告诉掌印了吗？"他就差没把每天的菜色都一一写在信里了。

殷淮托腮微微一笑，目光深邃，对着他又轻又缓地道："那殿下与穆侯爷，还有陈将军相聚的事，为何不与臣分享分享？"

齐轻舟缓缓地抬起头来，直直地对上他狭长锋利的凤眼。

"你都知道啦？"

殷淮神色不变，唇角仍是带着弧度的，只是眉眼很静，静得有些不寻常。

齐轻舟这段时间去了哪里，做了什么，见了谁，说了什么话，殷淮只怕比本人记得都清楚。齐轻舟对他也还算诚实，唯独除了见穆侯爷和外家陈将军这两件事。

从头到尾，避而不谈。

穆家以前对陈皇贵妃有恩，这次是想让齐轻舟在殷淮身上下点功夫，提一下穆二少的职位，穆二少在兵监司任职，隶属东厂，这种地方，皇帝老子都没殷淮说话管用。

齐轻舟当时只是含糊地说自己会想办法。

但殷淮等了一个晚上，也不见齐轻舟有提起的意思，他不说，殷淮就直接问。

齐轻舟扯住他的半边袖子，生他怕误会是似的，急急地解释道："我到时候会跟父皇提一提，或者找兵部的皇叔，提个位置还是办得下来的。"

提个位置，说好办也不好办，毕竟是重器部门。

"哦？"殷淮懒散地靠着软榻，单手撑着脑袋，有些好奇道，"殿下何不直接跟臣说？"去找别人就是舍近求远。

"那怎么行？"齐轻舟奇怪地看他一眼，"我不能开这个例，不然以后大家都仗着我和你的关系来占你的便宜怎么办？"

"我母妃欠的人情我自己还就行了。"

殷淮垂下眼睑，顿时心神大撼。

官场诡谲，尔虞我诈与欺骗利用从来都是明目张胆明码标价，他这些年一步一步，接近他的人、讨好他的人，甚至是害怕他的人，谁不绞尽脑汁想从他身上算计哪怕一分一厘。他无所谓这个规则，也有的是余力与心思去权衡游戏。

他这样的位置与处境，最保险的路是当一个没有弱点的奸相孤臣，只是没有料到齐轻舟在他面前竟坦诚护短到这样的地步。

殷淮心中生起暖意，听着他淡淡的声音，整个人像是在腊月寒天浸于一池温热的水中，好似匮乏贫瘠的心里又能生出一分力气去多关怀眼前这个人一分。

但殷淮仍是没放过他："那陈将军呢？"

陈将军一身凛然正气，言辞恳切地劝说齐轻舟不要与他这等人人得而诛之的奸贼佞臣交往过密，同流合污。

齐轻舟看他一眼，摸了摸鼻子道："我觉得掌印也不是舅舅说的那样。"

殷淮盯着他的眼睛轻声问："那在殿下眼里，臣是个什么样的人？"

齐轻舟认真思索："掌印是个……很矛盾的人。"

手段阴狠，在朝堂果决凌厉，人人畏惧；但也很脆弱，案牍边落寞的青影，抚琴时轻垂的眼睫，夜里出行的衣袂，都让他想走过去陪一陪他。

就……很矛盾，很神秘，却又很想让人靠近。

满手血腥又优雅得体，高高在上又彬彬有礼，淡漠极端又温和平静，遥不可及却也近在眼前。

齐轻舟眨巴眨巴眼睛，坦言道："虽然有时候……我不是很理解掌印的行事。"

他怕殷淮不高兴，还特地凑近了些："这个可以说实话吧？"

殷淮眉头一扬。

齐轻舟看他不像是生气，才又继续委婉地道："某些方面也不是……很赞同。"他马上又飞快地说，"但我还是想和掌印做朋友，想让掌印做我的老师，我的兄长。"

亦师亦友，亦兄亦父，人生知己。

殷淮心生柔软，但故意道："道不同不相为谋，臣自认坏事做尽，与殿下心中的道义截然相悖，殿下当臣这个朋友、这个学生不憋屈难受吗？"

"嗯，有时候，"齐轻舟没否认，但他说，"可是我舍不得掌印啊。"

殷淮定定地看了他一会儿，没有出声反驳，不置可否地轻声一笑。

齐轻舟总觉得那笑里头有点看不起和信不过的意思在，就像是一个大人听到小孩子不知天高地厚地说狂话时的表情。

齐轻舟也不介意，心里说那你就看着吧。

殷淮被哄得高兴，轻声一笑，把手上那胭脂扣系在自己腰上。

齐轻舟惊喜道："掌印，你要戴着吗？"

殷淮挑眉道："臣还以为殿下爱看。"

齐轻舟仔仔细细看了好一会儿，轻声说："不用，过个眼瘾就行了。"

殷淮："嗯？"

"我是爱看，可你这样去上朝，那群监吏又要说你仪容不端了。"

殷淮浑不憷地答："臣不在乎。"

"可我就是不想给他们抓到你空子的机会。"

殷淮从善如流："那听殿下的。"

齐轻舟亲自帮他解下。

收拾完，齐轻舟已是哈欠连连，殷淮道："殿下乏了，臣侍候您就寝吧。"

齐轻舟点点头，又挠挠后脑勺："我睡觉不习惯用人伺候，也不用人守夜。"之前他在焰莲宫住也没有这个习惯。

殷淮说："以后总要习惯的。"语气平常，话却没得商量。

齐轻舟累了一天，也懒得再推。

殷淮在帐子外面坐着，给他扇扇子，旁边放了一大块冷冰。

齐轻舟觉得不好意思，又不想让殷淮这么辛苦："掌印，你快去睡吧，我不热。"

"嘘，"殷淮隔着帐子比了比唇，道，"殿下闭上眼，睡觉。"

文庙祭上的随行之辈虽有东宫爪牙，但也不乏真才实学的青年才俊。

齐轻舟性子讨喜，身份高贵却不摆架子，自然不少耿介之辈上来与其结交。

以前总被困在南书房的三寸两面地里，受李尚等人排斥孤立，一旦尝到呼朋引伴的滋味，他便有些乐不思蜀，三天两头不着宫里，今日约少年将军去骑射，明天和世家妙手斗棋。

那位在祁峰文庙里救过齐轻舟的薛良自然也在其中。

他本就是南边来的世家子弟，品赏风味与齐轻舟志趣相投，颇为投意。

当值回来的殷淮这个月第五回没在餐桌见到人，面色很静，只是眼底有些幽沉。

他平时也不拘着齐轻舟的自由，少年心性，正是精力旺盛、贪图新鲜的时候，又是那样一个鲜活飞扬不甘寂寞的性子，殷淮平日也就提点他一两句不可荒废功课。

可他越发清晰地意识到自己并不是个宽容的人。

大千世界，花团锦簇，鲜活少年裘马飞扬，心明眼亮，齐轻舟凭什么为他这一潭荒芜死水驻足停留。多年再无出现过的危机感与失落又像宫墙下阴湿的苔藓悄然滋长，只消一席飘忽风雨便势不可挡。

殷淮挥退上前为他更衣的宫人，面上不动声色，只是周身蓄起的冷意令殿内的气压骤然降低，人人低头屏气，不敢出声。

齐轻舟回来的时候殷淮刚好在用饭，对殿里不同寻常的氛围和殷淮极淡的脸色浑然不觉，笑嘻嘻地凑过来："掌印今日吃什么好吃的？"

殷淮径直吃自己的，过了一会儿才淡声问："殿下今日又去哪儿疯了？"

齐轻舟沉浸在游园之乐里，犹未意识到殷淮的不高兴："去了风雪园。那园子是真好，摘莲捕鱼，我还弄湿了一套衣裳。"一边说着，还一边逗弄趴在殷淮靴面上的小狐狸。

雪狐好些天没得黏着他，这会儿也有些气性，抬头瞧他一眼，乌黑眼睛似有怨念，不让他抱，拖着软白的肚皮扭头走了。

齐轻舟啧啧埋怨："脾气好大！都是掌印给惯的。"

殷淮往他身上打量，目光一顿，语气更冷："殿下的玉佩呢？"

齐轻舟夹起一块他碗里的酥肉尝了尝，随口道："噢，那个啊，送给薛良了。"

映雪楼上，窗外绿柳波光潋滟，齐轻舟为薛家公子斟了杯酒："说好了回到京城本王要好好赏你的，有何想要的尽管开口说。"

薛良双手接过，一笑："能日日与殿下同游共赏，已是不可多求的福分，臣再别无所求。"

他不想把这点羁绊和齐轻舟的关系这么快就换成什么死物，不要任何赏赐才能和齐轻舟牵扯着。

齐轻舟也笑了笑，他不爱欠人情："你也不缺钱财权势，奇珍异赏，"他想了想，从腰带上摘下一块玉佩，"不如本王给你这个吧，虽不是什么极珍的玉品，但也算个凭证。本王应允你一件事，若是你住后遇到什么困难，可以凭这个要本王为你办，你看可好？"

薛良还是不想收，他救七皇子殿下，图的也不是这个，但七皇子对人情界线原则也相当坚持，终是没推过去，无奈一笑："那臣便收下了。"

齐轻舟对上殷淮凝雪般的目光,心中一梗,心想那不过是一块儿逛街时候看路边老匠人可怜,随手买下的器石,质地也不算上乘,只是赠予人当个凭证,应该算不得什么大事吧?

薛良怎么说也救了他一回,人情总在那欠着他觉得不踏实。

殷淮心中那股因他送自己血胭脂的欣喜被冷水扑灭了一大半,自我嘲讽地掀起嘴角,原来礼物什么的,并不是独一份。

齐轻舟最怕看到他这种表情,嘴边的笑容收了收,问:"怎……怎么了?"

殷淮放下筷子,没胃口再吃,嘬了口茶,淡声说:"没怎么,殿下爱送便送。"

齐轻舟有些无措地眨了眨眼,欲言又止。

雪狐灵敏,仿佛也感受到了气氛不太对,嗷呜一声,跑得更远。

殷淮携了张帕子擦拭唇角,严肃地提点他:"殿下,功课不可荒废。"他站起来,齐轻舟的目光还是黏在他的脸上,随着他的动作仰起头,听见殷淮说:"最好也别和薛家人走得太近。"

"为何?"

"臣不欲看到殿下最后伤心。"殷淮说完便走了,丝毫不理会身后疑惑不解的目光。

他半垂眼帘,径直走进廊道那晦暗的荫翳里。

年少结交端看的是人品与志趣,薛家世代忠良,人品亦算得上正直,但保守且过于迂腐,在朝中是抽离于阉党与相党的、代表着第三方顽旧势力的世家。自命忠君,恪守古旧迂腐治国之道,纸上谈兵还言辞激烈,动不动以身死谏,以一身傲骨、青白世家为美名,可提出的朝策经略根本无实际操行的可能。

世道已经变了,齐朝太平盛世的背后是皇帝痴迷炼丹不问民生,朝势各方相互倾轧,文官对武将排挤打压。

他们还活在一百多年前的盛世太平里,满门忠烈百无一用,救不了这艘岌岌可危的巨航。

他不知道这个薛良接近齐轻舟的真正意图是什么,但势必与他要把齐轻舟推上的那条路不同。他和齐轻舟要走的那条路,杀戮重重、腥风血雨、剑走偏锋,要颠覆这个既有政权结构的传统与常态。

可年少情谊易铭骨。

撇开种种私心不说,与其让他们最后分道扬镳、反目成仇,不如一开始就保持分寸,不交往过甚。

薛家,与他们不是一路人,也不可能成为一路人。

可无论殷淮如何避免,担心的事似乎总不能避免。

齐轻舟收敛了些,在书房与他讨论《良军策》四章时忽然问:"掌印,你真的把平将军撤职了?"

那一丝极其轻微的不赞同与质疑没藏好,殷淮清清楚楚地听出来了。

平山越是守边老将,骁勇善战,铮铮铁骨,早年曾在与西夷一战中大获全胜,收回丰饶的蜀州十六地。

但今年与北疆胡图吉部的交战中频频失误,连失三城,殷淮把人撤下去后朝中一片骂声,诸如"陷害忠良、通敌误国",不一而足。

齐轻舟身边围着的都是些初碰政事的少年杰萃,对国策朝事异常上心,恨不得日日指点江山,自然有耿耿介怀者对殷淮不满,只是碍着齐轻舟在,言语收敛着。

齐轻舟虽一心偏着殷淮,知道他不是那样的人,但也觉得处事过绝会凉了热血忠良的心。

殷淮笔尖微滞,缓缓抬起头,直视他:"殿下可是听谁说了什么?"

那冷漠的神色刺得齐轻舟心里一跳,似一张网让他无处遁形。

齐轻舟连忙解释:"我并不是疑掌印什么,就是好奇问一问。"

殷淮直接承认道:"是,臣撤了他的职。"

齐轻舟没想到他如此理所当然,皱了皱眉,不明所以:"为何?"

"为何?"殷淮唇边扬起习惯性的嘲讽弧度,"失职则当罚,三岁小儿都懂的道理,殿下还用臣教吗?"

齐轻舟抿了抿唇,沉默了几秒,斟酌着语气低声道:"平将军戍守边疆多年,出生入死,治军严明,没有功劳也有苦劳。就这么撤了他的职,是不是太伤忠良的一腔热血。"

殷淮双肘懒洋洋地搁在太师椅的扶手上,轻蔑地一笑:"光凭一腔热血便可打胜仗吗?还是只靠一片丹心便可击退敌军?"

衣鬓华丽优雅的殷淮仿佛与千里之外那片战场尸首累累白骨毫无关系,远处战鼓喧嚣、血流成河,此处他高坐明堂片尘不染:"臣每月拨给戍军那么多银两,就是来听他们这喊出来的一片耿耿忠心的吗?"

齐轻舟唇瓣张了张,半晌后,底气不足,好声好气:"输赢乃兵家常事。"

殷淮半勾嘴角,笑讽:"可臣怎么只瞧见了输,这赢在哪儿呢?

"他上一回赢还是十年前西夷那一战吧,赢一场便可抹杀后面败的无数场?"

殷淮向来嘴毒,刻薄起来话便更难听:"啧,那这老本吃得也够久的了,一战成名一世高枕,哪儿有这样的好事?"

齐轻舟一噎，想反驳却无话可说，战绩就摆在那儿，谁也不能说殷淮错。

一时间二人皆是沉默，过了一会儿，殷淮不看他，只问："殿下，臣问你，平山越大捷是在何处？"

齐轻舟凑近一点回答道："蜀州平西夷。"

殷淮避开，又问："那为何自他调往延吉边疆后便屡败屡战？"

齐轻舟静静看着他，不语。

殷淮提点："《兵记武编》第七章二则说的是什么？"

齐轻舟又趁机凑近一些："兵宜配将，将宜就地。"

殷淮考问："什么意思。"

齐轻舟老老实实地答："意思是士兵配备的类型与数量主要看将军的资质与习惯，但打仗配备什么将领要看什么人适合打什么类型的仗。"

殷淮合眼假寐，幽幽叙说着："蜀道西夷为山城，地形崎岖，河湖四布，山路水路纠缠环绕，平山越如鱼得水。北塞平原，地势平坦，一目尽川，平山越却寸步难行。可见此人胆大骁勇，善藏击游打，循山入水，但策术匮乏，不够灵活，到没有遮碍的平地后便无计可施。"

那双原本闭着的眼睛忽然一掀，犀利的目光像一支雪亮的箭般朝齐轻舟射去："那为何要因为这无用的虚名把他拖死在这不适合他的战场上？"

齐轻舟如遭一击，站在原地，张嘴不语，似是在好好消化思考他这一番对错。

殷淮瞥他一眼，又道："臣准备将他调到南瀛水军，诏旨文书已经拟好，殿下可要过目？"

齐轻舟微微睁大眼："所以……您不是想削他的军权治罪，而是……调职？"

殷淮淡淡扫他一眼，直言不讳道："当然不是！"

"调职归调职，治罪归治罪。"

齐轻舟抿了抿嘴唇，又不说话了。

殷淮反问他："臣也问殿下一个问题。"

齐轻舟抬起头。

"你们的平将军对这个处罚上书异议过吗？"

齐轻舟说："没有。"

殷淮又问："那他可曾表达过任何不满？"

齐轻舟答："也没有。"

"那你们怎么知道他不想接受这个罚？"殷淮慢悠悠地撇去茶碗面上的浮沫，细细品了一口。

齐轻舟讶然。

殷淮只觉可笑："世人敬仰战神，知他骨性者竟寥寥至此。"还自以为是，愤懑不甘地为其冤鸣不平，实乃可笑可悲。

齐轻舟脑中忽而闪过一个念头，不敢置信地道："是他自己请罚？"

殷淮眉毛一挑："说来殿下或许不信，但确是平山越三番四次自请治罪，臣不过是遂了他一桩心愿罢了。

"武将忠烈耿介起来比那些以身死谏的文官更烦人，你们的大将军傲骨过刚，严明治军也严于律己，眼中不容一粒沙，对敌人狠对自己更狠。属下犯错有罚，将领犯错无罚，殿下让他如何立足？如何自处？如何治军？"

齐轻舟在震惊中听殷淮说："平山越性子极烈，根本不是苟且的人，其原话是削去官职，处以军规，还是臣把这后面半句省略了。若是按照他自己的意思，恐怕他以后连仗都没得打了。"

齐轻舟越听嘴角抿得越紧。

殷淮不遗余力地解释道："你们不是自诩那老头的簇拥吗？怎么连他这点儿别扭脾性都摸不清？臣不罚他，他反而浑身难受，耿耿于怀。"

殷淮阁下茶碗，声声质问，语调不高，却如珠玉散地，掷地有声："如此爱重面子的到底是平山越本人还是世人？

"抑或是借机煽风点火唯恐天下不乱，以达私利者？"

齐轻舟心里乱糟糟的。

不知是为私自度量平将军的格局胸怀而汗颜，还是为自己听闻流言后质疑殷淮的决策而羞愧，抑或两者兼有之，一时心中五味杂陈，不是滋味。

殷淮知他心中不好受，却一反常态没有出言安慰，径自饮茶冷眼旁观，留他独自咀嚼消化。

这种事，不是第一次，也不会是最后一次。

人言如水，抽刀难断，他能解释这一次，但能解释往后的每一次吗？

齐轻舟秀木初成，雏鹰试飞，正处于打磨心性、树立政观的关键时期，也正在形成自己的思考方式和价值判断。

他无疑是信殷淮的，可没有经历过对方所遭遇的种种腥风血雨，又是那样纯良善厚的性子，想要形成殷淮那一套思维方式与狠绝艰险的行事作风更是天方夜谭，恐怕是连培植趋同一致的土壤都没有。再者，世家同龄和主流传统的影响又在不断侵扰，内外夹击，所以他纠结摇摆。

这个问题殷淮帮不了，只能靠他自己想通，过度的引导会拔苗助长。

毕竟他要把齐轻舟推向的那条路又那么为世俗所不容。

这条荆棘丛生的路殷淮已经走了很久很久，腥风血雨，尸骨累累，齐轻舟是他在漫无止境的黑暗里触碰到的唯一一点暖与光，他绝不允许他退缩，他要他永远永远陪着自己走下去。

齐轻舟自己也答应过他的。

他绝不放手。

每每考问日一过，宫人们就看到淮王殿下若有所思、眉头紧皱的样子，也不再那么爱说话了。

祭拜过文庙的皇子很快就要进朝中任职，接触政事，从前许多齐轻舟不愿面对的事情如今都不能再逃避。

如今的他像一只沉浮于颠簸海涛里的船，必须有极为坚定稳重的船舵才能不被惊涛骇浪吞没，可是他还未真正树好自己的船杆，即便他自知自己的方向是要朝着殷淮驶去，但依旧要经受每一块礁石与每一次搁浅的考验，以及，最重要的——对自己的叩问。

其后几个世家公子又约了他几回，齐轻舟并无太大兴致，都一一拒了。

薛良三送请帖上门，他拗不过盛情才应了一次，毕竟有相救之恩，不好拂人面子。

薛良此人善观神色："殿下可是有什么烦心事，不知可愿说出来，或许臣可为您分担解忧。"

齐轻舟笑笑，蔫蔫的神情消退几分，岔过话题："无甚大事，怎么今日只有我们两人？"

薛良看他不想说，便不刨根问底，笑了笑，问道："殿下不想与臣单独出游吗？"

齐轻舟心不在焉，敷衍地问："这是去哪儿？"

薛良："去锡山如何？"

齐轻舟皱了皱眉："这么远？"锡山地界已不在京城之内，偏远至郊外之郊。

薛良道："臣祖上在那处有个庄子，冬暖夏凉，春鱼秋蟹，这时候正好蟹膏肥美，采菊煮酒，于是便想邀殿下同享。"

齐轻舟却觉得兴味索然。薛良凑近了一些问："殿下可是觉得哪里不舒服？臣一心想同殿下分享，一时忘了路途遥远，舟车劳顿。"

齐轻舟说无，后边对方与他说起妙华公子的字展上添了几幅佳品，他也兴致不高，脑子里倒是浮现出前几日殷淮留在书房那几章狂草，疏劲凌厉，银钩铁画。

齐轻舟忽而有些坐立难安，有些后悔了今日答应薛良出来，还不如在宫中读完那几本兵策。

马车外面几只鸟儿叽叽喳喳叫得人心烦。

掌印已好几日不曾考他功课，什么时候来考呢？他都已经把那几篇策论背得滚瓜烂熟了。

齐轻舟在车上假寐，忽闻前方一片嘈杂。

妇孺哭声凄凉，老鸦泣血回荡山林。

撩开车帘望去，身着紫黑暗卫服的东厂幡子正大开杀戒，林寨里腥臭冲天，血流成河。

东厂所到之处，如一群獠牙尖锐的恶鬼过境，似是人间炼狱。

齐轻舟一时怔在原地，忘记呼吸。

薛良倾身过来想要捂住齐轻舟的眼睛。

齐轻舟几乎是即刻拍开他的手，厉声道："你是故意带本王来这儿的？"

薛良一怔，没想到他这么快就反应过来。这句话根本不需要回答。薛良叹了口气，道："是。"

齐轻舟眯起眼看着远处的杀戮暴行，冷声问："你精心布排给本王看这些，意欲何为？"

他平生最恨被人欺骗，借别的名头引他出来，实在令人怒火中烧。

薛良也知道对方动了怒，即刻放软姿态，诚恳地轻声道："想让殿下看一看这人间炼狱罢了。"

齐轻舟皱着眉大声反驳他："这儿原本也是人间炼狱！东岭王罪有应得！"

此地是东岭王的辖地，其近日因谋逆而被抄斩，这个寨子被东岭王作为练兵、藏军器的大后方，自然也难逃一劫。

锡山被东岭王训练得民风剽悍，户户男丁训练有素，并进行精神洗脑。

无论妇孺孩童皆对大齐官民仇视如敌，一开始齐盛帝见不成气候，多一事不如少一事，对此置之不理。近年此地人口增升，迅速扩充规模，已经到了京卫军都无法制衡的局面，才出动东厂人马。

薛良似是被他的话惊到，目含悲悯，激昂感慨："藩权相争，百姓何辜？"

他不是相党，亦不在朝中站队，只是对各势藩王与阉党的倾轧相争百姓沦为鱼肉工具的局势深为反感。

空读圣贤书十余载，却寻不到救国治世之道，如今阉党佞贼当道，相党又一味争权揽财,东宫心性不正,非可拖社稷大任之人。寻来寻去,竟是这个远离朝政、不问政事的边缘皇子成了唯一的希望。

齐轻舟虽然震惊、愤怒、不忍,脑子却清明理智,丝毫没有被对方慷慨陈词牵着走,气极反笑:"此地百姓,当真无辜?"

"本王倒要问你,他们难道不是在东岭王的纵容与授意下去抢占周围村镇的田地?"

"又是谁掠取隔山村庄的女儿家来强婚生育?"

"还抢占过路商人财物,牧人的家禽牛羊!"

薛良一噎,大概是没想到平日里淳善的淮王殿下竟还有如此伶牙俐齿的一面,随即露出痛苦又不愤的神色:"那就算男丁被迫充当军力,有罪应罚。那手无寸铁的妇人、稚子又何罪之有?东厂佞贼目无王法、草菅人命、滥杀无辜!"

说到后面他几乎激动得气息不稳,声音也尖利得有些残破,像哀鸣的老鸦:"东厂佞贼惨无人道!背天理!违人性!杀无诫!必下十八层阿鼻无涯地狱不得轮回!"

对方不可抑制的悲愤痛恨太过汹涌,齐轻舟也不受控制地一颤,两瓣苍白的嘴唇也止不住地抖动。

若是此前,薛良的每一道质问他都能帮殷淮找出理由,但这件,他心里也无法说服自己。

他是个有血有肉的人,不能对着这一片人间惨状无动于衷。即便是该铲除异己,但手段何至于此?那种亲眼看着至亲至爱的人受尽折磨的痛苦他深深体会过,因而更加恻隐与不忍。

齐轻舟更忧心,殷淮如此毫无克制地杀戮,缠在他身上的冤孽与戾气只会愈加深重。

杀戮是没有止境的,殷淮为所欲为惯了,还停得下来吗?

薛良见他面色惨白,似有松动,循循说道:"殿下明明非麻木不仁、铁石心肠之人,何必处处袒护殷淮那作恶多端的贼人?"

"殿下与他道不同,何不早日寻得气性相投之人?殿下纯良正直、德心仁厚,若能有世家辅助,日后必是社稷福音……"

"薛良!"齐轻舟打断他,抬起一双瞳仁漆黑清亮的眼,直直地审视他,"你想做什么?"

薛良被他忽然提高的音量吓怔,只听齐轻舟咄咄逼人地质问道:"这番话你是代表你自己对本王讲的,还是代表南台一带的世家对本王表的态?又是谁准许你擅自在本王身上放这么多期待？"

待在殷淮身边这么久，没实打实学成对方的狠与狂，但气场和凌厉的高姿态总会照葫芦画瓢："你们一个个说忠君报国，要救天下、救苍生，那就各凭本事，本王说过想要那个位置了吗？你们为何要妄自揣度本王的意图？"

一字一句，如珠玉落盘，掷地有声，振聋发聩。

薛良似是不可置信："殿下真的无意——"

"薛公子慎言！"齐轻舟说不好自己到底会不会走上那条路，殷淮也曾与他细细分析过他的处境，他不是真的一点都没想过。

但无论如何，他还不至于没头没脑地跟半路杀出来的人掏心掏肺。

即便是真的要去争那个位置，他也是要跟掌印走一条道的，掌印才是他的同路人。和他们有什么相干？竟敢把主意打到他身上来。

如今想来，或许对方当初在文庙里救自己都并非巧合。

齐轻舟眉眼冷凝，倒是学了几分殷淮那副唬人的样子："圣上龙体尤健，东宫已立，你就在这儿跟本王谈如此大逆之事。本王治你一个谋逆之罪也不为过！"

薛良面露失望之色，望着远方被血水染红的山林，无奈地苦笑，悲痛绝望地呢喃道："殿下误会臣了。"

"苍生何辜？苍生无望。"

尸首遍地，血洗山泉。

齐轻舟不忍再看，胸口一阵恶心，他强忍难受吩咐车夫："掉头！"

"薛公子转告薛家，不必再将你们那些不切实际的妄想寄托于本王身上。"

车轮滚滚，齐轻舟胃里一阵翻江倒海，他捂着心口咬着牙："本王给你的那块玉佩不会收回，应允过你的事，若是在本王能力之内也不会食言。但别的心思，你还是收一收的好。"

回到宫中，齐轻舟迅速换洗了一身，左闻右闻，还是觉得自己一身血气。

眼前模模糊糊地闪过今日东厂幡子屠寨的惨象，食不下咽，心事重重。

殷淮知道他今日又出宫混了一整天，回来一副魂不守舍的模样，眸心一沉，嘲讽道："莫不是宫外的珍馐美食养娇了殿下的胃，臣这儿的饭菜入不了口？"

齐轻舟皱了皱眉，一抬眼瞥到几个珍珠馒头，一阵反胃，霍然起身，跑到净手的铜盆前吐了。

殷淮这才正了神色，走过去一边为他抚背，一边问他怎么了。

齐轻舟喉咙发苦，一个字也说不出，又吐了好一会儿才停，宫人端来薄荷水漱了几次口才将胸口那股翻涌的恶心感压下去。

殷淮搂着他坐下,亲自给他擦干净手和脸,又问了一次怎么了。

齐轻舟一开始还不愿意说,被殷淮板着脸多问了几回才支支吾吾将今日之事吐露。

殷淮静了好一会儿,看着他的眼睛问:"殿下是不是也觉得臣做错了?"

齐轻舟摇头说没有。只是微颤的眼睫与闪躲的视线被殷淮悉数捕捉眼底。

于是殷淮又问了一遍:"说实话。"

齐轻舟抿了抿苍白的唇,还是咬定没有。

殷淮甚至平和地笑了一下:"难不成殿下与臣之间也要来曲意逢迎那一套?什么时候这么生分了?"

齐轻舟呼吸重了几分,揪了揪衣袂,捋了一下思路道:"我真没觉得掌印做错,只是……"

殷淮懂了,点点头:"只是确实残暴无道是吗?"

齐轻舟不说话,殷淮就帮他说下去:"残暴如兽,不配为人。"

他语气平和地叙述,音调克制而冷静,脸上甚至露出理解而赞同的神色,仿佛骂的不是自己。

齐轻舟心里被他说得难受,招架不住他这种以退为进、杀敌八百自损一千的话术,皱了皱眉辩驳道:"我不是这个意思!"

殷淮温和地拍了拍他的肩膀,摇了摇头,仿佛在说"我理解的,不必勉强自己"。

齐轻舟拼命摇头,着急解释道:"掌印,我不是那个意思!我只是在想,在能确保达到围剿目的、斩草除根的前提下,让他们死个痛快是不是更好?"

殷淮正对着窗,月光洒在他昳丽的脸上,如不染尘埃的谪仙一般,完全与那片孤绝凄厉的哀号与血河沾不上边。

他仿佛是听到什么好笑的事情般轻哂一声。

让他们死得痛快?那他如何杀一儆百,震慑京西之周蠢蠢欲动的其他番地?

小皇子还是低估了人性的凶恶与贪婪。

权势之下,多的是不怕死的死士与莽夫。

殷淮当"刽子手"这么多年,最清楚人怕的是什么。

殷淮没那么多空闲去日日处理这些事情,他行事向来果决利落。若是他对异己都怀有妇人之仁,那早就身首异处八百遍了。

更何况,在东厂,比这残酷千倍百倍的极刑数不胜数。

他想让齐轻舟直面这残酷的世界,又想保留他骨子里那点珍贵的仁厚与善良。

想让他永远留在自己身边，又想他干干净净。

可他的周围，永远是一片血光与杀戮啊。

况且，这样说出来很像辩解。像是在为自己的残忍找一个正当的理由，他还不至于那么伪善。

他本来也不习惯对别人解释什么，也不需要对谁解释，没有人受得起他的解释。再说，他本也不是什么良善之人，更不曾想要过什么理解，他从不怀疑自己走的这条路。

不过是在这条尸骨累累的血路踽踽独行时偶然捡到了一只对他露出肚皮的小狗崽，这只小狗很招人喜欢，对他毫无防备，又摇着尾巴说永远站在他这一边，所以他生出了一些不切实际的幻想。

平生头一回存了半分被理解与倾诉的希冀，不过如今来看，他不能奢望这世上有百分之百感同身受的美梦。

即便承诺过要陪他的小皇子，也会在腥风血雨面前对他露出质疑的眼神。

眼高于顶、自视甚高的殷淮，头一次反省自己到底适不适合当别人的老师。他回过头看齐轻舟，眼神里含着悲悯与遗憾，或许……他也教不了齐轻舟什么了。

陆 震怒

殷淮又变得忙碌起来，即便齐轻舟现在已经鲜少出去，日日在宫中静心读书也碰不着人。

急需建立起一套完整的、坚定信念的少年心烦气躁，万古圣贤书并不能给他想要的答案。

他想见殷淮，又不知如何面对。其实他也见不到，殷淮早出晚归，即便两人在同一屋檐下，也可能好几天见不上一面。

为数不多碰上过，一次是在宫里藏书的万钟阁外。

齐轻舟去借书，正好遇上文庙祭上结识的三五友人，齐轻舟无精打采地跟他们走了一段。

殷淮乘十六辇华轿经过，玉贵珠帘，明丽云绣，宫人奴仆乌泱泱一大群人，极尽排场。

几个血性刚直的少年脸上笑颜瞬收，对这般逾越礼制、奢靡铺陈的排场怒不敢言，忍气吞声地请了安："见过掌印。"

殷淮斜靠在座辇上，姿态慵懒，闭眼假寐，置若罔闻，连眉眼都不曾抬一分便径直过去了。

金色的阳光跃于他睫毛上，一阵风吹过，有合欢花落下。

齐轻舟全程屏气凝神，不知道怎的，他不想让殷淮看到他与这些人在一块儿。

可越害怕的事越逃不过，又一日太学下堂，几位世家公子赶上来，齐轻舟心中郁郁，几个人在他耳边说什么也没听进去。

远远瞧见宫道上有人策马而过，朱红广袖翻飞，猎猎作响，扬起一路尘嚣，身后跟着一队暗紫色锦衣影卫，气势汹汹，宫道上的宫人奴仆皆惊慌失措，纷纷让路。

能这般目中无人在宫内横行无阻的，朝廷上下只有一人。

几个世家公子义愤填膺地批评了几句，齐轻舟心不在焉，他不知道殷淮有没有看见他，心里怀着一点侥幸。

当头领队的那个身影动作微小地抬了一下头，他妄图往那几个世家公子身后躲，祈祷掌印没有发现自己。

但又觉得对方一定是看见了，宫里任何事都逃不过那双犀利的眼睛。

殷淮三番两次碰上齐轻舟与世家子弟说笑同行，面上不动声色，寒意却渗透心脾。

那个下意识躲避的动作狠狠刺在他的眼里，有那么一个瞬间，紧握的缰绳都脱了手，速度又太快，座下白马几乎不受控制，稍不留神就会人仰马翻。

连日隐忍积攒的阴沉仿佛在酝酿一场前所未有的暴风雨。

他是不欲毁了齐轻舟骨子里的本性，可他也从未打算放手。

这条路，他偏要拽着齐轻舟同行。

按照惯例，文庙祭朝会后，皇帝要举行宴席以示对带队皇子与文官仕人的重视。

在祁岁园举行，松柏蔚然，海棠昭昭，丝竹之声不绝于耳。

殷淮依旧坐在一人之下、万人之上的位置，面前金贵雅致的餐具皆是礼制外独一份，极盛容颜比身后色泽明丽的牡丹更惹人注目。

文庙祭年轻人居多，园中设宴没那么多规矩，还未开宴，可随意走动落座。

齐轻舟是自己来的，远远地看着掌印。明明就在同一个屋檐下住着，却总觉得好久没有见过面，他咬了咬牙正想过去，有人却走在了他前头。

看着李玲珑在殷淮身边说了好一会儿话，离得太远看不清殷淮的表情，齐轻舟踢了踢脚边的石子，又不想过去了。

宗原没来，几个还算交好的世家公子坐在齐轻舟的周围，七嘴八舌地说起朝中之事。

齐轻舟不好摆冷脸，只得佯装加入他们的高谈阔论，隐隐约约总觉得有一道目光落在自己身上，如影随形，可一抬头环扫四周，又一切如常。

不是殷淮，那个人在高高在上的座位上同皇帝谈笑，根本无暇将目光落到他身上。

整个宴席齐轻舟浑浑噩噩的，于常在跳了什么舞、云昭仪唱了什么曲他通通不记得，就只知道文官首列里的王大人带进宫来的那位乐师弹了一曲名动京华的曲子。

玉指翻飞，琵琶弦动，梧叶猎猎，凤凰鸣飞。

是江上雪。

齐轻舟隐隐感到不安、不快，不可忍受。

殷淮竟还赏了他，万众瞩目下夸他琴技高超，赞他才气横溢。

齐轻舟心中不快，手指捏紧酒杯，世家公子敬的酒来者不拒，一杯又一杯下肚。

坐在高处那人倏然看过来，目光犀利，他便被捉了个正着。

江上雪还在弹，有了九千岁的夸赞弹得更起劲，声声炽热，峨峨洋洋。齐轻舟心中冷笑，冷漠地移开视线，与身旁的一个公子言笑晏晏。

熬到宴席散去，齐轻舟头昏眼花，只想快快离场，在石潭花荫上被一个人叫住。

薛良看了他好一会儿才请安："殿下……还好吗？今夜喝了这许多酒。"

齐轻舟仿佛一下子找到纠缠了他一整晚的目光，脑子嗡一下醒了，皱着眉道："你跟过来干什么？"

薛良愣怔一瞬，马上又说："方才在宴上，臣不想坏了殿下的兴致，所以忍着没找过去。眼看着殿下就要走了，嘴巴又不听使唤，替臣开了这个口。"

齐轻舟不耐地问："你到底想说什么？"

薛良嘴巴张了张，轻声道："臣想问一问，殿下那日说，与臣不是一路人，那殿下找到您要走的那条路了吗？"

齐轻舟近日正与殷淮冷战，被他戳中痛处，更心烦气躁，冷了脸道："此事不劳你烦心。"

薛良执拗的眼神盯紧他，缓缓地道："殿下还未看清吗？与殷淮那奸佞往来的都是些什么人。"

想起方才围在殷淮身边的人，齐轻舟脸色一凛。

"王进贪色，章龚敛财，何万德滥杀，豺鼠之辈沆瀣一气。殷淮掌控他们，殿下也想被他掌控吗？"

薛良语气激动："他们是阎王的爪牙，殿下也想做罗刹的傀儡？"

齐轻舟低声呵斥："放肆，什么时候轮得到你在这里挑拨是非、离间人心。"

不远处还有宫人走动的声音，他声音不大，语气却沉，如死雨前的一阵疾风："薛良，你自以为仗着救过本王，便一而再再而三地诋毁掌印，煽风点火、以下犯上，真以为本王不会治你的罪吗？

"本王最后说一次，你不必再屡屡试探拉拢，本王注定是要与掌印一道的。至于我们要干什么，怎么做，那是我们之间事，用不着跟你们这些人请示，你们还不够这个格儿。

"最重要的一条，你给本王紧紧记好！掌印是个什么人，用不着你来告诉本王。本王也不怕得罪世家得罪言官得罪南台，若是再让本王听到一句你们嚼掌印的舌头，想想张沿的下场！本王绝不手软！"

薛良一震。

张沿本是个言官，最爱搞也最会搞舆情压迫那一套，早年在外边散播了不少殷淮的谣言。无中生有、不堪入耳的浮夸言辞数不胜数，民间许多关于东厂的传闻亦是从他那儿来的，妄想以民怨逼位。

殷淮倒是不介意，刽子手被传得越凶神恶煞，就越有震慑力，越能立威，名声这种虚物他是从来不屑要的。

齐轻舟却不愤，随便找了个冲撞亲王、违规礼制的由头，将张沿押到宫门前掌嘴掌了整整一天，供各路人马围观。

还要以其人之身还其人之道，雇人，噢不，是亲自撰写了几版故事，将他宅门大院里的争风吃醋的事进行"艺术加工"，甚至制成话本子，命伶人传唱，皇城里上至老妪、下至孩童，无人不晓。

言官最好脸面，如此一来不异于被人扒皮噬血，从此他身败名裂，再无立足之地，如丧家之犬，辞了官远离了京城。

薛良看着齐轻舟拂袖而去的冷漠背影，又惊又气，心道殷淮难道真给齐轻舟下了迷魂药吗？怎的将心性仁善、通透正直的皇子迷惑成这样。

齐轻舟回到焰莲宫时还板着一张脸，宫人问也不说话，憋了一晚上的气，又喝得头晕眼花，此刻只想倒头就睡，睡个天昏地暗、不省人事。

谁料，刚到中堂就被一道低沉的声音拦住了去路："站住。"

齐轻舟疾疾的脚步一顿。

是掌印。

没想到对方比他先回来了。

殷淮坐在主殿的明堂之上，一袭仙鹤鱼龙纹墨紫锦衣官服还未换下来，玉带束腰，宽袖襟领，金缨裹边，配上他不可方物的脸，全开的气势压倒殿中一字排开的燃燃火烛。

他收回神，点点头，有气无力地打了个招呼："掌印。"

殷淮没放他走，眼神不善地落过来，语气不明道："刚刚去哪儿了？"

齐轻舟一怔，马上明白过来，他与薛良的对话被这人知道了，反正宫里没有能瞒过殷淮的角落。

齐轻舟不是气殷淮命人监视他，是气殷淮在宴上冷眼待他。他还一肚子气呢，如今殷淮倒好意思反过来疑他，齐轻舟简直要被气笑了。

谁还没点脾气了？

齐轻舟冷冷地抬眼，绷紧着下巴不说话

殷淮在烛光中看不清表情，手指悄然握紧，面上依旧从容："怎么，殿下与薛公子滔滔不绝，回来了就一句话都不想与臣说？"

齐轻舟瞪大眼睛，一阵难受如急浪涌上心头。

好啊，江上雪硌硬他，薛良不让他好过，回来了殷淮还要这样阴阳怪气，憋了一晚上的气仿佛是冒了烟的炮仗，一点就燃。

他拔高声音："我是没什么可说的，不是一切都尽在掌印的掌握之中吗？还用得着我多嘴什么？"

殷淮凤眼一凛，豁然起身，抬脚从高堂上跨下来，衣袂翻飞，险些将两道一字排开的摇曳火烛扑熄。

他一把拽住想回寝殿的齐轻舟，幽黑凤眸似无渊深潭，声音低到有一丝哑："你答应他了？"

那会儿殷淮恰好送皇帝回寝宫，齐轻舟两人窃窃私语自以为隐蔽，殷淮瞥了一眼藏在树荫下的两道身影，心中冷笑。

若不是皇帝还在，小皇子以为自己还有与人夜半私谈的机会？

不必问，殷淮也知道薛良想干什么。

那群世家的老家伙司马昭之心未免太过明显，他们看不上太子，也没有别的皇子可选，早就盯上他眼前这个宝贝了。

殷淮倾身逼近，齐轻舟闻到了一点酒气，是宫宴上的清梨酿，混在殷淮身上长年的冷香里。

他被对方拽得过紧，手腕迅速红了一圈。殷淮看着清瘦，力气却大，拽得他的手腕火辣辣地疼。

齐轻舟什么时候被殷淮这样对待过，心里真的生了气，伸手去推他，也不管他说的是什么，只管嘴硬："答应了又如何？掌印这会儿记得管我来了？"

前些天都干什么去了！

殷淮习惯了小皇子像小狗一样对他敞露柔软的肚皮，这一身尖锐锋利的刺猛然一扎过来他受不了，也不允许他对自己露出不耐的表情和针锋相对的眼神。殷淮质问道："臣不配管你？"

他眼神迷离地喃喃道："殿下厌烦臣了。"

齐轻舟察觉到他的语气有些异样，认真打量后才发现他的耳根后有些不显眼的红。

竟然是有几分醉了。

殷淮今夜看齐轻舟坐在一群青年才俊里谈笑风生，心里不痛快，来攀附的人又多，他便来者不拒。

他酒量极好，可碰上月中冰蛊发作，面上不动声色，里子却浮上了几分醉意。

齐轻舟伸手去推他，殷淮岂是他能撼动的，说他醉了，可眼中那几分怆然的讥笑又分外清晰："殿下答应那小子了？"

齐轻舟好冤枉，瞪了他一眼。

殷淮笑着问："薛良凭何？"

"嗯？文采斐然？铮铮傲骨？"

本就是年岁相当的少年儿郎，风华正茂，志趣相投，携手并肩，一腔热血掺杂着济世情怀和忠君抱负，最易生发出肝胆相照、超越仁义生死的深刻情感，何况还有救命之恩。

齐轻舟越听越生气，铆着劲儿挣开他："掌印为何倒打一耙？！"

他还没问这人在宴席上赞江上雪琴技了得、气质出尘呢！他一直以为他的夸赞是独一份的，只留给自己的，原来不是。

殷淮眼神迷离，只喃喃地重复着："果然是厌烦臣了。"

他阴沉冷漠，本就没有分寸的力气又重了几分，再没有往日的如沐春风与和风细雨。

"就是厌烦臣了。是吗？"殷淮半醉了，心碎又冷静地重复着。

齐轻舟被冤枉，委屈极了，含怨含泣："是又如何？！"

是掌印先厌烦冷落他的！

殷淮一怔，哈哈大笑，迷蒙的眼色里闪过痴狂与阴鸷："那殿下可别恨臣。"

齐轻舟心如擂鼓，对方眼睛一闭，齐轻舟肩膀一沉。

殷淮倒在了他的肩头，竟是醉过去了，还轻声呓语："别恨我。"

"……"

齐轻舟心乱如麻，不欲面对殷淮，第二天起了个大早，将宗原与柳菁菁喊了出来。

宗原奇怪道："今儿个太阳从西边出来了？东厂那魔头不是不让你出来吗？"

齐轻舟虽与殷淮吵了架，但也听不得人这么叫他，闷闷地踢了宗原一脚。

宗原莫名其妙道："咱们去哪儿呀？"

柳菁菁怪神秘兴奋的："跟我来！"

她早计划好了，只是一直没有付诸行动，如今刚好，捎上一个亲王一个进士，回头她爹那军棍落在她身上好歹也轻几分。

齐轻舟无精打采的："什么地方？"

柳菁菁左右看看，小声道："鹿春。"

宗原伸出手指指着她："你你你……"

柳菁菁眉一拧，撅了他的手指："你你你你什么你？厌 就别跟着，我与殿下去！"

鹿春是京中禁地，和一般的杏红柳巷不一样，京中盛名的花魁名伶多处于此。

宗原争不过柳菁菁，满脸不情愿地问："咱们怎么进去？"

柳菁菁从袖子里掏出一块玉印，往空中一抛，得意道："嘿嘿，从我哥那儿偷来的。"

"……"

三人一副皇城脚下我最大的架势在看门小倌怀疑的眼神中混进了鹿春。

"罪过！"任是饱览群文的柳女侠都被吓傻了眼，"这……"

齐轻舟呆若木鸡。鹿春很大，三个人差不多目不斜视、同手同脚地乱晃了一圈，好不容易找到了个人少的西门，正准备速速离去，就听见身后传来了一个尖刻的声音——

"哟，这不是咱们的淮王殿下吗？真是巧啊。"

李尚和董吉一人怀里搂着一个姑娘往他们这边走来，齐轻舟心烦意乱，懒得理他们，跟宗原两人说"走了"。

李尚在他手上吃了不少亏，今儿个好不容易不在宫里，来到他的地盘，怎么可能轻易放过齐轻舟。

他悠悠地走到西门的正中间，挡住唯一出口，露出一口黄牙，笑道："别这么见外嘛，殿下，都到这种地方了，还不让臣好好招待招待你？"

今天他要是能在齐轻舟身上做点文章，不出半个时辰就满城皆知，到时候皇后姑姑和太子表弟解决了心头大患，定会重重赏他。

他万没料到齐轻舟今日极度暴躁，直接上前揪起他的衣领，恶狠狠地道："李尚，今儿个你爷爷我心情不好，你撞上了就是你倒霉，你这些勾当我没兴趣，劝你乖乖让路，否则打得你满地找牙，你知道我干得出来。"

李尚气急败坏，恨得牙痒痒："呵，都到这种地方了还装啊，殿下以前没少来吧，何必装正经？"

齐轻舟脸色一变，被一直沉默的董吉悉数捕捉到，他邪笑道："怎么，殿下，难不成是那权倾朝野的老师没有教过你这事儿？"

齐轻舟心神大骇。

"噢，臣给忘了，"李尚笑得龌龊，像一只苍蝇似的凑近齐轻舟，"掌印大人一个太监，能教你才怪呢。"

齐轻舟脑子"嗡"的一声，意识还没反应过来之前，已经冲上前动手了。

狠厉的拳头全部落到他们脸上，两人被揍得鼻青脸肿、牙龇眼裂。

齐轻舟重重砸下的每一拳都发泄着暴怒："不许说他！不许说他！听到没有！你算什么东西！也配提掌印！

"以后再从你们嘴巴里蹦出一个字关于他的脏话，流的血就是今天的十倍，本王说到做到！"

齐轻舟虽称不上武力高强，但也是被殷淮实打实训练过的。两人身上被揍得没有一块好皮肉，董吉率先求饶："疼疼疼疼疼……饶命饶命饶命……"

李尚咽不下这口气，像一条扭曲的蛇吐着芯子："呵，我说错了吗，殷淮那狗贼什么心思，你是真傻还是装傻！

"拉拢皇子，把持朝势，你以为他真对你好吗？还不是想断了你的后路，以后挟天子以令诸侯。你根本不是什么淮王，你是狗仗人势，是他用来对付姑母和表哥的棋子。"

他痛得索性破罐子破摔，他还真不信齐轻舟敢把他打死："还是说是殿下自甘堕落、勾结奸佞，怪不得别人说他找了个又蠢又听话的傀儡，哈哈哈哈哈哈……"

齐轻舟双眼发红，掐住他的脖子，掏出一把匕首，面目狠厉，在他的脸上划了一刀："你再多说一句！"

李尚尖叫一声："你堵得上我一个人的嘴，堵得上全天下人的嘴吗……"

齐轻舟又在他脸上划了一刀，李尚发出最后一声凄厉的叫声："不——"

宗原见齐轻舟已失控了，赶忙上前拖住他："够了够了，殿下够了，别把事情闹大，咱们来这种地方本来就不占理，回头传出去……"

齐轻舟怔怔然松开了匕首，双手沾上了血。

三个人各怀心事地回宫，柳菁菁想说点什么安慰齐轻舟，被宗原用眼神制止，一路沉默。

齐轻舟从不怀疑掌印对他的用心，但那一番话也令他心头烦躁。

浑浑噩噩地回到宫中已月近中天，挂在树梢与塔座的八宝琉璃宫灯都换了一层更暗的火烛，正殿静悄悄的，唯有鸟雀蝉鸣、树叶簌簌。

宫人迎上来，他问："掌印呢？"

"回殿下，主子还未回。"侍女端了奶羹来，"这是主子出门前给您留的。"

齐轻舟垂目看了眼，挥手道："不喝了，你下去吧。"

沐浴洗去一身酒气，躺上床了也听着门外的声响。静了一宿，殷淮压根没回来。

齐轻舟迷迷蒙蒙地睡过去，天未亮透，乾心殿竟有人来传觐见，公公一身匆忙。

齐轻舟心一跳，殷淮又不在，只得用冷水洗了脸，跟着去了。

太宝殿上站了好些人，齐轻舟垂眸暗自观察，皇子里就来了他与太子。

出乎意料地，老臣不多，不少太学之行的少年郎，于齐轻舟来说是曾经朝夕相处的同伴，但于朝野而言却是生鲜的新面孔。

古有惯例，太学之行便是世家儿郎、宗室子弟入仕的启征，这拜过太庙后的第一次觐宫议事，多少意味着不同阶层、世家势力新一轮的开盘和角逐。

皇帝面色虚浮地坐在上头，侧位是一夜未归的殷淮，雍容神姿半点看不出疲倦。

齐轻舟目光飘过去，殷淮没看他，嘴角那点笑带着几分轻蔑，想必是又有人惹他不快了。

皇帝头痛道："淮王，你也来看。"

是南边的急报，苍夷属国生了异心，以毒蛊患祸泉郡，此毒蛊致人丧失心智，极易发狂，传染性强，现已半城人感染。

泉郡乃世家领地的收税大户，世族子弟纷纷上书救援，殷淮迟迟缓兵不发，被联名上奏，便是群情愤起，殷淮亦是毫不忌惮。

什么属国异心，分明是有人吃里爬外，勾结外匪折了他东厂南下勘察的京羽卫，没想到篓子捅得太大，回过头来还想让他帮着兜底。

滑稽，他素来睚眦必报，这次世族和相党、外将勾结算计他，他定要十倍奉还的："陛下，毒蛊凶猛，现无他法，弃城乃最快奏效的法子。且太医说该蛊要以活人为药人，以身试毒，养新蛊制旧毒，为防毒蛊传至京城。不如就让此次失守的田家军入城，将功赎罪好了。"

此言一出，震惊四座，连齐轻舟都忍不住倏然抬头。

殿下立马有老言官高呼："泯灭天良！"

朝议声四起："万万不可，封城弃城，泉郡上万老少妇孺怎么办？"

"此令一下，民心动荡，官兵必反，社稷不稳。"

"殿主其心何歹！"

殷淮好笑，幽幽地嘬了口茶，道："那谁去救城，如何救？不如何大人身先士卒。"

老工部被气得又欲洋洋洒洒发挥一通，皇帝立马止住："行了行了，"他这次召这帮初入仕阁的子弟们，就是想听点新鲜的主意，皇帝看向一直未说过话的齐轻舟，"淮王，你说说看。"

齐轻舟抬头，殷淮也正好看过来，他想了想措辞，还是如实说道："弃城与否有待商榷，但活人试毒养蛊……确不可行。"

且不说如此倒行逆施有悖人伦，若是掌印执意牵头此事，又要背负多少冤孽骂名，朝野民间想反他的人已经够多了。他本人无所忌惮，可齐轻舟总觉得那根临界的线绷得太紧，不知道什么时候就断了。

水可覆舟，齐轻舟总是有所敬畏的。

殷淮面上表情未变，眼中温度冷却，薛良此刻站出来道："淮王英明！"

有年轻的世家子冷嘲热讽地附和："殷大人，淮王殿下师承您门下尚不认可此计，可见您行令实在太过残暴，不得人心——"

齐轻舟额头青筋暴跳，冷声喝止："张侍郎莫要在此歪曲本王原意！

"本王就事议事，掌印与我和而不同。"

宫议不欢而散。

"掌印掌印……"

殷淮停下，眼角眉梢余留几分阴沉，冷淡地一笑："何事？本督的好徒儿。"

齐轻舟一噎："掌印生气了？"他皱起眉，"是，我是掌印的门生，师承一脉亦有思见不同的时候。"总不能不允许他有自己的想法和思考。

殷淮此时倒不显得多生气了，沉默了几秒，淡淡地讥讽道："那便是我与殿下道不同了。"他这些年就是这么过来的，他不赶尽杀绝，不心狠手辣，便夜夜不得安心，不得好眠。

殷淮是从万恶丛林里逃生出来的花豹，但凡被抢了一点食物，或是伤了半分漂亮皮毛，便会立刻亮出尖利的牙爪报以十倍攻击。殷淮这种报复心重的人，从来只有他暗算别人的份儿，什么时候轮到别人联手耍他，这口气若是能咽下去，跟一巴掌扇在他脸上有何区别？

齐轻舟张了张嘴，潜意识里想反驳，却找不到话。

即便他觉得自己在一直非常努力地走向掌印了，可他们还是不可避免地在某些微小却关键的节点上越走越远。

从前没有显露出来的、被他们刻意忽略掉的差异和隔阂，此刻越来越不能视而不见，这种秉性里的差别和对抗不是平日里的亲昵、投契便可消除的。

两人在寂静的宫道上对望，树上落下零星花瓣，中间隔着的东西越来越多。殷淮眯起眼，他早早便有预感，他和齐轻舟之间势必有一场碰撞，所以自己那么努力地想把齐轻舟拉到同一条道上来，他以为他快要成功了。

可是刚刚在朝堂上的那一刻，他无比清晰地知道，还很远，非常远，即便他自觉俘获了齐轻舟的依赖和信任，但那种根植于他骨肉里的东西是永远不会消失，也不会被改变的。齐轻舟身上他曾最喜欢、最看重的东西，今日竟宿命地成为了一道不可逾越的鸿沟，横亘在他们之间。齐轻舟身上的那种东西为什么会招自己喜欢，大概是因为他没有，很多人没有。

与其说他是生气，不如说是恼怒，是自弃，是无可奈何，是感受到了这其间的距离有多么遥远，是人人都能看出他们并不会是一路人，可他偏爱强求，偏要勉强。

殷淮冷笑道："殿下想要的太多，在乎的太多。"既想守着自己的道，又不想得罪他，未免把他想得太大方。

齐轻舟："掌印就没什么在乎的吗？"他这段时间想来想去，或许殷淮并不在乎这天下，他心中恨意太多，没有多余的情感去给责任感和家国情怀，大齐对他的所为亦不值得他尽职效忠。他能理解，谁都没有资格苛责掌印。

殷淮笑得更冷，坦然承认道："江山社稷与我何干。"他要的不过是做不被人欺凌的人上人罢了。

"但若要说在乎的东西，也不是完全没有。"殷淮看着齐轻舟，"殿下记住了，臣在乎的东西很少，但想要的，便一定要得到。"

齐轻舟抿紧唇。

殷淮眯起眼："既然殿下这般质疑臣，不如咱们就看看，此事最终会如何。"

齐轻舟摇头："我从未有过和掌印对立的意思，掌印不要总将我推到那群酸儒里头去。"

"是吗？"殷淮不置可否，敷衍地勾了勾唇，拂袖而去。

齐轻舟无奈地叹了声气，知道殷淮这是真的生气了，那样要强爱面子的一个人，内里再千疮百孔也要表面光鲜亮丽的。

想到这个烂摊子最终还是会落到掌印头上，齐轻舟去了徽政阁，花了几天，日夜埋首翻阅历朝资料,前朝古籍有类似记事,头昏眼花地赶出一份长长的议折,一面是想止住殷淮极端的念头,一面也是真的想为他分忧。

去了东厂,殷淮不在,齐轻舟在书房里等,这屋里暗关密布,齐轻舟来过不少次,但都未曾在意。

此地别人进不来,案牍边上还搭了件齐轻舟的里衬,是他上次忘了带走吗?两人亦师亦友秉烛长谈的时光反复还在昨日,如今就变成这样了。

齐轻舟叹了声气,走过去拨了拨,不知道动到哪个暗格,掉落出一张图纸。

齐轻舟眉头皱起,是他母妃陵宫的地形。这种宫密机造怎么会在这儿?

上半年暑夏涝期,他母妃陵宫渗水坍陷,石缝蛙蚁,外祖母悲痛不已,大病了一场,险些西去。齐轻舟亦在墓边跪着哭红了双眼,听着宫人窃窃私语议论贵妃积怨深重,心魂不散。

皇帝大怒,治了当时工部侍郎的重罪。

那是东宫的人。

至此六部都换上了一批新升上来的管事,相党元气大伤。

这张清晰标了陵宫出口关节的图纸为何会出现在东厂,齐轻舟沉默良久,把图纸放了回去。

烈日炎炽,齐轻舟一步深、一步浅,险些撞到宫人,鬓边的汗水将他手心紧揣的折子浸湿。那张图纸像一根线,从前隐隐感知但未敢深想的种种细节被牵出来。

他不敢深想,亦不敢去证实,要不……就算了吧,一只脚都跨进焰莲宫门了,又收了出去。

不,不能算了,不查清楚,这将会成为一根刺永远留在他心底。

他刚转身,一只大手忽然搭在他肩上,齐轻舟吓一大跳。

殷淮审视的目光打量了他一番,沉声问:"哪儿去?"

齐轻舟心虚地藏了藏袖中呕心沥血写了几天几夜的议折,却又马上想到该心虚的人好像不是他,便盯着殷淮,淡淡地说:"出去散散心。"

殷淮被他下意识躲避的动作刺到了,嘲讽地一笑:"到宗学殿散心?"那是世家子弟的地盘。殷淮不接受这种敷衍至极的答案,阴鸷地盯着他道:"殿下可别骗臣。"

齐轻舟抬头:"你又派人跟踪我?"他确实去了宗学殿,那头藏书阁里文人政客的议折比宫内的还全。他找到不少前人治蛊的好法子。

殷淮直认不讳:"殿下口口声声说不与世家为伍,却每日早出晚归乐不思蜀,臣实在很难相信。"

齐轻舟直直地迎着他的目光,声音很轻,一字一句:"掌印不信我,那掌印呢?掌印骗过我吗?"

殷淮一怔:"殿下想说什么?"

齐轻舟说:"掌印想到了什么?"

殷淮沉默了几秒,探究的眼神在他脸上扫了几圈,仿佛有什么混在一团乱絮中一闪而过,还抓不住线头就已经静静悄然流逝,蹙了眉严肃道:"殿下何时回来?我们谈谈。"

齐轻舟看他这模样,心沉了半截,坦诚回答道:"不确定。"

"什么?"

"不确定什么时候回来。"

不确定……还回不回来。如果什么都没有被他找到,他会回来的。

齐轻舟抬脚大步往宫门走去,萧瑟的寒风撩起他单薄的衣角,跨出门槛那一刻又停下,微微侧头,静静地看了殷淮一眼。

掌印,掌印,你别让我失望。

殷淮沉着脸回了屋,宫人低声提醒:"严太师已在议事堂坐了半刻。"

传闻中卸甲归田的三朝元老正品着焰莲宫上好的大红袍,戏谑道:"老夫瞧着,督主日可是无心见客。"

殷淮蹙着的眉仍未展开,对他的打趣不置一词。

严太师道:"便是督主无心议事,老夫也要多嘴问上一句。

"老朽之前不提,只当督主心里有数,可如今来看,是臣想得简单了。"

宫人摆好棋盘退出去,他拿出一颗白子,逐步突围,吃了殷淮一排黑子:"李东岳已经准奏拿下戍门关,他这些年对陈皇贵妃念念不忘,淮王殿下生相肖母,这步棋再找不出比他更合适的子,督主却迟迟不愿按之前的计划动手。

"合作谋事贵在坦诚,老朽特意从梅州赶过来不过是寻个答案,督主到底有何想法不妨直说。"

"是,淮王曾是我们手上最有利的棋子。"

殷淮垂下眼,看着局势错综复杂的棋盘思索着,另辟了条险径,直至将严太师的棋步步逼紧,一口气吞了两排白子,才松了眉心,继续道:"只是……"

严太师瞥了殷淮一眼,索性帮他说:"只是督主又舍不得了。"

"从前七殿下是那枚最合手的棋子,如今只怕是督主最要紧的得意门生,关门爱徒。"

殷淮罕见地露出一丝不好意思的神色,冷哼道:"我看他是我祖宗吧。"

严太师抬头,一双看见证过这个王朝几十载春秋的利眼静静看过来,殷淮毫不退避地直视,目光相交,几秒钟里闪过无须言语的谈判、斡旋和妥协。

殷淮果决地下了最后一子,胜负一锤定音,挑眉道:"承让。"

严太师看着自己被蚕食得一干二净的棋子,无奈地叹一声,他老了,斗不过年轻人了,殷淮向来说一不二,他的决定也向来无人可撼动。

严太师轻轻摇了摇头,将棋子收回棋盅里:"罢了,既然督主心意已决,老夫便不再多嘴。"

他拣到对方的黑子时,看到棋局上刚好布成一个巧妙无缺的圆,转念一想,淮王殿下的出现又未必不是件好事,兀自喃喃了一声:"也好。"

"什么?"

"有淮王殿下也好。"严太师道,"老朽之前跟督主提过的,过刚必折。"

"督主血孽煞气太重,凡事总爱赶尽杀绝、不留一线后路,奈何督主总也听不进去,如今戴了个紧箍咒也好。"

别的不说,近来殷淮行事虽依旧狠绝毒辣,但他看得出收敛了不少,不似以前,总做得过狠过绝,于他们的计划其实很不利。

殷淮位极人臣,这世间再难找出什么可牵制他的,无所制衡与敬畏,便可为所欲为,但离成魔也只差一步。到时候便是天下苍生的苦。

齐轻舟是唯一能勒住他的那根缰绳,是上天专门放下来清扫他灵台之恶的善根与清念,是他命里不可多得的善缘与福泽。

殷淮不置可否,他向来不信神佛,鬼来杀鬼,妖来斩妖,不过是怕做得太过又有闲杂人等在小皇子耳边嚼舌根,惹他不高兴罢了。

现在那小祖宗已经很不高兴了,近日频频与宗族世家的人往来,他觉得自己快绷不住了,若再这般下去,指不定哪天他就会把人绑起来。

想到小皇子出门前那个眼神,殷淮忽而有些不踏实。

从前一心想着揽权、铲除异己,可现在他愿意妥协。些天闹的别扭他受够了,原本是想冷一冷小皇子,可如今却是自己忍不住。

算了,他这种腥风血雨里过来的老骨头,跟小皇子计较什么呢,哄哄他,想怎么样就依他。要他改变经年心性和行事原则很难,但他并不是一点都不愿妥协。

西宫廊苑,齐轻舟捧着厚厚的卷宗自上驷部最后一道门跨出时,整个人从头到脚一片冰凉。

辗转广储司、慎行司和钦天监……抽丝剥茧，仅仅撕开冰山的一角便已让他承受不住。掌印，不，殷淮到底还做了多少他不知道的事情。

齐轻舟垂头丧气地将脸埋在双手里，咬紧牙根，他不知道回去要如何面对殷淮，可做错事的分明不是他。

他从未理会过薛良的劝解拉拢、宗原的苦口婆心，更不信李尚之辈的挑拨离间，可现在，他倒是真觉得没有什么是殷淮做不出来的，他越来越觉得自己都快不认识掌印了……

殷淮在京郊差途中接到了齐轻舟搬回长欢殿的消息时，手中缰绳狠狠一勒，白马痛得发出长长哀号嘶鸣，身后长长一队人马震惊错愕。

怒火腾地燃起，烧得殷淮心肝脏肺都疼作一团，箭弓一扔，直接策马回宫。马蹄疾驰，惊落宫道两侧的簌簌合欢。

他可以纵容齐轻舟的一切脾气，也做好了再退十步百步一千步的准备，但齐轻舟要走，便是犯了他的大忌。

是不是近来他将人纵得太厉害了，他从未想过，齐轻舟会真的想要走。

已是深秋初冬，碧绿乔木与簇锦繁花已零落凋谢，琉璃瓦与朱红梁雕上铺了一层金黄落叶，荒芜灰败的气息无法粉饰。

百里长途，终究是没有赶上。

焰莲宫一等掌事宫人跪地挽留，齐轻舟正气头上，扔了一沓他理到目前为止的证据给掌事，淡声道："掌印回来了，让他自己好好看看。"

宝福正收拾殷淮为他添置的衣裳弓箭、笔墨纸砚、手工玩具，齐轻舟瞥了一眼，低声说："不要了。"

还要那些干什么？掌印拿来哄他的玩意儿。

走的时候，那只圆乎乎的雪狐追了出来，咬着齐轻舟的裤脚，一双有灵性的眼又黑又湿。

齐轻舟心里难受，也不知道是舍不得狐狸还是别的什么，蹲下身抱起软乎乎的小狐狸，低声喃喃问："你要跟我走吗？"

雪狐好似真的听懂了他的话，埋头在他怀里蹭了蹭，可就在齐轻舟要把它抱出门口的那一瞬间，它噌地跳下地溜走了。

齐轻舟眼眶瞬间就红了，大步离开。

在焰莲宫住了将近一年，乍一回到长欢殿竟还有些不习惯，明明是他自小长大的地方。

草垒花簇、鹦鹉秋千，还是那么热闹，却让他觉得陌生，进殿的时候被门槛绊了一跤，若不是被苍梧搀着早就摔了。

天子一怒，伏尸百万，九千岁震怒，血流成河。

徐一已多年未见殷淮这样阴沉的脸色，自东厂掌权后，主子一直都没有太大的情绪波动与神情外露，所以更显得高深莫测。

这一次不一样。

宫中瞬时一片凄声哀号，人人自危。殷淮无动于衷，挺直的身影在空荡荡的殿厅中显得萧瑟又凌厉，无人敢近。

齐轻舟走了，真的走了。

徐一心知主子是迁怒，也没有多说。

没有用，淮王就是主子的眉心痣、致命穴。

跟在殷淮这么多年，他再清楚不过，有人这时候开口求情只会适得其反。

平日负责侍奉齐轻舟的小宫女年纪不大，跪在地上，没忍住颤抖着哭出声来求饶，哆哆嗦嗦连话都说不清楚："掌……掌印恕……恕罪，奴……奴婢知错了，求……求……"

徐一眉眼抬了一瞬，认出是那个齐轻舟挺喜欢的小丫头，平日里淮王殿下没少带着人出去游船放风筝。

殷淮只觉得厌烦，那样伤心凄惨的哭声更加清晰地提醒着他，齐轻舟是真的离开了。

他不耐地撇开小宫女爬过来抓着他衣角求情的手，正要命人拉下去，一团毛茸茸的东西滚过来爬上他的脚背。

雪狐仿佛是制止般地踩了踩他的黑麓皮靴面。

殷淮一怔，疯魔的意识稍稍回过神来，弯下腰将雪狐抱起，抚了抚它顺滑的皮毛，凌厉的丹眼里闪过一丝悲哀与自嘲，带着杀气捏起雪狐滑溜溜的下巴："他连你也不要了。"

圈在雪狐脖子上的手渐渐攥紧，狐狸的喉咙挤出空洞嘶哑的气声仿佛在哭，直到那双漆黑清亮的瞳仁寸寸放大，殷淮才泄气般松了手。

雪狐被他捏痛，扒开前肢要那小宫女抱，她平时也帮着七殿下喂养过它。

殷淮过了暴怒的时候，这时候怒极反静，对那宫女冷漠道："下去。"

宫女身体一僵，不敢相信自己听到了什么，毕竟这宫里还从未有人能在殷淮手里死里逃生的。

殷淮冷漠道："还不滚？"是这只畜牲救了她。

若是他真的处罚这些人，只怕小皇子会真的恨极了他，再也不会见他。

雪狐以前极黏殷淮，此刻恨不得离他远远的，殷淮一把截住它肥硕的腰身，半垂眼睫，一下一下抚顺它脊背上的软毛，仿佛很温柔："逃什么呢？"

"我对你不好吗？"

"留在我身边不好吗？"

殷淮放轻动作，抚了抚狐狸背上柔软发亮的白毛，呢喃道："你逃不掉的。"

是夜，宝福惶恐瑟缩，第二回来问："殿下，真的不开门吗？"

今夜掌印巡宫，随队人马停在长欢殿门外，身姿矫健的影卫一字排开，琉璃宫灯明华灼灼，颇有些兵临城下的气势。

"不开。"齐轻舟对着宗原方才匆匆送来的几折密件，拳头捏紧，眼睛被火烛映得通红。

当初他接近掌印，从未想过原来对方早已经把后面的每一条伏线都悉心埋下，每一个关节都水到渠成。

齐轻舟不需要至真至纯的情谊，也能接受以自己的身份助殷淮一臂之力，但殷淮做的事未免太令人伤心，哪怕他有一分在乎自己，也不至于下得去手。

宝福又来，齐轻舟一字不错地盯着柳菁菁冒死抄回来的军机注录，指尖泛白："让他回去。"

齐轻舟心气难平，根本不知道要如何面对那个骗了自己那么久的人，说些什么，质问还是痛苦，都好难堪。

宝福缩了缩不太明显的脖子，颤巍巍地瞄了一眼窗外那明明灭灭的火光："这……"

齐轻舟眼下两团青黑："怎么？他还能硬闯不成？"

宝福说那倒没有，掌印还算客气，甚至还亲自报门来说请求面见殿下。

齐轻舟心里钝痛，仿佛浸在一池苦药里，垂着头，抓了抓散下来的头发，目中无光。宝福看着自家主子又洇出水红的眼尾，不敢吱声，沉默了好一会儿，为难地提醒道："殿下，这会儿镜湖的水冰都结了三尺深了，掌印就这么站那儿不会有事吧？"

齐轻舟一怔，喉咙艰难地滚了滚："送个暖炉出去，还有热茶，跟他说，该见面的时候我会找上门去的。"

他重新执起笔,继续整理这桩桩件件,账要一笔一笔算清楚。

殷淮只当那是打发他的托词,最后问一次长欢殿的守卫:"殿下真的不肯见本督吗?"气温太低,连说话的时候都带出一团冷气。

侍卫被他的厉色震得话音颤抖:"是,是,殿下说不见。"

殷淮面色沉郁,问:"殿下还说了什么?"

小侍卫汗毛立起,肝胆俱颤:"殿下说他要自己静一静,让掌印也自己好好想想,这段时间别再来扰他。

"殿……殿下说该找掌印的时候他会去找掌印的。"

殷淮垂眸,雪瓣落在他的长睫上,不知在想什么。

第二天夜里,殷淮又来了。没带随从,只身一人,带了雪狐,揣在怀里。

还是穿得不厚,一件狐绒外袍披风,挡不住深冬夜里肆虐的风雪。宫墙上被霜雪打落的花瓣与枯叶落到头顶,衬着绝色姿容竟有种惊天动地的哀美,又露出深重落拓的冷清与萧瑟。宫中灯火融融,宫门外天地旷远,就只他这孤独寂寥的一个人了。

自那天之后小狐狸便有些怕他,如今也不敢怎么放肆,安静地被他抱着,不动也不挣,少了几分灵气与生气,实在太冷熬不住就"呜嗷"一声,在凄寒的夜里婉转回肠,显得委屈极了,闻者不忍。

殷淮照例请宫人通报求见淮王殿下,长欢殿的守卫个个吓得慌神失魂,生怕月宫阎王一怒之下血洗长欢殿。

呼啸寒风将那个人的金丝蟒袍吹得猎猎翻飞,瀑布般黑发下一张玉白的脸宛若面无表情的天神。

齐轻舟又气又急,边关战录被他笔尖的墨水洇了一道,心里难受得似有熔浆翻腾。

这么冷的天站半宿宫门会冻坏的!

掌印体质本来就寒,又中了冰蛊,好好养了这么多年都不见好,怎么经受得起这样折腾。

"殿下,还是不见吗?这雪已经下了……两个时辰了。"

齐轻舟腾地起身,走至门口又折回来,将桌上的折子拿上。

雪片如鹅毛。

齐轻舟看了眼被搁在雪地上的暖灯:"为何不掌灯?"

殷淮的目光细细看着眼前这张恍若好多天没见的脸:"臣不冷。"

齐轻舟还是弯腰将灯捡起来,塞在他手上:"那掌印想与我说什么?"

"殿下……都知道了是吗?"

齐轻舟勉强勾了勾唇角:"知道什么?掌印说的是曾经想把我当成人质送到戎王那里,还是拿着我的玉牌皇令以我之名将我舅舅曾拜师过的宁氏一族灭门之事?"

殷淮嘴唇抿得紧,他没想到齐轻舟竟查得这样快。

其实这些事该永不见天日的,但宗家掌史司,柳家掌军情,殷淮是可以让宗柳二人再说不出话来,但齐轻舟恐会怨恨他。

齐轻舟深吸一口气,道:"掌印,我这人不喜欢误会。"他摊开手上的折子,"这是我这两日还没理完的,既然你这般执着要见我,要不就全在今夜摊开来说吧。"

殷淮静了一秒,只得说:"好。"

齐轻舟就着册子开头第一条念:"当日皇帝寿宴,你是故意引我去挑开联幅的。"

殷淮喉咙滚了滚:"是。"

"掌印是何时会仿我的字迹的?"

"见过一次后便会了。"

"安平之乱我小舅舅回信里说到关于秦郡的消息也是掌印透出去的?"

"……是。"

齐轻舟鼻尖发痛,继续念。

念一条,殷淮认一条。

齐轻舟手指开始抖,殷淮按住他手腕,声音喑哑打断他:"殿下。"

齐轻舟置若罔闻:"太学之行——"

殷淮手指用力了一分:"殿下别念了,臣都认。"

夜里风雪将眼角红痕吹干,齐轻舟的喉咙仿佛被沙子堵着,沉默了几秒,道:"好,我不念了,其实,这些我都不是太在乎。"

"我就问最后一件。

"最后一件,掌印想清楚了再答我。"

殷淮整颗心都悬起来,他常常拿捏别人的性命,如今轮到他自己。

殷淮听见起轻舟哑着的声音从很远的风雪里传过来:"我母妃陵宫渗水、尸骨尽毁一案,是否与掌印有关?"

殷淮的心停跳了几秒,无边恐慌自四面八方扑涌而来,他多想回答不是,可他只能回答:"是。"

他一点一点供认自己的罪行:"彼时皇帝对臣起了疑心,六部联手压制东厂,不出一桩大的事故不足以撼倒丞相。"

齐轻舟抿紧嘴,点点头,指着宫道的方向:"那掌印请回吧,我想知道的都知道了。"

还要谢谢殷淮的坦诚,不用他再花时间精力去一一查明。

殷淮心脏重重坠落,罕见地慌乱起来:"臣一开始确实存了利用之心,可是后来便再无……"

"掌印,"齐轻舟眼尾洇红,哽着声音打断他,"掌印,我明白,一开始我确实是一气之下搬出了焰莲宫,可这两日在长欢殿里仔细想了想,这天下没有人会无缘无故对你好,你做这些事的初衷我也能理解。

"我很伤心,甚至是很愤怒,可我努力说服自己,做不到完全不怪你,但也还是可以理解。"

殷淮心潮刚平静几分,又听见他说:"只一条。"

齐轻舟眼底透着痛苦:"一条。"

那种不属于这个年龄的眼神,看得殷淮心惊:"掌印不该动我母妃。"

"死者为大,我母妃,"齐轻舟忽而有些哽咽,"我母妃已经够苦了,当年是我六旬的外祖父在养心殿外整整跪了两日,才求来她的独墓单葬,掌印为了自己的权势私欲去侵扰一个苦命女人的安魂。"

"太过了。"他的叹息飘在风雪里。

"真的太过了。"

"就……真的有时候,"齐轻舟竭力在想自己该怎么表达,"我都不知道掌印的底线在哪里。"

母妃是他最在乎的人,母妃就是他的底线。

他理解殷淮对外界怀着巨大的防备和恶意,所以从前遇到很多他不能理解甚至有些看不过眼的事也睁只眼闭只眼,说服自己掌印有他的苦衷和道理。

可现在看来,在某些事情上,他们是无法对话的,殷淮没办法感受和理解。

殷淮垂眉,心底被戳了一个洞,漏着呼呼风雪,却无可辩解。以他的心性和经历不能理解这样浓烈的亲缘情感,也不能对这种生离死别后依旧存在的骨肉羁绊感同身受。他做这些事的时候也不知道他后来会真的如此看重眼前这个人。如果重来一次,他一定会毫不犹豫地收手。

冰冷的空气像凝滞般,良久,殷淮先开了口:"是臣不好,让殿下伤心了,殿下……能不能看在后来臣的一腔真心,原谅臣。"

"掌印怀着一腔真心对我做这些事吗?"

殷淮哑然,很轻地碰了碰齐轻舟的肩膀:"是,从前是臣不对,臣不否认,也不说半句给自己开脱。

"殿下能不能……能不能看在臣后来……"

"掌印春猎时就跟我说过的,你对人的好是要用东西去换的。可我那时候听不懂。"

殷淮眉头紧皱:"那个……不是你理解的意思。"

"那是什么意思?"

殷淮心中忽而涌起一股深重的悲哀,这句话他想和小皇子说很久了,但万万没想到是在这样的情形下,这不像是诉真心,更像是一场逼供。

即便是如此,殷淮还是深吸一口气,看着齐轻舟的眼睛无比真诚地说了出来:"臣……望陪伴殿下,辅佐殿下,是想拿臣的真心换殿下真心的意思。"

他一开始那点利用把弄的心思,早就都被齐轻舟磨得一点不剩了。

"从前种种,做了就是做了,臣不否认一句,殿下知道臣就是那样一个人。

"殿下若是实在介意,就给臣一个机会,用往后一生将功补过,好吗?"

齐轻舟心里动了动。

"不好,"齐轻舟做不到,一想起母妃和舅舅他都会觉得愧疚,齐轻舟别开眼,"我强迫自己理解掌印,掌印也体谅体谅我。"他自袖中抽出那卷写了几个日夜,但还没来得及送出去的议事长折,"体谅体谅我诚心诚意寻方献策,却查到了自己母妃陵宫被毁真相的心情。体谅体谅我忽然知道原来一开始是作为一枚可以利用的棋子出现在掌印府中。"

他肩膀一动,甩下殷淮的手:"掌印回去吧,不必再来了。"

第三天第四天,殷淮还是来了,连雪狐也不带。独自一人,身上的飞燕锦衣官服还没来得及换下。

长欢殿的守卫说淮王殿下不在,殷淮抬眼,半晌,有影卫来报,确实不在,淮王一早去宗学殿了,至今未归。

宗学殿。

为何是宗学殿?

"殿下何时回来?"

"殿下说归期未定。"

那便确实是在躲他了，殷淮毫无知觉的手指动了动。

侍卫唯诺："殿下还说……"

"说什么？"

"说掌印若再天天守于此，殿下便无地可去了。"

殷淮撩起眼皮，远远地看着未熄火的长欢殿，平静道："好，本督知道了。"

漆黑的宫道，寂寂无人，殷淮的官靴踩在青石板与落叶上的声音格外清晰。肆虐的细碎风雪钻进他的衣领，贴着光滑洁白的颈项，皮肤像蛇一样冰凉。

永不见光的冬夜让人心生冷意，寒冻之气于体内逆抑混行，殷淮忽然膝盖一屈，单手扶着宫墙，一点一点地慢慢跪了下来。

今夜月中，是冰蛊最盛的时段。

受了几日的冰寒浸淫，殷淮的内力再深厚也抵不住寒气的侵蚀。

斥骨的冰寒像尖锐的利剑般刺进心脏，顺着即要凝固的血液钻进每一个毛孔，疼痛仿若野草般疯狂滋长，纠缠他本就脆弱不堪的心底，狠狠揪住他的筋脉。

又冷又疼，疼得他苍白的唇都微微颤抖起来，斜入发鬓的眉拧成扭曲的线状。

从前有一只热乎乎的小狗拱在他身边，诚挚的黑眼睛汪汪水亮："我很热很暖吧！以后有我在，掌印就再也不怕冷啦。"

现在没有了，没有暖炉了，也没有以后了。

寒到极致反而烧喉灼心，一股血腥的气味直逼喉头，咬紧牙关亦挡不住血自嘴角溢出，与苍白的脸色形成鲜明诡异的对比。

朱红墙面留下泛白的指印与抓痕，一道道挣扎的弧线能证明有人在夜半的深宫经受过怎样冷彻心扉的痛苦。

风霜雨雪带着刺骨的冷意，剜走这个独行在风雪中的孤客一大块心肉，心脏被挖了一个黑乎乎的洞，呼呼漏着风，空荡荡的一片，清冷雪光映照在他受伤、绝望的眼睛里。

殷淮眼帘半垂着喘息，寒气横行的体内仅剩最后一口热气，这么多年来，无论是巴不得将他碎尸万段的仇家还是政敌，都从来没有人能伤他伤得这样重过。

皮囊表里，肉身心肠，都狠狠伤了个透。

他拆下全身的锋刺与傲骨，毕生最看重的权与势也不要了，将自己一点一点打磨得柔和、温驯、体贴、宽容，一片冰心满腔赤诚全放进去了，甘为牛马，双手虔诚奉上，小皇子都不稀罕了。

他错了吗？

错得就这样重、这样不可原谅吗？

说实话他仍不觉得自己错了，或许唯一的错便是他真心待齐轻舟太迟，做了太多让他伤心的事。

可殿下连补救的机会也不愿意给了。

就这样将他永远弃置在不见天日的深渊里，他不甘心。

深宫夜里鸟鸣凄切，恶念像盘根错节的丝线铺天盖地将他脑子里最后一点清醒也彻底吞噬。

齐轻舟是在谭渊阁与张鹏升几人讨论兰台之事时知道于家出事的。

这些天他把自己弄得很忙，忙得无一分空闲才能不去想殷淮。

张鹏升是太学之行的同窗，虽出身世族，但家道中落已久，与寒门子弟无异，齐轻舟不欲与薛良等当权旧世家为伍，但也不一棒子打死。

齐轻舟手中茶盖一滑，于家是太后的外家，太后一向疼他，可以说有于家的支撑，太后才有护他的资本。

于氏长孙新任兰台司令，上书谏东厂，证据不足，被东厂反咬一口，如今殷淮上纲上线死咬住此事涉及机密不同寻常，要将人发配边疆，

这位堂表兄为人刚正不阿，虽在太后故去后与他走动不多，但在儿时亦庇护过自己。

泠泠寒冬，齐轻舟额角竟冒出豆大汗珠。

到焰莲宫时，殷淮早已备好茶果候着了。

小狐狸多日未见齐轻舟，亲昵地咬他裤脚，被他烦躁地甩开。殷淮好似真的心疼："殿下别吓到它。"

齐轻舟讽刺地一笑："掌印早知道我要来？"

殷淮亲手给他倒了一小碗热羹："殿下尝尝。"

"殷淮！"齐轻舟头一次直呼名讳，"你到底在做什么？"

这摆明了是逼他找上门来。

殷淮举着茶杯的手一顿，沉默了几秒，说："不做什么，想见见殿下罢了。"

齐轻舟胸口起伏。

殷淮："若无此事，殿下也不会来见臣不是吗？"

殷淮抿紧唇，声音也低："殿下在宫宴对臣视而不见，臣送去的贡品也悉数退回。"

"殿下不来找臣，也不让臣去找殿下，臣……能怎么办呢？"

齐轻舟别开视线："掌印难道不知道原因吗，快快将人放了。"

"可以，"殷淮看着他，"殿下搬回来住好吗？"

齐轻舟眉心皱起："掌印是在威胁我？"

殷淮摇摇头，诚恳道："臣只是想和殿下像以前一样。"

"臣会对殿下很好，比从前更好。"

齐轻舟皱眉。

"臣会护着你，不再欺骗你，不让你受人欺，你想要什么，去哪里，做什么，臣都可以陪着你。

"好不好？"

"只要殿下开口答应，臣立马将人完好地送回于府。"

齐轻舟脊背升起阵阵寒意，宛如盘上一条游移的冷蛇，睁大眼睛后退：殷淮不是在说笑，是在认真地威胁他。他嘴唇抖起来："掌印这般为所欲为，指鹿为马，真以为能只手遮天吗？"

"那殿下待如何？"殷淮很平静，肆无忌惮道，"到兰台书谏臣？"

"还是到您的好父皇面前告发臣？"

"你——"

齐轻舟看着那张清绝的脸，以前总觉得风光霁月，直到这一刻，终于觉得有些惊悚和害怕。

那是对一种完全不对等势力的恐惧，以前他被这个人宠惯了，都快忘了这个人用在别人身上的阴狠手段自然也能用在自己身上。

殷淮把暖炉塞到他手中："臣早说过的，变天了。"

"现在能帮殿下的只有臣。"无论是在于家的事情上，还是其他。

齐轻舟不可置信："这便是掌印的真心？"充斥着强迫、利益和威胁。

殷淮："殿下要如何才肯相信臣？"

齐轻舟抿着嘴角，眼中盛起一丝希冀和期望："你先把于家的人放了。"

"如果你想让我相信你，就别威胁我。"否则那算什么真心，那不过是一种交换。

殷淮凤眼眯起，把人放了小皇子还会好好地站在他面前吗？不，不会的，宁可躲到宗学殿也不肯再见他一面。

"如果臣说不呢？"

齐轻舟万分不解又愤怒地质问道："这就是掌印的真心吗？"

"别让我真的彻底恨你。"

殷淮一怔，心脏轰然下坠，仿佛身体里有什么彻底崩塌撕裂开来，烧喉灼心，他闭了闭眼,良久后才道:"殿下心肠可真硬。"

"为着这么些人便要恨臣,"他也不恼,深深的目光锁在那张稚嫩但却因愤怒而越发明丽的脸上,轻声喃喃着,"没关系。"

"没关系,殿下总会相信臣的。"

齐轻舟刚想反驳,又听殷淮道:"于家……"

齐轻舟立刻将滚到嘴边的话压了下去,耳朵竖起来,他听见殷淮说:"只要殿下乖乖待在臣身边,于家两位公子便仕途光明。"

齐轻舟双唇微张,说不出话来。

他又搬回了焰莲宫。

殷淮请了京中盛名的戏团来宫中表演,齐轻舟一颗心挂在于家身上,无精打采的。

殷淮给他剥葡萄,他闪避开脸:"我自己来!"

殷淮只字未说,只是眼神宽容地看着他。

僵持了一会儿,齐轻舟在他从容平静的目光中放弃抵抗,低头将那颗葡萄接过来。

殷淮给他递帕子:"还吃吗?"

齐轻舟说:"不要了。"

殷淮净了手:"那殿下想要什么?"

齐轻舟看着天外暗沉的游云,眼神黯淡下去:"我想出去一趟。"他多久没有踏出过焰莲宫门了?

殷淮:"现在还不行。"

齐轻舟袖子里的手攥紧,低声问:"你到底要把我困到什么时候?"

殷淮很深地望着他,平静地道:"到殿下愿意相信臣的一颗真心的时候。"

"殿下,看看臣吧。"他垂着眼,自小皇子重新回到焰莲宫,便没再对他有过一次好脸色。

齐轻舟喃喃道:"疯子。"

殷淮笑了笑,近乎固执地将人留在身边,衣食住行照顾得无微不至。仿佛一只受到攻击的野兽紧紧看护好自己的幼崽,仿佛只要一眼没见到,他就要被人掳去一般。

齐轻舟心生戒备,如临大敌,像只竖起刺的刺猬。

殷淮倒是很有耐心,只是他的温柔、他的微笑、他的气息都让人觉得陌生,巨大的压迫感几近令人崩溃。

一回，殷淮亲手舀了羹汤，齐轻舟反抗，碗中冒着热气的羹汤洒到手上，手红了一片，玉瓷琉璃瓦摔至地上四分五裂，破碎声刺耳惊心。

齐轻舟一惊，愧疚地要看他的手，殷淮丝毫不顾疼辣的伤口，只是静静地问："殿下确定一口不吃吗？"

齐轻舟抿着唇，不说话。

齐轻舟第一次正视自己心底的恐惧与惊悚，殷淮像一个气定神闲的捕鱼人撒下天罗地网，他无处可逃，只能在对方精心编织的网里越挣越紧。

"吃，我吃。"他麻木地拿起碗筷，埋头大口大口地吃起来，只嚼米饭，也不夹菜。殷淮皱眉制止，齐轻舟恍若无闻，依旧毫无知觉地吞咽，像个进食傀儡，直到反胃想吐。殷淮心里抽痛，怒意冲冲地拽住他的手制止："殿下是想噎死吗？"

齐轻舟气势低下去，嘴边还沾着一粒莹白的米，怔怔地抬眼道："那我怎么做，掌印才肯放了无辜的人？"

殷淮心尖发痛，脸上却克制得很好，无奈道："殿下像以前一样，臣就心满意足了。"

齐轻舟没有回答。

夜里，殷淮伺候他就寝："殿下知道吗，殿下离开焰莲宫后，臣一天也没有合过眼。"

"冷，到处都冷，殿下可怜可怜臣，嗯？"

殷淮身体散发着比以前更冰冷的气息，仿佛一条冷血的蛇，冷得齐轻舟脊背战栗，他心里怨着殷淮，嘴巴却不听使唤："是冰蛊发作了吗？"话一出口就马上又有些后悔。

殷淮轻笑，齐轻舟这些天第一次主动跟他讲话。

"嗯，臣去长欢殿的第一天就发作了，好冷，比当年被罚跪的那场大雪还冷。"

"可是殿下就是不肯见臣，臣只有等下去。"

齐轻舟心里清晰传来一阵剧烈的痛楚，许久后才低低地说："有时候我都不知道你哪一句真，哪一句假。"

殷淮露出很少有的真挚："说想真心待殿下的话都是真的。"

齐轻舟垂下眼帘："可你这样威胁我，我怎么相信你？"

"这就是掌印的真心吗？"他不懂了。

殷淮问："那殿下如何才能信臣？"

齐轻舟鼓起勇气，用一种乞求的语气说道："那你让我出去，能像以前一样自由,别强迫我做不想做的事。"

殷淮手一顿,良久后,自嘲一笑:"原是因这个殿下今夜才突然关心臣的。"

"殿下还想去哪里?留在臣身边不好吗?"

齐轻舟皱眉:"现在我去哪里也要报备了吗?"

外祖父听闻了他和殷淮的一些传闻很是担心,他必须回国公府一趟,可他又不想,或者说不敢在殷淮面前主动提起陈家。殷淮能用于家威胁他,那也能用陈家。

殷淮现在就是失了理智的疯子,他不能冒这个险。

"殿下什么时候想通就什么时候出去好了。"殷淮不欲再谈,"很晚了,睡吧。"

齐轻舟心里那点微弱的希望从高高的空中又重重跌回地面,摔了个破碎,恼怒道:"你出去。"

殷淮:"臣等殿下睡着。"

齐轻舟不耐烦地小声嘟囔:"你在我睡不着,我又不是你养的宠物。"

殷淮身体一僵,一字一句道:"殿下再说一遍!"

"难道不是吗?我现在和宠物什么区别?"

不能出去,没有自由,是哭是笑全凭主子心情。

殷淮忽而淡淡笑开了:"殿下就是这么想的吗?"

齐轻舟说:"你分明就是这么做的。"殷淮说着真心,可他没感受到诚意,也没有以前的安全感,只感到恐惧与威胁,甚至窒息。

殷淮满心疲倦:"是,没有区别,那殿下睡个安稳觉。"

"早上徐一搬运的那些刑器殿下不是看到了吗?想知道是给谁准备的吗?"

齐轻舟瞬时目露凶光,像只被击中致命伤的小兽,鼻翼翕动。

黑暗中,殷淮隐约看到他的眼泪,心下一紧,眉心蹙起,怎么连在梦中也哭成这个样子。

他心底一慌,明明很近,可好像还是离得越来越远了。

为什么?

跟疯子是没法讲道理的,宫墙、树、阁顶的窗全被齐轻舟爬过一遍,又被影卫不费吹灰之力地逮了回来,就差没自己在后院挖个狗洞了。齐轻舟誓要把焰莲宫折腾得鸡飞狗跳,下边的人个个提心吊胆。殷淮就由着他作,只要不离开,什么都纵着。

两个人就这么别扭地相处着,齐轻舟想问问于家的事情进展如何,每次都被殷淮不着痕迹地推了回来:"殿下见到臣总是闭口不语,一开口便是问旁的人,臣很不高兴。"

齐轻舟一噎,心里着急又生气,若是于家人真的因他受了这天大的无妄之灾,叫他如何有脸面对曾经庇护过他的太后。

殷淮看着自己的藏品茶壶又被打碎一个,也不是很在乎。

"你将我的信件也截了?"

殷淮:"张鹏升祖上乃黔王旧部,非可信可用之人。"

齐轻舟火冒三丈:"那你把我舅舅的拿来。"

殷淮:"我劝殿下莫要将希望寄托在陈将军身上,现下边关吃紧,将军泥菩萨过江,自身难保。"

齐轻舟看着他气定神闲,游刃有余,自己却像个跳梁小丑,一口郁气憋在胸口快要爆炸。

那么出尘的一张脸,那么冷硬扭曲的一颗心,他看了会难过,会痛心,会想流泪,索性沉默,任由对方布施。

他曾经那么信任的人为什么变成了一个陌生人,强迫他,威胁他,他好想从前的掌印,以前哪个掌印他去了哪里,要怎样才能找回来啊。

殷淮看着小皇子厌烦地合上眼帘和面如死灰的神情,执杯的手紧了紧,眸心的亮光也彻底沉暗下去。

齐轻舟焦虑烦躁,在没遇见殷淮的前十几年,即便日子再难过,他都没有被禁锢过自由,那个人把他的脊骨和灵魂都生生抽走了。

他被完全囚禁在了这座华丽空旷的宫殿里,像一只被折了翅的百灵,在这牢笼里麻木地看太阳升起又落下,再也不会叽叽喳喳地唱歌,也不能自由自在地飞行。

无法踏出焰莲宫一步,外界的风声雨声也传不到齐轻舟耳朵里,就连朋友也是不被允许见面的。宗原来求见了三次都被殷淮命人打发了回去。

能见柳菁菁还是前几日齐轻舟学乖服了软,殷淮看他听话允的。

齐轻舟沮丧地捂着脸,自己真是可悲,就像一只狗,连放出来遛一遛、见见人都要摇尾乞怜才能做到。

这就是殷淮说的真心相待。

柳菁菁浑然未觉:"于家那事儿早翻篇了,罚了几个下边的人,不过东厂这次也不知道是怎么了,雷声大雨点小,有意把事情压下去,后续基本没什么人知情。我也就听我爹和我哥喝酒的时候提了那么一嘴。"

"哦。"原来事情早就结束了,是殷淮一直吊着他。

"没事儿了你还不高兴啊？"

齐轻舟没将殷淮软禁自己的事情告诉她。

他觉得羞辱，觉得悲哀，觉得可耻，虽然他的自尊早就被殷淮扔到地上折辱得一点不剩了，但还是不想在自己为数不多的朋友面前那样难堪。

他更怕的是柳菁菁这个性格，要大闹焰莲宫为他出头，一百个柳菁菁都不是殷淮的对手。

"对了，殿下何时出宫？"

齐轻舟一怔，心里涌起一阵难堪和羞耻，故作自然地问："怎么了？"

"没什么，就是我们家老爷子上茶馆的时候看到有大夫上陈国公府，不知道可是身体欠安？"

齐轻舟一下子紧张起来："何时的事？"外祖父怎没派人告知他？

噢对，他现在被软禁了，也收不到外头的消息。

柳菁菁道："就昨日。"

齐轻舟心里仿若一锅沸水，面上强作冷静："多谢，我知道了，我尽快回去。"

出去，一定要出去，他不能再这样跟殷淮耗着了。陈国公前年大病过一场，老人的身子骨耗不起，他一定要回去亲眼看过才心安。

柳菁菁不知道她带给了齐轻舟多么重要的一个消息，好笑道："这有何好谢的。"

齐轻舟心中苦涩，心下升起一丝怨怼，犹疑了几秒，冷下眼道："你帮我带句话给张鹏升。"

晚上，齐轻舟又提起要出去，殷淮还是那一句："现在还不行。"

齐轻舟心里着急，语气也冲："那何时可以？"

殷淮温和地看着他："看来殿下丝毫没有将臣说过的话放在心里。"他说过的，直到殿下接受他，心甘情愿和他一条道的时候就可以。

齐轻舟愤怒："你总不可能一直将我困在这里。"

殷淮眯起眼，语气淡而危险："殿下想试试吗？"

"你敢！"齐轻舟脊背一阵寒凉，殷淮是认真的。他攥紧拳头，声音颤抖，一字一句，喃喃，"你不能这样。"

"我会出去的，我一定会出去。"

齐盛帝炼丹心切，入关前最后一次宣见宫眷，半公半私的宴席，有意让齐轻舟从太子手上分走一部分世家势力，封了他个虚职。

皇后笑得大方："一转眼，小七也要议事了，往后一忙起来殿里没个人照顾可不行，母后近来为你留意了几门亲事，到时候你来凤雏宫看看喜不喜欢。"

齐轻舟顿时僵在原地。

殷淮也没想到本还自顾不暇的皇后会突然来这样一手，凤眼升起一层森冷的寒冰。

齐盛帝倒是很感兴趣，皇后打的是往齐轻舟身边插人的主意，皇帝自然也想，同时也想让他有个丈家倚靠："噢？皇后的人选可都出自哪家闺阁，说来朕听听。"

皇后微笑："淮阴宁家嫡长女，盛京洛氏小女儿，还有候府有名的才女三小姐，皇上可还满意？"

"个顶个儿的金枝玉叶才貌双全，臣妾打算做个百花宴，请各家小姐都来宫中走动走动，甭管成不成，年轻人增进增进感情总是没错的。"

"陛下觉得呢？"

齐盛帝愉悦道："舟儿，你意下如何？"

齐轻舟心中冷笑，眼中满是嘲讽，可是，抬头时无意发现殷淮正盯着他，一瞬间，一个危险的念头闪过脑海。

或许，这是唯一的机会。

回国公府之事已经一拖再拖，是外祖父的病又犯了，还是外祖母的腿疾复发？他越发担忧不安，终日焦虑。

要出去，一定要出去。

反正只是见一见，届时说没有看对眼的就行。

但现在，此刻，他必须让自己先出了焰莲宫这个大门。

殷淮听到齐轻舟朗声答道"儿臣没有意见"的时候，呼吸都停顿了一秒，说话的人像是故意避开他的视线，低着头看地面。

殷淮自嘲一笑。

看，这就是他养的小白眼狼，多有本事，一招借石打石用得炉火纯青，不愧是他的好门生。

齐轻舟这个人，面上有多软，心底就有多硬，再怎么掏心掏肺地对他好都是徒劳，为了摆脱他竟然连皇后抛出的钩子也要上。

齐轻舟就这么轻易地答应了，连皇后都怀疑背后有诈，皮笑肉不笑地道："淮王殿下可要说到做到，此事非同小可，不可儿戏。"

齐轻舟懒得接她的话，趁着齐盛帝龙颜大悦，对最有话语权的人道："父皇，儿臣也有一个请求。"他卖了他们这么大个面子自然也要提要求。

殷淮心里忽而升起不好的预感,心脏一分一分变冷。

齐盛帝:"舟儿何事?"

齐轻舟看着地面,尽最大的力气忽视黏在他脊背上那道炽烈深沉如有实质的目光,轻声道:"儿臣想回南书房。"

一石激起千层浪。

齐盛帝意味深长的目光在自己儿子和殷淮身上来回了一圈,齐轻舟面色无恙,殷淮气定神闲。

齐盛帝乐得看戏,语意微妙地道:"为何?可是殷爱卿不合你心意?当初可是你自个儿点名道姓央着人家收你当徒弟的。"

齐轻舟:"不,掌印尽心尽责,兢兢业业,教授良多,儿臣受益匪浅,感激不尽。想回去不过是因为当初父皇把儿臣从书房提出来单独管教的目的已经达到了,上次宫测儿臣是榜首父皇还记得吧?

"二则是掌印身兼数职,近来朝务繁重,再让掌印如此操劳,儿臣于心不忍,正巧那日路过西苑,碰上教长诵的老翰林,他也说南书房没了儿臣居然还有些无趣。"

讲到后来,这番话已经不知是在对齐盛帝说还是在跟殷淮说:"儿臣的学习和生活总归是要回到正轨的,早回去晚回去别什么差别。掌印这段时间教的,学生终身受益。"

一番话有理有据,条条是道,想必是早就想好的,落在殷淮耳朵里,像一番蓄谋已久、迫不及待的告别。

齐盛帝本也不乐见任何一个权臣和皇子交往过密,试探道:"殷爱卿的意思呢?"

殷淮还能说什么,嘲讽地勾起嘴角:"全凭殿下心意。"

齐盛帝:"好,那此事便这么定下,舟儿可还有别的要求?"

齐轻舟道:"还有一事。"他帮皇帝牵住相后,又答应了百花宴,条件可不止于此。

皇帝:"说。"

"既然父皇提了臣做议事阁领中,那臣想要几个人。"

"你想要谁?"

"太学同行张鹏升。"

"准。"

"文院涉及宫密隐章，又远在西宫，儿臣认为一直让宫外之人进内搜寻大有不妥，不如把巡卫交还御内侍卫。"此前一直由东厂巡查，"无翰苑令不得随意闯入，往后密件专阅亦不得跨级，来日儿臣会上书一份具体谏折递给父皇过目。"

"准。"

齐轻舟听到齐盛帝答应得爽利，本以为心里能落得一丝轻松，事与愿违，不知为何，有更沉重的石头压了上来。

柒 大梦

焰莲宫。

殷淮怒不可遏，紧紧拽着齐轻舟快步走进房中，屏退所有宫人将房门一关，怒极反笑："殿下好本事，当真令臣刮目相看。"

齐轻舟平日里跟他闹别扭的小打小闹他无所谓，但今日他是真的动了怒。

压力如山般罩下来，压迫得齐轻舟一步步退后："我说得不对吗？我总要回去的，不可能一直待在焰莲宫。"

"为何不可？！"殷淮蓦然提高音量，细长眼角发红，眼底幽深的情绪粼粼微闪，压抑又汹涌，看得叫人心惊，"臣说的话殿下一句也没有信过是吗？"

齐轻舟从未见过这样的殷淮，具有侵略性的眼神，带着意味不明的审视，让人无处可逃。

讥讽的笑容，通红的双眼，他心中升起阵阵惧意，直到退无可退。

以前他怎么会觉得殷淮像仙狐，像仙鹤呢？这分明是一条吐着毒芯的蛇啊。

"是臣太宠着惯着你了，"殷淮扯着唇角冷笑，如一只皮毛漂亮但性情凶狠的野兽正逼近猎物，"殿下知道臣最讨厌什么吗？

"背叛。

"今日殿下搬出帝后摆脱臣，然后呢？你要怎么办？

"他日你又要搬出谁摆脱他们？靠你自己吗？

"这世间谁还能给你庇护？护得了你？殿下，你的退路从来都只有臣。"

男人眼中蓄起暴风雨般的狠厉和冰冷："不要再妄图挣扎，臣想要的，就一定会得到。殿下听话，臣就会真心相待，赤诚相辅佐。殿下若是不听话，那臣便少不得使些手段。

"上回的于家殿下这么快就忘了？下回是谁家臣就不知道了。

"年迈的陈国公，还是驻军疆外的陈将军？"

齐轻舟犹如遭到当头一棒，双目赤红，咬牙道："你敢？！"外祖父和舅舅是他最碰不得的底线，殷淮居然拿这个威胁他，不，这不是他的掌印，这是个冷漠残暴的阎罗恶魔。

殷淮目光锐利的黑眸深不可测，盛气逼人，字字清晰："臣有什么不敢的！"

殷淮口口声声称臣，可那狂妄恣意的姿态明明就是一个睥睨众生、生死予夺的君王："殿下根本没资本和臣谈这些，殿下能做到的，都是臣让着你的，殿下还是乖乖听话，哪儿都别去，就什么事都不会发生。"

殷淮逼迫他："说你会相信我。

"说你会同我一起走那条路。"

齐轻舟恐惧的神情、激烈的排斥像一根根针扎在殷淮眼里，狠狠刺痛心脏，殷淮几乎丧失了理智。

齐轻舟眼眶通红，殷淮以前从没这么对过他，被欺负狠了的齐轻舟心里忽然爆发一股巨大强烈的委屈，他挣扎着侧开脸，尖声道："你算什么东西？一个心狠手辣、卑鄙丑恶的宦官也配和本王说相互扶持！做梦！"

话一出口，齐轻舟就后悔了。

殷淮一僵，原本的距离倏然被拉开。

完蛋了，齐轻舟脑海里只有这一个念头，心脏停了一秒后，疯狂涌上失重感，仿佛水波湍急流动，山岩崩塌瓦解，他慌张地伸手去够那一片云袖，只打了个擦边。

紧皱的眉眼展露了他的心虚和着急，慌张写在脸上，手脚无措，他怎么能拿别人的最痛的伤疤来攻击人呢？

再生气也不能说这种话啊。

"掌印……"

"对不起，我不是……"

不是什么？

殷淮脸色极其难看，仿佛受到了巨大无比的冲击，那样无坚不摧、坚挺如玉山的人竟也站不稳似的后退了一步。

过了那一瞬剧烈的震惊后，面上的表情才恢复往常的镇定，只是久久地凝视他不再言语，眼底泛起的激烈情绪不断翻涌，最终却又归于平静。

他……想过很多种理由，唯独，唯独没有设想过这一种。

如果不是尊贵的小皇子今天当面来提醒他这一点，连他自己都快要忘了他是这座皇宫里最低微不堪的存在。

一个东厂的太监，一个底层的奴才，说出口都让人觉得不齿、毫无尊严。

是凶狠残暴的野兽，也是低贱卑微的蝼蚁，苟延残喘地沉在腥臭的沼泽里，麻木于权欲的漩涡和永无止境的仇怨纠葛，直至失去生命。

这才是他应有的、匹配他的一生。

渴望温暖的阳光和鲜活的色彩，是他太自大了。

只那么一句话就让他感到无地自容。

"殿下说得对，"殷淮忽然掀起唇角，自嘲一笑，平静而认真地说，"你走吧，臣放你走。"

齐轻舟心里一慌，明明应该是他生着对方的气，可对方震惊、受伤再到平静的表情让他心底无端地涌起巨大的无措与痛苦。

即便掌印威胁他，他也不能对掌印说出这种话。

大概没有人会相信，等他反应过来自己脱口而出的这句话是什么意思时，它就化成尖锐无比的刀狠狠地反插进自己的胸口。

它的威力施于殷淮之身，也千倍万倍地反噬在自己身上，除了震惊、错愕，竟然比当初知道殷淮骗他还要难受窒息。

大概是在齐轻舟模模糊糊的潜意识里，即便他和殷淮有隙、争吵甚至决裂，这种话都是绝对不可以说的，说出口就再无挽回的余地，他从来都知道殷淮最介意的是什么，是他恶劣，捉人痛处有恃无恐。

曾经他绝不允许旁人提一句殷淮的不好，一个字就能让他拼命，可今日他的理智仿佛被烧光，亲自执起刀做了那个曾经他最厌恶的刽子手。

他怎么变成了这个样子，理智全无，面目可憎，他无计可施，只能止不住地说对不起。

齐轻舟小心翼翼地靠周身冰冷的殷淮，企图伸手去够他的衣角，恳切地喏嚅道："对不起对不起……掌印，对不起……"

伶牙俐齿的齐轻舟从未着急无措得说不出一句完整的话来："我……我……你……对不起。"

殷淮堪堪偏开，站在一个离他克制而礼貌的距离，整个人都变得很冷静，低垂着头，看不清神情，与方才的模样判若两人。

可这份冷静镇定却令齐轻舟心慌。

殷淮像是想通了似的，声音不掺杂一丁点感情，像在客观地阐述一个事实："殿下说的没有错，是臣僭越，想攀附殿下，请殿下恕罪。"

齐轻舟最怕他这副软硬不吃的模样，一下子觉得特别委屈，眼角的泪水没有忍住，唰地一下流出来，红着眼眶凝噎，大声辩解："我我，我没有那个意思，我都说了我不是故意的了,你还想怎么样!

"明明就是你先欺负我的!"

他就是气不过殷淮一副万事尽在掌控之中的姿态,还威胁他,这不是他认识的殷淮,谁能把他以前的掌印还给他。

殷淮望了一眼那圈红得像只兔子的眼眶,心下一痛,面上丝毫不为所动。

无心之言,往往就是刻在潜意识里的。

殷淮向来最善观人心,是他逼急了小皇子,他才在情急之下将心底里最深处的想法吐出来。

再麻木不仁、暴戾狠绝的人也有心,也在自己看重的人面前低如尘埃,怕自己不好,怕被对方厌恶嫌弃,怕被看不起。

万人唾骂殷淮都可以当耳边风,唯独齐轻舟,他的一句话重至千斤,会让他比当年受过的所有屈辱的总和更难受。

他试过了,争取过了,还是不行。

"是,是臣强迫殿下,逼迫不遂,如今臣放弃了。"殷淮手握成拳,眼底一片荒芜,指着门口,"请殿下快快离开吧,趁臣还没有真正做出伤害您的事情之前。"

齐轻舟脑袋嗡的一声,眼里充满震惊与不可置信,殷淮竟然赶他!这些天明明是他把自己的翅膀折断了,囚禁在这片牢笼里。

心下一片兵荒马乱,齐轻舟拽着他的衣角,一个劲儿地摇头,甚至急出了哭腔:"我说了我不是那个意思,你为什么不相信我!你故意的对不对!"

殷淮神思恍惚,他们怎么就走到了这一步,他们是怎么走到这一步的。

齐轻舟的无心真言像一盆冷水兜头浇下,殷淮才得以从扭曲的心魔中抽离出来审视这一切。

下定决心软禁人的那一刻是收到密报,陈家副将坐镇边关或有叛逃之心,近日回京叙职或将对淮王出手。

说来也怕小皇子不信,这位老将曾在十三年前陈皇贵妃一案中将齐轻舟和老国公摘了出来,如今他是受丞相威胁还是人心易变,不得而知,两方具体达成什么协议也暂未有头绪,对方确实也还未有任何行动。

彼时小皇子已知晓他此前所作所为,心生嫌隙,信任一旦有了裂痕便再难重建缝补,只会将这又当成他为求和不择手段、冤屈忠良的阴谋。

再说,他亦不愿告知齐轻舟这件还未铁板钉钉的事,这天下人心易变的事太多,小皇子心里自小敬重这位外祖父的挚友、救命恩人,可这世间没有永远的情谊,人心难测。小皇子知道了,只怕又要伤心。

后来，当他真的把人困住，齐轻舟那样激烈消极的反抗让他心寒。

齐轻舟越排斥反抗，他就越专制极端，这是一个死循环，真是可笑又荒唐。

殷淮垂眉，他自诩精明过人，对一切运筹帷幄，却还是在执念中自乱阵脚，患得患失。

他大概真的不懂如何待一个人，总以为把人紧紧攥在手里就能陪伴一个人，甚至真的想过将小皇子的翅膀折断，永远困在自己身边，寸步不离。

实在错得离谱，他的逼迫让齐轻舟痛苦，逼着逼着，逼到无路可退，就把恐怕连齐轻舟自己都没意识到、深藏的话也逼了出来。

这已非真与不真、信与不信的问题。

真心与信任，一切的开始与基础，是平等。

高傲如殷淮也不得不痛苦地承认，齐轻舟看不起他，远比齐轻舟不信任他、不理解他更让他难受自卑，更无地自容。

因为齐轻舟不信任他、不理解他，他可以努力。

可世间上，唯独"看不起"这件事，他没法努力。

他改变不了自己低贱如蝼蚁的出身，改变不了自己确实是个遭人唾弃的宦官的事实，也改变不了自己已经渗入骨髓的残暴秉性和阴损丑陋的心肠，这是他的本性，这是真实的他。

是再滔天的权势、再俊美的皮相、再奢靡的排场亦无法粉饰的。

不过，真要论起来的话，他不也仗着地位的不平等才禁锢了齐轻舟的自由，威胁他留在自己身边的吗？所以如今引起了他这般剧烈的反抗和痛苦的挣扎。

他都没有做到的事情凭什么要求别人？

所以他们的关系一败涂地。

齐轻舟一错不错地盯着殷淮的脸，见他一动不动，迟迟不语，抖着声音虚张声势："难道不是掌印先威胁我，截取我的信件，不许我与人见面吗……"

殷淮仍是安静地凝着他不说话，他的声音不自知地又染上慌张无措的哭腔："我……我都不计较了，你也当作没有听到我刚刚那一句好不好？有什么事情我们可以……"

"殿下。"殷淮平静地打断了他。

齐轻舟心尖一颤，仿佛预感到他要说什么似的，几近崩溃，抢先喃喃道："我都说了我不是故意的！！我心里从来没有这样想过，你知道的，殷淮，我绝对不会那么想！我怎么可能会那么想，就是你那样逼我我情急之下气你的话，你不能当真！！"

165

他哭得那么可怜:"殷淮,你不能得理不饶人,不能揪住我的一句无心之言就——"

"殿下。"殷淮又一次打断他,还是垂眼不看他,双手负在身后,忍着喉咙的剧痛,低声道,"殿下没有错,不必再道歉,那些话是臣说的,那些事臣也的确做过,是臣逼迫殿下在先。"至于其他,没有其他了。

他也相信齐轻舟不是故意的,没有刻意地想要低看他。

只不过是一句无心之言。

最伤人的是无心之言。

那种经年遭人冷眼、看人脸色的卑微感和敏感像刀刻进殷淮血骨中一般,时刻提醒着他的遭遇和身份,他花了很多年时间才学会如何与那种深入骨髓的"自我厌恶"和平相处。

可他的冷傲自矜与无坚不摧在自己看重的人面前早已形同虚设,那句话却把他最后一块遮羞布也彻底撕破。

殷淮舍不得怪齐轻舟,他相信他还是那个性情仁善的好孩子,只不过自己不是个睿智成熟的老师,他变得极端,险些也将齐轻舟逼得扭曲,他确实不配为人师表。

"是臣有错在先,无可辩驳,殿下还是……"话未说完,忽觉喉头一腥,就听见齐轻舟一声疾呼:"掌印!"

殷淮头重脚轻,抬起手背擦了擦嘴角,一抹鲜红的血,大概是今日心疾气盛,忧思深重,血气逆行。

那抹刺眼的红几乎让齐轻舟心跳停止,大口喘着气,他现在终于知道了,比起殷淮威胁他、禁锢他,他更受不了亲眼看见殷淮受伤。

他慌张上前扶住殷淮:"掌印,你身体怎么回事?是冰蛊又发作了吗?难不难受?你先坐着我去宣——"

"不必,"殷淮这些年从来都是光鲜亮丽视于人前,从容、无坚不摧,此刻自觉万分狼狈可悲。

他面色苍白地将齐轻舟温热的手指一根一根掰开,自嘲地勾了勾唇角,低叹一声:"臣无事,殿下还是快离开吧。就当是……给臣留一点最后的自尊和脸面了,好吗?"

齐轻舟被"请出"焰莲宫,失魂落魄,直到如今,他依旧不敢相信自己真的说出了那样伤人的话,时间越长,心中悔恨感越强。

曾经殷淮自己不介意的事,他帮殷淮介意,殷淮不在乎的事,他帮殷淮在乎。

可如今竟是他自己握着最尖锐的利剑亲手插入殷淮的心脏。

再怎么样，他都不应该说那样的话。

这个世界上大概不会再有人相信他，他真的从有过一秒那样的念头，可说出去的话泼出去的水，他亦无法再自证这真的只是自己的一句气话。

齐轻舟痛苦地捂住了脸，指缝全是湿漉漉的眼泪，眼前一次又一次闪过殷淮那双震惊、愤怒又哀绝的眼睛，浓重的难过与心死叫他痛不欲生，仿佛他的心也一起被这股绝望而窒息的洪流淹没了。

那日宴会后宫里不少人看起了热闹，九千岁与淮王师徒生隙，一时间流言四起。局势有变，各方势力各自打起算盘来。

唯一的好消息的是陈国公的身体并无大碍，只是天气一冷偶染风寒，他看外孙身形单薄，愁容满面，外边风言风语，前些日子又一直联系不上，想问问他与殷淮之事又不好开口，只是皱眉叹道："从小到大，还未见过殿下苦恼成这样。"

齐轻舟是个洒脱性子，生气的不高兴的事都记不了太久，可这回回来整个人仿佛被抽走灯芯似的，眼中再也没有从前那种神采奕奕的亮光。

也不再爱说话了，不再像以前那样叽叽喳喳，一整天不吃不喝，像失了魂。

齐轻舟苦笑道："外祖父，我没事，您别担心。"

立冬将至，国公夫人命人将炭火换了新的，

大堂里一下子暖和起来，齐轻舟无神地道："好暖和。"

老国公说："地暖换了，下半年上边拨下来的份例就涨了不少，御丞司又过来将府里的供暖都修整了一遍，你外祖母腿脚的风湿舒坦了许多。"

齐轻舟慢了两拍才转动眼球："御丞司？"

老国公也奇怪地看了他一眼："殿下不知？"

"后御丞司又派了人修缮林园、添了名器，派太医定时看诊。

"你外祖母几回半夜病发，幸得张医正妙手回春。

"臣以为是殿下向上面求的恩典。"

齐轻舟干涸的嘴唇张了张，好一会儿才能发出声音："不是孙儿。"

爷孙俩你看我我看你，对视了许久，老国公目光一凛。齐轻舟心里一跳，目光闪了闪，低下头。

老国公若有所思，忽然站起来，回屋里拿出两封家书："殿下看看这个。"

"你两个舅舅最近信上说到下半年来军饷提涨，草粮充备，还有……"

齐轻舟咽了咽干涩的喉咙，心脏仿佛预感到什么一般，跳得极快极凶，几乎就要蹦出他的胸前。

"何忡、田裕都被换下去了。"

齐轻舟猛然抬起头来。

这不可能！

田何一党是齐盛帝放在军中盯梢的副将，是监视，也是牵制，二人属不同军系，在军中营党结派，主将的谋策常常无法完全施展，贻误战机。

齐盛帝别的本事没有，制衡那一套倒是用得炉火纯青，只是制衡过甚则生疑，将领不和，兵力不团，士气不凝。

且齐盛帝的武将多不得善终，不但要抵御外部敌军的侵扰，还要时刻警醒朝中动向。如若没有在战时掌握兵权，届时必逃不过狡兔死走狗烹的下场。

前人的血泪教训已足够多，这不得不让各部武将人人自危，一门心思放在敛权势、揽兵力上，无心作战，胜仗自然就越打越少。

如今田何一党撤下，便意味着北疆、南海的军权变成了他们陈家一家独大，兵权日益稳固，甚至说一句完全掌控也不为过。

半壁江山，再无人能与之抗衡。

陈氏二将暗中谋取数年而不得的功业竟在这短短半年之内完成了，这是之前想都不敢想的事情，仿佛背后有一股无形的助力在默默推动。

这股扶云直上的清风从哪里吹来的，现在他们都心知肚明，老国公与齐轻舟相视无言，一个肃穆沉思，一个咬牙目红。

齐轻舟心头发酸，像是被什么东西重重碾了一下，又像被扔进油锅里煎了一回。

殷淮到底是从什么时候开始为他和陈家铺的路？为这些筹谋了多久？除皇帝的人、拆解兵权又要付出什么代价？

冀北之地，东瀛之边，多少方军霸像红了眼睛的狼盯紧这块肥肉。

即便殷淮权势滔，但要在短短的时间内铲除各方军权阻力也绝非易事。

何况殷淮还是万人唾骂的宦官，阉党碰兵权本就是大忌，这会在朝中掀起怎样的腥风血雨，他不敢深想下去。

殷淮从很早很早就收手了，但从不在自己面前提一个字，还佯装拿陈家威胁他。

他什么都不知道，只会躲在掌印背后安享其成，最后还反咬一口，对一心向着他的人说了这么多难听的话。

"这般说来，巡视的那些人也是督主派来的。"

"什么人?"

"管家说近来府邸周围戒备森严,那日吕夷侯从南疆回来,说到府上叙旧,不知为何到了门口却又过门不入。

"后又约派人我到酒楼叙旧,乐水汀便出了火灾,有人暗中相护,我同你外祖母无碍。"

"外祖父怀疑吕伯父?可当年……"

老国公摇摇头:"父不由子,吕家老大调到户部了,很多事情就未必由得他本心了。"他世事见得多,对人心易变倒看得很开。

齐轻舟心头一撼,那当初掌印费尽心思将他困在焰莲宫是不是也是为了护他周全。

议事堂,齐轻舟心不在焉,张鹏升与同僚对视一眼,心下叹息。

他们在做秦郡的乱民安置,这是淮王殿下入议事阁后的第一桩大案,朝野后无数双眼盯着,就盼着他们出错。

可谁料到东厂那位早在之前就已经将流民地做过了排查分流,他们的工作量骤减。

且秦邵乃仕学重地,盛产激愤文人,是反东厂铁血手腕的头号阵地,屡压不下,殷淮早前下令将几个怂恿煽动的头子处理了,以杀鸡做猴。

齐轻舟竭力阻止,文人傲骨,如此必将引起民心暴反,局势不稳。齐轻舟每每梦到前朝权臣死在暴民乱棍之下都一身冷汗,殷淮再权势滔天武功高强,也不能与天下之力作对。

两人起了口角,恶语相向。

掌印总以为他是向着世家言官,他也总以为掌印生性狠厉残暴、一意孤行,其实殷淮在背地里早已为他改变原则、妥协良多,但他们都犟得很,执于怄气,谁也不肯先服输,只想对方为自己让步,把拉扯僵持延伸到寓于政事的角逐博弈上,所以到头来玉石俱焚。

齐轻舟麻木地秉笔,胡乱翻着宗册上的一条条启奏,原来掌印从那么早就开始为他铺好了路,那些他曾激烈反对过的策令,掌印全都压在了最后一步。

他不许掌印做的,掌印就真的每一件都留了余地。

想来殷淮那样强势傲据的人,敛了自己的利爪,收了原本的心性,也只不过是想听一句他的认可与服软,想有个人与他站在同一侧面对满朝文武的征讨攻伐。

他没给,他只给掌印留了一句"卑劣奸佞"。

齐轻舟木着脸，几人奋笔疾书赶制出诏策，太子挡了回来，丞相麾下六部的审查也没过，并构陷张鹏升底下一人与流军有勾结之嫌。齐轻舟冷笑，如今倒真切地觉出几分入朝议事的不易。

那掌印这么些年是怎么过来的。

齐亦风那头讨不着好，大发雷霆，殷淮仿佛未卜先知，齐亦风想往齐轻舟案件入手的地方也都早就处处被堵上了墙，密不透风。

齐轻舟身心疲惫地回了国公府，有客，竟是严太师，这位他在掌印书房见过几回的大人物竟是老国公旧友。

齐轻舟淡淡地打了招呼："太师在听戏？"

严太师浊黄的眼瞟了下他怀中沉重的谏折，道："老臣许久没听过这一出了。"

台上在唱《长胡怨》，讲的是新进状元陪年轻帝王除外家、集皇权、建朝纲、退外敌，一路走来，相互扶持，共度风雨，终于实现安天下立盛世太平之宏图愿景。

奈何世人往往能共苦，却难同甘，权势之下，流言蜚语，君臣之间互生疑心。

当年智谋双全傲骨清高的少年郎已位极人臣，权势滔天；彼时的少年帝皇也不再有当年疑人不用、用人不疑的胆魄与自信，朝堂开始了新的一轮争权夺势。

"旧时月，汉阳关，一腔忠血难照还。"

曲调哀婉又炽烈，唱的是权臣对那个会心信自己的少年帝王的怀念，是帝王对当初那个不顾一切追随自己的状元郎的追思。

严太师随口道："帝王与将相相交，少有落得完满的。"

齐轻舟忽而直直地瞪着人。他听不得人这么说，仿佛是一种暗喻。

老者被他犀利的目光看得有些好笑："老臣说得不对吗？"

齐轻舟不愿要这样不吉的隐喻，冷道："我不是。"

"他也不是。"他不是戏中那个薄情寡义的少年皇帝，掌印也不会是那个身死惨烈的权臣。

严太师似讽似笑："可老夫怎么觉着，殷大人还比不上这权相呢？"

"什么意思？"

"只怕这世上也唯有殿下一人敢让殷大人吃这么大的哑巴亏。"

"殿下应该不知道，西蜀那群游寇，里面有大齐的居民，督主让他们都进军编了。"

殷淮本来是为防齐民寇化，打算格杀勿论、一个不留，可不知怎么到了最后一刻又改了主意。

严太师听殷淮自言自语道："算了，全处理了他又该气恼了。"

"……"

"殿下知不知这番周折险些让督主身陷险境，言官将暴民动乱之罪推到他身上去，他便只好亲自去摆平异动、堵人口舌。"

齐轻舟急了："掌印有没有事？"

严太师可不像别人惯着他："有没有事殿下得自己去瞧。

"陈将军得以在边疆安然无恙，督主付出了殿下无法想象的代价。

"跟殿下说这些，不过是看不得督主形销骨立，无心上朝。时机不待人，也容不得人分去半分心神。

"老臣若是早知道殷大人能为殿下做到这一步，当初是绝不会选择与他共谋的。"他有他的大仇要报，当初就是看殷淮行事狠厉。

最锋利的剑不能有弱点。

"这并非臣认识的督主，凡事无论黑白不留余地才是他的作风。可是后来一想，又明白了。是苍生承了殿下的福泽，为了殿下，他变得有顾忌了、柔和了，更像个人了。可是——

"也有弱点了。

"有软肋，有慌乱，有失控，有求不得，有意难平，就会有自乱阵脚。

"他太狠了，也太苦了。"

对别人狠，对自己更狠。

"他这个人，从不觉得自己错了，他永远是对的，错的到了他这儿亦是对的。唯有贵妃陵宫一事，他见你哭得太伤心，问我这次是不是真的错了，老夫说，往大处看，是没错的，他说还是错了。

"老臣并非要为谁辩解，只是皇贵妃陵宫渗水一事确实是相后所为，督主未加阻止，顺势而为。后见殿下实在太过心伤，贵妃新陵迁址是他去和皇帝换的，他说你说娘娘不想入皇室宗族玉碟，他领了罪，说此事司礼监亦难辞其咎，拿自己的陵址去换。"

齐轻舟震惊地抬头。

严太师问殷淮："督主知道这意味着什么？。"

殷淮不说话，严太师道："意味着督主身死尸骨无所依，荒野孤坟无人问。"

殷淮无所谓："本督本就孤身一人，届时如何死的都尚未知。"可他看不得齐轻舟的眼泪。

齐轻舟一颗心脏仿佛被人攥在手里重重捏了一下，又酸又痛。他从没想过我行我素、唯我独尊的殷淮能为他妥协到这一步。

"那他为什么要认？"

"这大概是他做的最后悔的一件事。他始终认为，没有阻止，便与他做的无异。"

台上的戏已经结束，可齐轻舟出不了戏了，他有些痛苦地闭上眼睛。

在他怀疑、猜忌的时候，殷淮早已默默做了许多，走了很远，那些改变，他视而不见。

从未设身处地地想过掌印的处境，所以总以为他无所不能、刀枪不入、百毒不侵，可这个人也不是钢铁做的，他也会伤心难过，他也会失望落寞。

他那样一个站在风口浪尖的人，要应对多少朝堂之上的口诛笔伐，而他全力护着的人竟还质疑他、讽刺他、侮辱他。

齐轻舟为自己感到羞愧，他自诩信任掌印，口口声声指责掌印辜负他的一番情谊，可他的信任那么脆弱，不堪一击。在指控别人对掌印的诋毁污蔑时振振有词，可到了自己身上却一叶障目。

老国公出来见二人气氛不对，唤孙儿去尝甜点，齐轻舟失魂落魄地道："不吃了。"

回屋里躺在床上。

他想掌印了，从前人在身边时他觉得殷淮强势、极端，像湍急的漩涡要将他浸溺窒息，而如今他离开唯一的方舟才发现外面的疾风暴雨更加汹涌，他又怀念那片温暖安全的羽翼。

院子里的梅香混着夜风徐徐窜进来，他糊里糊涂地闭上眼，迷迷蒙蒙做一场大梦。

书，好多书，是万钟阁。

他躲在角落找几本宫藏典籍，守门的宫人没注意，落了锁，将他关在了楼塔的顶阁里。

冬日的傍晚，日头西沉，最后一丝余温被带走，藏书阁里灯火全熄，地龙也被关了，阴风在空旷的书架间来回穿梭扫。

宫殿门窗严实，透不进一丝光，齐轻舟拍门呼救，没有人来。

浓重的冷与黑让他又浮现小时候被李后关在严华塔的黑井里的恐惧。

瑟缩成一团猫在书堆里，用一本本典著为自己筑起一小圈，全身上下僵成一团，唯有湿润的眼眶是热的。

不知道过了多久，门口传来急促的开锁声响，一个笔直的身影仿佛一把利刀般直直破开那扇厚重高大的宫门，也破开了窒息的漆黑与阴寒。

混沌之中，一双有力的手臂稳稳地抱起了蜷缩在角落的他，擦去了凝滞在眼角的泪水。

肆虐的风雪像刀子一样刮在脸上，那个人身边很暖，秃落的枝丫、萧瑟的宫道、寂静的雪地，天地万物间仿佛只剩下他们两个人。

外面天寒地冻，风霜肆虐，他却拥有了一方温暖炽热的天地。那种妥帖放置的充实感和安全感让他觉得前所未有过的幸福。

被找到、被接住、被带走，眼眶又不争气地热了起来。

前方飘来一阵大雪，又回到了天气还没这么冷的时候。

齐轻舟看见梦中的自己从床上爬起来，没惊动宫人，随便披了件外衫打开房门。

"吱嘎"一声，对门也开了。

齐轻舟惊讶地抬眉："掌印也睡不着吗？"

"不是。"殷淮只披了一件很薄云衫，"臣知道殿下没睡。"

齐轻舟张了张有些干裂的嘴唇，低声道："你记得啊？"

明日就是他母妃的祭日，不知是有心还是无意，近日皇后在宫中领众妃为皇帝素斋祈福，又为太子请了灵台仙师念诵超度，为了不冲撞，其他的祭拜法事自然不能再提上议程。

齐轻舟愁得睡不着觉，又气又恨，在宫中私烧香火是大罪，尤其是在皇帝如此信道奉佛的局势下，也许明日他连光明正大悼念自己母妃的机会都没有。

殷淮直接跨步走过来，弯下腰看他愁苦的脸，安抚道："臣命司礼监为贵妃准备了一些桃笺和纸鹤，还有牌鉴也擦干净，殿下清早可——"

"不要！"齐轻舟说，"不要。"

会给掌印惹麻烦的。

得罪皇后倒是没什么，但皇帝最信神佛，钦天监那边已经在相后的示意下出了这个月的星律图，这几日都是最适宜皇帝生辰八字灵修的时段，若是让他觉得祭拜陈皇贵妃会阻碍到自己的修仙大业，殷淮再权倾朝野也落不着什么好。

殷淮沉声道："臣不怕。"

"不要了，"齐轻舟不愿意，推着他往外走，"我睡不着，掌印陪我出去坐会儿就好啦。"

春天的良夜，繁花开得无声又热烈。

两人坐在冰凉的石阶上，沉甸甸的松果自枝头落下，砸到了齐轻舟的肩上，也不怎么痛。但今日他心里格外难受，憋了一肚子气无处可发，一点点小事亦能委屈得不行，像只苦闷暴躁的兽类幼崽。

殷淮只好哄道："没事，没事。"

有人陪在身边，齐轻舟心里舒服许多，殷淮也不讲什么安慰的话，只陪他静静坐着了一夜。

坐到齐轻舟熬困了眼，迷迷蒙蒙中，殷淮听见他含糊的梦呓："掌印，你好像我母妃啊。"

"……"

目光迷离的人还傻乎乎甜笑了一下："真好。"说完便彻底睡了过去。

殷淮叹了声气，将人送进了屋。

次日，殷淮带齐轻舟去了一个离京中很远的寺庙，没有随从，两人骑马也花了大半日。

松云寺香火很旺，日落黄昏时香客依旧络绎不绝。

殷淮将点好的香递给齐轻舟，齐轻舟虔诚叩拜，又在心里与母妃说了许多话。往年都是他一个人偷偷祭拜母妃，今年有人陪着感觉大不一样。

齐轻舟掀开一只眼偷看这个人，觉得他真像神仙，但这话他不敢说。

殷淮静静等他，齐轻舟问："掌印不上香和求愿吗？"

殷淮一边拂走他袖侧沾上的一点香灰，一边面无表情地道："臣不信这些。"

齐轻舟随他走出宝鉴佛殿："那掌印怎么带我过来？"

"命道不偏爱臣，所以臣不信，"殷淮看了他一眼，认真地道，"殿下与臣不同。"

"殿下是福泽隆盛之人，八方仙佛都会喜爱、庇护殿下的。"

齐轻舟被他夸笑了，来时还有些阴郁的心情好了许多，又问："那掌印信什么？"

殷淮看着他，缓缓道："臣信殿下。"

信殿下是值得器重信任之徒，是可以相携并肩之友，是值得托付之君。

齐轻舟听见他诚恳地说："殿下便是臣的神佛。"

"臣是殿下的信徒。"

齐轻舟咧开嘴笑说："掌印又开我的玩笑。"

殷淮眼神里多了一丝遗憾与无奈，随即也勾了勾唇："殿下不信便罢了。"

至此，所有的梦境被风吹散，齐轻舟知道自己的梦醒了，可他挣不开眼睛。

一股沉重的压力抵在他的眼睫上，挣扎的梦呓和细细的咽声从嘴里絮絮挤出来。床上的齐轻舟紧闭的眼角流出两行清泪，整个人困在梦魇里醒不过来。

齐轻舟知道他在做梦，但也知道此刻他整个人都无比清醒。梦境清晰真实，就好像发生在昨天。他在现实里看不清的东西在一场大梦里全看清了，当时不曾留意的种种细节再回过头来重温、拆解、品味，他就什么都懂了。

他怎么会怀疑掌印呢？

所有被藏在心底的心疼、怜惜和敬重都在这一刻袭向心口，像一股从山顶蓄势奔涌而下的灵泉，穿过岩石、越过山丘、淌过森林，无可阻挡，热烈又真实地冲击着他的脉搏，重得他快要承受不住了。

他醒过来之后会不会就忘了此刻的感受？

不会，即便在梦里的齐轻舟也确定，他看清楚了自己对掌印的真心就再舍不得忘记。再也没有谁能给他这样重如千钧的生命印记和万般沉厚又静水深流的关怀和爱护。

连着几日大寒，整座宫城素裹银装，大大小小湖池结了冰。

积雪三尺，宫道难行，稍不留神就会摔，出来活动的嫔妃与皇子公主渐少，墨梅冬菊自顾自开了满园也无人去赏。

巡检的徐一刚瞧见一片云纹的衣角马上掉头就走，一个本应还在身后的身影倏地展开双臂拦在他身前，徐一吓一跳，露出为难的神色："殿下，您……又来散步？"

淮王殿下近来每日都在雪最大的时辰出来散步，恰巧回回都是他当值的点。

齐轻舟神情迫切，疾步过来开门见山，还是那一句："掌印今日在吗？"

出差、巡军、当值……今日又是做什么？还有什么借口没用过？

闭门羹吃了不知道多少回，不，倒也不能说是闭门羹，焰莲宫倒也没有怠慢他，唯独是见不到殷淮。

宫人们放他一个人独自在厅堂里坐着，好茶好果暖炉热炭伺候着，就退下了下去。

齐轻舟从天亮等到天黑，等到打起了瞌睡，头都快要从脖子上栽下去，仍是连那个人的人影都没见着。

心头泛起苦涩，齐轻舟锲而不舍，天寒地冻他日日点卯，拉住往日伺候自己的小宫女："莺玉，你们大人身体好些了吗？可有宣医正和吃药？"

那小宫女上回被殷淮迁怒险些没了小命，如今连带好说话的齐轻舟也一并害怕恭敬起来，战战兢兢地低身回道："回殿下，大人鲜少回宫，奴婢不知。"

齐轻舟失望张了张嘴，没说什么，马上又打起精神，拿出一个热袋和手炉。

热袋是他亲手做的，手炉上的花纹也是他亲手刻的，指尖长了一层薄茧和细密的伤口。

刻的是"福顺安康"，当初送殷淮那盏花灯的祝语，不知道殷淮还记不记得。都是些暖身的物件，已经到了一年中最严寒的时节，掌印身上的冰蛊又要发作了，以前发作的时候都是他帮掌印暖起来的。

掌印说他像天上的日头一样，又亮又热，他那时候还说冰蛊以后都不用怕了，他可以做解药。

"帮忙交给掌印好吗？他——"

还没等他说完，那小宫女便扑通跪下："殿下恕罪，奴婢不敢。"她没法告诉淮王殿下，自他走后掌印变得更森冷无常，这些天整个宫里的下人都是低着头、踮着脚走路。

齐轻舟心中又涩又苦，也不欲为难她，只是失落地道："好吧，那本王先放这儿。"希望不要被殷淮丢出门去。

走的时候有东西咬住了他的裤脚，低头一看，竟是雪狐。齐轻舟眼睛一亮，蹲下身伸手去抱它。

大概是这些天殷淮也不理它，雪狐寂寞，也不怨齐轻舟一走了之了，有些委屈地蹭了蹭他的手心。

齐轻舟看它皮毛不似从前亮滑，皱起眉心道："怎么瘦了？"

雪狐委屈地拱头。

"不开心吗？"

"掌印他还好吗？"这宫里的人一个个避讳不言，他实在无人可问。

这雪狐仿佛真有灵性，一提到殷淮名字，它就开始"嗷呜嗷呜"地叫，似委屈，似埋怨。

齐轻舟摸摸它的脸，小声恳求："你乖一些好不好？要是他回来就去哄哄他，宽宽他的心。他太辛苦了。"

雪狐不满地甩甩毛发，好似并不愿答应。

"有我一个已经伤透他的心了，你比我懂事比我乖，别让他心烦好吗？拜托拜托。"齐轻舟苦笑，他做不到的事只能拜托雪狐。

焰莲宫等不到人，齐轻舟便开始守司礼监和东厂议事堂。

徐一如实答道:"督主一大早就出去了。"

齐轻舟免不了失落:"掌印最近身体还好吗?"

徐一低下头不看他的眼睛:"暂无大碍。"

实则不然,前几日主子本该在宫中养着,但去平定暴民时血脉被寒毒侵蚀,疼得彻夜难眠,又因心病积郁险些……但主子不让说他就不能多嘴。

齐轻舟目光含着一丝微茫的期待和希冀:"那我之前写的那些信……掌印都看到了吗?"

殷淮不想见他,他就只好写信,写了好多封。

徐一确实也转交了。

"督主,这几封信是淮王殿下放进来的,您看是……"

殷淮近日夙夜不懈,批文连眼皮都未抬起,淡声道:"搁那儿吧。"

徐一斟酌着答:"督主近日手上有好几个棘手的案子,许是一时之间腾不出时间来。"

齐轻舟一动不动地任雪花飘落肩上,静了好一会儿才勉强扯了下嘴角,小声说道:"你不用安慰我。"

朝堂散后,殷淮和一位观念还称得上开明的老侯爷一边讨论着朝事,一边迈步走出议事堂,一眼就看到了雪地里站着的齐轻舟。

风声大,雪片也大,几乎要将他那不太能看的伞压弯。

站了很久吗?

小半个月不见的少年,瘦了许多,白衣玉簪,面容却不是很精神,也不比当初在焰莲宫养着的时候灵气。

齐轻舟就这么站在明晃晃的宫坛之上,夕阳和雪片的光亮浸满周身,也不管来来往往的朝官宫人,神情专注眼目凝重,又露出几分急切和紧张忐忑。

当自己的目光落到他脸上的那一瞬,他连眼睛都是亮晶晶的,似一把水洗过的星子。

也只是一瞬,殷淮便移开了视线。

齐轻舟看殷淮目无斜视地走过去,心里好不容易鼓满的勇气泄掉一半,像一株冬日里被狂风暴雪横扫的植物瞬间蔫了下来。

那个人依旧端然优雅,仿佛这些天在齐轻舟眼里满是灰暗混沌的日子不曾使他的衣袍沾染上一丝尘埃。

他追着那截白色的衣袂,急急喊了一声:"掌印!"

殷淮不得不停下脚步，拢了拢宽袖，微微鞠躬，语气平静："殿下有何吩咐？"

齐轻舟眸光黯淡下来，殷淮以前亦称他"殿下"，可是那意味和如今完全不同。从前是亲昵中含着一丝调侃，现在分明带着等级森严的生疏和拒人千里之外的疏离感。

对比未免太过明显。

齐轻舟大步走到他面前，轻声问："掌印离我那么远做什么？我……我只是想与你说些话。"

殷淮微垂着头，言简意赅："尊卑有别。"

齐轻舟脊背一僵，他那句无心之失真的就那么罪无可赦吗？即便早就给自己做好了心理建设，无论掌印对他再冷淡他都不会退缩，但还是脑袋一阵眩晕，手心发汗。

他鼓足勇气，嘴角扯出一个讨好的弧度："掌印最近身体好些了吗？最近是不是很忙？我去焰莲宫找你，宫人说你都不回去了。"

"臣无恙。俗务缠身，殿下若是没什么急事，臣先行……"

齐轻舟索性直接对着老王爷央求："皇伯父，我借掌印半刻钟，成吗？就几句话。"

这些天的风声老王爷自然也知道，意味深长地笑呵呵拍拍殷淮的肩，跟别的同僚一同走了。

殷淮不着痕迹地退了半步，严格地遵守着宦官与皇亲交谈的规矩与距离："殿下找臣是什么事？"

齐轻舟看到他下意识的动作，心里一痛，像只委屈的小狗巴巴地凑上前，好像只要他稍微眨一眨，面前这个人就会消失。

"掌印为什么躲我？连一面都不愿意见？"

殷淮撩起眼皮看他一眼，平静地道："臣没有躲，是真的忙。"这倒是没有骗他，近日南疆进犯，诸岛蠢蠢欲动，内忧外患，他确实无暇分心。

齐轻舟不敢再像以前那样对着殷淮发脾气撒娇埋怨，小心翼翼地低声问："忙到听我说几句话的时间都没有吗？"

殷淮不动声色："殿下有何吩咐，臣洗耳恭听。"

齐轻舟嘴巴张了张，一口寒气逼入口中，吞了下去，冷至心肺："掌印别这么跟我说话好不好，我心里难受。"

殷淮："理应的规矩捡起来罢了。"

齐轻舟拳头打在棉花上，泄气地抿了抿唇，又打起精神问："我给你写的信你看了吗？"洋洋洒洒几十封。

殷淮不想骗他，抬起眼帘，如实道："没有。"

这样冷的天里齐轻舟额头上还是沁出一层细密的汗珠，不知道是急的还是热的，他垂眼看着地面轻声喃喃道："我说了我那天就是逞一时嘴快，故意气你的气话，心里绝不曾那样想过，半分半分都没想过，掌印不相信吗？"

"你可以骂我打我，但是不要不见我不理我好不好？"

"殿下。"殷淮平静地叫了一声，像一颗石头掷地，落在静谧柔软的雪里，就更显得惊心。

慌张像冬日湖面上的水雾，看不清抓不住，齐轻舟越发惴惴不安。

殷淮实在很难忽视那双亮似星辰的眼眸，甚至下意识就想伸手去擦掉他头的汗珠，平日里习惯了，此刻硬生生地克制住。

他凝眸。

眼前这个人啊，明明说了那么残忍拒绝别人的话是他自己，可为什么脸上还是一副被欺负的委屈表情，叫谁看了都不能不动一分恻隐之心。

"臣不是赌气，"殷淮直直对上他含着期待和紧张的双眼，好声好气地解释，"亦没有再生气。"

齐轻舟一听他这么说，又要着急着解释，殷淮打断他："殿下先听臣说完。

"之前臣接近殿下确实别有用心，"殷淮为了他不再纠缠，一宗一宗数着自己的罪状，"殿下八字命卦泄露、皇贵妃陵宫渗水、宗室一案……凡是殿下查的都确有其事，也都是臣所为。臣就是如此残暴冷漠、弄权夺势、无所不用其极的一个人，殿下还想在臣身上吃更多苦头吗？"

他坦然得像一个君子，劝人趋利避害，仿佛之前那个狠厉残暴囚禁别人的月宫罗刹不曾存在过，却令齐轻舟感到陌生和心慌。

"可是明明后来那些事掌印也放弃了不是吗？"齐轻舟紧紧攥着拳头，牙齿因情绪过于激动而微微打战，"掌印不要为了逼走我就故意把自己说得恶盈满贯。我之前的话，你可不可原谅我？"

殷淮摇摇头："臣只是在说事实，臣与殿下生而天性迥异，有些事是命定的，再相处亦是日久生恨。

"如果殿下是要为那一句无心之失求一个谅解，那臣现在就告诉你，臣不生气，殿下往后大可安心。"

殷淮的语气很平静，就好像他自己说的那样，是真的不再为那天的事情生气，甚至带着一丝理解的宽慰和温柔，希望齐轻舟也朝前看，大可不必再对此事耿耿于怀。

这大概是最近这段时间以来殷淮对他说过最长的一段话。

可他心里的难受像水底的泡泡不可抑制般地一股气冒出来，最终肆虐成一场声势浩大的海啸，惨不忍睹，满目疮痍。

齐轻舟就是再蠢也听出来了，殷淮是要从今以后跟他撇清关系，师徒缘尽。

掌印那副模样就像是面对一个不懂事的孩子的态度，有点无奈，又有点纵容，但不再亲近。

殷淮的"不再亲近"，于齐轻舟而言就是一场酷刑，比生气、欺骗、责备更让他心头绞痛，意气难平。

殷淮用最温和的姿态画出了最分明的界限，不让齐轻舟走过去。

殷淮这个人，不让你走过去，你就一步都跨不过去。

日落西沉，雪中晴光。

冬日黄昏不带温度的晚照映在齐轻舟脸上，淡淡的亮色与雪光将他的难过与失落照得一清二楚，全然摊开在殷淮面前。

少年的眼里凝着泪，带着害怕被拒绝的恐惧又带着破釜沉舟的孤勇。

殷淮宽袖中的手指紧了紧，垂下眼睑，让宫人取了件大氅，递到他面前："殿下穿上回去吧。"

冷冽的声音像三月的湖水一样静，不曾泛起一纹多余的涟漪。

齐轻舟鼻尖发酸，语气却坚定："我不走，我还有事要和你说。"他当然知道这并不是一个说话的好时候，宫人来来往往。他也知道掌印也许已经对他失望透顶，不再看重，但他还是要争取。

"你也不许走。"他欲伸手去拉殷淮的衣袖。

殷淮抬手，堪堪偏闪，眼神带着无奈与一点点责备，像看一个不懂事的小辈一样。

他指了指不远处早就等在宫门的马车，尽量耐着性子解释："臣不是故意躲殿下，也没这个必要。张丞监就在那儿等臣，臣先行告退。"说完便头也不回转身离开。

"掌印！"齐轻舟急速上前跟了几步，就被那双大长腿甩开了。

宫墙外的天边，橘黄色的朝晖晕染了那个决绝的颀长背影，华丽又绚烂。

殷淮这个人，最是理智残忍，当他决意向你关上一扇门的时候，就再也不会对你多施舍一分感情。

掌印是真的不想再理他了。

齐轻舟这一刻终于认清了这个他一直在逃避的事实，讷讷地站在原地，心里空荡荡地漏着风，想哭却流不出一滴眼泪，任由手脚在冰天动地里僵硬。夕照殆尽，风雪又开始肆虐，一层一层地压在他一动不动的脊背上，像一座雪白的雕塑。

他又突然想起，掌印跟他说过，当年他被张常在罚跪在雪地里掌长明灯，是自己扔了个小暖袋给他。

可是如今他把自己的长明灯弄丢了，他的世界陷入了绝望的黑暗。

东厂议事堂。

殷淮的眉拧起来。

齐轻舟又来了。

雪断断续续，寒风呼啸，枝头结满冰凌，眉毛眼睫都沾了白，心里却一点不觉痛苦。

当初掌印也是这么等他的。

近乎自虐地，齐轻舟甚至希望风雪来得更肆虐猛烈一些，好让他更清晰深刻地尝一遍当初掌印在长欢殿外等他的滋味，那种冷彻心扉的寒意、濒临崩溃的绝望和无止境的等待。

殷淮却没有给他这个机会，提着一盏暖灯撩开门帘，朝齐轻舟走去。

不过几步，氅衣袖口便已沾上灰白雪屑。

"殿下请回吧，别冻坏身体。"不值当。

齐轻舟眼波微漾，随即心头涌上无边羞愧。

掌印外表冷淡漠然，可实际上是最心软的人，或者说已经把他所有的柔软都留给了自己。

明明已经不想再理会他，可还是因为天气太冷怕他冻伤就出来了。

可他那时候他明知掌印身患冰蛊，还让他在长欢殿外站了三夜。

齐轻舟越发悔恨自责，他就连做人也失败得一塌糊涂，恃宠而骄，性根顽劣，肆意糟践别人双手奉上的好意。

在掌印面前，他自惭形秽，无地自容。齐轻舟咬咬牙："掌印冷不冷？可不可以……带我进屋说。"他怕掌印的身体受不了风寒。

殷淮与他隔着一段不远不近的距离，先淡声请了安，婉拒道："不冷，殿下有事便在这里吩咐吧，屋里不便。"

吩咐。

不便。

齐轻舟嘴巴张了张,呵出一团白气,眼底微热,眼眶红了,低着头不敢让殷淮发现,吸了吸鼻子:"掌印这会儿气消了吗?我……我上回我有话还未说完。"

捌 最后一面

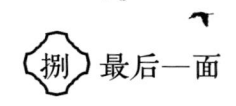

殷淮看着那双悲伤的眼睛，一瞬，又马上清醒过来："何事？"

齐轻舟却执着地望着他，求一个答案，好像殷淮还生不生气是一个非常重要的问题。

殷淮负手等了一会儿，没等到他说话，便直接道："殿下知道臣为何出来见你吗？"

现在连殷淮主动跟他搭话齐轻舟都觉得格外珍惜，忙应和："为何？"

殷淮直直地看着他，眼神无波无澜，语气也平直："因为臣意识到自己大概做了一个非常坏的示范，殿下有样学样。"所以他不得不出来说清楚。

齐轻舟无措又无解地张了张嘴。

殷淮毫不留情，一针见血："那就是企图利用糟蹋自己的身体去换取他人的不忍，逼迫别人做一些强人所难的事。"

他的声音又清又淡，在冬夜呼啸的风声里更分辨不出喜怒。

齐轻舟脸色刷地一白，这简直比最严厉的批评还让他难受。

殷淮看他脸色一阵青一阵白，人也在风雪里显得摇摇欲坠，大概是不忍，缓声道："不过这不能怪殿下。"

"是臣没有做好榜样，是臣先开的头。"他自嘲又无奈地勾了勾嘴角，"臣确实不配为人师表，说起来师徒一场，竟没有教予殿下一点有用的东西。"

"不是，不是，"齐轻舟连连摇头，"掌印为什么要这样说自己！"

他面露痛苦："是故意说来让我难受的吗？"

"好了，不说这个了，"殷淮不欲让他难堪，让齐轻舟难堪就是让他自己难堪，何必呢。

"殿下无事就快些——"

齐轻舟赶紧抢在他前头道："我有事！你别赶我走！"

殷淮看着他，不说话了。

齐轻舟小心翼翼试探着问："掌印，你之前说想要陪着我，提携我，辅佐我，现——"

殷淮没想到他会忽然提起这个，原本淡漠从容的神色褪去，眉峰一拢，隐隐形成一张带着压力的网，声音直直地往下沉："殿下放心，臣只是一时行差踏错，往后绝不再提此事。"

这条路，和那个位置，更高更远的地方，他终究是没有缘分陪齐轻舟一起去了。

齐轻舟不甘心地上前一步，喃喃道："不可能！"

"有何不可能？"

齐轻舟强令自己镇定心神，平静思绪，一点一点搬出证据："掌印不看重我为什么默默提我外祖父的位例，掌印不关心我为什么保下我舅舅的主帅之位——"

每一句都让殷淮想起从前一厢情愿的难堪，他打断："那是从前。"

齐轻舟一怔，彻底慌了。

是，那是从前，现在的他已经变得恶劣、尖锐、自私，伤透了掌印，掌印该是对他失望透顶，怎么可能还在意他，他已经不值得了。

可齐轻舟不敢放弃："我看到影卫了，你派人跟着我，保护我。"

殷淮的反应却不如他所料："就这个事？"

他仍是那么淡定自若："再怎么说，殿下的命也是臣三番五次救回来的，殿下不爱惜，臣还舍不得任殿下这么糟蹋了。"

"我不相信，"齐轻舟目光执拗固执，轻声道，"掌印休想再糊弄我。"

风雪一吹，梅树花叶簌簌而落，殷淮沉默了几秒，问："那殿下想听臣说什么？臣对你仍抱期望和幻想？放心吧，臣不会再说这些让殿下为难的话，殿下就当听了个笑话，忘掉就好。"

齐轻舟的反应却来得比殷淮想象中还要大，目露凶光，不可置信又掩不住慌张，下颌线条咬得极紧，仿佛连牙齿都在抖，一字一顿："什么叫就当听了个笑话，掌印给我说清楚！"

殷淮不解，不知他为何突然这样激动失控，抿了抿唇："若是殿下觉得那些话还是玷污耳朵，那便就当臣不曾说过。"

齐轻舟漆黑的双瞳狠狠一缩，像是被抢走骨头的狼犬，胸口起伏，指责他："不曾说过？！掌印亲口说出去的话也能收回吗？"

殷淮不解，低声问："殿下与臣道不同、不相合，臣不再缠着你，离你远远的不是很好吗？"

齐轻舟倏然抬起头大口喘着气，吞进冬日冰冷凛冽的寒风："谁说我们道不同不相合！你都没有看我写的信，也不听我说的话，连面都不愿意见我一面，凭什么这么说。"

齐轻舟好委屈，仿佛被殷淮一句话按下了开关，这些天压抑的情绪、委屈、害怕和渴望都如同山洪般倾泻而出，一桩一件地控诉："我去焰莲宫你避而不见，我去司礼监你永远不在，我的信写了一沓又一沓你一封也不看！我现在想见你一面都难如登天，我想跟你多说几句话你连半刻钟都没有。"

"掌印是不是真的这么讨厌我？"齐轻舟伤心得抽了嗝，狠狠却也不敢真的发脾气，一边用冷得毫无知觉的手擦眼泪一边说，"焰莲宫的人一句话都不跟我说，徐一敷衍我搪塞我，司礼监的人永远说你去了东厂。东厂的人又说你一直在司礼监，我到处跑到处找，一天来回七八趟也不一定能见到你，好不容易守到你你也不想多听我一句。"

眼泪肆虐脸庞，心口钝痛，齐轻舟觉得眼眶里的眼泪都被冻成冰凌子："是，我也知道是我活该，这些都是我该受的，我也乐意受着，可我只是想要一个机会，一个坦白和证明自己的机会。"

他张皇地、试探着、小心翼翼地走上前一步："掌印，我真的知错了，你陪我一起往前走好不好？"

前路惶惶，他不能失去这位早已视为知己和亲人的师友。

殷淮双目微睁，仿佛听到什么不可思议的话，可是又马上冷静下来。

不是的。齐轻舟并不是真的能理解他、认同他。

殷淮等齐轻舟哭够了，才拿出一方帕子递到他面前："殿下，先擦擦。"

齐轻舟绷着脸，不接，脸微微扬起，以前都是殷淮亲手帮他擦的。

殷淮知道他在等什么，摇了摇头："殿下自己擦。"语气里没有责备苛责，但也没有一分亲近了，冷静得不近人情。

齐轻舟还是不接，手指死死攥着衣角，指尖发红，殷淮只好说："殿下不是信任、理解臣。"齐轻舟潜意识里依旧将他看作是一个低如蝼蚁的太监，又怎么会能理解他，虽然他不怪齐轻舟，但那句话的确是刺醒了他。

高傲不可一世如殷淮也必须承认，那一句话时不时就会在他耳边回响。他确实很在意，他以为他很多年前就已经不在意了，原来他还是在意的。

齐轻舟像被针戳到了一般刚要跳起来反驳，就听见殷淮疲倦地道："殿下只是害怕失去臣的护佑。"

齐轻舟瞳孔微微放大，殷淮不忍心将他逼到这种境地，沉默了几秒，认真道："殿下，这些话臣只说一遍。

"臣保证，在你需要臣的时候，臣会站在你这一边，你需要的护佑和盾牌，臣都会给。"

这无非相当于直白地告知齐轻舟，即便离开了焰莲宫也不必惧怕帝后太子。所以不必担忧会失去他这个倚仗和靠山，也不必用这种方式来急于求和。

齐轻舟讶讶张口，说不出话来，心脏绵延不绝的痛楚，又像被熊熊烈火烤得焦虑难忍，心口最柔软的地方被殷淮这几句话一拳一拳砸下来，眼眶又红又肿。

"掌印为什么要故意这么说？！"齐轻舟觉得自己全身的力气都被抽走了，他既感到无力又感到愤怒，"掌印明明知道我不是因为这个！"

"掌印不相信我吗？"

他难过得连话都说不利索，伤心的哽咽声被呼呼的风雪吹散在空中："还是掌印故意要我伤心呢？"

可齐轻舟又心碎地想，他甚至希望掌印是故意为了惩罚他让他伤心让他知难而退，也不愿意承认对方是真的要同自己断绝情谊。

只要想一想往后身边再没有这个朋友，这个老师，这个亲人，齐轻舟就难过得要窒息。

殷淮像看一个无理取闹的小孩子一般看他，但却没有再像曾经一样纵容，肃声道："殿下不过是终于知道了自己误会了臣的用心，急迫地想与臣和好才会这般。"

"这不是认同。认同和理解是不能这样来用的，它不是用来和好的手段。"

但殷淮还是说："不过臣以前也没有教过这个，不怪殿下。"即便在最后一刻，他都没有忘记给齐轻舟留一个台阶。

齐轻舟疯狂地摇头："不是！我不是！"

天道好轮回，他现在终于知道被误解的感觉和百口莫辩的滋味有多么难受。

"从前我孤苦伶仃孑然一身，是掌印授我诗书，教我武艺，关心我，对我好。我想日日在掌印门下听授诗书，想同掌印驳论朝策，想同掌印骑马射箭，想被掌印督促鞭策，想和掌印相伴携行。"

"朝野翰林泰山大儒人才济济，臣那套不为己天地诛的逆道法则不适合殿下，臣……已没有东西再可以教导殿下。

"殿下亦不是真的能认同臣，不过是被一时的恼怒和妒意蒙蔽了心神，看不得臣以前对你的上心和好现在放在旁的人身上罢了。"

殷淮近乎自虐地道:"臣在别的事情上都可以让着殿下,唯独这件事,望殿下给臣留个体面,臣以往的自知之明和一厢情愿就请殿下忘掉吧。"

"臣……不配为人师表。"

殷淮犀利的目光像被磨得光滑锋利的锐箭一般直抵他的心门命脉:"相伴携行这些不负责任一时脑热的话,殿下也不要再对臣乱说。"

不要轻易给人希望,给出去希望再收回,比从一开始就拒绝更残忍。

"就当是殿下给臣留一点体面和……尊重吧,"殷淮苦笑,"我们这种人……也是想要一点尊重的。"

一点点。

齐轻舟心头大痛,无计可施,拼命摇头,喉痛火烧火燎,要想辩驳澄清却不能。

他几乎是用有些哀求的语气说道:"掌印,我之前说的话做的事太恶劣、太伤人,现在我说什么你都不相信了。但你不能就这么判我死刑,不能从此避着我,起码给我一个机会证明我的心意好不好?"

殷淮眸心微不可察的微漾隐在夜色里,仿佛凝了雪光与雾色,风一吹,又散了,一片宁静。

他很不赞同摇了摇头,拒绝道:"不好。"

"我们……不是试过了吗?"他非要逆反天意与人心,强留齐轻舟陪他走同一条路,结果是什么?他不想,也不敢再来一遍了,"殿下,你问问你自己,这段时间在臣这里过得开心吗?"

"臣这个人,阴险、狠毒、自私又残暴,殿下是受不了臣的,迟早要分道扬镳,不是今日,也是明日、某日。何必蹉跎掉臣在殿下心中最后一点师徒情意。"

齐轻舟目光铮铮,执拗得仿佛一股绳、一把锁,紧紧地看着殷淮,疯魔一般喃喃道:"你故意的,你就是故意的,你为什么非要故意这么说你自己。你就是想让我伤心,才故意这么说的对不对?"

"可我知道错了啊,我真的知道了。"

他一字一句地咬牙:"你不能不要我。"你答应过的。

齐轻舟看似咄咄逼人,实则是虚张声势:"你答应过要许我一生喜乐平安,祥瑞齐天,你说你是我的手中剑、阶下鹰,你要食言吗殷淮?!"

他连"掌印"都不叫了。这些话很难以启齿,听起来既像死缠烂打又像道德绑架,可是他没有办法了。

殷淮无动于衷,低声道:"这些也都忘了吧。"

"你这个骗子!我忘不了,你要我怎么忘记!"

"可臣已经忘了，殿下最好也尽快忘了。"无论如何，殷淮对齐轻舟总是心怀一分怜惜的，舍不得真正地冷言厉色。只是他这种温柔在这个时候便显得格外残忍，只会让被拒绝的人更加留恋他的好。

"臣希望殿下往后也不要再提起这件事。"殷淮不欲多谈，双手负在背后，问，冷淡地问，"还有，殿下还打算养那只雪狐吗？"

齐轻舟一怔，呆呆地抬起头，滚了滚喉咙，哑着声音问："什么意思？"

树梢上消融的雪落下来，滴到他的鼻尖和嘴唇上。

殷淮撇开目光，用公事公办的语气告知他："若是殿下还要，臣便命人送到长欢殿去。若是殿下不要，臣也不打算养了。"

齐轻舟咬着牙质问："那掌印打算如何？"

殷淮不在意地道："不知道，可能送到驯兽园去吧。"

齐轻舟心下一痛："怎能送去那种地方？！"

驯兽园是宫里专门管教周边小国或是番地进献的奇珍异兽的地方，为猎奇和讨主子欢心，驯兽师无所不用其极，磨去它们的灵性与本性，让它们变成牢笼里取悦主子的温驯媚兽。

雪狐一直被他们娇养着，送去那种地方不肖几日就会受伤。

殷淮平静地提醒他一个事实："它本来就是畜牲。"不该因为被宠养几日得了些甜头，就妄想摆脱畜牲的宿命。

这话不知道说的是那只狐狸，还是别的什么。

殷淮声音淡漠："畜牲就是畜牲。"生来低贱，永远变不成能抬头的人。

齐轻舟气急，不可置信道："可那是你送给我的！"

殷淮沉默地看着他，良久才低声道："不是殿下先不要它的吗？"当时那么果决离开焰莲宫，什么都不带走。

齐轻舟心下大痛，唇被他咬得苍白，半天才挤出一点声音："我要的。"

"我要的我要的，你不许送它走。"

殷淮不要的不是雪狐，是他。

许是确实太过伤心，堂堂一个亲王忍不住在雪地里掩面痛哭起来。

殷淮眼波微动，目光像一波荡在水中央的月光，冰凉也潋滟，看不真切，很快又恢复平静无波："那臣择日命人将它送至长欢殿。"

他把手上那盏暖灯递到齐轻舟面前，道："殿下今日离开后就不要再来了，有什么事需要吩咐臣的，可以找徐一，他会为您办妥的。"

齐轻舟心神大溃，死死绞着手不肯接下那盏暖灯，好像一旦他接了，他和掌印之间就情分尽逝。他不能接。

殷淮耐心地等了一会儿,没有等到他伸手,便径自俯身将那盏已经有些微弱的暖灯轻轻放在他脚边,利落地转身离开。

齐轻舟泪眼蒙眬地望着那个决绝的身影走入风雪深处,直至消失。

偌大的天地间只有他断续飘零的抽泣声和昏昏欲熄的一盏灯。大风一扫,雪地里最后那点微弱的亮光还是被彻底浇灭了。

殷淮从前就知道齐轻舟这个人骨子里有一种极倔的韧性,很像从前老国公当朝时那种说一不二的固执,也像陈皇贵妃在世时不撞南墙不回头的顽固和决绝,但没想到他会倔到这个程度。

他已将话说到这个地步,这人还是半步不肯退让。

月中是齐盛帝例常的布道祭典,齐轻舟沉着脸走过来,李玲珑笑笑没说什么,另寻了位子。

殷淮蹙眉望向他,齐轻舟神色绷不住了,满身刺的小狼犬立刻变成眼巴巴望过来又不敢凑上前的小狗,靠近的渴望和害怕被拒绝的担忧写在眼睛里,怀着被拒绝的忐忑厚着脸皮坐在了殷淮的身旁。

殷淮不欲在这种场合落他的面子,没说什么。

布道祭典向来是司礼监一手操办,这种机会皇后少不得出言找碴。

当事人还未出声,齐轻舟已站起来维护。他不高兴,说的话也极不好听。

皇后笑:"淮王回南书房也好一段时日了,想不到与掌印还是如此亲厚啊。"

齐轻舟朗声道:"这是自然,一日为师,终身为师。无论本王身在何处,掌印永远是本王最敬爱的师长。"

此言一出,满座哗然,这是何等高的赞誉。

齐轻舟却八风不动,若不是皇帝还在,他直接就想说"一日为师,终身为父"了。

当事人无动于衷,尽职尽责地为皇帝服务,并未将半分眼施与齐轻舟。

冬日的晴空总是很短暂,祭典结束,大雪倾至,压弯了宫苑几棵松柏,殷淮亲自执伞护送皇帝回寝。

齐轻舟站在雪地里,亲眼看着那个人扶着皇帝一同上了马车。

皇帝的手搭在殷淮的臂上,不知道殷淮说了什么,逗得皇帝嘴边挂着会心的笑容。

殷淮也浅笑着,绝艳的眉眼让白皑皑的雪地都鲜亮起来,却不是对着他的。

车帘放下那一刻,他们有过短暂的对视,隔着风雪,这是这些天他第一次看见殷淮的笑容。

马车从齐轻舟身边经过,车轱辘划出两道深深雪痕,他一个人沿着那痕迹深一脚浅一脚地离开。

这一次,他没有再哭。他知道,哭是没有用的。

齐轻舟把自己关了几日,柳菁菁也撬不开他的大门,宗原想起那天殿下找他说的话,眉头紧皱。

第二日,殷淮面对齐轻舟送来的亲王印章和一沓厚厚的手抄,撩起眼皮。齐轻舟连忙解释:"我听说西番的宗室案是由东厂主判。"

殷淮权势滔天,可清官难管家务事,宗室纠纷里很多调查和斡旋以亲王的名头去开展更方便,也更容易。

那案子查到陈家的旁支,需要久远的宗籍,齐轻舟知道殷淮定能弄到,可他是皇室宗亲又有陈家的血脉,自然更便获取。

"还有一些旁的证据,不知道有没有用,掌印先——"

"殿下不必多此一举,臣自会应对。"殷淮绕过他入了厅堂。

齐轻舟抱着厚厚的手抄留在飘雪的长廊,低着头,不知道在想些什么,任由白雪落满衣裳。

殷淮收回心神放到案牍上,脑海却想起小皇子从前等他散值接他回宫的时日。

小皇子消息灵通得不得了,司礼监门口、议事堂门外、养心殿殿前,都能看到他的身影。月色惨淡树影朦胧,蜷缩作一团的人影黑乎乎的,像只无家可归的小野猫。

久而久之,他竟习惯上有人等着接他回宫的感觉。

如今想来,这是一种坏习惯。

次日,齐轻舟又送来一沓卷宗。殷淮头痛地揉了揉眉心,齐轻舟心里咯噔一下,唯恐殷淮对他没皮没脸的纠缠耐心告罄,忙低眉顺眼地细声道:"掌印先看一看好吗?"

殷淮抬眼,目光充满审视的意味。

南骧边境关税的账目、交易路线图纸和近几个月的边境各关口的搜查录。

殷淮为找这几样东西颇费了一番心神,东厂虽只手遮天,可对于边境事务还是鞭长莫及,与边将关系也一度紧张。

殷淮心想,看来陈家大将军是真的很宠爱这位唯一的外甥,这样私密的消息都肯帮人弄来。

往下翻,他最近熬夜梳理的卷宗也被齐轻舟做完了。

所有的东西细致精简,短短时间内能做成这样,除了能力,更重要的是愿意用心。而且,这方案,着实不太像齐轻舟的风格,倒像是他东厂出来的奏折。

殷淮似讽似笑:"殿下什么时候也会用阴谋诡计了?"

齐轻舟直直地盯着他:"掌印可以变,我也可以变。"这是他的决心,也是现实给他的教训。

殷淮能为他放弃自己的利益与原则,他也能改掉他无用的心慈手软和纸上谈兵。

以前是他们磨合的方式不对,掌印已迁就他良多,现在他在朝野的凶猛浪潮中跌跌撞撞,才知道若没有掌印的庇佑,自己寸步难行。现实的耳光太响,他不改不行。

殷淮假装没听懂,看在折子写得不错的分上,道:"殿下可是想要参布司那个位置?臣可以安排。"他答应过齐轻舟的,有什么想要的依旧可以找他,这是他最后可以为齐轻舟做的事情。

齐轻舟仿佛腊月寒天被一盆冷水迎头泼下,生生浇灭了心里的一腔热血和那团支撑着他熬了几个夜晚的热火:"我不是!"

殷淮像没听出齐轻舟语气里的难过,合上账簿,往案牍旁随手一扔:"那殿下想要什么?"

齐轻舟好似真的被他刚才那句话伤到了,一时半会儿回不过神来,眼里的伤心叫人看了不落忍,轻声道:"我想要什么掌印不是知道吗?"

殷淮看了他两秒,披上大氅站起身来,居高临下:"臣不知道。"

在齐轻舟那句"我想要你不那么累"说出口之前他又说:"但殿下要知道一件事。"

他的姿态没有往日跟齐轻舟讲道理时的冷淡平静,恢复了从前高高在上的倨傲与轻慢,眼底漫出几分森冷凌厉:"今日是最后一日,往后殿下若是再不请自来,臣会命人把你'请出去'。"

结束吧,不能再惯着他了,也不能再惯着自己。

齐轻舟耳边"轰"的一声,心跳停了几秒才反应过来殷淮的话是什么意思,他不可置信地望着殷淮,心想,这一天还是来了,终于来了。

其实他每一天的死缠烂打都能更深一分地切身感受到掌印的决绝与冷漠,每一次做好心理建设、鼓起勇气上前,再被狠狠拒绝打回原形,第二天又给自己打气,怀着一点希望重新出发，被拒绝，再重来，再被拒绝……

无论他怎么努力都再也敲不开掌印严防死守的心门了。

可是他不能放弃，一放弃就真的完全没有一点可能了。

他还是得赌一赌，赌掌印不会真能狠下心。

可当他被焰莲宫曾经熟悉得不能再熟悉的宫人侍卫拦住时，便知道自己赌输了。

侍卫双手抱拳："殿下，别难为小的。"

齐轻舟苦笑道："好。"

"不难为你。"他伸长脖子最后望了一眼殷淮为他种满合欢与莲花的那个庭院，不舍地转身。可他怀里的那只小东西看到了原来的家却不得而入，发起了气性，呼哧一声钻出齐轻舟的大氅，就在侍卫眼皮底下溜了进去。

雪狐前几天已经被殷淮送回长欢殿了，殷淮不要它，齐轻舟就自己养着。

那侍卫长面色一沉，焰莲宫是什么地方，戒备森严到一只苍蝇都不能乱飞的地方，他忙命令人去捉奔走的雪狐，齐轻舟亦想进去，又被拦住："殿下留步！"

齐轻舟怕那么多人围捕伤到雪狐，着急着要进去："本王把雪狐找到就走！"

侍卫长手执佩剑当前一挡，面色为难，姿态却强硬："殿下恕罪，掌印有令，若是谁放您踏入宫中一步，杖责两百。"

齐轻舟一怔，低下头不说话了，宫人们总算将雪狐捉到，抱出门外恭恭敬敬地交给齐轻舟。

齐轻舟赶紧一把抱住受到惊吓的可怜小家伙，雪狐见有人哄它，越发委屈，两只前肢揪着他的衣领子"嗷呜嗷呜"直叫，叫得齐轻舟心里发酸，也想跟着一块儿哭会儿。

他不能哭，哽着声音，不知道是对雪狐说还是对自己说："不怕不怕，没事的。

"我们下次再来好不好。

"总有一天可以回去的。"其实齐轻舟心里隐约知道，或许没有那一天了。

可那雪狐似听懂了他的话，真的也不哀号了，就这么软乎乎地趴在他肩膀上蹭。还有些委屈，哼唧着吸了吸通红的鼻头。

齐轻舟抚顺它脊背上光滑漂亮的毛，一边走在漫长昏暗的宫道上，一边同它低声说心里压抑了太久的话："你是不是很想他啊？

"我也是。我们再努力努力。

"我舍不得放弃。"

宫苑的另一头，乾心殿暖炉烧得正旺，齐盛帝赞许笑道："到底是殷爱卿，棋高一着。"

殷淮赢得十分坦然自若，将两个瓷杯斟满。

皇帝输了倒也不恼，毕竟同殷淮下棋是很愉悦的享受。

见气氛正好，便又旧事重提："上回朕提的那件事，爱卿考虑得如何了？"

这些年来皇帝越发倚重殷淮，倚重到竟觉得君臣之间已不够亲近，想把一位亲王家的公主赐予他做对食。在齐盛帝眼里，殷淮是一把很顺手好用的匕首，正因有了殷淮的铁血手段，这些年他得以高枕无忧，安心求道。

又因对方的宦官身份，威胁远比那些宗室皇亲与边关大将来得小，且殷淮才华出众，细致体贴，那些令他头痛的事都被殷淮处理得漂漂亮亮，让那群聒噪的大臣丝毫挑不出错处来。

可他亦不完全不疑殷淮，只是深知自己的皇位离不了这把"匕首"，唯有将人死死拉拢在自己这边才放心。

殷淮的答案依旧与上一回一样："臣天残之躯，万不敢觊觎金枝玉叶。"

皇帝不赞成地"哎"了一声："英雄不问出处。殷爱卿容貌才情举世无双，何必妄自菲薄。"况且那公主也不是什么真公主，是一位亲王的孤女，皇帝遣人去问时，对方也隐约吐露了爱慕景仰之情。

殷淮心里冷笑，少不得拿捏一下皇帝："近日南壤蠢蠢欲动，边关贸易频遭破坏，臣为此夜不能寐，无心此事。"

皇帝一听边境异动，唯恐江山不稳，忙附和道："正事要紧，公务为重，殷爱卿辛苦了。"

"若有什么需要朕出声的，爱卿只管提，等这阵子忙过了，朕再好好嘉赏你。"

殿里头一派君臣和谐，殿门外太子大发雷霆。

"你再通报一遍，说孤有重要的事禀告父皇，事关南壤，刻不容缓。"

他那扮猪吃老虎的七皇弟近来越发失控，令人难以捉摸。竟然不声不响地截了他的和。他在对方的步步紧逼之下竟变得被动起来，如今再与齐轻舟对峙，他总觉得有种看见小殷淮的感觉，一对上那两只黑幽幽没温度的眼睛，他脖颈就发凉。

皇帝身边的掌事还是那副不卑不亢的笑脸："殿下息怒，陛下再三叮嘱，与掌印议事时不得打扰，就算鹤停道人来也不见。"

太子一听这奴才将自己比得连个装神弄鬼的骗子还不如，脸色更沉。

193

殷淮看皇帝将手伸到暖炉上烤，皮肤有细微皲裂，甲壳苍白，指根畏冷发抖，随口问："陛下近日休息还好吗？"

齐盛帝生性多疑，旁人问他的起居饮食就是心怀叵测，可这话随意地从殷淮嘴里吐出来，他便觉得贴心亲近，是一种关怀。

"很不错，舟儿那日送来几束梅枝，说是安神静气之用，朕将它摆在书房，确实心静了不少。"

皇帝感慨："当年他的母妃也最爱梅枝。"

"噢？"殷淮微顿，细细地盯着老皇帝越发浑浊不清的眼珠和有些钝滞的神情，若有所思。

他缓缓开口道："既然陛下觉着好，那便用着。"

"用着用着。朕这个小儿子虽看着不着调，但心地纯善，会念恩，爱卿觉着呢？"老皇帝语速亦比以往慢些，殷淮很细致辨认才能察觉，"想必平日里得了什么好东西第一个念着的就是爱卿吧？"

原来是在这儿等他，殷淮心下冷笑，淡淡地道："陛下猜错了，臣可不比陛下得殿下时时刻刻挂念，臣已许久未碰见淮王殿下。"

倒也不是假话，那日他说了"最后一面"，就再没见过齐轻舟。

"大概是臣这人严厉古板，淮王殿下正值年少，傲骨热血，有许多自己的想法，受不来臣严词厉色这套。"

殷淮抬起下巴，显得傲慢，这种无害的傲气在皇帝的容忍范围内，甚至可以说意料之中。

这倒和他叫人查的一样，皇帝佯装无奈地摇摇头，仿佛是拿这对生了间隙的师徒没办法："爱卿不要多想，朕瞧着那日布道会上，小七还是格外护着爱卿的。"

殷淮不太在意地冷嘲道："娘娘惹急殿下，臣当了回靶子罢了。"

齐盛帝便又扮好人讲了些和气话。

殷淮说不再见面，可也不会真的就一面都见不上。

他在马场里摔倒的时候，掌印的目光不曾在他身上停留一秒。

"七皇兄，你的腿没事吧。"小十二惊呼一声，下来扶他。那个人明明看到了，还是径直从他眼前走了过去。

齐轻舟还坐在地上，急急地伸手扯了一下殷淮的衣角，抬起惨兮兮的一张脸，露出痛苦的神色，小声地道："掌印，我疼。"

殷淮看着他，不动。齐轻舟捏了捏手心，故意扯出个无辜的苦笑，巴巴地道：

"是上回受过伤的那条腿。"

殷淮的眼波总算有了些微情绪,扶起他,眉眼凌厉,语气不虞:"殿下既然敢摔,就要受着这疼,别喊。"

齐轻舟一怔,反应过来掌印是误会他了。

掌印之前就警告过他,别拿自己的身体强人所难,这很卑鄙。

齐轻舟忙解释道:"我不是——"

话没有说完,殷淮已经在簇拥下走远了。

严太师又抓到殷淮走神:"行了,叛国通敌这么大件事也不是一时半会儿能查完的,"他将卷宗往桌子上一搁,"督主有事不妨先回去。"

殷淮收了心神:"本督无事,继续。"

严太师笑了,尝了口他们东厂的新茶:"怎么?咱们淮王殿下又惹督主生气了?"

殷淮扫了个眼风:"太师若是得闲,便多去钓钓鱼、下下棋,别总跟他说些有的没的。"

严太师好笑,正准备继续调侃他,就有影卫进来。

"禀告督主,长欢殿忽然宣太医。"

殷淮笔尖一顿,沉声问:"怎么回事?"

"淮王殿下今日午后自南书房回宫时丢了一支笔,在御花园寻了半日直至天黑,现下发烧病重,昏晕不醒,又被梦魇缠住,请了太医不见起色,情况似乎有些危急……"

卷宗被殷淮画了道浅痕。

胡闹!前几日刚摔了脚,如今又发起烧,齐轻舟到底想干什么?

殷淮闭了闭眼,终究还是起身走了出去。

齐轻舟的烧不是今日才烧起来的,一周前就有感风寒的迹象。

总在风雪里等人,体内寒气淤堵,他自己又不在意,这些日子连喝水吃饭休息都敷衍,又拼命看书、做功课、查卷宗,也不说话,心气郁结,才突然一烧不可收拾。

宝福发现人晕过去后即刻唤了太医,太医来施了几回针,齐轻舟发了大汗,眉间皱得更紧,丝毫没有醒过来的迹象,脸却是越来越烫,泛出潮红。

"你们就是这么照顾殿下的?"殷淮满身寒意,脚步带风地大步走进来。

长欢殿鸦雀无声,跪了一地的宫人们噤若寒蝉,自觉屏住呼吸。殷淮坐到床边,那张眉心紧皱不得安宁的脸庞,眼角的眼泪洇湿枕边,像两道沉静无声的河水流淌。

连在梦里也这么难过吗？

殷淮心头一痛，反省自己是否过于心狠。

唤了东厂的医正来，殷淮心焦且不耐："到底怎么回事？"

医正哆嗦道："回掌印话，殿下受了寒是肯定的。"

"且筋脉不通，心气不宁，大概是这段时间忧思过虑，心事重了些。晚上又吹了风，肝火一烧，便犯梦魇癔症了。"

殷淮不耐地打断他："如何医治？"

医正为难："心病癔症，气象万千，各有各的因果，这个——臣不知道殿下最近有什么不快或者受到了什么刺激，如想痊愈最好还是——"

殷淮突然说："我知道。"他知道齐轻舟的刺激和不快是什么。

床上烧得糊涂的人忽然动了动，痛苦地呓语："掌印……掌印……"

"骗子。"

嘴里骂着，眼泪却又开始流。

"我错了。"

殷淮不知道自己此刻露出的眼神令候在一旁的樱灵都暗自心惊。他略微侧头，忽然被一样东西刺痛了双眼。

是一支笔。

想必就是齐轻舟寻了半日的那一支。他送的，宫测那天。

殷淮命匠人专门定制的兼毫大白云。然后齐轻舟就拿着它夺了榜首。

医正说："臣先给殿下开几副安神的药物。"

樱灵煎好，要去喂，殷淮面无表情手一伸："本督来。"

齐轻舟抗拒，喂了吐，殷淮就再喂。

又吐，再喂，反反复复，折腾了大半宿，齐轻舟头上的热和颊上的红才褪去一些。

殷淮又给他擦脸、换衣，丝毫不见上半夜吐出的秽物。

齐轻舟昏迷中讷讷地喊着什么，听不清晰，殷淮想离他再近一些，又忍住了。

齐轻舟被熟悉的气息和触感拯救，不再挣扎，眉心一刻都未松开过，大概是知道，那温热很快就要撤离、消逝，而他不够清醒，无力索要和挽留。

天光大亮，齐轻舟的烧退了下去。殷淮盼咐宫人："好好照顾殿下，谁说漏嘴，后果自负。"

发了一场大汗，床上的人蒙眬醒来时仍是虚弱的，眼神却有点诡异的坚定："昨晚是谁照顾的本王?"

樱灵低头,含糊其词道:"宝福公公守在边上。"

边上指门外,殷淮根本不许人进来。

良久,没有声音,樱灵小心翼翼地抬起头。殿下直着腰杆坐在床边,面无表情,眼睛黑漆漆的:"樱灵,本王病了,不是傻了。"

樱灵心里咯噔一下,仍咬紧口,不敢与齐轻舟对视,那双幽黑发沉的眼睛仿佛能穿透人心。再也不会有人能比她这个贴身宫女更清楚地察觉,殿下已经不是曾经那个小主子了。

不再嬉笑玩闹,不再插科打诨,日日将自己关在书房,身上带着沉郁的戾气,沉默着不知道在想些什么,谁也靠不近,那股凌厉的气场跟昨晚闯进来那个人如出一辙,直叫人心里紧张忐忑。

齐轻舟肯定道:"那便更是他了,没有他发话,你们哪来的胆子跟我撒谎。"

殷淮的声音、温度和目光那样真切、熟悉,他拼了命地想要醒过来,却有什么东西一直拉扯着不让他睁开眼睛。

"胆子大了,敢糊弄病人了。"齐轻舟心里憋着气,气殷淮故意要大家瞒,也气自己宫里的人倒戈,一时之间气急攻心竟猛咳起来。

樱灵一慌,忙给他拍背倒水:"殿下恕罪。"

"那就恕你无罪,不过——"齐轻舟推开她,面无表情地道,"你得把昨天晚上的事一件一件说与本王听。"

樱灵对着自家主子一五一十地招了个干净。

齐轻舟心头涌出一种平静,却又泛着极深的甜,像拔了丝的糯糖,软融、藕断丝连。又是另一种甘,浇灌着他的四肢百骸,安抚他那一颗曾惊慌失措的凡心。仿佛前些天被对方冷言冷语刺出的伤口裂痕一下子痊愈了。

他就知道!他就知道掌印放不下他!

想趁着自己病着,掌印会心疼他,匆匆把药灌下,又改了主意。

掌印不喜欢人使苦肉计,他都记得,如今他小心翼翼地不敢再越雷池一点,生怕招人烦。

"今日的梅枝备好了吗?"齐轻舟拂开宫女递过来甜嘴的蜜饯,现在他喝多苦的药都不用那些小零嘴了,再苦的眼泪他都尝过了,这碗药算什么。

没人哄的小孩儿可没资格怕苦。

樱灵挥挥手示意那小宫女赶紧下去,躬身答道:"回殿下,每日都备着的。"她不知这梅枝有何特别,只是按着殿下给的方子供养着。

齐轻舟头还沉着，穿衣服的动作却利落："剪几枝扎好，本王去趟乾心殿。"

樱灵担忧道："今日大雪，殿下未愈，出去怕是又要吃风了。"

齐轻舟拍拍衣袖不在意地笑笑："不大雪、不病重，怎表本王一番赤诚孝心？"

樱灵还想劝。

齐轻舟命令的语气说一不二："去拿来。"

樱灵无奈，不敢违命，只得将梅枝拿来，又为小主子添了身软锦外袍，送他出门。

面无表情、乌目幽黑的清瘦少年面色苍白，一袭红衣，抱着梅枝，坚定地走进呼呼风雪里，竟有一种难言的孤勇与沉郁。

从乾心殿出来雪已停下，阳光照在宫檐的琉璃瓦上金灿灿一片。

"殿下。"

齐轻舟顿步等柳菁菁追上来："不等柳将军？"

柳菁菁道："不了，我爹还要与陛下谈南壤之事。"

她随口嘟囔了句："陛下说话比以前慢了许多，事情说不完我爹今夜许是要在宫中住下了。"

齐轻舟弯了弯嘴角，没说什么。

他这些天进了议事堂，对南壤之事有所耳闻："情况如何，严重吗？"

到底是军情机密，就是对着好友柳菁菁也有些讳莫如深："不好说。"可马上又显出一副摩拳擦掌、想要大显身手的决心，"不过也不值太过忧心。"

齐轻舟知道她向来就好驰骋沙场，只嘱咐道："万事小心。"

柳菁菁与他走了半天没见着他一个笑，十分看不得他这副了无生气的模样："殿下苦肉计没使成，也别给我摆一副臭脸呀，我可就快要归营了。"

齐轻舟敷衍地一笑。

柳菁菁不解道："殿下就真这么在意那魔头？"

齐轻舟眉目一肃："你叫他什么？"

柳菁菁改口："九千岁九千岁。"

齐轻舟闷闷地回了一个"嗯"。

柳菁菁"啧啧"几声："那九千岁可是出了名的铁石心肠，殿下就打算这么一直碰壁啊？"

齐轻舟不知道除了死缠烂打还有什么好方法，憋出一句："精诚所至，金石为开。"

柳菁菁面色复杂，翻了个白眼，幽幽地道："可你那九千岁不是金石，是金山啊。殿下若是想要做那移山的愚公，可不知道得追到猴年马月去。"

齐轻舟沮丧："那不知柳女侠有何高见。"

"俗话说伸手不打笑脸人，赔礼道歉赔礼道歉，先赔礼再道歉嘛。"

两人出宫寻礼。

"殿下，柳姑娘，出来玩儿？"

"表兄怎么在这儿？"

张文宇是太后长公主的嫡子，硬要扯近了齐轻舟能叫得上一声表哥，太后一向护着他，这个看似不着调的表兄小时候对他亦算不错。

倒是柳菁菁在一旁撇撇嘴，不怎么待见这位皇亲国戚里的纨绔之首。

张文宇偏要惹她："柳姑娘总推拒在下，原来是要陪咱们淮王殿下。"又指了指齐轻舟假装训道，"殿下又趁着殷大人不在宫里，逃课溜出宫来。"

齐轻舟看他一眼，这个表兄大概是刚从番地回来，还不知道他和掌印间的嫌隙。

不对，齐轻舟皱眉："表兄怎么知道掌印今日不在宫中？"

他都不知道。

张文宇颇为得意："因为殷大人正在我的雅间里坐着呢。"他是下来选酒的。

柳菁菁瞥了眼齐轻舟的神色，随口问："侯爷的宴上都有谁呀？"

张文宇对她向来好脾气，说了几个名字。

齐轻舟面色一沉。

柳菁菁心中暗叹，一个比一个风流。

她难得对着张文宇扯出个笑来："侯爷，方才小二说没剩什么好位子，你那雅座里方便添两双筷子吗？"

张文宇诧异地一笑，见齐轻舟竟也沉沉地望着他，乐道："柳姑娘开口了，自然是方便的，可殿下确定要自投罗网？"

又想到房里的那光景，笑道："不过这局可是恭小王爷攒的，没那么正儿八经，你们俩可不要被吓着。"

齐轻舟眉毛拧起，冷笑一声："劳烦表兄前方带路。"

雅座间，殷淮散漫地斜坐着，这局他本不想来，恭小王爷帖子递了好几回他也不打算来，偏是今日在座的几个人身上有他一直在查却没什么突破的线索，来探探虚实也无妨。

只是没想着这么的……杏红柳绿，活色生香。

一只白皙纤细的手将一杯杏酒递到唇边，是恭小王爷特别给他安排的琴魁。

殷淮无所谓，留下她反倒让这些人降低防备。

琴魁才貌卓绝，殷淮不让她靠近，筷著一反，点点桌面警示不要越界："你吃你的，不用伺候我。"

琴魁拨琴，忽然，纸糊的洇木折门"唰"地被推开——

门边映出一张脸，张扬、生动，眉目间沾染的怒气更让少年显得生气勃勃。

齐轻舟看了眼那容貌姣好的女子，勉强稳了面色，径直绕到殷淮身边朗声问："这个临水的好位置我坐，掌印不介意吧？"

明明还挺礼貌，却叫人莫名听出一股咬牙切齿的劲儿。

殷淮看了他几秒，确认他气色与精神都比那夜好上许多后，才偏头将琴魁手边半杯杏酒喝下，语气恭敬道："殿下请便。"

喝完酒便没有再看他，反倒是有一搭没一搭地回应那女子的询问。

齐轻舟耳朵发酸，掌印对他避而不见，却在这花天酒地逍遥快活，他冷着一张脸指使琴魁换曲子。

这首太闹，那曲太闷。

殷淮心知齐轻舟在撒气，这种场合闹大不过是给桌上那几个人增添茶余饭后的谈资，便随口道了句："殿下若觉得她伺候得不合心意，换个人来便可。"

齐轻舟瞪大眼睛，殷淮竟然为了回护旁人责备他，他从前何曾受过这样的对待，喉咙难受得像是被塞了一把沙子，什么也说不出来。鼻尖一酸，又迅速低下头，不让人瞧见迅速泛红的眼角。

对方疏离的姿态和冷硬的话语已经将他之前以为守得云开见月明的欢欣和期待全然击溃，他原本期冀的心软和关心如今又变成了镜中水月。

胡闹到子时，几个醉醺醺的人都喊了各自府上的人来接，张文宇大手一挥，将齐轻舟归入殷淮的马车，自己倒是美滋滋地接了护送柳女侠回府的美差。

客人陆续离开，房间里灯火摇曳，只剩下齐轻舟和殷淮，还有没走的琴魁。

琴魁瞧着今晚上殷淮对自己也不算讨厌，甚至说得上几分护短，她又十分迷恋那张脸，害羞地道："大人，今夜要不要……"

被问的人还没反应，齐轻舟冷冷地道："他不需要，你出去。"

琴魁失措，等殷淮挥了挥手，这才不情愿地退出去。

回宫的马车上，殷淮淡声道："殿下何必拿她来撒气。"

齐轻舟手指揪着软垫，绷着的脸压下心头怒气后只剩下难过："掌印往日教导我修身养性，不可玩物丧志、沉迷风花雪月，如今却州官放火。"他不快道，"掌印位高权重，往你身边塞人可是很多？"

殷淮四两拨千斤："也不算多，毕竟臣是个宦官。"

齐轻舟心下一窒，掌印又故意说这些了。

"掌印喜欢这样的吗？"

"不喜欢。"殷淮揉了揉眉心，仿佛在应对一个小孩子的无理取闹。

齐轻舟追究到底："不喜欢为何频频回护？"

殷淮撩开车帘望了一眼天边的圆月，良久，平静地道："同病相怜。"

都是飘浮在人世间的浮尘，无根无系，卑微如蝼蚁。

齐轻舟急声道："不是！"

殷淮无所谓地道："并没什么本质的区别。"

殷淮这才正眼看齐轻舟一眼，说："殿下不用懂这些。"

齐轻舟眼角又红，他不用懂这些，那掌印就可以和那琴魁懂这些了？

他说不过掌印，这人实在是太知道如何击溃他心底的防线，无比精准掌握着他的每一个痛点，故意这么说，想让他知难而退。

齐轻舟哑声道："掌印这么说还是在怪我对不对，因为我说了那句话，你始终介意，就不打算原谅我了。"

病中的齐轻舟格外招人怜。

但殷淮还是殷淮，对自己情绪的掌控近于苛刻的严格："不是，不介意了，臣的确是靠着伺候人爬上来，这是事实，不需要、也不能否认或遮掩。"

齐轻舟喃喃："不是，不是……"

殷淮不置可否。

他今天上完朝就直接到东厂，又绕回司礼监处理几件棘手的事情，当完差又被叫来应酬，处于极度疲惫的状态。

齐轻舟看着闭目养神的殷淮，很想伸手去帮他揉开紧锁的眉心，可他不敢。

他心里有话忍不住，犹豫了半晌，小心地问闭着眼睛的人："掌印，你以后能不碰这些人了吗？我听闻最近有南边的细作混迹于青楼，扮作烟花女子……"

"殿下。"黑暗中，殷淮忽然睁开眼。

"这是臣的私事，殿下已非臣的门生，非亲非故，不宜再多问多管。"

齐轻舟瞬时脸色煞白，唇瓣微微发颤，头上冒出了一层细密的薄汗，压力像一个泵，不断地往他心口最脆弱的地方挤压，好像不用再过多久，他整个人就能被这气势汹汹的水压挤爆炸，嘶哑着声音辩驳："一日为师，终生为师……"

话没说完，他就猛烈地咳起来，那副样子仿佛是要把肝肺都一并咳出来。

殷淮下意识地想给他拍背顺气，手动了动，到底没有伸出去，只是暗悔自己不知着了什么魔，去刺激欺负一个病人。

心中生出一股无奈，殷淮斟酌着开口："好了，不说这个了，臣近来公务繁忙，没心思想这些。"

齐轻舟听他语气软了几分，担忧地问："可是南边战事——"

车外忽而传来嗒嗒马蹄声，徐一急促的声音响起："督主，属下有事禀告！"

殷淮撩起车帘，徐一满脸肃色在他耳边嘀咕了几句，殷淮面色瞬间冷下。

他匆匆嘱咐齐轻舟："臣有要事，徐一送殿下回宫，回到长欢殿之前，殿下不可离开这辆马车。"

齐轻舟被他严肃的神情唬得一怔，伸手牵他的云袖："怎么了？你要去哪儿？危险吗？"

"有什么危险的？"殷淮勾了勾唇角，将他泛白的手指一根根掰下来，望着窗外的茫茫夜色，"殿下乖乖地坐在车里，就什么事也不会有。"

殷淮下车上马，齐轻舟急急撩开车帘朝他的背影喊："掌印，我知道你很现在很忙，但等你忙完，一定要留个时间和我见面，好吗？"

殷淮没有应他，早已策马而去。

夜半正中，东厂窘殿。

长明烛火摇曳，斜照出分列两边一字排开的下属，身上是统一的褐色云纹官服，只有领子上一小颗银扣的编码区分品级与官衔。

厚重铜门被打开，殷淮在恭敬的目光中快步穿过中央长道，衣角被穿堂风翻起，落座于最高的主位，眉眼透着一股子阴寒气："说。"

左议事站起来："禀督主，属下今日方从海上赶回，已亲眼确认南壤那三十艘海船穿过航域，伪装成商舶准备停在南部关口。"

殷淮冷笑："是本督小看皇后和丞相了。"

少丞司双手呈上一张图纸："督主，南壤目前分了三队人马，水兵正在排布我方南边的各个港口，探头的一小队人马已经抵达京中，最后一队是朝贡的队伍，还在路上，名为朝贡，实为和亲。只是不知他们的目标是……哪位皇子。"

殷淮嗤了一声："哪位皇子……还不够明显吗？"

南壤王室无子，长公主又是诏告天下的天女，太子齐亦风正妃已定，让南壤天女做小绝无可能，大齐皇室里适婚年龄的皇子就只剩一个。

皇后这算盘太响,从一开始就打在齐轻舟身上。

右议事道:"淮王殿下若是不应允,皇后又能如何,毕竟不是生身母妃。"

殷淮心中怒火渐盛,面上却不显,手里把玩着那几页薄薄的密告:"只要淮王拒绝和亲的消息一传出,他们便有理由即刻进军,届时淮王殿下就是两军开战的导火索,背负天下骂名。"

"若是淮王殿下答应了呢?"

主座上的男人眼眸忽而变得浊黑阴冷:"那东宫的皇座便再无变数。"

齐朝的下一任皇后绝无可能是外族女子,丞相既然敢勾结外族,必是许诺了足够的好处。

淮王殿下娶了他们的天女,再让太子装模作样地去谈判一番,立个为国立民智勇双全的美名。

幕僚一时揣测不清殷淮的想法:"那主上现在有何打算?"

"釜底抽薪。"殷淮勾唇一笑,血液里好战的煞气彻底苏醒,眸心闪着跃跃欲试的征服欲和蠢蠢欲动的战火。

太子等不及,皇后等不及,丞相也等不及。

但最等不及的人,是他。

"徐一,明早……不,即刻去准备前往南边的车马,本督马上动身。"

此事刻不容缓,化解对方的武力威胁、断了后路,是最快也是最根本的方法。

殷淮一边走下堂座一边吩咐:"左议事把京羽卫和东厂所有的兵挑出来,两天后从河港出发,南疆会合。"

"中书令丞去兵部找何铮,调拨兵力切勿声张,在朝中配合丞相演个戏也无妨。"

堂下一片齐声:"属下领命。"

齐轻舟后知后觉地品出点朝堂的不同寻常的时候,殷淮已经在他的视线里消失了半月有余。

不仅徐一讳莫如深,整座焰莲宫都异常低调,他四处寻不到殷淮踪迹,急得如同热锅上的蚂蚁。

月末,南壤朝贡使节队伍如期抵达京中。

天子脚下最不乏爱谈国事的酒客。

"南壤五年前那场败仗哪那么容易过去,当年东厂那位还不在东厂,听说只是个角落边上的小角色,可人确实是够狠,自己身上都中了十几刀还冒死去把南壤上一任国主从逃生的宫口捉出来,逼得人在城门口痛哭求饶。"

"啧,这便是吃得苦中苦,方为人上人的理儿。那位,对自己狠对别人也狠,听说在那场战役里连升三级。"

"南壤连不识字的妇孺都知道一句话叫'除殷贼,必覆齐',可见当年那位有多血腥……"

"哎要我说,这事儿吧也不能这么看,南壤每年侵扰都咱们南边,掳走了多少牛马和食粮,朝廷早该出兵治治那些个蛮熊了,可总是一点动静都没有,那位天不好地不好,这个事上还算有点气节。"

"那要你说这次南壤是真心求亲,还是打个幌子卷土重来?"

"这我可说不好……"

使节队伍抵达当日举办国宴。皇帝近来身体抱恙,强撑着出席都颇为费力,受过节使朝拜便先行回宫,皇后趁机把控局势。

巴布刺一语惊起底下四面波澜。

皇后佯装吃惊:"噢?巴布刺想与大齐结秦晋之好?不知是看上了咱们的哪位皇子?"

齐轻舟心中莫名一颤,冷笑,支开皇帝原来是为着这个。

到了此刻,他反倒镇定下来,冷眼观望皇后东宫到底要演一出什么戏码。

玖 把戏

巴布刺提着金笼子走到大殿上,高声道:"玉盒公主是我们南壤的天女,这只金凤凰会为她找到最适合的人。"

皇后点头首肯,巴布刺将那只羽毛漂亮的鸟儿放出来。

金凤凰携着满堂好奇的目光绕梁盘桓几圈,最终稳稳地落在齐轻舟的肩膀上,顿时激起千层浪。

"淮王殿下?竟然是淮王殿下,我还以为会是太子呢……"

"怎会是太子,太子正妃已经定下阁老的长孙女。"

"那倒是淮王殿下比较合适,正式封王赐了字,年岁正当,屋里确实也该纳人了……"

皇后一笑:"既然淮王是那金凤凰亲选之人,想必是天定的姻缘,南壤天女又是才德兼备之女,淮王,你可愿意承天之意,结两国亲善良缘?"

齐轻舟眨了眨眼,政治站位拔这么高,若是他此时没答应,明日两国撕破脸皮打起来,他马上就得背上个自私自利、心无社稷的罪名。

他刚欲开口,座上一个苍老的声音忽然抢先一步,音色洪亮,殿上之人,皆是一震。

"娘娘,臣认为不妥。"

皇后眼看齐轻舟骑虎难下,不曾想一位芝麻大的兰台谏吏会半路杀出。

这个何清平官不大,出名完全是因着一张嘴极会诡辩,连皇上都时常被他气得头疼。

皇后冷笑着问:"何大人,有何不妥?"

何清平不卑不亢:"臣以为,如此草率定下七殿下的亲事,于国于家于礼皆属不妥。

"于国,南壤只是向我大齐朝贡一个属国,即便是他们自奉尊贵的天女和亲,是否配得上皇室正妃的位置还有待商榷。并且两国和亲，历来由司礼监观星缘后天子亲定，若仅凭南壤一时心意，置我大齐国威于何地？"

齐轻舟挑眉，这芝麻小官还真是个敢说的。

皇后脸色阵红阵白，何清平这才刚开始来劲："其二，于家不合。寻常人家喜结良缘尚且讲究父母之命媒妁之言，七殿下作为天家贵胄，生母已故，但陛下尚未发话，娘娘就趁其不在匆匆定下，未征询意见也未商讨。若是陛下心中另有更合意的安排，岂不是误了七殿下的终身大事？

"娘娘此时若执意仅凭南壤国一面之词一口定下，恕臣妄言，确有越俎代庖之嫌。"

殿上又是一片议论纷纷。

何清平越说越上头："其三，于礼不合……"

皇后面色不稳："何大人！皇上身体抱恙，钦命本宫与太子代监朝上国交事宜，被你如此诡辩视听，破坏两国邦交，来人——"

"且慢——"齐轻舟悠悠起身，微微笑出两个很淡的梨涡，显得十分无辜，"国交之宴，大家何必大动干戈坏了和气，既说是本王的婚亲事，那怎么能不让本王这个当事人说两句。"

他绕到那金凤凰的笼边，抚了抚它漂亮丰满的羽翼，笑眯眯地问："巴布剌，你说你们这仙鸟儿能认出神给你们天女选的命定之人？"

巴布剌面上恭敬，语气却自大："这是自然，金凤凰乃上陀神祖脚边的化灵，有一双镜子般明亮的眼睛。"

齐轻舟心里嗤笑，可拉倒吧，大齐地大物博，就这漂过颜色的比目鸟他以前偷溜出宫玩的时候在城门旁边遛鸟的可没少见。

十两能买一双。

比目鸟是视弱，只认紫色，今晚全场也就他这个品级的朝服紫得发亮，比目鸟不围着他才怪。

就这点小把戏还想在他这老江湖这儿蒙混过关，皇后未免也太瞧不起人。

"好，那不如让金凤凰再飞一次，确认一下本王到底是不是它亲选之人。"

巴布剌下巴一扬："没问题。"

金凤凰飞出笼子，齐轻舟忽而将朝服的外袍解开，往太子身旁一扔，抱歉地说道："失礼了皇兄，本王多饮了两杯，有些热。"

齐亦风还未来得及反应，金凤凰堪堪落在他的怀中。

顿时满室哗然。

齐轻舟嘲弄的眼神缓缓掠过皇后,挑衅意味分明。

他抬起头,笑意盈盈,掷地有声,又颇有些遗憾:"娘娘,看来金凤凰再三思量,还是觉得太子更堪此大任呢。"

皇后脸色一白,嘴唇微不可察地抖了一瞬,戴了铜指的坚硬指甲狠狠扎进手心也浑然未觉。

数日,千里之外的海港营帐中。

在灯火下读密信的主帅,无奈又有些骄傲地嗤笑一声:"鬼机灵。"

国宴不欢而散,宾客各自散去,对今晚的一波三折唏嘘不已。

何清平独来独往,走至宫墙拐角处,被一道清瘦的身影挡住去路。

月光下,淮王殿下一改方才温和从容模样,眯起眼睛:"何大人,留步。

"说说吧。

"他现在到底在哪儿?"

何清平脸上仍是那副宁死不屈的正直模样:"谁在哪儿?臣不知殿下在说什么。"

"……"

齐轻舟宽容地笑了笑,盯着他的眼睛,执拗又笃定道:"何大人,您知道本王在说什么。

"还有皇后和太子的计划,你们也早就知道了吧?"

何清平并非世家出身,也从未拉拢过他,没理由冒这么大风险在国宴上把话说到这个地步,这已经完全激怒皇后太子一党。

且言辞之激烈,都够他灭门的了,文人是不在乎姓名更爱名节,可何清平上有老父,下有门生,能让他毫无后顾之忧地讲出这番话,足以可见身后有更庞大的势力。

朝廷之上能够对抗相党保他的人只有一个

齐轻舟找殷淮无果,对徐一和焰莲宫上下已完全不抱希望。可竟被他发现了这位不显山不露水的何大人。

即便不知掌印身在何处,他始终在默默保护着自己,这让近来焦虑得近乎绝望的齐轻舟又燃起一丝希望,感到一点暖意。

他非要弄个清楚。

"老臣不知道什么计划,在宴上所言完全是以事论事、发自肺腑,殿下所问老臣更是不知。"

齐轻舟刚皱起眉，无意瞥见他的宽袖里漏出一截子水兵符穗。

他暗自吃惊一瞬，马上又敛了神色，凝着何清平的脸慢悠悠侧身做了个"请"的姿势："那是本王唐突了，还望大人不要见怪。"

国宴上的一场闹剧，被皇后以"一场误会"掩过，朝上言官以"番属小国以雕虫把戏糊弄大齐，实无真诚交好之意"为由讨伐南壤使臣，又被丞相以"以和为贵，不宜干戈"为由压下去。

千里之外的殷淮对这个局面乐见其成，南壤既无法定下和亲，又找不到进军的契机，平白被皇后丞相这般吊着耗在京中，为他提供了练阵的时间和绝对的主动权。

两军正式开火那一天，齐轻舟正在议事堂与东宫诸党唇齿交战争锋相对，据理力争寸步不让。

殷淮不在，但他的政策必须有人维护实施，他绝不容许掌印的威严势力折损分毫。

淮王殿下在外交场合镇定从容的风范日渐引人注目，皇帝近来的态度在多心人的解读中也变成一种征兆。

人老了都喜欢怀旧，现下宫里谁不知道皇帝就喜欢隔三岔五召淮王殿下去乾心殿说话喝茶赏梅。

从前不愿意做的表面功夫，齐轻舟现在做得滴水不漏，精心养护的梅枝也每月不落地送。

与之相应的，是皇后、太子对他与日俱增的忌惮和刁难。

齐轻舟毫不露怯，反倒有股迎难而上的刚硬，那股敌我分明盯着谁咬谁的疯劲儿像一只毫无畏惧的狼崽子，不少年事已高的朝臣对上那双黑幽幽的眼睛，都不约而同地想起年轻时候初上朝堂的九千岁。

有些青涩，但狂肆、无畏、孤勇，能言善辩，那咄咄逼人的气势如出一辙，就连那股阴狠沉郁的戾气都学了个十成十。

淮王殿下虽看起来比他的老师温和许多，可只要涉及司礼监或东厂之事必是寸步不让，非要争个鱼死网破，谁也不能在他手上讨着一丁点儿便宜。

据宗原的情报，两军交战的导火索是南壤一支水军劫持了凌水上大齐的几艘渔船，半个月没在朝堂上露过脸的东厂督主恰好途径南港视察，亲自与南壤交涉此事，无果，遂立地起兵。

柳菁菁摇头："绝无可能，凭本将的经验，这种水上五行排兵阵容绝不是临时起兵，定是筹谋已久才可能练成的阵型。"

齐轻舟沉默，原来掌印早就计划好亲自掌帅领兵，使了招金蝉脱壳瞒天过海唬过了所有人，连他都一句不肯透露。

开战第二日，前线战报传来南壤水军进一步攻占沿河海航港防线。

第三日，传东厂影卫军与兵部联军调配和路线时出现重大分歧。

第四日，传大齐航舰遭突袭退回五里水线。

第五日，传东厂督主亲自入海作战，所在战舰被敌军袭击，身负重伤。

满朝惊哗，人心惶惶。

齐轻舟脑袋嗡一声响，什么都听不见了，跨上马背就朝宫门奔去，心急火燎地将刚睡下的柳菁菁揪起来："你何时出发去南边？"

柳菁菁揉着惺忪睡眼，手一顿，惊道："殿下如何得知我准备出发去南港？我这都是回了府方才受命，明日出发。"是她再三争来的机会，领柳家军前往支援她大哥。

齐轻舟表情微妙，又极快掩饰好，含糊带过："你之前不是跟我说过吗？"

柳菁菁"哦"了一声，不对！回过神来，惊呼："殿下不是知道我准备去南港！殿下是自己想去南港！"淮王殿下近来越发狡猾，险些就将她唬骗过去了。

齐轻舟被戳穿了也不惊慌，索性坦言："是，我要去。"

柳菁菁的睡意一下子退了个干净，低声惊呼："祖宗！这是行军打仗不是郊游，路上艰辛非殿下所能想象，要是被我家老爷子知道我带了个亲王去战地，我的军旅生涯就到此为止吧。"

齐轻舟绕到她身前展开双臂一拦，严肃沉声："这是命令，不是商量。"

"我知道是行军，也知你为难，有事我担着，我去跟老将军解释。"

他语气坚决："本王一定要去！"

两人僵持，齐轻舟先礼后兵，一句话堵死了好友的所有退路："柳将军若是愿意带本王，本王就跟着，柳将军要是不愿意带本王，那本王也有的是法子去造个行军通关印碟文书自己过去。"

齐轻舟气势已越发足，柳菁菁对上他无比坚定执拗的眼神，哑口，良久才道："殿下究竟是着了他的什么道？"

齐轻舟垂下眼帘："掌印待我关怀备至，身在千里仍暗中保全、万般维护，我不能不顾他生死。"

柳菁菁奉命从京中出发，带了五个营的兵马，齐轻舟装扮成随从士兵混在队伍里，自北向南，地形地势复杂多变，雪山、湍流、荒原不一而足，气候温差极大，军中许多训练有素的士兵都水土不服。

路途艰辛，山路转水路，途中还遇过流民劫匪，异常曲折。齐轻舟整个人都瘦了一圈，下巴越发削尖，显露出少年锋利坚韧的意气。

比起训兵和险途，小柳将军更怕的是她的随从士兵一天问三百回离到南港还有多远。

今日能到吗？不能那明日呢？到底还要几日？

柳菁菁怕了齐轻舟，后边齐轻舟就不问了，自己跟同行的士兵学了看地图、测水速和算行程。他为人温和大方，也不摆架子，在军中很吃得开，结下不少朋友。

"喏，过了这个急险湾约莫还有一天的航程，"两人坐在军舶船头的甲板上吹风，柳菁菁背靠旗杆，双手抱在胸前，"殿下不必太担心，我派出的士兵今天回来了，若没看错，东厂魔、不是，九千岁极有可能是假伤。"

齐轻舟猛然抬起头："当真？怎么说？"

柳菁菁一脸恨铁不成钢的表情："我二哥比咱们先出发数十天，估计早和殷淮联系上了，给我的信里也说南边的形势根本不是京中传的那么回事。是殷淮故意把消息放出去耍南壤和朝中那群老东西呢。"

齐轻舟沉默，心里闪过算计，仍是满脸担忧："他身体怎么样？"

柳菁菁拍拍他的肩宽慰道："本将的手下亲眼看到殷淮自如地出入各个营帐，看起来根本不像是受过伤的样子。"

齐轻舟保持怀疑："确定吗？会不会看错人了？"

带兵的柳菁菁和吃喝玩乐的柳菁菁那压根不是同一个人，她挑起眉怒道："淮王殿下，你可以怀疑我，但不可以怀疑我带兵的水准和我手下的兵！"

齐轻舟被她这么用力一吼，心里的焦急也消散了不少。

柳菁菁看着风中猎猎飞扬的军旗，口无遮拦道："俗话说祸害留千年，殷淮那个人诡计多端……"

齐轻舟一个眼风淡淡扫过去，她立马改口道："不是，足智多谋。哪会这么容易受伤，他这样的人物那必须千古流芳、永垂不朽啊。"

齐轻舟淡淡地睨她："那便借柳将军吉言。"

"……"

柳菁菁一口气差点没顺下去："得，是我白操心了！可是再担心殿下也要多吃些，看看这些天自己都瘦成什么样了。"

齐轻舟这回没再与他呛声，应下："嗯。"

柳菁菁摇了摇旗杆，又调侃道："殿下，好多人都说殷淮这次突然起兵是醉翁之意不在酒，目标不是南壤，是大齐。攘外只是个发兵的由头，打着打着打完南壤可就一路打回京城去了。这江山要是换了姓，你这风光亲王可就要不保了。"

齐轻舟看着手中的地图在江风里猎猎作响，不怎么在意道："是吗？"

柳菁菁"哈"了一声："殿下不信？大家可都这么说。"

齐轻舟满眼碧波荡漾的水光，轻声道："他要我就帮他。"甚至还一脸认真地请教柳菁菁，"真要打起来我还更师出有名，是不是？柳将军。"

亲自行军他才知道原来掌印是这么一步一步走过来的，他不想让他这样辛劳，若是掌印想要什么，那他便努力双手奉上。

柳菁菁顿了顿，说不出话来。

只觉得身旁隐在水光日光交错间的那张脸，有一种温和的坚定，直叫旁人看得心惊。

日夜兼程，一抵达南港，柳菁菁便以朝廷援军的身份要求面见东厂督主。

殷淮正在营帐里研究水势节点，下属在一旁汇报实时进度。

"督主，昨夜发现三名探子，京中那边是否要继续放消息？"

殷淮低着头，长指一拾，战棋精准落下："放。"

猫逗老鼠的游戏正开场，他还没有玩够。

属下又禀："京中派了援兵，柳小将军求见，正在帐外等候，督主可要见？"

殷淮勾唇讽笑，前两日刚派了柳家二将军过来，今日又来个柳家小将军，什么援兵，只怕是探兵吧？那群怕死的老家伙到底是有多害怕他忽然一个回马枪杀回盛京，竟一而再再而三地派兵来探虚实。

"不见。"殷淮从来不需要什么援兵，他最擅长孤军奋战。

属下："是。"

"慢。"

"这柳小将军……可是个女将军？"

"是！"

殷淮着棋的手微顿，垂下眼帘，看不清神色。半晌，座上传来的声音轻得不像是在下一道命令："传。"

柳菁菁领着自己的贴身侍从进入营帐，齐轻舟戴了军盔，只露出一双黑得发亮的眼睛，心跳骤然加快。

激动、委屈、害怕、近乡情怯，一步之遥，顿时心生百感。

齐轻舟狠狠地掐了一把自己的掌心让自己冷静下来，低着头，余光偷偷打量那个人。

外边兵荒马乱的营帐到了殷督主这儿变了个模样，这个人即便是带兵打仗依旧那样得体讲究。

柳菁菁大步迈到殷淮面前，作揖鞠躬："参见督主，在下柳家末帅，奉命支援南港一战。"

论品级和资历，她都得对殷淮拜这一礼。

殷淮想起他和某个小没良心的从前还因为眼下这个人闹过好些不愉快，眉眼倨傲，没起身受她这个礼，只抬了抬下巴："起。"

柳菁菁也不在意，直接问了些战略上和派兵部署的事，两人都是实干派，你来我往，效率极高。

聊得差不多，柳菁菁瞥到身后之人不争气的目光，心中顿时恨铁不成钢，话锋一转："那督主接下来若是有什么新计划，尽管吩咐属下。属下此次前来本就是为了全力配合督主，毕竟，属下也希望这仗快些打完，属下的友人还盼着属下回去喝酒呢，要是属下出来得太久，他该不高兴了。"

一番话故意说得亲密，殷淮丹凤眼中落满冰冷雪屑，但嘴角那抹得体的微笑仍是无懈可击的，随口道："是吗？"

柳菁菁心底默默翻了个白眼，她这人护短得厉害，无论齐轻舟犯了什么错，搁到她这儿那都是东厂魔头阴险狡诈、玩弄人心。

她拖长音调一笑："是啊！说来属下的这位友人，督主也认识！属下走之前，淮王殿下还到平乐寺给臣求了个平安符呢，让属下放在里衣，除了洗澡，一刻不许拿出来，睡觉也不许离身的。"

殷淮捏紧水杯，面上波澜不惊，微微笑了笑，漫不经心道："原来柳将军说的是淮王殿下啊，本督许久未曾见过他了，怎么样，他近来如何？"

平静沉稳的语气，无波无澜的口吻，仿佛只是随口聊起一个他们共同认识的人。

站在一旁的齐轻舟心里着急，柳菁菁当初没有入军营估计能进戏班，盛京花旦都没这人爱演。

"好啊，能有什么不好的！"柳菁菁大手一挥，被殷淮刺激得戏瘾大发，"多亏督主教导有方，殿下如今进了议事堂，结交挚友不计其数，颇为得意。

"他那个人嘛，督主也知道的，招人喜欢，今儿个妙容公子请他看书帖展，明个又和哪家公子跑马射箭，众星捧月，一呼百应，连我这个青梅都要靠边站了。"

她故作叹息："小殿下向来忘性大，就更别说——"

你这个在他视线里消失了好几个月的人。

殷淮眼底泛冷。

齐轻舟站在后边呼吸不畅，默默地看着柳菁菁演得越来越夸张："督主又不是不知道，殿下这人吧，对人好是真，没心没肺也是真，我若是不快些完成任务，回京中上赶着巴着他，估计不出三月半载的，他就能把我这号人忘到九霄云外去。"

柳菁菁剑抱于胸前，笑意盈盈道："您说是吧，督主。"

殷淮垂眉敛目，不经意地勾了勾唇角，轻声附和："是啊，殿下忘性大。"

柳菁菁非得再加一把火："不过督主，您放心，属下有督促殿下好好读书，那日还跟他商量着，既然督主您请辞了，要不就再找个老师。

"殿下觉得我说的有理，他属意翰林院的赵士郎，夸他长诵文采好，引经据典又言之有物，又夸他貌若潘安，风骨磊磊，乃读书人之楷模，连着几日上门求教。我看那赵士郎性情也温和，两人十分投机——"

"柳将军！"殷淮倏然笑了一下，面容目光都是与微笑不相称的沉静，眼角映出化不开的阴冷，"你与本督说这么多做什么？"

"本督对京中之事并不关心。"殷淮一沉下脸，阴冷的戾气和倨傲的威严就彻底显出来了，让人记着他还是那个生死予夺的九千岁。

柳菁菁脊背发凉，可是一想到身后站着齐轻舟，又觉得方才一顿卖力的演戏没有白费，道："抱歉，属下一提起殿下就没忍住，若是叨扰到督主，还望见谅，属下先行告退。"

一群人呼啦啦地进来，又呼啦啦地出去，像退潮的潮水，宽敞的营帐瞬间空荡荡的，殷淮清晰地听见心底细小的声音，像一片完整的冰从某个不清晰的地方出现了裂痕，越扩越大。

他终究是有了自己新的人生，走上了属于他的青天大道，往后会有人陪他秉烛驳论，陪他骑马射箭，良师益友，贤士良臣，陪他去更高更远的地方。

殷淮自嘲地一笑，闭上眼，捂了把脸，他跟柳菁菁在那儿云淡风轻，可心里什么滋味只有自己知道。

片刻，殷淮睁开眼，麻木地站起身，不料长袖一扫，案牍上的瓷杯、印拓和地图全被挥至地上，七零八落。

战旗沙盘一片狼藉，破碎声刺耳，惊心动魄。

良久，一道熟悉得不敢令人置信的声音传过来："掌印为何恼怒？"

那声音静中带软，像盛京五月宫门口边卖的槐花糖，沁出一丝糯糯的甜。

营帐的角落居然还有个人！

殷淮猛然抬头，警惕又期待的眼神形成一张铺天盖地的网紧紧锁住面前那双黑白分明的眼睛。

齐轻舟顶不住压力，慢慢卸下了军盔，漆黑的瞳仁往四周乱瞟，细声嗫道："听说你受伤了，我……我就是来看一眼。"

殷淮锋利的狭眼毫不掩饰地盯着他脸上每一丝细微的表情，像一把蓄势待发的弓箭。

齐轻舟更紧张，退后一步："你……你不要生气，我不会打扰你的，我回去当差了。"

说完就跑，转身的瞬间被一股巨大的臂力拽了回来，背后随之响起怒吼："齐轻舟！你又胡闹！"

殷淮几乎是咬牙切齿地责备，下颌线条紧绷的程度显示出心中的盛怒。

他很少连名带姓地叫齐轻舟，但他是真没想到这个不要命的小祖宗能追他追到这儿来。

哪个皇子亲王主意能像他这么大？简直就是个小疯子！

盛京到南港的路十分遥远，山转水路凶险穷极，是乱军出没频繁的地段，流民兵匪出没其中，柳菁菁那点功夫和作战技术他根本看不上眼。

殷淮重重地放开了齐轻舟。

齐轻舟这些天的担惊受怕和压抑已久的委屈土崩瓦解。

他本想来日方长，等安顿好了再与掌印好好说的，反正他都追到这儿来了，掌印是再不能躲他的。

可掌印说他是胡闹，还生了气，鼻尖一酸，再忍不住。齐轻舟像一只瘦骨嶙峋的奶猫一样颤抖："可是我担心你呀。"

音色细细的、无措的，不敢大声，怕掌印更生气。

和柳菁菁兵分两路被难民哄抢踩踏的时候他没哭，被地匪抢劫绑架扔进马厩的时候他没哭，三军南下在连峰遇上大雪封山的时候他没哭，殷淮放开他的这一瞬他忍不住眼眶红了："掌印一句话不留就走了，我去焰莲宫找不着，去东厂营里寻不到，司礼监的人一个个守口如瓶，你就跟凭空消失了似的。"

"他们还说你受伤了，可是伤哪儿了，怎么伤的，严不严重，全不知道，我——"他像是无法回忆那段时日的焦虑、害怕和担忧一般噎住了声音，垂着头，过了几秒，才又低低地道,"我甚至想过,若是你有什么事……"

齐轻舟忽然痛苦地捂着脸,根本无法从那段压抑的噩梦中抽离出来。

自制如殷淮亦不得不被触动,如果说这些天对自己的压抑和自我告诫是一座冰山,那齐轻舟就是普光万丈的日头,势不可挡朝他奔来,带着炽烈的温度与暖意誓要将他完全融化。

他无比清晰地感知到,心底的坚冰正不受控制地一点一点消融。

他手指动了动,蹙着眉试探着叫了一声沉陷在痛苦中的人:"殿下?"

齐轻舟再抬起头来时,眼神坚定:"掌印,现在你信我了吗?"

殷淮眸心微动。

齐轻舟哑声说:"掌印消失了那么多天,知道我是怎么过来的吗?每一天都焦虑得睡不着觉,一睁开眼就开始新一天的害怕担心。

"我哪里都找不到你,可我也不能什么都不做呀,我……我现在是议事堂少丞尉了,掌印知道吗?"

语气有些骄傲,又带一点不敢太显露的抱怨。

"那鬼地方可真一点儿都不好待,那群酸臣每天都叨叨个没完,一会儿说你这个决策是鼠目寸光,那个部署是假公济私,我就拼命跟他们吵。"他垂着眼喃喃,语气很无所谓,"吵得议事堂的人都觉我疯魔了,你的人我一个也没让他们换下去!他们在我手上占不到一丁点儿便宜。"

说到这儿他竟还很轻地牵了牵嘴角,仿佛这是什么让人骄傲的事情,而他是等着被师长表扬的学生。

"丞相东宫也虎视眈眈,恨不得马上除掉我,在国宴上他们那么多人联手起来设计我,我心里害怕,可我一想,没准掌印就在哪个角落里默默看着我呢,我就知道我不能怕了。"

他像个委屈小孩儿见了家长一样告状,絮絮叨叨,把这些天殷淮错过的自己的生活,事无巨细全都说了一遍,又怕殷淮生气,更招人可怜。

他也不想这么没用地哭出来,他也想像在朝堂那样威风凛凛地指点江山,可是他一看见掌印就觉得委屈,就忍不住。

殷淮垂下眼帘静静地听他说,不知道自己还能绷多久。

齐轻舟手里一空,眼里蓄满的泪落下来一串,擦掉,挤出一个苦涩的笑逼着自己说下去:"他们都说你受了伤,我就只好逼柳菁菁带我来找你。

"经过连岳峰大雪封山了两天,吃的喝的全都没有了,也生不着火,死了好多士兵。

"掌印，你知道我躺在雪地上手脚僵得完全没有知觉，全身上下只剩下一口热气儿的时候心里在想什么吗？"

殷淮微微僵住，终于肯抬头正眼看他。

齐轻舟含泪的眼睛对他弯了弯，说："我在想，掌印经过这个地方的时候冷不冷，冰蛊有没有发作，难不难受，好可惜我不在，不能陪着他，如果我在，我就一定想尽法子给他取暖。"

殷淮抿着薄唇，眸心微动，齐轻舟紧紧地盯着他："后来又遇到丞相的追兵暗中截杀，太子根本不想让柳家再出援兵，暗兵的埋伏甚至躲过了柳家军的侦巡，声东击西支开了主军人马，我落到了他们手里。"

殷淮宽袖中的手蓦然攥紧，露出青筋分明的骨节。

齐轻舟总是知道怎么说能让他的老师心软："他们对我拳打脚踢，施以毒刑，鞭子抽得我没有一块好皮肉，那些伤疤可能去不掉了。"

那声音和表情太可怜了，只有殷淮知道自己的藏在袖中的拳头在颤抖，听着这些只觉得烧喉灼心，明知道这是小皇子刻意卖弄的委屈，但眼中寒冰凝结，染上凶狠的煞气。

齐轻舟嘴巴一扁，眼角耷拉，仿佛受了天大的委屈："我以为我就要命丧在他们手上了。掌印知不知道被缰绳勒住脖子快要窒息的最后那一刻，我心里想的又是什么？"

他挂着眼泪轻轻一笑，道："我在想，我还不能死，我还没求得掌印的原谅呢，还没见掌印最后一面，我好不甘心啊。要是我死了，以后谁来提醒掌印喝药，谁来逗掌印开心？"

"要是掌印知道我死了，会不会也有一点点伤心啊？还是很快就会把我忘啦？"

齐轻舟固执地求一个答案："会吗掌印？"

"你会伤心吗？"

"会忘记我这个不听话又胡闹的学生吗？"

殷淮被他的连连追问问得心里化作了一池温水，腊月飞雪里都妥帖。

齐轻舟得不到丝毫回应，心下钝痛，路上再艰难再绝望的时候都比不上此刻殷淮的无动于衷，他翻过那么高的雪山，渡过那样冷的河水，还是不能得到掌印的原谅吗？

"掌印……还是不相信我吗？"

殷淮仍是静静凝着他，眉心蹙着，似在想如何回应他。

"没关系，"齐轻舟擦擦眼泪，深吸一口气，自己给自己鼓劲，"没关系，我理解的。"殷淮这样的人，走在悬崖边上，越温柔就越决绝，他的心大概一生只会对一个人敞开一次，若是那个幸运的人不懂得珍惜，辜负了，那就绝对没有第二次了。

可是再绝对齐轻舟也不能放弃："掌印不相信我就是我做得还不够多，还不够好，没让掌印感受到我的诚意，我……我会好好努力。"

大概也觉得自己絮絮叨叨了这么久很招人烦，齐轻舟哑声说："我……我不烦掌印了，我的军编就在柳军的侦讯营里，掌印要是有什么事就叫我，好不好？"

见殷淮依旧站在原地一动不动，也不应答，齐轻舟掩下脸上的失望之色慢吞吞地转身走向帐门，刚要伸手撩开帘子，忽而听到背后传来声音。

"齐轻舟。"

齐轻舟脊背一僵，顿了脚步，站定，转过身盯着殷淮。

两人隔着遥遥几步距离，谁也没有再开口。

齐轻舟满怀期待又小心翼翼，仿佛是等待家长原谅的孩子。

殷淮心头大动，认命地闭了闭眼，这个他亲自教授诗书、骑马涉猎、看着成长的学生，是荒芜生命里唯一的温情和暖意。

在齐轻舟屏住呼吸的漫长等待里，殷淮对他说："过来。"

齐轻舟眼眶一红，慢慢走到他的面前。

"掌印……"

"告诉我'过来'是什么意思？"

是原谅他了吗？

"我……我很笨的，掌印不说清楚一点，我听不懂。"

他无法轻易安下心来。

殷淮拍了拍他的肩头，是安抚，也是安慰，就像从前那样。齐轻舟激动的情绪果然从这个他们都熟悉的动作里缓缓平复下来。

殷淮静静看了他一会儿，把人带回寝帐，打了水来，让齐轻舟擦了脸，又褪去鞋袜，泡了手脚，温和平静得像以前一样，却仍是没有说话。

殷淮的沉默让齐轻舟不安，眼睛一眨不眨地看他，有些委屈地叫："掌印。"

殷淮接下他用过的帕子，洗干净，屈膝平视他，说："殿下。"

齐轻舟紧张地看着他。

"殿下真的想清楚了吗？臣是个太监，是个奸佞，是人人得而诛之的权宦。名声如过街老鼠，身份卑如蝼蚁，做臣的门生，如过悬崖，深渊尸骨累累，稍有不慎便是万劫不复。

"那又怎么样？！"齐轻舟声音拔高。

他目光赤诚热烈，真诚又傲气地问："我敢拜一个太监为师，你不敢收一个皇子为徒吗？"

殷淮整颗心脏都在颤抖，眼底沾了点狠意："殿下真的清楚这意味着什么吗？

"殿下自此需违背本心，做曾不齿之事，同清流分道扬镳，背负天下骂名。

"朝臣视为眼中钉，皇帝猜疑防备，百姓厌憎谩骂。"殷淮捏紧他的肩头，不再是曾经带着撇清关系的疏离，而是真心实意地为殿下考虑，"殿下不回到臣的身边，不做臣的门生，臣给出的那些，也绝不会收回和改变。臣向殿下承诺过的，都会做到，这样不好吗？

"殿下只需一路走康庄大道，青云直上，何必付这些代价。"

齐轻舟脸上褪去原来的委屈，变得正经严肃起来："不好，我千辛万苦翻山越岭来到这里，就是要光明正大地站在掌印身边。

"掌印是第一个对我好的人，救我于泥潭，授我以诗书，教我以涉猎，予我以依仗。

"关心我，照顾我，宽容我，如师如长，如兄如父，是我的知己，我的亲人。

"我不在乎冷枪暗箭，不在乎天下骂名，我想和掌印春日赏花、仲夏放灯、秋夜望月、隆冬玩雪，想掌印陪我登高塔，陪我望河川，走过万水千山。

殷淮望着他久久不语，蓦地，极轻极浅地笑了一瞬："齐轻舟。

"只此一次。

"臣这儿，来了就不能再走。"

齐轻舟眼眶一红，日日夜夜悬在半空中落不着地的心终于归位，像迷失的幼鹿历尽艰险回到森林的怀抱，又像濒临干涸的游鱼投入江河。

千山万水，翻山越岭，他又寻回了他的老师，他的兄长，他的掌印。

营帐外属下送来热水，齐轻舟这一路背上、手臂都是瘀青红痕，鲜明刺目。

殷淮为他涂药，冷下来的目光像腊月寒霜，齐轻舟如有实感，他着急伸手去遮那双眼睛："掌印别看，很丑……"

殷淮眼神柔和下来，又看了一会儿，心中默默地数，大的小的形状长度什么位置，一条不漏，说："不丑，殿下机智勇敢，为师欣慰。"

他动作轻柔："殿下这一路受的，臣会一笔一笔、十倍百倍为殿下讨回来。"

齐轻舟满意了，嘴上还要告状："东宫趁掌印不在，可劲儿欺负我。"

殷淮仔细查看他是否还有别的伤口，轻声道："那他很快便会成为前东宫。"

齐轻舟讶异地张了张嘴，殷淮低声告诉他："丞相私联南壤，许诺他们免贡三年，逼迫殿下和亲只是个幌子。"

齐轻舟不愤道："人前的明君贤臣勾结外族，人骂枭臣奸佞的劳苦卫国保民，什么玩意儿！"

殷淮拍了拍他的背，安慰道："殿下不气，有臣在。"

"殿下偷偷跟着来，在柳营容易泄露身份，先在臣这儿住下。"

夜里，殷淮亲自换了被褥，齐轻舟心里满满当当，仿佛又回到了在焰莲宫的时候。

只不过，这一次，他没再让掌印照顾自己，摸了摸掌印的被褥："冷不冷？"

被小皇子关怀照顾的感受还挺新奇，殷淮挑了挑眉，故意垂睫道："嗯，臣有时候夜里会冷醒。"

齐轻舟皱了眉，去添了火，又把自己的暖袋塞到殷淮怀里："我不会再让掌印冷了。"

殷淮唇角牵了牵，这是入冬以来，他入睡最快的一次。凌空搏击的苍鹰找到了温暖安全的归处，终得安眠休憩。

南壤海港湿气重，河面风大，冷气阴寒入侵，带军作战又极度疲累，殷淮时常在夜半被寒气折磨至醒，由体内生发的寒毒是生再大的火亦无法驱散的。

轻则长夜不得入眠，重则逆气抽筋，心口发痛。

"掌印！掌印！你怎么了？"

齐轻舟摇醒眉心紧蹙、面露痛苦的殷淮，一颗心都被揪起来。

夜深人静，营帐外寒风呼啸，他点亮一盏昏黄的灯，擦了擦殷淮额前岑岑的冷汗，柔声问："是不是哪里不舒服？"

殷淮眼中还有些迷茫，在昏黄朦胧的灯光中显得有一丝虚弱，笑了笑："抱歉，吵醒殿下了。"

齐轻舟心下一痛，皱起眉道："别这样说！"

殷淮身上那一丝平日里根本无从窥得的脆弱在这个风声呼啸的深夜将齐轻舟深深击中，他恨不得替掌印疼，替掌印受苦。

齐轻舟默默起身，把已经变得有些温凉的暖袋换了，装上热腾腾的水，又帮殷淮有些抽筋的脚一下一下地按柔穴位，直到那双腿彻底放松下来，重新变得温暖，才给他套上暖袜。

暖意化作一股暖融融的春水灌入殷淮的血液。

"好点了吗？"

齐轻舟注视殷淮的目光里充满着担忧。

殷淮忙安抚地揉了揉齐轻舟的脑袋，沉声道："谢殿下，已经不冷了。"

齐轻舟像只被惹怒的小狗一样仰起脸："为什么说谢！"

殷淮一怔，齐轻舟又像是懊恼自己没克制好语气，凑上前，有一点点委屈："不用跟我说谢的啊。"

"掌印待我那样好，我所做不及你万分之一。"

殷淮脸还苍白着，眼底却是含着笑的："殿下天潢贵胄，怎能为臣这些。"

齐轻舟皱眉："那又如何，就算做了皇帝我也——"

殷淮止住他，无可言喻的暖意和温情翻滚在心尖，振聋发聩。

殷淮夜半惊醒是常事，齐轻舟不厌其烦，为他驱寒，冰蛊渐渐稳定下来。

只有一晚，齐轻舟白天随军侦巡睡得沉了些，夜里醒来外边已经没了人，顿时心下大慌，掀开被子跳下床连鞋子都没穿就挑开帐帘，脚底传来彻骨的冰凉丝毫未察。

冬夜的荒原黑魆魆一片，呼啸的风夹杂肆虐的雪刀片般刮在他脸上，空旷原野只有呼呼的回声，没有掌印。

殷淮曾经一声不响消失的恐惧铺天盖地袭来，像一只大手死死攥紧齐轻舟的心脏。

殷淮回来看到的就是这么一幅画面，衣衫单薄的少年光着脚垂头坐在床边，眼神麻木空洞，面色苍白，失魂落魄，仿佛丧家之犬。

殷淮心下一跳，皱眉："殿下，怎么不穿——"

齐轻舟倏然抬头，神情大动，光着脚冲到他面前，喃喃道："我以为你走了。"声音和神情都招人可怜，"我以为这些天只是我的一场梦。

"我以为我做得不够好，掌印又不要我了。"

殷淮心尖一片酸软，揽着人回到床边坐下，一下下地安抚："别多想，只要殿下还需要臣，臣就不会离开你。

"选择权和决定权从来就不在臣手上。"

殷淮叹气，是他之前拒绝小皇子的姿态过于狠硬，在他心里留下了阴影。齐轻舟其实很没有安全感，这些天像条小尾巴一样围着他转，恨不得无时无刻跟着他，观察他的需求。

殷淮很受用，甚至很卑劣地觉得，齐轻舟的这种患得患失反而减少了他的忧虑和忐忑，毕竟他的自私和霸道也不遑多让。小皇子没有别的倚仗，才能一直站在他身边。

齐轻还沉浸在刚刚的惊怕里，怏怏地开口："掌印现在和我是不是没有以前亲了？"

殷淮一怔，缓声问："怎么会这么想？"

齐轻舟觉得自己是在无理取闹，但又忍不住说："你现在不会拘着我去哪儿、干什么、和谁在一块儿，不再暗中派影卫盯着我，也不问我什么时候回来。"

这在以前是不可想象的。

严师出高徒，在焰莲宫的时候，殷淮管他管得严，出个御花园溜达一圈都要报备。他想念有人牵挂他、目光放在他身上、心里放着他的时光。

殷淮不说话，齐轻舟敏感，后悔道："我……我乱说的，掌印不要放在心上。"

他这是在做什么呢？掌印能不计前嫌地原谅他，他就该谢天谢地了，为什么还要计较这些。

过了半晌，殷淮低声道："臣以为殿下不喜欢被管得太严。"

齐轻舟天性活泼，向往自由和无拘无束，那段禁锢他的时间不仅仅给他带去了伤害和痛苦，也给殷淮带来了教训。

没有人知道殷淮一直是在如何克制自己，强令自己别再过多干涉齐轻舟，生怕引起他的反感和排斥，或是不堪的回忆。

这是他们之间最敏感的禁忌。

殷淮是绝对经受不起再一次和齐轻舟离心之苦的。

齐轻舟瞪大眼："我……我没有不喜欢。"

急吼吼地解释道："我喜欢的，从前没人管教我，也没人关心我，在意我，后来有了掌印，我才知道，我也是被人牵挂着的。"

"喜欢，很喜欢。"

说完他又有些失落："可是你不会再那样做了是不是？"他曾经辜负过殷淮一番好意，凭什么再要求别人用和从前同等程度和重量的情意去关怀他。

殷淮没说是，也没说不是，只专注地盯着他的脸，缓缓开口，语气很轻："殿下不觉得被束缚、不自由、不平等吗？"

他说过，信不信，一切的基础，是平等。

其实，齐轻舟和他之间也是不平等的，只要殷淮想，他可以把齐轻舟包裹得滴水不漏，插翅难飞，就像原来，他不也自恃权势，囚禁逼迫了小皇子吗？

可是，最后的结果是什么，是他华丽的牢笼差点囚死了这只自由自在的百灵。

齐轻舟却睁大眼睛说："我不觉得！"

他的神情诚恳又真挚："那会儿是我在生气，也想不通，可是当我明白了你的关怀和呵护，那些就不是束缚和负担，是你的牵挂和我的情愿，是我从小到大都未得到过的温暖。"

殷淮眸心震动，嘴上却仍是不肯松口，一字一句地警告他："殿下就这样摊开底牌，不怕吗？两个人之间的安全感是此消彼长的。殿下害怕了、忧虑了，那臣就安全了。"

从古至今，君臣博弈，从无例外，哪怕是师生，是知己，亦逃不过。

明明手上还在安抚齐轻舟，姿态也温和，语气却冷酷："臣是个很卑劣自私的人。"

他狠着心教导这位得意门生、他唯一的爱徒："殿下的在意、有所求和患得患失会无形给臣增添很多筹码，殿下毫不遮掩的信任也会给臣有恃无恐肆意妄为的特权。"

殷淮慢条斯理，像是分析朝势军情一般理性客观："殿下这么相信臣、依赖臣，臣就可以不再像以前那样捧着你，纵着你，不会再像从前那样对你好，而是你得反过来迁就臣。"

齐轻舟的眉头一会儿紧皱，一会儿舒展，消化了半晌，只问了一个问题："掌印也会没有安全感吗？"

"会。"殷淮如实道。也许会比齐轻舟心里的不安还要多，权势名利场，他踩着尸骨累累走过来的。

齐轻舟又问："但是我的患得患失会增加掌印安全感？"

殷淮没有骗他："是。"

齐轻舟眨眨眼，道："那我甘愿承受这种患得患失。"

"如果能让掌印觉得安心。"比起自己不好受，他更希望殷淮好受，还是让他来承受这种煎熬吧。

"本来就不用你再捧着我让着我啊，哪有老师一味纵着学生的道理，以后换我对你好，让我孝敬你！"

殷淮一颗心忽然就被他的一句话温得妥帖柔软。

次日一早，齐轻舟随殷淮到营地巡军，主帅副将随从。

从马背下来的时候，殷淮的靴扣被马鞍的钩子钩开了，殷淮本人都还未察觉，齐轻舟便已经敏锐地低头瞭了一眼。在众人面前，神色自然地蹲下身去，为他扣上。

殷淮怔了一瞬,低头看着他,齐轻舟却不觉是什么大事,朝他投去一个询问的眼神。

殷淮摇摇头,齐轻舟便对他弯了弯眼睛,冬日阳光落在他的睫毛上,让人心头一软。

至此,残存在殷淮心底的最后一丝顾虑和芥蒂,也被齐轻舟那样坦然的姿态和发自内心的敬重驱逐得烟消云散。

的确,理解和信任的基础是平等。

但他唯独算漏了一样东西,叫甘愿。

信一个人信到心甘情愿了,就不会觉得束缚,不会觉得不平等,不在乎不计较,毫无保留。

小皇子终归是比他这种久浸权势之人更通透更坦然,这一点上,齐轻舟比他领悟得更早更深,也做得更好。

齐轻舟让殷淮只管等着以后看他的表现,并非说说而已,他对外宣称自己是东厂的影卫,跟在殷淮身边,端茶倒水亲力亲为。

"殿下不用做这些。过来,臣教你看地图和排兵。"

齐轻舟学得刻苦认真,每天比他睡得还晚的只有沙场的星辰和海港的月亮,但成果和收获也是显著的,他正在以一种飞速的节奏成长着,甚至可以说是成熟。

恩威并施地与联军交涉,带领支队打探敌情,妥帖安排好军中的后勤和部署,半个月下来已经能分去殷淮不少负担。

他收起以往在宫里那份浑不憷的软糯嬉笑,港口的鸣笛声和沙场的广袤寂寥为他清秀的眉眼添上坚韧和从容的色彩。

他做事认真,为人宽和,淡化了许多殷淮立得太过的军威,诸位将士都更喜欢与这位温和的齐影卫对接合作。

从前只是不争,一旦有了想要捍卫和守护的,齐轻舟就比谁都认真勇敢。

柳菁菁出了议事的营帐,将他拉到一旁,不满地哼道:"近日军中那位被盛传的贴身影卫便是殿下吧?放着好好的天潢贵胄不做,如今都开始跟本将军抢饭碗了?"

齐轻舟卷好书中的图纸,笑了笑:"那自然比不上柳将军的。"

柳菁菁近来未得见他还要多说几句,就看到殷淮负手在背,后边跟着一群幕僚军师,面色严肃地提醒:"齐影卫,准备一下,本督要去勘探港口水势。"

话是对齐轻舟说的,一双狭长的凤眼盯准的是柳菁菁。

齐轻舟马上立正:"是,督主。"

"……"柳菁菁忽觉心口一阵钝疼。

齐轻舟对地形视察和水势推测很感兴趣，也颇有天赋。

他以前也老爱往山上水里跑，如今把殷淮教他的都用上就发现，比以前自己一个人跑出宫去瞎玩得趣儿得多，何况还有他最喜欢的良师益友时不时在一侧提点。

殷淮嘴上说着以后不会再似从前那般纵着他、迁就他，齐轻舟却觉得掌印每一天都比前一天对他更好。

"手放低、平视前方。"殷淮直接走到他身后，手把手教他持握战弓。

战弓不比平常佩戴的箭弓，装置、重量和射程都不是一个级别。

齐轻舟臂力一般，胜在巧劲，射出的几箭都颇有准头，他嘴角噙着点骄傲的笑，抬起头直直望着殷淮，仿佛是在等主人夸的小狗崽。

殷淮也低头看他，两人对视几秒，到底还是殷淮先败下阵来，侧过脸无奈地轻笑一声，低声夸赞："殿下聪慧。"

"掌印门生，应当如是。"齐轻舟转过身，头歪了歪，道，"我这么认真学，是要奖励的。"

殷淮嘴边浸了点淡笑，低头，给他递帕子擦手："殿下想要什么？"

齐轻舟越发被殷淮纵出从前那副有恃无恐的样子："想要什么掌印都给吗？"

"都给，"殷淮收好帕子，无奈地低声说，"都给。"

"那让我骑你的马回去。"

这匹白驹是殷淮最喜欢的战马，从很多年前就跟他征战沙场了，旁人是碰都不能碰的。

殷淮二话不说扶他上马坐稳，为他牵起缰绳漫步回营地。

平原上的日头被殷淮削直的肩膀挡住一大半，冬日的夕阳照得齐轻舟整个人明亮又温暖。殷淮叮嘱："别晒到眼睛。"

齐轻舟摸摸白马的耳朵。

两道交错的影子被拉长。

驻军时间一长，便渐渐有些人认出督主身边那位齐先生不是什么影卫，而是京州来的淮王殿下。

殷淮也不瞒着，对外只说是陛下派来的督军，至于齐盛帝心里是怎么想的，他不在乎，总归皇帝现在还要靠他打仗，也不能把他如何。

夜幕星辰渐现，回到营帐齐轻舟仍舍不得将手中的地图搁下，继续埋首案牍研究水势情况，定下两天后的船舰落点。

有人回来坐在他旁边亦浑然未觉，殷淮双手抱在胸前安静地看了他一会儿，幽幽地道："殿下甚忙。"话虽是这样说，但脸上并未有不满之色。

他眯起眼，如今小皇子日益稳重成熟，风范尽显，像一块璞玉被打磨得光泽耀眼，越发地叫人移不开眼。

那日军营里有两个从难民里挑进来的新兵蛋子打了起来，几个人都拉不住，齐轻舟撞见了，上去不知道和那两大汉子说了什么，两人脸竟然红了红，也不打了。

从那以后，一个见到他恭恭敬敬，一个不知道他来头的竟还说给他带家乡的馕饼吃。

这事儿传到殷淮这儿，他唇角弯了弯，一瞬，又不笑了。

齐轻舟听见殷淮声音，一愣，立马搁下手中的笔："对不起掌印，我就是想能为你多分担一些，不想你太累。"

即便他在外面已经成长成干练负责、受人尊敬的督军王爷，但一回到帐里还是那个乖乖的小皇子。

这些天齐轻舟忙里忙外，每天跟他相处时间都少了一半，殷淮见他这么认真解释，轻笑一声："殿下当真了？"

齐轻舟却不是开玩笑，他点点头："要当真的，我本就是为了掌印来的这一趟，初心是你，那些事情本来就排在你之后。你是最重要的。"

"不想让掌印觉得我为了旁的忽略了你的感受，那是本末倒置。"

殷淮像是听到一番什么惊奇的言论般挑着眉笑。小皇子如今越发能说会道，把人哄得找不着北。

齐轻舟将殷淮拉到床边。

"今日掌印还没泡脚。"

他命人打来一盆热水，亲手抓了草药包泡下去，搅动，试好了水温，才俯身去解殷淮的鞋袜。

殷淮的冰蛊渐渐稳定可控，医正说睡前泡脚可以驱散体内寒气，齐轻舟一天都不许他落下。

"怎么样？烫不烫？"

殷淮使坏似的踢了点水，轻声说："不烫。"

齐轻舟似是未见过掌印这般稚气的模样，咯咯笑了："舒服吧？"

"嗯。"

齐轻舟满意了，上身前倾，哼哼道："那你多泡会儿，泡完我给你按按。"

筋脉舒展开来夜里不容易抽筋。

脚底传来的暖热仿佛能将整个人融化，殷淮额前沁出些许细密的汗珠。齐轻舟这些天被重新养出来的一点肉，面色也健康了许多。

齐轻舟刚喝了小兵热好的羊奶，一股子奶味。殷淮问："殿下累不累？"

齐轻舟："不累。"

殷淮的目光落在他发顶上，不说话了。

"怎么了？"

过了几秒，他听见殷淮极轻极轻地叹了声气，低声道："臣有时候不知道，让殿下变成了今日的殿下，究竟是不是一件好事。"

无论是操劳国事还是照顾他，齐轻舟都一下子成长得太快，这的确是一种成熟，可有他在，齐轻舟并不需要这种成熟。

太操劳太辛苦，要想的事情太多，他还是比较想让小皇子做一只无忧无虑的白鹭，而不需要当搏击长空的苍鹰。

齐轻舟一听这话，立马扬起脸问："掌印比较怀念以前的我吗？"

他有些担心，是不是因为他现在没有以前可爱和讨人欢心了？

殷狐狸不着他的套，将问题轻轻丢回去："那殿下呢？更喜欢当哪个自己？"

齐轻舟如何他都是欣赏的，但最重要的还是自我认同。

齐轻舟想了想，抬头望着他说："我倒是不太喜欢从前那个齐轻舟。

"他不够懂你，不够信任你，也不是真正明白你的苦心。"

殷淮的手紧了紧，可齐轻舟像没察觉似的故意继续说："他不知道自己拥有一份多么珍贵厚重的情谊，他让你伤透了心，他配不上你这样的良师益友。"

齐轻舟慢慢站起来，不太好意思地说："其实我……我——"

殷淮鼓励他说下去。

齐轻舟又开口道："其实我有点儿嫉妒以前那个齐轻舟，他什么都做不好，掌印却那样看重他。"

"你到底欣赏他什么呀？"他有些懊恼地问。

殷淮哑然，顿时哭笑不得。

齐轻舟却很认真："他躲在你的羽翼下，享受着你对他的好却不知道你的辛苦和难处。

"他太高估自己，根本不明白信任与理解并不是那么简单容易的事情，也不是不相信别人对你的诋毁就叫信任，他总以为他懂，其实什么也不懂。他总有一天会背叛你、失去你的，不是那个时候，也会是未来的某一个时候，或早或晚。"

殷淮从来不知道齐轻舟这么会说话，叫人宽慰又暖心。

"不过现在这个齐轻舟知道了，那个齐轻舟没有通过那一次考验，但是因为你对他宽容的爱，现在这个齐轻舟有信心通过未来的无数个考验。

"我唯一感谢的是，他当初厚着脸皮要做你的学生。"

殷淮静静听着，心头被填得很满。

风尘飞扬的沙场，外面是肆虐风雪，营帐里的一盏暖灯显得格外温情。

殷淮胸腔发出沉沉的闷笑："殿下什么时候学的这般嘴甜？"

齐轻舟瞪眼："我说的实话嘛。"

水凉了，齐轻舟给殷淮擦干净脚上的水珠，叫人将水端出去。

两人说悄悄话。

"掌印，你想让我去争那个位置吗？"

殷淮答非所问："殿下自己想吗？"万事他自然都是以齐轻舟的意愿为重的。

齐轻舟坦率道："从前不想的，也不适合我。但现在想，很想。"

殷淮低头看他一眼："说真话。"

齐轻舟又仔细想了想："还是想的，因为我想同掌印一起站在高处。"

殷淮道："不争，臣也有的是办法与殿下站在高处。"

神情倨傲又自负，齐轻舟却极喜欢看掌印这样狂妄与不羁。

"这不一样。"齐轻舟道，"我就是想与掌印并肩，不是一有什么事就躲到你身后。"

"我不想再让你置于任何危险的境地，"齐轻舟深吸了一口气，"掌印这么好，不应该被一个废物草包拖累。即便这个废物草包是我，也不行。"

殷淮一愣，眼底涌上笑意，嘴上偏要使坏："说着正事，殿下做什么又变着法子哄臣高兴。"

齐轻舟抿了抿嘴，不好意思地道："我忍不住。因为太敬仰掌印了。"

齐轻舟一高兴起来就特能说，跟个话痨似的张口就来，一张嘴开开合合，又断断续续说了一堆话，像眼睛圆溜溜的金鱼吐泡泡，说他这段时间的努力，说他对未来的计划。

殷淮仿佛又见到了当初那个在他耳边滔滔不绝的小皇子，认真地告诉他："殿下只要信任臣就好。"

齐轻舟固执地摇头："会，会一直相信掌印，但不可以仅仅只是如此。"

殷淮心中满胀："殿下不后悔吗？"

齐轻舟眼珠子转了转："后悔。后悔没有早一点想清楚。"

殷淮被这股肆意张扬的阳光照耀得四肢生暖，无可奈何地牵了牵嘴角。

次日晨，雪停，大晴。
殷淮议事的营帐唯齐轻舟无令可任意出入，齐轻舟捧着一大摞南壤水陆图志走近时，殷淮正在与各方将领议事。
守门的士兵见是齐轻舟，沉默恭敬对他行了个军礼。
齐轻舟点点头，听到帐中传来谈话声又自觉不便贸然闯进，便在帐边等待。
"殿下通水性、精兵器，又是军中唯一的皇裔，此行淮王当仁不让。"
"末将附议，巴格勒天性生疑，既军谏中指令了要皇族中人到场以示诚意，若想命人乔装并非易事，遣请淮王殿下势在必行。"

拾 归宿

一直未听到殷淮的声音。

又一人忍不住道："督主若狠不下心，潜入南壤侧方排兵布局则毫无可能，敌方忽增的疑军分散的位置十分隐蔽，且异常凶猛，不深入考察路线研究其作战船舰，水战对我军极其不利。"

武将耿直，说话没有文臣那些曲曲绕绕："望督主三思，事关我大齐江山国祚与万千兵将性命，若是因淮王殿下一人之失坏我三军之功，恕本将无法——"

在场同僚觉得老匹夫太过，打圆场道："元将军，不得无礼！"

"说完了？"高坐主位的殷淮不轻不重地放下茶碗，抬起下巴睨座下之人，"本督可有说过半句不将殿下送出去吗？"

声音是从容镇静的，丝毫没有被群将逼迫的着急窘迫，甚至带了点慵懒。

一阵大风刮起沙尘飞扬，吹得人手脚哆嗦，止不住打寒战，齐轻舟眨了眨眼，抱着一堆图纸回寝帐去了。

寝帐里生了火，还是冷，齐轻舟靠着帘帐发了会儿呆，才又埋头研究南壤水深、潮期与陆地岸线，又试着画了几张攻守防线图纸，结合探兵传回来的资料寻出可能可以尝试突破的河港节点。

小兵进来提醒了几回该用饭了他也充耳不闻，再一抬头，天边最后一丝余晖已沉下山头，冬夜的黑暗迅速吞噬了空旷原野，稀月晚星格外寂寥。

殷淮回来的时候已经敲过了夜更梆子，齐轻舟忙站起来为他解开沾满雪屑的外氅。

"冷不冷？"

齐轻舟往外张望了一眼，语气懊恼："我不知道又下雪了，该去接掌印的。"

他太专注，根本没发现外面的天气有变。

殷淮皱眉。

齐轻舟心里一咯噔："怎……怎么了？"

殷淮沉声问："殿下没用饭？"

齐轻舟一怔，讨好地弯了弯眼睛："想等你一起嘛。"

殷淮本想冷一冷他，被他磨得没脾气，按了按眉心，严肃地道："饭要按时吃。"每天要处理的事那么多，身体根本扛不住。

齐轻舟满嘴应下，挺乖的模样。

下属送来晚膳。

齐轻舟挨着殷淮，往饼皮上多放了几块烤羊肉、瓜丝条儿，一卷，蘸了酱，递给他，殷淮从一回来就绷着的嘴角终于弯了弯。

齐轻舟问："味道如何？"

殷淮闷笑："好吃。"

他凑过去："我尝尝。"

殷淮为了惩罚他不按时吃饭，没让，另外给他打了碗热乎的羊肉汤。

夜里。

齐轻舟沐浴后又不好好擦干头发，殷淮拿着帕子过来。

齐轻舟忽然问道："掌印何时送我去敌营？"

殷淮手一顿，扳着肩膀将人转过来："殿下听到了？"

齐轻舟"啊"了一声："听了几句。"

殷淮过了几秒才开口："殿下，臣——"

齐轻舟感受到他语气里的紧绷，先发制人一笑："掌印紧张什么？"

殷淮静静看他许久，确认他是真的没有生气，才松了口气道："臣以为……"

齐轻舟不让他说下去，两人四目相视，都想起过去相似的一幕和引起的误会，竟都有些不好意思地笑了。

现在不一样了，他们相互信任，不会再因无端的猜疑而误会彼此，可当齐轻舟说出那句"掌印，我想去"的时候，殷淮还是不由得脸色微沉。

倒是没有马上反对，只是问："殿下为何想去？"

如此危险的地方，他从未考虑过真的让齐轻舟以身犯险，那些话不过是安抚老将的托词，他还不至于这么窝囊，让自己的爱徒去遭这个罪。

齐轻舟却跃跃欲试："能与他们的将帅正面交锋，又能实地考察一下地形，值得一去。"

殷淮不同意，语气强势不容置疑："那也轮不上殿下去。"打探军情摸索路线，他麾下有的是军才。

齐轻舟还欲争取一下，主要是他急着立军功。殷淮神情严肃道："殿下可有想过此事是丞相所为？"

不然为何非要派一个皇室子弟出面，而刚好又只有齐轻舟一个亲王在军中，一切都太过巧合，更毋论他早就知道太子和皇后与敌军有往来，叛国通敌的铁证他还未拿到，但互通消息是铁板钉钉的事实。

"只是臣的猜测，"殷淮眉睫轻抬，神情倨傲，"即便不是，大齐也不惯他们这毛病。"他嘲讽地勾了勾嘴角，语气自负，"战况愈下还企图会见敌方皇戚，放哪个朝代都绝无这个道理。"

"想要见殿下，先得问问臣的弓箭。现下，他们还不配得见殿下这一面。"

齐轻舟目光亮晶晶的，这才是他钦佩仰慕的掌印。

这段时间殷淮在他面前一直都是温和的，甚至是柔软的，有了齐轻舟在，殷淮面对将领士兵和属下的时候都收敛了不少之前那股阴狠沉郁的戾气。

可如今在面对相后可能设计齐轻舟的时候，他又露出了那种谁也不放在眼里的凌厉和说一不二的果决，像利剑出鞘，刃尖的光芒瞬间闪了齐轻舟的眼。

殷淮在宫中是一只优雅傲慢的雪狐，漫不经心，运筹帷幄，可在战场上就是头饮血孤傲的头狼，决绝果断，自信强大。

殷淮看他一动不动，问："怎么了？"

齐轻舟眨了眨眼："没，就……就是突然好钦佩掌印。"

殷淮一怔，太突然了。荒原上狠绝傲踞的孤狼忽然碰见一只软乎乎的白兔子，尖刀似的耳朵也不禁冒了点软。

殷淮："诶，殿下怎么突袭呢？"

真是要命。齐轻舟咯咯闷笑："我就偷袭，掌印待如何？"

殷淮煞有介事道："倒也无他，唯举双手投降认输。"

齐轻舟咧着嘴笑，趴在桌子上整理今日没做完的地图，殷淮在旁陪着，为他添了几回灯油。

"殿下该睡了，明日还要早起。"殷淮敲敲他的矮桌。

齐轻舟扬了扬今日画了一天的图纸："掌印看看能不能用？"

"我根据以往留下来的战地图和此地长年气候、近期天气变化，预判了一下我们会与南壤接兵之地的潮期和岸线。"

齐轻舟瞧殷淮垂眼看着图纸也不说话，一时之间有些怀疑，是不是自己方向错了："不……不对吗？"

他凑过来看："哪里错了，掌印教我。"

殷淮将几张图纸随手放到一旁，低头打量他："或许臣还是不够了解殿下。"

齐轻舟问"能不能用"实在是自谦了，就算是他手下的老兵都不一定能绘制得这般细致。而且齐轻舟的图不仅仅是描画地理位置，还模仿了进攻路线，圈出了理论上防守的最佳位置，观察细致，并且考虑周全。殷淮如此谨慎严苛的主帅亦很难挑出什么大毛病。

画工也神乎，看来从前在南书房画的王八没白画。

"嗯？"齐轻舟仰起脸，睁大的双眼在夜里的灯火光中更显得明亮，无论是作为门生还是知己，齐轻舟在掌印面前，永远渴望得到认可与赞赏。

殷淮在他的紧张屏息中夸道："殿下做得很好，超乎臣的意料。"

齐轻舟笑了，殷淮捏了捏他发酸的手臂，奖励道："殿下辛苦。"

齐轻舟："别这么说，绝不会有掌印辛苦。"内忧外患，局势诡谲，殷淮以一己之力挑起大任，背负天下骂名。

次日，殷淮要去练兵部署阵型，再领一支先锋潜入敌军后方探测他们的援军和粮草兵器输送情况。

齐轻舟负责到附近山丛最高点的停观台观测天象记录风速与日照时长，以便调整行军方案与作战计划。

两人得分开行动，起了个大早，齐轻舟原本在宫里那点儿不大不小的起床气也被近日的军旅生活磨得一干二净，他的成长速度是有目共睹的，原本跳脱活泼的性子也变得沉稳内敛。

唯独在殷淮面前还存留着一些原本的稚气，那副黏人精模样只有掌印能看见。

昨夜睡得晚，被殷淮拉起来时整个人还是迷糊的，殷淮给他擦脸，束发，套好衣服后，半蹲下来抬起他的脚给他穿袜子。

齐轻舟眼睛睁不开，神思还未清醒，"咦"了一声，随口嘟囔道："好像小乖噢。"

殷淮手一顿，那只狐狸吗？

他莞尔一笑，为了让他快些起床，哄道："做猫做狗做牛做马都可以。"

齐轻舟瞬间醒了，连忙将人拉起来："掌印才不是什么猫猫狗狗。掌印是凤凰，九天于皋，扶云直上九万里。"

齐轻舟想了想，严肃道："我会成为能让掌印安然栖身的仓木。"

"掌印等等我，可不要飞走了。"

殷淮看了他一会儿，轻声一笑："那臣便仰仗殿下了。"

殷淮率兵出发后，齐轻舟改良了他原本用在风筝上的关节机械与平衡器，经过几番实验和调整，终于成功与弓弩衔接。如此一来，箭的承重与射程都能扩张一倍，小巧的飞行器上暗藏毒箭与暗器，自空中俯冲下来的冲击力与杀伤力倍增。

齐轻舟知道自己身体素质不行，殷淮不在，他反而主动强迫自己每天早起随军锻炼，身板日益挺拔坚韧，像沙地里一棵迎风招展的小白杨，在狂风暴雨之中依然展露出傲人之姿。

殷淮不在，齐轻舟坐上稳定军心的位置，他身上日益显露出上位者的气势与气度令人侧目。

淮王殿下年纪虽轻，但为人谦逊诚恳，虽不会带兵领将，但精通军武器械，能提供参考，什么阵型适合什么样的兵器。而且性格外柔内刚、不失原则，又愿意听取各方意见，之前柳家援军的头将就嫌殷淮治军手腕太铁血、一言堂，如今由淮王殿下坐镇再好不过。

何况齐轻舟还有一层亲王身份，更名正言顺，在几派联军里起到了缓和平衡的作用。

殷淮探敌的时间超过了期限，一日、两日、三日……主帅迟迟未归，引来不少猜测与议论。

原本意志坚定笃信殷淮无事的齐轻舟也不由得担忧起来，没有密信，没有传书，也没有影卫回来。齐轻舟用战鹰送出去的书信石沉大海。

齐轻舟在众将面前倒是还能绷出一副沉稳从容、沉着镇定的姿态。

一个负责照顾他的后勤兵年纪不大，不小心地问了句："督主不会出什么事了吧？"

齐轻舟沉稳地一笑，抚慰他道："不用担心，没事。"

对着来探口风的将领他也是淡定一笑："不会，各位太不了解督主的本事了。"

可夜里他却开始失眠，一会儿怕掌印出什么意外，一会儿又想起巴图格阴险狡诈，身边有个深不可测的军师。日日提心吊胆，夜不能寐。

柳菁菁练完兵回寝帐的时候被一身黑衣的齐轻舟拦住。

"殿下？"

这是干什么？夜行装束，藏弓持剑，怀里还揣着只毛茸茸的狐狸，齐轻舟言简意赅："我要去找掌印。"

柳菁菁捂着心口："殿下疯了？！"第二次了，她经不起友人一出出的惊吓。

齐轻舟当了这督军王爷简直越发膨胀，单枪匹马深入敌营之事都做得出来。

齐轻舟冷冷地扫了她一眼，自说自话，条理清晰："废话少说，我已经告知了其余几个军派的将领，你大哥也知道。"

233

柳菁菁收起一贯的嬉皮笑脸，严肃地劝道："太危险了殿下，巴图格的军师我交过手，此人阴狠深沉，嗜好怪异——"

齐轻舟低头扣紧佩剑，不给她插话的机会，径自道："后勤军务那边也安排好了，军饷粮草你们不用担心，有短缺的就拿我的令牌去调。"所有的情形他都做好了准备，"不管我近日能不能回来，什么时候回来，都按原作战计划进行。"

柳菁菁惊讶，无话可说。

这位督军王爷越发果决刚硬，她自知拦不住，沉默了一秒，指着齐轻舟怀里那小东西问："那它去做什么？"

齐轻舟摸了摸雪狐的头："自有它的用处。"

雪狐嗅觉灵敏，目视千里，一路寻着殷淮留下的气味指示方向，到了敌军地界齐轻舟又用细弓与巧弹引开守卫一路深入。

易装成敌军后勤巡夜，终于在一间柴房里看到了令他忧心的身影。

殷淮身上只披了件薄薄的轻衫，漆发披落。

齐轻舟只肖看一眼心脏便停滞了。随即不可抑制地疼起来，仿若被人用尖锐的凿子一点一点地敲开，来回磋磨。

金贵的凤凰被人折了翅，囚在牢笼里当俘虏。

齐轻舟竭力平静下来，骗过门口的士兵进去给他送水。

殷淮面无表情地抬眼，怔了一瞬，眼中露出不可置信的震惊。

齐轻舟下颌绷得紧紧的，眼神却充满心疼，扫过殷淮每一处流血的伤口。

正值换夜，守卫让齐轻舟看紧人，他去交接，反正里面关的人也不会武功，看着是块碰一碰就会碎的水晶玻璃。

"看紧点啊，这个是忽勒格大人的人，出了事有你好看的。"

齐轻舟听到那位军师的名字，心下一紧。

等人走了，他才小心翼翼地靠近奄奄一息的殷淮。

殷淮抬起头，眼神却格外清明，声音压得极低："别担心，臣没受伤。"

齐轻舟一怔，殷淮长话短说。

那日他们潜入敌军兵营后，无意发现军师忽勒格与大齐丞相的通信，那很有可能就是太子一党通敌叛国的罪证，是将相后世家连根拔起的罪证。

殷淮自然不可能放过，以身为饵，找机会接近军营。

信鸽已被敌军射下，他来的时候只带了三个影卫。一个被他派回京州查丞相与外族的往来收集线索，一个混入敌军中做内应，时刻注意风向。还有一个驻守驿站截取偷换他们与丞相的书信，腾不出人马折回军营传信。

殷淮本人则乔装成流离失所、手无寸铁的边民，变成俘虏，制造机会偶遇忽格勒。

殷淮深夜遁入他的军帐果然找到了信件，还意外发现不少有用的证据，随便一样都够丞相太子族人头落地的了。

这些书信通牒放在他身上不安全，又暂时传不出去，所以殷淮佯装不从，冒死抵抗侵犯，忽格勒一怒之下便将人关在这牢笼里。

这牢笼倒是比他的营帐安全。

齐轻舟沉默地听着，忍不住伸手碰了碰他布满伤痕的手臂，心里最软的地方好似揉进了一把沙砾，生疼，喉咙滚了滚，他不敢问，可还是要问："他对你用刑了？"

如果殷淮说是，齐轻舟不知道自己会做出什么事情。

殷淮立刻安抚住他，低声解释："没有，是臣自己弄的，臣将人弄晕了，骗了过去。"身上没有伤痕根本不像俘虏，容易引人注目。

"臣的影卫没回来，不好激怒他。"

齐轻舟胸口起伏，即便知道是假的，可殷淮皮肤上的伤疤还是像一把把凌厉的刺刀割在他心头，每多看一眼，心就沉一分。一想到这世上竟还有人敢这样肖想掌印的性命。愤怒、心疼、不甘和悔恨就像滚滚山洪一般自高崖上扑卷而下，击溃他的防线。

齐轻舟也不由得连殷淮一起怨了，拿自己作饵，只身深入敌军。可齐轻舟更怨自己，是他没本事，才让掌印冒这样的险。

殷淮静静地看着他，齐轻舟不想表现得太失态，尽量让自己看起来沉稳一些，深吸了一口气，问："那掌印准备什么时候回去？"

殷淮将他拉近，压低声说："就今晚，影卫会来跟我应合，只是——"他顿了一下道，"臣没有想到，殿下竟然会来。"

齐轻舟心绪难平，避开了些，淡淡地"嗯"了一声，殷淮愣了一瞬。

不多时，被殷淮留在敌军中的影卫如约来接应，提前踩好了点又避开障碍，一路倒是很顺利。几人快马加鞭出了敌军地界，回到自己的阵营后才松了一口气。影卫很自觉地退下。

夜风呼啸，黄叶飘零，殷淮骑马与齐轻舟并行，目光凝在他的侧脸上，心里无声地叹了口气。

小皇子生气了，他知道的。

齐轻舟目不斜视，望着前方，不断喝驾棕马，越奔越快。殷淮这才发现这段时日他骑术进步神速，自己险些追不上。

他赶上去："殿下。"

齐轻舟充耳不闻，两腿一夹马肚，跑得更快，鬓发被寒风吹乱也视而不见，仿佛是要将这些天的焦虑担忧、提心吊胆通通发泄在这一场跑马里。

殷淮皱起眉心，迎风赶上去，又叫了一声："殿下！"

齐轻舟置若罔闻，重重挥了下马鞭，大喝一声："驾！"

殷淮顿了一秒，唇线抿紧，忽然停了下来。

齐轻舟下意识回头看，掌印眉心深锁，鼻尖紧蹙，捂着心口露出痛苦的神色，凄寒月色照在他脸上更显得唇色苍白。

齐轻舟大惊，即刻掉转马头，飞奔过来，着急问："掌印！"

"你怎么了？"

殷淮手疾眼快，在他靠近的一瞬间，一改之前脆弱痛苦的模样，脚尖点马背凌空而起，一跃至齐轻舟的马上，从身后紧紧钳制住人。

坚韧的力道、凌厉的气息，哪里还有半点病姿。

齐轻舟眼角眦红："你骗我！"

殷淮认错，但没有放开他："抱歉，殿下，臣又惹你生气。"

齐轻舟后怕，又不甘。殷淮低声下气地哄："这次让殿下担心，是臣不对。"

齐轻舟咬着牙一言不发，别过脸去。

殷淮有些受伤地轻声道："殿下不愿意和臣说话了吗？"

齐轻舟最受不了他示弱，可这些天的折磨和痛苦依旧清晰地刻在他的心头。

齐轻舟双手松了缰绳，就这么立于马上，抿着嘴沉默，低着头不知在想什么。

他不是想发脾气，也不是想要被哄，只是心里难受，他知道殷淮不懂，殷淮什么都不怕，可是他怕。

殷淮心尖一慌，忽然听闻前头传来一句很低很轻的叹息与哽咽："殷淮，你一直都不怕死是不是？"

"太子叛国的证据……真的那么重要吗？比你自己的命还重要吗？"

殷淮喉咙一梗，僵住，拳头紧了紧。不能否认，他确实一直不怕这个，只求个痛快和肆意。

因为从前这个世间并没有什么能留住他的，所以不惜命，也不留后路，在刀尖上光着脚这么多年都走过来，没有人能耐他如何。

没有软肋才是最强大的。

可是现在……

殷淮看不见齐轻舟的表情，只能听到他低落的声音："是，你不怕。那你猜，我怕不怕？"

明明不是多重的语气，甚至称不上一句责备，却像一把锋利的刀尖，刮着他心头的软肉。殷淮不得不承认，齐轻舟在他看不见的地方以意想不到的速度成长着。

懂得了如何把握人心，学会了如何掌控对谈的情势，也知道了如何拿捏他。

齐轻舟苍白的面色里露出些微痛苦的神色，可是很快又藏得很好，仰起脸问："如果潜入军营救不回来的是我，掌印会害怕吗？"

"如果这些伤痕布在我身上，掌印也无所谓吗？"

殷淮的手倏然收紧，一向镇静的声音第一次能听出微不可察的颤抖："是臣的错。"

齐轻舟却低下头望着他，摇摇头说："掌印没有错，是我还不够强，才让掌印为我操那么多心，替我做这么多事，冒这么大的险。"

"我很自责，很愧疚。

"你不在的时候，我总是在反省，是不是如果我更厉害一些，掌印就不用这样辛苦。"

齐轻舟深吸一口气，企图调整好自己的失态，他努力让自己变得成熟，变得稳重，变得喜怒不形于色，可是一到了殷淮面前，这些伪装统统失效，他又变回了那个会哭会闹会发脾气等着人来哄的小皇子。

殷淮听不得他说这种话，当即下了马，绕到人前头。

齐轻舟坐在马背上，居高临下，垂着眼，不说话。

山间月华洒在殷淮脸上，他仰着头，一双凤眼里，往日的威严、镇静、冷漠与疏离退得干干净净，是无人见过、也是对他来说罕见至极的真心和坦诚。

齐轻舟听见他说："臣做事肆意惯了，从前亦无人关心、担忧臣，所以才会铤而走险，急功近利。"

齐轻舟原本还别扭着，可一听他这么说，心又变得酸软，殷淮就是故意的。

殷淮走过来，很缓地眨了眨眼，像倦鸟归林，又似游船泊港，酝酿了好一会儿，才说得出口："臣以前确实不怕，无所念，无所惧，可是现在臣怕了。"

那样示弱的目光让齐轻舟闪了一下神。

承认会害怕，对于惯来无敌手的殷淮来说显得有些陌生，表情也不甚自然，可他还是硬着头皮继续说下去。

"臣怕殿下伤心。"

"臣……鲜少有在意的人，不懂、不会、做不好的地方很多，臣都知道。"

殷淮示弱，语气却很郑重："臣孤僻、严肃、无趣，急功近利。许多时候猜不透殿下的心思、忽略殿下的感受，不是一位好老师，臣也知道。

"殿下能相信臣，是恩典，是臣毕生的福气。

"从来没有人这么珍惜、敬重过臣。臣很感激，很知足，但也害怕。"

齐轻舟被他说得心里发酸发疼。

殷淮从来不跟人倾诉衷肠，连正经的真心话都不多说一句，平时对齐轻舟也是做多于说，可今晚他却把自己的心剖开。

"怕抓不住，怕留不下，怕变动。

"从前不怕的都怕了，从前不懂的现在也都懂了。

"殿下愿意再相信臣一次吗？臣不会再拿自己的性命开玩笑，会好好爱惜自己，不再让殿下担忧。

"殿下就原谅臣这一次吧，好吗？"

齐轻舟垂眉凝视着他，不作声，殷淮一颗心又提紧了，从来都是他审判别人的生死，这次他等待被审判。

齐轻舟从来都舍不得让殷淮难过，只片刻，他便缓缓地点了点头。

殷淮一颗心归位，轻轻笑了，似春山雪消融，似白昙夜初绽，林间的雾都被他的笑容照亮。

齐轻舟心中还有气，咬牙切齿地道："掌印，你记着了，从今往后你怎么对你的命，我就怎么对我的命。如果有一天你出了什么事，那我第一个——"

殷淮不让他把后面的话说完："臣答应殿下，什么都答应殿下。"

"殿下原谅臣了吗？"

齐轻舟仍是不松口，只道："看掌印表现。"

殷淮笑了一声："嗯，臣定好好表现。"

齐轻舟心有余悸，盯着他威胁道："掌印可不能再骗我。"

"不骗。"殷淮抬起指尖，寻到了自己心口，叹了声气，很轻地说，"真想剖开臣的这颗心让殿下看看。"

忠心无二。

齐轻舟脸色柔和下来，绷了一晚上，这才肯露出他身上原本那点稚气劲儿，巴巴地说："我……我还是有点儿怕。"是他还不够强大，殷淮这样的人，要留住、要保护，他现在还远远不行。

殷淮许久没见过他露出这副模样。"不怕,不怕。"殷淮哄道,"还有臣在。"

齐轻舟斜眼看着他,故意很认真地说道:"不,还是怕,这一遭要怕上许久,这一年可都不会好了。"

殷淮气笑,"啧"了一声。

次日。

齐轻舟饱睡至午时方醒,有些心虚,抱了一大堆折子来批。

殷淮看得好笑,偶尔提醒:"殿下,歇歇。"

齐轻舟"嗯"了一声,又埋头看图纸。

淮王殿下自从去敌营里将主帅带回来后好似变了个人,至于哪里变了,又叫人说不出来。笑容还是那样温润,人也还是随和的,可眼睛里分明多了一股进取的锐意与锋利的野心,看得久了,叫人生畏。

齐轻舟这个人,看起来温和,挺好说话,可一旦倔起来,谁都劝不动。

殷淮心里叹了声气,知道这回自己给他的刺激太大,也不再说什么,只静静地陪在他身边将折子批完,才拉着人回到寝帐午歇。

晚上说起今日与各联军的商谈,殷淮给他斟了一碗羊奶,问:"殿下对各位将军的上书有何看法?"

"嗯?"齐轻舟喝了一口,"不是决定了吗?"

假意等京中的使团表态,同时也是在等皇后太子表态,待他们耐不住压力再一举攻破敌军阵营。

殷淮给他递帕子,擦嘴边的一圈白:"臣想知道殿下是如何想的。"

小皇子既然已经决定坐上那个位置,他不会每时每刻都在身边,以后遇到的困难和选择会越来越多,他可以为他看守着这片江山,但他需要有独立做决定的能力和魄力。

齐轻舟看了他一眼,低下头去喝一口奶,又飞快抬起头看他一眼。

殷淮微微一笑:"殿下但说无妨。"

齐轻舟抬起头,漆黑的瞳仁直勾勾地望着他:"掌印,如果是我,我就不等了。在我看来,这场战事已经没有回旋的余地,等与不等的结果是一样的,差别不过是让皇后和太子表个态,服个软。"

殷淮挑眉,鼓励道:"继续。"

齐轻舟眼中一片冷静:"东宫的态度已经不重要了。我们该趁其不备,直捣黄龙。南壤的水军败倒,京中使团便是无根之木,我们手上又有丞相勾结外族的证据,便可速战速决,一网打尽。"

殷淮单手撑额:"那便按殿下说的办。"

齐轻舟眼睛一亮:"真的可行?"

殷淮喜欢他从眼底透出来的光彩,盯了几秒:"殿下之策有理有据,有何不可?"

过于激进迅疾的战术遭到联军的一致反抗,但东厂督主的威严立在那儿,无人敢违令。

柳菁菁抛开立场,只就策略战术私下劝齐轻舟:"还是太冒险了,南壤水军熟悉地形地势,而且战线短,援军粮草补充都很方便。"

齐轻舟测过距离探测和计算,南壤远征军补充援军和粮草的速度绝对比不过壬润午时的风速。他表情很淡,眼神却坚定自信:"放心吧,我并不是急功近利,这是最节省兵力和粮草的路线,而且能最大限度地利用天时。"

柳菁菁沉默了半响,问:"这是殿下的意思,还是督主的意思?"

齐轻舟知她是出于关心,认真地看着对方:"我知道你担心什么,但这是我们两个人共同的决定。"

壬润天午时,东风船头,百舰横齐。

精确的作战时机和迂回陡峭的路线,看起来连风向和水涨的落点都在给他们助力。

只有殷淮知道不是。不是天时地利,是人和,这是齐轻舟几日长夜不休的成果。

水战半日,突破南壤水线。不足两日,驻军直趋南壤边防。

南壤后地失守,殷淮领兵长驱直入。

殷淮立于马上,轻纱面罩没有遮住那双微微上翘的丹凤眼,冰冷的目光毫无波澜地扫视匍匐哀饶的城民。

齐轻舟抿了抿唇,撇开眼,看向前方衣摆猎猎作响的人,目光坚定,没有丝毫偏移。

那道背影被他凝视得缓缓转过身来,面色冷意消融了半分:"这次换殿下发号施令,任何军旨,臣都遵守。"

齐轻舟目光一颤,骑马上前两步,于千军万马间朗声道:"齐军听令,收缴城中一切藏匿的兵器刀具,安置好手无寸铁的百姓。"

战线、军形、东风,他们演算练习过无数遍,齐兵节节进军,长驱直入。

不消多时,南壤主军大溃,齐轻舟一马当先,忽然扬起殿淮影卫军的旗番,朗声高喊:"众将听令,本王悬赏俘虏忽格勒,活抓赐百两,首级赐千金!"那人竟敢肖想觊觎掌印的性命,他恨得咬牙切齿,尤其是当听到殿淮逃离后忽格勒还命人大肆搜捕,下令势必要将殿淮寻回,他就恨不得对其扒皮抽筋。

齐轻舟没有赶尽杀绝,他问身后的殿淮:"掌印,我是不是妇人之仁?"

殿淮弯了弯嘴角:"殿下是大将之风。"

在殿淮看来,齐轻舟该狠的时候毫不手软,该仁的时候亦留一线生机,分寸尺度拿捏正好。

"你又哄我。"

殿淮走近他:"臣出兵时经过一座山庙,一个道人说臣命格血仇纠缠,命痕也浅,眼看就要消失了,半途中无端端跳出一颗芒星,改了臣的轨迹。

"臣不信这些。可没过几日,殿下就来了。殿下是臣命格里唯一一点善和福。

"他们该谢殿下,臣也该谢殿下。"

齐轻舟最听不得他说这些,两人在战后兵荒马乱的黄沙之中,却由心感到踏实与安宁。

每一步都在他们的计算和掌控之中,战果毫无悬念。

旗帜飞扬,号角悠长,山谷平原里冒出潺潺水声,隐在松竹林风间,是冰雪开始消融的动静。

河水涛声穿过草垒山木,融冰漂浮碰撞,原来这场战已经打了这么久。来时还天寒地冻大雪纷飞,如今原野上都有了春草冒尖的痕迹,浅浅青碧,勃勃生机。

残阳如血,远处山头的夕照铺在河面晶亮闪烁,似一片黄金碎银。齐轻舟与殿淮未随主军返回,而是沿着流动的川泾徐徐骑行,这些天全身心投身战事,全面紧绷的神经一下子放松下来反倒还有些不适应。

一场战争会让人成长、成熟,也令人疲惫、心情沉重,经历过血流成河的惨烈,经历了峰回路转的劫后余生,也经历了一鼓作气、势如破竹的酣畅淋漓,经历了百姓流离失所的苦痛不忍,也体验到了英勇无畏、铁骨铮铮的家国情怀,此刻的脱身是百感交集后的怅然若失。

殿淮还好,他一路便是从刀尖上光着脚走过来的,齐轻舟第一次经历这些,心里涌起说不出的感觉,好在身边还有掌印。

掌印是他战场上的战友,也是他义无反顾向前的信仰,是他的退路,也是他最牢靠的后方。

这是一场他们一起打赢的胜仗,从此也拥有了肝胆相照的血汗情义。

殷淮见他情绪低落，按了按他肩，齐轻舟嘴角总算有了点浅淡的笑意。

可是，他说："掌印，我心里有点难过。"

山谷乌鸦回旋，发出喑哑的叫声，殷淮的手更紧一些："臣知道。"

齐轻舟低低地道："可我也说不清自己为什么这样难受。"

殷淮沉默了几秒："那就不说了，臣都懂。"

齐轻舟听了这一句，心里好似也没有那么难受了："嗯。"

殷淮面露心疼。

马儿在河边歇脚饮水，齐轻舟望着山脚下凯旋的长长列队："柳家军明日就班师回朝了吧。"

"是。"

"那我们何时回去？"

殷淮以为齐轻舟是憋坏了想出去玩一阵："殿下想何时臣都奉陪。"

齐轻舟点点头："那掌印陪我去个地方吧。"

殷淮都不问是去哪里就应下来："好。"

齐轻舟看他这样利落爽快，鼓起勇气道："我……我们去溪石涧谷好不好？"

殷淮听闻，一凛，皱起眉："殿下是想……"

齐轻舟直直地对上他的眼，坦然承认道："是，我想试试能不能让你解掉冰蛊。"

虽然这些天殷淮身上的寒毒已经渐渐稳定下来，只要平日注意养着身子便不会无缘无故发作，可它总像一个定时炸弹似的埋在齐轻舟心里，恨不得除之而后快。

殷淮沉默几秒，问："臣的身体很令殿下困扰吗？"

齐轻舟一时之间没反应过来，殷淮又突然说道："殿下别担心，臣会走在殿下后面的，不会留殿下一个人在这个世界上。"

齐轻舟心里仿佛突然被什么狠狠碾了一下，肃容厉声道："掌印胡说什么！"

他刚经历完一场战事，心里正是脆弱敏感的时候，受不了殷淮提这些生生死死的。

殷淮一怔，哄着人："是臣不好，殿下别气。"

齐轻舟："我是不想看着你难受。"

殷淮心软了："是臣不争气，让殿下担心了。"

齐轻舟皱眉："掌印不许跟我说这些。"

殷淮弯了弯唇，还是有些讶异："殿下是怎么说服津云道医的？"去溪石涧谷就是为了这位隐世神医，"津云道门从不给官宦商贾诊病。"

津云一门出神医，也出怪人，这一位骨头最硬，医术精湛，善解毒蛊，数十载未踏出溪石涧谷一步，亦不屈服于权贵利诱与东厂淫威。

被问到这个，齐轻舟脊背明显一僵，小声支吾道："反……反正他就是答应了。"

殷淮目光里带着审视："殿下答应了他什么？"

"没有。"

殷淮声音淡淡道："实话。"

最怕他用这种语气，齐轻舟马上就招了，快速又含糊地低声说了一句没有任何停顿的话："我把他全道门的弟子都抓起来他要是不肯给你看诊我就都不放过。"

殷淮挑眉，齐轻舟急了："掌印会是不是觉得我……"

殷淮打断道："不会。"

"臣只是……有点惊讶。"齐轻舟这样仁厚良善的性子竟也会做这样的事。不像他的君子行径，反倒很有东厂的做派。

齐轻舟总怕自己在殷淮心里的形象变差，着急着解释："都怪那老头子犟得很，软硬不吃。"

"掌印，我从不拿你的事开玩笑。"他不敢，齐轻舟苦笑了一下，"若是你觉得我——"

"殿下别多想，"殷淮打断他，专注地看着他，"臣什么也不觉得。"

"臣……臣很感动。殿下为了臣，把从前不想做、不屑做的事都做了。那就证明，臣在殿下心里是最重要的，比殿下的原则和底线都重要。"

齐轻舟哼哼："本来就是。"

殷淮嘴角一掀，除了惊讶还有些好奇："殿下是怎么把人都掳走的？"

齐轻舟有些不好意思："我同大舅舅说了。"大将军借他的人马端掉十个津云道门都绰绰有余了。

殷淮挑眉："臣以为大将军对臣……颇有微词。"

"颇有微词"都已很是委婉，祭文庙之行时这位大将军还苦口婆心地劝自己外甥与他这奸佞保持距离。

齐轻舟："你都送了他半个北疆的军权了，这点小忙都不帮也太失武将之风了。"

殷淮笑而未语，心里明白这是对方释放的交好信号。他与陈家边将立场不同、政见各异，但可以为齐轻舟求同存异。

"解蛊用时不短，殿下不怕宫中生乱吗？"

齐轻舟倒是无所谓："你比那些重要。"错过了这次机会便不知何时能再南下，殷淮的身体拖不得。

"再说,朝中又不是没有我们的人。咱们打了胜仗却迟迟不现身,反而更让他们提心吊胆,不知所措。"

且不说他们此次出征掌控了多少兵马,光是殷淮手上掌握的东宫一党叛国通敌的铁证,就足以让他们功亏一篑。

殷淮从善如流,微微一笑:"殿下所言甚是。"

齐轻舟当即写了言明自己与殷淮留在战地收尾,排查周边诸国隐患的奏旨交予柳菁菁,便与殷淮一路南下。

津云道门。

隐于深山峰尖,松林波涛如浪,天池热泉星布。津云道人道行高,门生全被抓起来了亦是一副不甚热络的模样。

"殷督主身上的冰蛊积重难返,在下不能向殿下保证一定能解开,只能尽力而为,望届时无论成败,殿下都能信守承诺,还津云山一个清静。"

齐轻舟一向讲道理好说话,这次是无奈为之,他面带歉意,但语气郑重中含着锋利:"何叫无论成败?此事只能成不能败。"

津云道医:"……是。"

殷淮嘴角含笑,轻咳一声,抚了抚暴躁幼兽的肩头:"殿下放心,道医心里有数的,我们先回房安顿吧。"

溪石涧谷青碧竹柏环绕,松涛如浪,君子兰长叶如剑鞘,芽穗抽长,葱郁满目,时有白鸟停在草垒,鸣声清脆婉转,如碧色涨白帆,青山见渺云。

此地山气清冽,幽美清寂,夜晚还能见到格外皎洁明亮的山月和满天春日繁星,倒是个休养调理的好地方。

只是殷淮身上的冰蛊比齐轻舟想象中的还要深重顽固。

最先开始的是汤疗。

溪石涧谷地里得天独厚,有不少天然泉眼,佐以津云道医的草药以逼出体内根深蒂固的寒毒。

在水中泡得久了难免筋骨绵软无力,岩浆矿质的热量又与体内寒气猛烈冲击碰撞,殷淮时常处于冰火两重天的体感。

齐轻舟在汤池旁看着焦心,说些趣事分散他的注意力。

"小乖一大早又去山里了,现在还没回来,你说它是不是遇到狐狸精了,要不怎么天天跑出去不知道回来。"

"掌印今天想吃什么？"

"谷地草丛那边野兔很多，下午我去猎几只吧？晚上咱们烤着吃？"

"还是你想吃红烧的，我让厨房给你做个红烧兔头好不好？"

殷淮面色苍白，气息不稳，虚弱地伏在岸边，胸腔吃力地发出一声闷笑。

掩饰得再好齐轻舟也知道他难受："要不要睡会儿？"

殷淮头发缭乱，眉心紧蹙，勉强用内功安抚下体内冲撞的逆气，轻轻推了一下齐轻舟的肩膀，低声嘱咐："殿下离远些，太烫了。"

齐轻舟血气方刚，体内又无寒气抗衡，受不了这药池的火气热量。

齐轻舟像只山里的小动物凑得更近："掌印不想让我陪着吗？"

殷淮气喘得更虚弱："臣这样子……不好看。"

齐轻舟心中微痛，却佯装无事，调笑道："掌印还不好看，这世上再没有能看的了。"

殷淮用力扬起嘴角才勉强挤出一个笑，气息却越来越不稳，甚至面露痛苦地大口喘气，看得齐轻舟心里愈加难受。

日光愈盛，青碧古木也挡不住阳光倾落池面，温度升高，齐轻舟不放心他一个人，总担忧有睡着溺池的危险，索性将脚伸进池子里，坐在岸边陪他。

带着草药气息的温热池水没过小腿，齐轻舟胡乱披了件外衫，朝靠在石板上的殷淮伸出手："过来。"

殷淮闭着眼没动半分。

齐轻舟伸在半空中的手也没动半分，又轻轻唤了一声："掌印，过来。"

过了几秒，殷淮像是终于清醒了些，一步一步朝他走过来。

树梢上的杜鹃啼鸣嘶哑，抖落一地辛夷花瓣。

殷淮呼吸起伏，像一只凌厉狠绝的兽类受了伤，敛去身上的戾气，变得疲意不堪，匍匐在主人脚边。

齐轻舟为他挡去丛林里越发明灿的阳光："睡会儿吧，醒了就可以上来了。"

殷淮的身体在药池里泡软，思绪也绵顿起来，像被抽取一部分灵智的兽类，直到听见他主人那句"我会一直在这儿陪着你"，才敢放心闭上眼睛。

热雾弥漫，山间鸟语啾鸣，迷糊中，殷淮做了一个极美的梦。

每日的汤疗都是一场漫长熬人的折磨，殷淮的身体非但没有好转，反而气血逆行更加紊乱。

齐轻舟看在眼里急在心里，取药时忍不住冷声质问道医。

道医还是那副冷淡样子："若是这点耐性与毅力都没有，在下劝殿下一句，这个蛊还是别解了。"

齐轻舟一噎。

"草民不是说笑,也无讽意,实话相告而已,这点折腾都受不起,根本别指望撑过后面的疗程。当然,若殿下是认为是草民医术无方,则请另寻高明。"

齐轻舟知是自己无理,忙道:"本王不是这个意思,只是一时心切,还望道医见谅。"

道医也不跟他计较,只说:"既殿下要我看诊,那便要按着我的来,"

"这是自然。"

道医将几方草药包好给他:"明天开始不泡汤池了,将这些熬了喝,一日五回……"

齐轻舟将医嘱仔细记下,末了,听见道医郑重的声音:"草民必须告知殿下,这方药邪性不小,冷血在体内横行,病患的心性易受影响,变得冷淡寡情,激起破坏欲。说好听些是性情大变,严重的,变得人不人、鬼不鬼亦不是没有过。"

想起民间这位东厂督主的种种传闻,他再三叮嘱:"殿下务必看好督主,切勿让他伤人伤己,殃及无辜。"

齐轻舟静了半晌,才说:"我会陪着他的。"无论发生什么,他都会一直陪着殷准。

就在他即将关上门那一瞬间,身后又传来声音:"殿下,草民还有一句话。"

齐轻舟顿步。

"治病疗伤除去人为,也讲天道。"这些天齐轻舟是怎么对殷准的,他都看在眼里,虽然这个小小年纪的淮王一出手就将他整个门派的得意门生都抓了起来,可看得出来不是个真正心狠手辣的,所以他斗胆多说几句。

"逆天道而为,终不得善果,冰蛊如此,凡事如此。"

齐轻舟站在门口低着头,脸一半隐在荫翳里,一半洒满阳光,不知道在想什么。

"殿下不要过于执着。"无论是对人还是对事。他并不敢保证殷准这个蛊就一定能解开,可是看淮王殿下这副走火入魔的样子……

一直没开口的齐轻舟说:"多谢提醒。但是,本王的天道是殷准。"

他不信奉别的什么,掌印就是他全部的信仰。

他说完把门一关,也关上身后那声长长的无奈的叹息。

道医没有危言耸听,殷准服药之后确实变得性情不定。

"哐啷"一声破碎自屋内传出,齐轻舟放下药碗,快步破门而入。

殷淮正拿着瓷杯碎片划自己的手臂，皮肤上已有几道刺目的红痕，药性让他不能自理，向来高傲的殷淮受不了这样的屈辱折磨，背着齐轻舟自虐，以时刻保持清醒。

齐轻舟心下一窒，面上却极力维持稳定，拿过他手里的那块碎片，眼都不眨地在自己手臂上相同的位置也划了一道，长度、深度都相差无几。

殷淮目露凶光，死死捏着他的手腕，咬牙道："殿下做什么？"

齐轻舟压制着心中的痛惜与愤怒，看着殷淮苍白狰狞的脸淡淡地道："掌印做什么我就做什么。"

他笑笑，温柔地提醒："我不是说过的吗，掌印怎么对自己的命我就怎么对自己命。"温柔里也有不可抗拒的坚定和强势，却没有责备，"我也说过，掌印不可以推开我。"

"掌印总是不把我的话当真。这让我有一点点伤心。"

殷淮茫然痛苦的眼神聚焦到他受伤的手臂上，那上边布着他平日无意间伤到小皇子的痕迹，在衣衫遮住看不见的地方还有更多。

殷淮痛苦地自责道："臣会伤害你。"

每每毒发失去理智，殷淮会失去认知，意识不再清醒。

齐轻舟认真地告诉他："掌印没有伤害我。你知道吗，你即使在不清醒、认不出我的时候，也根本舍不得伤害我。"

殷淮不相信。

齐轻舟说："若是有山兽飞禽出现，你还会下意识地护住我，根本不让它们接近我。"

殷淮那样高傲的人，无法接受自己的虚弱和无法自理。

齐轻舟却说："可是我喜欢照顾掌印。"

殷淮顿住。

"从前总是掌印照顾我，给我撑腰，挡在我前头，如今，终于有机会报答掌印，掌印却不想给我机会。只许掌印对我好，却不许我报恩，即便掌印是九千岁，也没有这样的道理吧。"

即便齐轻舟这样说，到月中之时，殷淮还是取出一副铐链给齐轻舟："别让臣伤到你。"

毒蛊发作，他失去理智，不能由着齐轻舟胡闹。

齐轻舟抿了抿唇，索性将自己同他铐在一起。

殷淮好起来的征兆是从某一天他下意识给齐轻舟添衣开始的，只要他的神智

247

平静下来恢复如前，身体便下意识地做出了照顾齐轻舟的动作，仿佛这已是刻在血骨里的本能。

道医再三诊断，赶人道："殿下可以带督主离开臣这荒山野岭了。"

齐轻舟喜不自胜，道医又道："只是回去后仍要好好养着，定期汤疗和药疗，待三伏天极热之时方可逼走体内最顽固的寒气。"

齐轻舟感激道谢。

回程马车上，殷淮斜靠着软垫，单手撑着额角假寐，片刻又睁开眼，淡淡说道："殿下看了许久。"

齐轻舟一怔，扬了扬手中的信纸，说："是宗原寄来的密信。"

殷淮大病初愈，齐轻舟不让侍卫赶路，一路走走停停，游山玩水，倒也畅快。只是朝野之事也放不下，所以近日才与宗柳二人通信多了些。

掌印提醒了他休息，他应了，可看掌印闭目养神，又悄悄捡起来读。殷淮鼻腔溢出一声不咸不淡的"嗯"，也不说别的了，齐轻舟挤到他身旁，摊开手上的信："掌印帮我瞧瞧。"

殷淮转眼睨他，懒声道："臣可没说要看。"

齐轻舟心里好笑，掌印有时候可不像雪狐，像猫儿，悄儿没声地靠近，懒洋洋地瞥你一眼，什么也不说，又走了，等你自己留在原地猜来猜去。

"嗯。"齐轻舟忍住笑，点点头，又不安分地去拱他，"是我想让掌印看的。"

殷淮仍是淡淡的："既是密信，臣还是不看的好。"

"我与掌印没有秘密，"他晃了晃掌印的手臂，"劳掌印费神。"

殷淮没忍住，别过头弯了弯嘴角，低声嗤道："殿下烦人。"

齐轻舟鼓起腮："不许烦我。"

殷淮按住他不让他乱动："说说吧，怎么了？"这一天天展信皱眉的。

齐轻舟正了面色，望着他，无辜地道："皇帝病危。"

殷淮丹眼幽幽一转："说起这个，臣还没问殿下，每月送往御书房的梅枝——"

齐轻舟心虚，嘴硬："我母妃亲手种的梅树，折下来送他都不错了。"

殷淮好笑："如此说来，倒还是殿下委屈了。"

齐轻舟讪笑，摸摸鼻尖："送都送了。"这事儿确实是他心急了，行事过于冒进，就算皇帝不疑心，也有旁的有心人紧盯着。

殷淮拍了拍他的背："罢了，也不是什么大事。"有他在，总不会查到齐轻舟头上。

"嗯，"齐轻舟惯会顺杆上爬，"掌印罩着我呢。"

殷淮想到那会儿齐轻舟为了与他求和不管不顾的，又气笑，语气却正经："臣前日接到陛下密旨，命殿下与臣速速回宫。"

想来是已经被东宫压制，陷入劣势，特来催他们回去制衡相后一党。

殷淮不急，留足时间给他们狗咬狗，自己稳坐钓鱼台，看鹬蚌相争。

东宫心切，必会加快在皇帝身上下手的速度，如此一来，便可抹去齐轻舟早前送梅枝留下的痕迹。

殷淮回信，只说淮王殿下与他还要留在战地收尾，排查周边诸国隐患，事毕便快马加鞭回京，陛下勿念。

意思就是等着吧，我们想回来的时候自会回来，催也无用。

寥寥几行，生怕人看不出他的敷衍与轻慢。

齐轻舟的重点却不在这儿，蹙眉："你还与他有密信往来？！"

"……"

二人回京的消息一直被压着，传到宫中之时，东厂的影卫军已进悄悄隐入乾午门。

太子与皇后原本还将希望寄托在耗死皇帝上。

软禁皇帝，假立诏书，只要新帝上位，生米煮成熟饭，齐轻舟证据再多、战功再高也无力回天。

南壤大势已去，外族无力，这是他们最后的、也是唯一的筹码。只是殷淮的动作比他们想象中的还要隐秘和迅速。

当看到城门百里之外大肆摇曳的旗幡那一刻，东宫大惊失色。

回到京中是在夜里，兵分两路，淮王急召中书省少丞尉宗原与兰台言官何清平议事，东厂督主马不停蹄地率军将丞相府和凤祥宫、东宫重重包围，并将丞相东宫勾结南壤、叛国通敌以求排除异己的证据公之于众，命大理寺即刻立案调查。

同时表率此次出兵支援的联军，包括柳家军、陈家将领等卫国将士，尤其淮王殿下齐轻舟，足智多谋，骁勇善战，带领东厂驻军所向披靡，于本次大捷位居首功。

殷淮的心思再明显不过，为齐轻舟立功立威。

这落在朝臣百官眼中，又是另一番情形。

齐朝皇族式微已久，刚打完胜仗的权臣气焰嚣张，目无王法也不是一天两天，即便明知淮王殿下是九千岁选好的傀儡也不敢多言。

群臣只得跟着附和淮王殿下文武双全，堪当大任。

唯一剩下的麻烦，只有之前被太子皇后软禁了的齐盛帝。

殷淮将齐轻舟送到圣清宫门口，扬手止住身后一字排开的随从。

齐轻舟沉默不语，殷淮陪他走了几步，宽袖一笼，轻轻搭在他的肩头，俯首低声道："这可能是殿下最后一次见圣上了，要臣陪着进去吗？"

齐轻舟摇摇头，脚步往前两步，又回头。

殷淮被他依恋又无措的目光照得心头一跳。

齐轻舟不是他从前认识的那些人，面对敌人或许尚可果敢斩绝，但里面那个人是与他有血脉之亲的人。

殷淮心里叹了声气，上前循循诱导道："臣明白，殿下对圣上感情复杂，有养育之恩，也有杀母之仇。"

"圣上……或许有很多不得已和不情愿，但确实没有在殿下小时候给出过半分真心的护佑。殿下小时候一定纠结过许久，才慢慢从最初的不信到不甘，到最后的接受、麻木。"

齐轻舟愣愣抬起头，不敢相信竟然有人这样懂他。

殷淮从他的眼睛里一个字一个字地读："殿下也想过要问一问，争一争，去要一个答案，可是没有答案，你只是万千选择中的一个，圣上选的不是你。"

"你若是进去问陛下，陛下也未必能回答，世事大抵如此，有时候做一个选择，连选的那个人都不知道为什么。"

齐轻舟哑然失语，殷淮什么都明白，他一下子又从战场上那个成熟稳重的齐影卫变回了忧心忡忡的小皇子，撇着嘴巴道："啧，怎么什么都让掌印说完了呢。"

殷淮看他良久，弯唇道："是啊，臣怎么什么都知道呢。"

"因为您在臣这里，不是选择，是唯一。"

"除了您，臣没有别的。"

"殿下小时候错过的、没得到的，以后全都可以从臣这里要。不必意难平，殿下的未来是臣，臣只会给您更多。"

齐轻舟心里升起一股暖意，好想不管不顾扑上去抱住他唯一的救生浮木，可这是在宫里，他只能垂下眼睛，压抑着情绪，淡淡地问："掌印，我以后……会不会也变得和他一样？"

坐上那个位置，有了不得已，就有不情愿。有了万千选择，就要做选择。

"依臣看，"殷淮宽慰他道，"不会。"

齐轻舟对自己并不相信："为什么不会，我这样做和他有什……"

"不一样，"殷淮放在他肩头的手微微捏紧了一分，传达温热和力量，"不一样。"

"陛下不信陈家，不信群臣，也不信您，不信任何人。而殿下信臣。"平静的笑容在宫檐之下缓缓绽开，"对吧？"

殷淮笃定地说："你信我。"

齐轻舟漆黑的目光终于有了焦点："对，我信你。"

齐轻舟从圣清宫出来之后，没怎么吃东西，也没怎么说话，殷淮什么都没有问，将围捕太子一党的事宜交代给徐一和朝中心腹后，便专心陪着齐轻舟。

宫外朝上风起云涌，房间一隅却静谧安宁。

殷淮静静陪着齐轻舟，两人不说什么，也不做什么，困了就睡过去。

一夜过去，齐轻舟自己就没事了，甚至主动问起："那群老家伙是不是又来了？"

殷淮给他热了汤："不必管，再吊着他们一阵子，免得殿下以后还得受他们的气。"

眼下太子叛国，先皇让位专心修炼，宫里除了七皇子再无成年皇子，况且齐轻舟这段时间的表现着实令人瞩目。先是宫测一鸣惊人，又在国宴舌战使臣，维护大齐国尊，再来亲自涉险攻打敌国，桩桩件件，可圈可点。

龙位空缺，百官翘首，齐轻舟却百般推辞，国事有殷淮操理，他每日就在焰莲宫等着殷淮当差回来，舒服地喟叹："好像回到了我刚搬进焰莲宫的时候。"

殷淮嘴角一勾，慵懒地撇开官服："陛下那时候可没这般缠人。"

齐轻舟哼哼唧唧。

逍遥日子没过多久，齐轻舟半真半假推拒了数次，内阁七位长老便率百官于端午门前长跪，请齐轻舟继承大统。动之以情晓之以理，国不可一日无君，淮王殿下恭谦温谨、聪慧仁厚、弘毅有节，尊请为我大齐国君，若淮王殿下不允，我等长跪不起。

齐轻舟卷起案牍皱眉："又跪？"

殷淮纵容道："殿下歇够了吗？若还没玩够，就再推一阵子。"

"掌印这会儿怎么反倒比教我功课那时候还惯着我？"齐轻舟戳了戳人肩膀，"掌印从前可不是这么教的。"

殷淮莞尔："臣何时不惯着殿下？"

齐轻舟哼哼道："再推下去言官该说我拿乔了，掌印帮我传阁老近来谈话吧。"

殷淮："臣遵旨。"

议事堂。

齐轻舟给七位内阁长老赐了座，又命人上了热茶，姿态给足，但也没有轻易开口答应。

首辅多年前也当过南书房的先生，算是给一众皇子皇孙启蒙过："当年老臣从教南书房，就已窥得一二分殿下的聪颖纯直，乃国之重器，不想今日果真天降大任，七殿下乃民心所向，百官举意，万不可悖施天意啊。"

齐轻舟面上谦逊，心里好笑：可拉倒吧，当初说我朽木不可雕的好像也是您老人家吧。

他微微一笑："首辅抬爱了，几位老师都是看着本王一路长大的，也知道本王这爱玩儿好动的性子，受不住管束也经不起无趣，这位子想来本王不太合适。"

次辅一听，擦擦额上冒出来的细汗："殿下，国君之位有才有德者皆可主之，外不在乎何种性情。再来，殿下的性子老臣们心里有数，也担不起管束这个名头，若殿下肯继承大统，老臣定将鞠躬尽瘁死而后已，绝不会拘着殿下施展才干。"

齐轻舟睨他半晌，也不说话，次辅被他打量得又生出汗来，从前倒也没觉得这淮王如此高深莫测。

等人把腰又低了低，齐轻舟才复开口，给人打预防针："次辅言重，那……咱们可就说好，本王若理治江山自有其道，届时若剑走偏锋些，有地方不顺各位爱卿的意，可要多多担待。"

首辅毕竟当过几年南书房的太傅，看着淮王殿下眼珠子一转，和嘴边那抹狡黠的笑容，心道不好。

次辅和剩下几个老家伙却生怕齐轻舟又反悔，连忙应道："臣等唯殿下马首是瞻，鞠躬尽瘁。"

大典在即，两人一同前往司礼监挑选典册御品器物，殷淮比齐轻舟封王赐字时更上心，事事亲力亲为，宫仆随从跟在身后。

两人并肩，一路沿着杏棠林荫散步，偶尔低声交谈两句，话不多，却有旁人插不进来的亲近熟稔。

远远处行来一队人马，是正被押去天牢的废后和前太子。登基大典在即，这两个卖国囚犯还不能处置。

为首的京卫将领率先向齐轻舟与殷淮恭敬请安，随后一队人马纷纷扣膝。

被压制的犯人也被扯着头发一同跪下。

齐轻舟抬起下巴，淡淡地道："起。"

京卫将领不欲讨新皇不喜，指挥部下赶紧押行犯人。

谁料衣衫褴褛、伤痕累累的齐亦风忽如疯狗一般挣开侍卫冲到人前，破口大骂："殷淮你个太监，也敢碰孤的皇位！"

照理说，夺了他皇位抢了他江山的是齐轻舟，可他现在最恨的人却是殷淮。

这段被关押待审的时日，殷淮这丧尽天良的奸人佞贼对他严刑拷打，令他恨之入骨。

殷淮坐在太师椅上，两条长腿懒洋洋地往前一摆，喝着茶，表情寡淡。

废后伸出原本纤尘不染如今痕迹斑驳的手，扯住他的衣角呜咽哀求。

殷淮无动于衷，踢开她的手，冷漠地道："娘娘莫来求本督。当年被污蔑与侍卫有染、在冷宫被生生折磨而死的皇贵妃，和被推下黑井后又被人指使太医生生挑断脚筋的七皇子，也求过娘娘。"

地上的女人浑身一颤。

殷淮柔柔一笑，似冷冽刀尖："娘娘当年的回答是什么，臣现在的回答就是什么。"

他嫌脏似的撇了撇衣袖："本督这个人，心胸狭隘得很。记仇是本督平生一大乐事，恨不得猴年马月的鸡毛蒜皮都算得清清楚楚。"

殷淮踱步走出这座血光冲天的人间炼狱的大门的时候，不知对着废后还是前太子说："若非淮王登基在即，本督得顾忌着积点善德，你们要尝的苦头可远不止这些。"

也不知殷淮下了什么谕令，齐亦风脆弱的神经濒临崩溃，此时见了不共戴天的仇人，不管不顾地指着殷淮的鼻子声嘶力竭地咒骂："你这个狼子野心的狗东西，你敢把你做的事说出来吗？"

"呵！也不看看自己什么货色，别人嫌不嫌你脏！"

污言秽语，不堪入耳，仿佛是浸过毒液的明枪暗箭直直朝着对方的命门射去。

在场一众侍卫宫仆无不心惊胆寒，神色巨变，垂首不敢目视。

唯独被包围在中央的殷淮神色未变半分，昂首静立，像一座临危不崩的玉山。

他还没来得及看清，身边的人就似一道霹雳闪电蹿了出去。

齐轻舟大步迈到疯疯癫癫的齐亦风面前，狠狠一个耳光扇得他半边脸血淋淋一片，嘴巴歪到一边，倒地抽搐。

那耳光又猛又亮，青天白日下一声响，连枝头上的鸟都不叫了。

齐轻舟仿佛被气狠了，胸口起伏，手抖着，双唇也微微地颤，一双清明漆亮的眼睛迸射出殷淮从未见过的阴沉与暴戾。

那一刻，齐轻舟仿佛又从沉稳成熟的淮王，变回了曾经那个冲动莽撞却又无所畏惧的少年七皇子。

少年高亢尖锐的声音冷得仿佛在腊月寒天的冰水里淬过："你算个什么东西，也配提他的名姓！"

他用足十成十的力，一脚踩上齐亦风的喉咙，仿佛要碾平他那张残破的脸。

又豁然转身，狠着脸对一院子垂头低眉的奴才朗声命令："今天的事传出去一句，你们所有人跟他一样。"

说完不再看任何人一眼，大步走回来拽起殷淮的手腕离开。

他走得很快，仿佛受了极大的刺激，脊背绷得又紧又直，似一杆狂风暴雨中苦苦挺立的竹。

手上的力气也大，好几次殷淮想开口叫他，却还是放任地跟着他走。

直至走到一条僻静无人的宫道，齐轻舟才停下没有方向的脚步，大口喘着气。那种痛苦复杂的眼神叫殷淮没能马上看懂，可心却在一瞬间彻彻底底软塌下去。

齐轻舟忽而倾身，凄凄地望着殷淮。

明明在大庭广众那样辱骂的人不是自己，他却比当事人难受、痛苦一千倍一万倍。

那是他至敬至爱的老师，是他不离不弃的战友，是他相扶相携的知己。

齐轻舟执拗到几近疯魔地说："不是，不是。"

"你不是。"

魇怔般反复地道："你不脏。不下贱。你是明珠，是凤凰，是本王拼了命都想好好敬着捧着的人。那群蝼蚁鼠辈连给你提鞋都不配。他凭什么那么说你，"齐轻舟气得心脏都疼了，眼泪被克制着，哑声质问，"凭什么！凭什么啊……"他好委屈。

殷淮被他的反应震惊得久久说不出话。

更不堪入耳、更折辱人的话他也不是没听过，这些年也早就习惯了，他也不在乎这些。

只是没有想到，这个世上能有人心疼他到这个程度。

齐轻舟比他自己都更在意他，在意他的名声，在意他的感受。在他感到疼之前先为他疼了，他不能哭的，他也都帮他哭了。

殷淮闭了闭眼，再睁开时眼尾染上一层薄红，猛然扣住齐轻舟的肩头，是安抚宽慰,更是剖心坦言:"殿下别伤心,只要殿下信臣,臣听这些心里并无感觉。"

这话没有骗人,他是真的没有被伤到,那些话像水淋鸭背一样流过去了,沾不湿羽毛,留不下痕迹。

齐轻舟倔强道:"那也不行,无人能欺你、侮你、看低你。"

殷淮缓缓一笑:"有殿下在,今后便再无人能欺我、侮我、看低我。"

两道并肩身影穿过长长宫道,风一吹,身后落一地繁花。

即位大典,秦乐升座,丝竹齐响,内阁元老率百官三跪九叩。

齐轻舟头戴十二疏旌珠玉头冠,琉璃珠帘后是越发光彩夺目的面庞,曾经杏花雨般的少年气息出落成劲竹青松的沉稳坚韧。

殷淮伴在身侧,陪着他一步一步登上那个俯瞰众生的位置,众生万物皆是天地初开的清朗光明。

一时间齐轻舟生出错觉,仿佛又回到了那个他被封王赐号的春天,也是掌印伴着他一步一步登上了很高的地方。

齐轻舟用只有他们两个人的声音说:"我好开心。"

殷淮嘴角掀了掀:"恭贺陛下。"

齐轻舟侧头,说:"不是因为这个。"

殷淮抬眸。

"从今往后,我就可以光明正大地与掌印并肩了。"可以给掌印他想给的、最好的一切。

到了今日,齐轻舟仍是在殷淮面前自称"我",往后亦也不会变。

他看了一眼前头的阶梯,还有好多级,看不清、数不尽。

那个位置好高好空,可是只要掌印不离开,他便什么都不怕。不怕流言纷飞,不怕朝臣逼谏,不怕古训清规。

殷淮又笑了,没再多说什么,就这么静静地陪着他走向那最高的位置。

齐轻舟已经成为羽翼丰满的白鹭,殷淮就是那股青风。

大鹏一日同风起,扶摇直上九万里。

玉阶的最后一步,搀扶着新皇的司礼监掌印停了下来。

至尊之巅,只有他们二人并肩,齐轻舟一个人走完最后一步。

殷淮敛了神色,缓缓转过身,号领百官,沉声道:"吾皇万岁。"

百官齐声:"吾皇万岁。"

新皇上任后第一条诏旨便是封官建赏,东厂提督司礼监掌印殷淮于南壤之役骁勇善战保家卫国,又以一己之力平定内乱,肃清朝政。

封异姓王。

诏旨一下,八方大震,内阁元老和宗亲顿时坐不住,纷纷进言劝谏。

齐轻舟稳稳地坐在皇位上,眯起眼幽幽地道:"怎么?朕走马上任第一天的第一道旨意就不管用了?"

"……"

开始史官动不动就谏言上书,这不合规矩那不合礼仪,后来见多了齐轻舟的离经叛道也无话可说。

齐轻舟从御书房回到焰莲宫,一把揪开殿王腿上那只肥硕的雪狐。

他在朝臣那儿受了气,回来便朝狐狸撒气,朝殷淮撒娇。殷淮纵着他,这个人明明是睥睨天下的九五之尊,是百官文武的明君,是黎民苍生的国主,却在自己面前还是那副小儿姿态。

齐轻舟闭着眼嘴里嘟囔道:"掌印,我只有你一个至亲至交了,你不要与我离心。"

殷淮安抚他:"离不了,臣这一颗忠心恨不得掏出来送给陛下,还怕陛下不要。"

"要的,要的。"

殷淮解了冰蛊,气色好了许多,就连气质都不像从前那般阴森沉郁。

历位新皇登基重新修缮宫殿是大齐祖制,齐轻舟在这方面没有一丝动静,反倒是大建汤池,进白汉玉、引玉岩浆泉,花木景观,金雕玉砌,铺陈奢靡,大大小小、方圆菱形数十种规格,应有尽有。

自然又引得言官不满,殷淮看着正在认真设计图纸的年轻帝王:"陛下不用如此心急。"

齐轻舟低头看下边人送上来的图纸:"疗养要一鼓作气持之以恒,不可断得太久。"他害怕前功弃功亏一篑,"再说,这皇帝可是他们求我来当的,自然要让那群老头知道我的底线。"

他的底线就是掌印。

齐轻舟问:"可是有谁说了什么难听话?掌印不必在意,我明天就让他们一个两个都闭嘴。"

殷淮一笑:"不是,是臣看陛下太辛苦。"

齐轻舟说:"不辛苦,我封王赐字的时候掌印也是事必躬亲,礼尚往来罢了。"

"再说,这是封赏,这些汤池都是留给掌印专用的。"

"噢?"殷淮撑着脑袋歪了歪头,姿态慵懒,"那臣愿分陛下共享,陛下近日宵衣旰食,要张弛有度,劳逸结合。"

齐轻舟喜欢听他的叮嘱,笑眯眯道:"知道。"

封妃册典仪式也隆重铺陈,比起登基仪式有过之而无不及,殿下朝臣痛心疾首。

到了后头,齐轻舟自己悄悄和殷淮走了。

春日的芍药开得好,白色扶桑、橘红石榴打了骨朵儿,青草池塘与金鱼,有鸟雀立于海棠枝头,硕大花团与剑叶被春日丰沛浓稠的雨水浸湿,姿容舒展开阔。

走在铺满春光的长长宫道上,殷淮:"陛下,抬头。"

碧翠柳梢上立了一只白鸟,毛羽丰翼漂亮,漆目红嘴,神姿俊俏。

"像陛下。"殷淮说。

齐轻舟眨了眨眼:"哪儿像?"

殷淮嘴边噙了点浅笑,在融融春光里显得温柔:"臣以前一个人走这条路去司礼监当差,时常看见陛下在树上跳来跳去。"

眉目如画的少年一身月牙白裳,轻盈灵活。他自树荫下经过,远远瞥一眼,心里充满羡慕。

"好自由。"殷淮感叹。

记忆中那个少年好似轻轻一跃便能飞得很高很高,高过树冠,高过城墙,高到能飞出这个肮脏窒息的囚笼。

一只白鹭入青天,扶风直上九万里。

齐轻舟不知道原来自己从南书房逃课早就被人发现了,瞬时有些尴尬,他那会儿爬上树是为了捡风筝。

"是很自由,"他负手在背,面向殷淮,认真地道,"但是掌印一定要知道。那只自由的白鹭飞得再高再远也会回到你身边。

"白鹭永远会记得,你是送他上青云那个人。"

"我是吗?"

"你是。"

257

番外一 掌印莫气

近来焰莲宫低压笼罩，人人自危，走路都悄儿没声的两位主子面上神色不太好看，可真要说有点什么又说不出来，还是一个跟着另一个，形影不离。

晚饭殷淮仍是一如往常地给齐轻舟舀汤布菜，齐轻舟有些食不知味，纠结着给他也打了半碗玉桂莲子汤："掌印你尝尝，今日的汤火候很好。"

殷淮往后仰了仰身子，淡淡地说道："谢陛下，先搁着凉会儿吧。"

齐轻舟"哦"了一声，又给他夹了一筷子牛肉："那尝尝这个！炖得很香软。"

"嗯。"殷淮应下，低头吃饭时却没有动那几块肉。

齐轻舟伴装无觉，睫毛低垂掩下眼里的失落。

齐成润年，齐轻舟登基第五个年头，盛世昌平，国泰民安，帝党与阉党势力表面的稳定在二人的相互妥协平衡之下得以维系，只是这平静下隐隐的深流暗涌近日被朝中最年轻的三品、近年来晋升最快、最得圣意的中书令丞司河毫不留情面地打破。

司河是顽固且强势的皇党，阴沉狠辣有脑子，有"小千岁"之称，他不像别的皇党一般无脑地劝谏皇帝削阉党、收兵权，这也是齐轻舟愿意倚重他的原因。

先帝需要一把匕首，所以有了殷淮这个"九千岁"，他当了皇帝也需要一把刀，但这把刀绝不会再是殷淮。

近日北境发现大型矿藏的迹象，东厂督主殷淮与中书令丞司河在朝堂上不约而同主动请缨前往开探，各自慷慨陈词据理力争，朝堂形成两方局势，争论了一个月仍悬而未决。

殷淮明确地同齐轻舟说，矿藏事关国祚社稷以及与北境的领土之争，非百分之百信任之人不可委任，他亲自领队是最合适的。

可齐轻舟念着殷淮的身体，北境荒原长年覆冰，气温极低终年不见日光，寸草不生，一去便是两年，这样的环境最易导致冰蛊旧伤复发。

殷淮的身子是要好好养着的，他拿仙药龙泉供着还来不及，怎么可能让他去受这个罪。

于是此事便在朝堂之上吵了一个月没个结果，更有谣言传司河这位"小千岁"准备取而代之，毕竟，以往若是有什么事，九千岁一句话陛下就点头了，如今两方僵持不下，可见是生了间隙。

朝堂这地方，从来都是只闻新人笑不见旧人哭的，鸟尽弓藏是亘古不变的规律，任是权冠朝野的九千岁亦逃不过。

殷淮倒是丝毫不担心这些流言蜚语，就凭齐轻舟那股十年如一日推心置腹的劲儿，每一天每一刻都在给他源源不断的安全感。

是他生性异常贪婪，齐轻舟越信他，他越不知足。

明知那个人不过是帝王手中的一把剑而已，自己也像一只孤狼遇到同种类的野兽般即刻竖起耳朵与汗毛。

帝王的信任和倚重很珍贵，殷淮不愿旁人分走一分。

说起来这种偏执狭隘也是齐轻舟亲手一点点纵起来的，他与齐轻舟师徒君臣这么多年，仿佛有一层坚固的结界让外人窥不见一丝一隙。

而这一次，殷淮已经明确告知过齐轻舟，这件事甚至比与别国交战更重要，影响的不只是一时的国力盛衰，更关系着大齐的几代昌繁，齐轻舟却仍是偏向由那乳臭未干的小子领兵开探。

这份君恩与信赖过重了，在这个世间上，齐轻舟不应该对任何一个他以外的人怀有这样的信任，那个人何德何能能够拥有。

齐轻舟将自己关在御书房，烦躁地吩咐已是御前大掌事的宝福："去，宣柳将军进宫。"

当日下午，圣上与柳将军闭门议事，闲杂人等皆不得扰。

殷淮自东厂回到焰莲宫时，静悄悄一片，他气息沉了几分，随手点了个宫人冷声问："陛下没回来？"

"回王爷，陛下请您到书房。"

殷淮故意放慢了脚步往里厢走，门一开，案牍两头各一只毛茸茸的小兽，一只是真的白狐，一只是齐轻舟扮的，雪白狐氅，毛绒尖耳，黑葡萄眼，险些要以假乱真，比那真的小狐还更像些。

两只小狐口中各衔着一联字，左边是"掌印莫气"，右边写"快原谅朕"，殷淮眉梢一挑，想起这是从前小皇子闯了祸、误了功课的常用伎俩，忍不住牵了嘴角。

齐轻舟的少年心性像是永不会变，服软哄人的招数也不会变。

殷淮故意板起脸："陛下莫以为这样就能浑水摸鱼，北境之事，臣绝不会退让。"

齐轻舟看他眉眼缓和，知他不是真生气，便顶着那两只他命宫人连夜裁绣出来的狐狸耳朵走过来，歪头道："我不一定要派他去，但我一定不许你去。"

殷淮目露无奈："那朝中也无合适的人选了。"

齐轻舟摇头晃脑："我自有办法，掌印等着瞧吧……"

两日后，齐宣帝于朝堂上下令由兰台少监郁柳带军前往北境，满朝哗然。

郁柳是个文官，眉清目秀，逢人便笑嘻嘻的，那副和善的面目令人难以想象这人竟是殷党一派。

郁柳看着斯文，在朝堂上打起嘴仗来谁也挡不住。

小九千岁司河沉着眉眼踏出宫门的时候，正好看见人笑眯眯地走过来，眉眼弯着，却像挑衅："司大人，承让了。"

司大人看着眼前这张年轻得还有些稚气的脸，眼睛危险地眯起来。

番外二　师徒默契问答

1、对方做什么事会让你没辙？

舟：对我笑，或者很无奈地看着我的时候。

淮：哭和耍赖。

2、对方称呼自己什么？

舟：殿下。

淮：掌印。

3、注意到对方是什么契机？

舟：很早，掌印第一次来给我解围的时候。

淮：殿下给我长明灯和暖炉。

4、最近有没有吵过架？

舟：还是会有分歧，但是会好好说出来。

淮：没有，不和小孩儿计较。

8、那如果吵架了会是谁先服软？

舟：我！

淮：不会吵架。

9、会怎么服软示好？

舟：送礼物。

淮：哄小孩儿。

10、最欣赏或者最羡慕对方什么？

舟：风度、渊博、城府、细心、温和。

淮：赤诚、热烈、有趣、坚韧、温暖。

清明谷雨：好对称啊，你们在写对联吗？

11、有没有什么遗憾？

舟：有，年纪小的时候不懂事，让掌印在大雪里站了三夜。

淮：（低头想了想）没有了。

12、如果对方心情低落或者烦闷会如何哄对方？

舟：体贴问候，各种关心。

淮：默默陪伴，带他去玩。

13、对方喜欢吃什么？

舟：掌印嘴很挑，但是最近他爱吃我做的烤兔肉！

淮：桂花酒酿丸子、芙蓉虾、蟹黄排骨、金叶红酥糕……很多，殿下不挑食，但要做得好吃。

14、如果在政事上有分歧会怎么办？

舟：一起商量，但我一般都听掌印的，我很信任他。

淮：我会提意见，最后还是尊重殿下的决定。

15、两个人空闲的时候会做什么？

舟：掌印陪我做花灯、放风筝，或者教我改良军器（超级酷），有时候也一起听戏或者说书。

淮：出宫游玩，到附近的郊外野营。

16、最近收到对方送的一件礼物是什么？

舟：掌印在庭院移栽了一片开好的墨梅给我，好感动！

淮：殿下最近在跟匠人学玉刻，雕了一座笔山送我，我很喜欢。

17、今天晚上吃什么？

舟：掌印叫人架了烤架，晚上在庭院烤肉吃。

淮：嗯，明日给殿下准备铜炉火锅。

舟：（双眼放光）

18、有什么担心的事情吗？

舟：天气一冷就很担心掌印的身体。

淮：国事繁忙，担心殿下太累，想为他多分担一些。

19、雪狐最近怎么样？

齐轻舟：吃好喝好，冬天用来做枕头或者垫脚正好。

淮：太黏人。

20、两位准备怎样过年？

舟：想堆雪人、打雪仗！还要为掌印包一顿饺子，然后到宫城上放烟火，和掌印一起守岁（嘻嘻）。

淮：会陪殿下回一趟国公府拜年，然后其他的……都听殿下的。

番外三　长欢殿一别

殷淮已经在长明宫门外跪了两个时辰。

雪越下越密，落在头发和长睫上，薄薄的衣襟被埋了半截。严寒透骨，殷淮的脊背挺得笔直，一动不动。

但凡身形晃动半分，等待他的便是数倍的惩罚。

前日齐盛帝到长明宫用膳，膳食合了胃口，随口说了句殷淮做事利落，次日他的奉例就被扣了下来。

长明宫宴妃苛刻好妒，早就见不惯一个奴才生得这样好，借机命殷淮跪在宫门外举着长明灯为皇帝祈福。

时值大寒，殷淮不知又跪了多久，宫道上远远驶来一辆富丽的马车。

朱武门内不许驾马。除了宠冠六宫的陈皇贵妃。

殷淮强撑着一口气微弯下腰，敛首，示礼，张扬的马车经过，掉下了一只毛绒绒的手炉暖袋。

月锦缎面，流光云纹，上头还绣着只威风的大老虎，看着是个孩童的物件，不慎从车上滚下来的。

手炉暖袋滚到殷淮腿边，融融暖意顷刻如流水顺着他的膝盖传至身体，硬撑着的最后一口气得以续上。

驶远的宝马香车内，陈皇贵妃单手撑着额角，似笑非笑地觑着齐轻舟："到时候冷了你可别哭。"

齐轻舟探出去的脑袋缩回来，车帘子一放，看着他母妃，信誓旦旦："我才没那么娇气。"

又道："宴妃又折磨人。"语气中带着几分不屑与不齿。

一过朱武门他就瞧见了雪地里跪着的那道身影。

大寒天，那人衣衫单薄，腰杆却挺直如劲竹，即便是脸色惨白也看得出天人之姿。齐轻舟心里一软,随手就把自己贴身用的暖袋给扔了出去。

陈皇贵妃看着儿子天真稚嫩的脸无奈地道:"你惹她做什么?"

齐轻舟凑到她母妃身边挨着,满脸无畏:"谁惹她了,那人快被冻死了。"

"自己做了缺德事还怕人说。"

陈皇贵妃心里叹了声气,又有些许欣慰。

因着那个掉落的暖袋,殷淮没在大雪天里冻死,次日就被逐到了涧水房。

涧水房,宫里最脏最累最苦的地方,近日因为皇帝最宠爱的七皇子十二岁生辰,全宫上下都忙了起来,涧水房就更是没有一刻闲下来的时候。

殷淮忍着咳嗽,正跪着擦地,一方天青色狐袍衣角映入眼中,还没等他抬头行礼,那人就自己蹲下来了。

一张明朗温暖的笑脸,那只暖袋的主人平视着问他:"你叫什么名字?"

"回殿下,"殷淮不卑不亢地回道,"奴才殷淮。"

齐轻舟也不恼,笑出一个酒窝:"好名字。"

他单手撑着脸,看着殷淮说:"殷淮,你要不要跟我去长欢殿?"

那日回宫后他总是不能忘记雪地里的那道身影,母妃问他要什么生辰礼物,他脱口而出说想要这个人。

陈皇贵妃自是不允,但架不住他求了又求,只得松了口。

齐轻舟将殷淮带回了长欢殿才知道,原来他身上那么多伤,衣衫之下,血肉溃烂,深至筋骨。齐轻舟气得面红耳赤,命了太医来看诊开药。

齐轻舟坐在床边守着他,愁眉苦脸,不忘讥讽宴妃:"是不是她瞧你太好看了,故意折磨你呢。"

殷淮:"……"

在长欢殿待了半旬,殷淮身体总算养回来些,齐轻舟平日亲近他,不过数月,已然有些离不了他了。

"殷淮,不必自称奴才。"

"殷淮,我的弓箭。"

"殷淮,我要吃冰果儿。"

雨天,宫里积水深,马车过不去,殷淮就背着齐轻舟去南书房;晴日,殷淮陪他到上林苑放风筝、跑马,上马前,他半蹲下来为齐轻舟拢上外袍:"风大,殿下披上。"

齐轻舟往他的方向倾身，鼻尖动了动："殷淮，怎么有花香？"

殷淮为他拂去肩上的花蕊，说："丹桂落到殿下衣袍上了。"

夜里就寝也是一刻不离的，齐轻舟躺下，殷淮给他盖好锦被，齐轻舟扯了他的衣角："殷淮，陪我说会儿话。"

殷淮的眼睛美而静谧："殿下想说什么。"

"我母妃她——"

"太医来看过了，"殷淮眼中一片笃定的漆黑，"娘娘没有大碍，殿下放下心来。"

他这样说，齐轻舟的心就安定了些。

等他睡着了，殷淮才到偏厢房歇下，眼睛在黑暗中久久没有闭上。

陈皇贵妃玉体抱恙，国公被贬，陈大将军被调离京畿戍守远疆，皇帝是已下定决心鸟尽弓藏收归兵权，长欢殿的安宁光景不多了。

想起正殿里那张安然熟睡的脸，殷淮心下叹了口气。

很快，齐盛帝为收权扩张东厂，在各宫调人，长欢殿也不能幸免。

齐轻舟誓死要保下殷淮，殷淮却道："殿下，殷淮想去。"

齐轻舟一怔："什么？"

殷淮看着他的眼睛，又道了一遍："殷淮想去。"

齐轻舟怒道："你知不知道那是个什么地方？"严刑苛法，祸乱朝纲，相互倾轧，多少人在那里丢了性命，变成一具名姓不详的尸首。

"殷淮知道。"

齐轻舟嘲讽："你是看长欢殿式微，迫不及待去寻新的前程了吧。"

他孩童心性，面上再生气，也掩不住心底的难过，朝夕相处的情谊竟抵不过权势的诱惑。

殷淮深知前途渺渺，事未必成，不敢徒留承诺和念想，只淡声回道："谢殿下当日救命之恩，望殿下成全。"

齐轻舟看他毫无留恋，愈加难过，面上却不肯露出半分伤心，骄傲地道："长欢殿容不下你这尊大佛，祝你往后飞黄腾达平步青云。"

殷淮很想再为他披一次衣，但终究是没有，很快离开了长欢殿。

短短三载，飞瞬即逝。

其间齐轻舟曾听闻过不少关于殷淮的传闻。

最早是殷淮被下罪，关押天牢。

齐轻舟忍不住托人打点，被回一句"殿下不必插手"。

齐轻舟问："殷淮亲口说的？"

"是。"

齐轻舟怔了许久，低着头不让人看见表情，说："好吧。"

"他说请殿下以后不必再来了。"

齐轻舟险些红了眼，但没掉眼泪，绷着脸，冷声说："不来就不来。"

说了不去，也还是要打听。

后来不知殷淮是如何起死回生，一招之间转变局势反败为胜，自那以后，他从殷秉笔到殷厂公，再到名震朝野的九千岁，一路平步青云，如今，就连六部官员、嫔妃皇子都要尊称他一声掌印。

齐盛帝十四年，胡戎进犯边关，齐朝派出四名言使皆铩羽而归，九千岁远赴琼州，亲自镇压谈判，夺回三座边要城池。前日回宫，被盛帝擢升为兰台司监，一时更加风光。

齐盛帝为殷淮设了大宴，朝臣宫眷满堂，殷淮一人之下、万人之上，垂眼看座下那个清瘦的身影。

长高了。

出落得更灵秀。

埋头吃菜喝酒，一个晚上，一眼都没有往这头看过来。

殷淮心里默默叹了声气。

齐轻舟吃饱喝足，提前退席，迎面碰上李尚几个太子党。

"七殿下这是就要走了？"

齐轻舟冷冷地睨他："让开。"

李尚没挪步："说起来掌印还是从长欢殿出来的人，怎么故人得道，也没见有人跟着升天呢。"

董吉笑着附和："掌印圣恩正隆，哪儿还会记得什么——"

"参见殿下。"

先闻其声后见其人，众人皆是一凛。

除了齐轻舟。

这个声音他太熟悉了，曾经伴他安眠、陪他说话、哄他穿衣。

时隔三载，那个人容貌更盛，气场强大，熟悉又陌生，眼前这个从容冷漠心狠手辣的权宦跟小时候喂他吃饭哄他睡觉的真的是同一个人吗？

殷淮对齐轻舟施过礼，看着其余人，不笑不怒。李尚董吉汗毛立起，忙请安：

"见……见过掌印。"

殷淮未接他的礼,淡淡地道:"宫宴不得肆意走动,看来是司礼监没立好规矩。"

李尚两腿一软,还未来得及求饶,就被几个东厂番子带下去教规矩了,啼哭声惨叫声传来。

齐轻舟绕过殷淮,径直往前走。

"殿下。"

齐轻舟转身,道:"怎么,掌印也要教教我规矩?"

殷淮平静地看着他,没有说话,那双漂亮的丹凤眼在夜色中竟然显得一点悲伤,齐轻舟心中一顿,别开眼,不再看。

殷淮走到他面前,拿了一道宫灯递给他,平静地道:"殿下不待见臣,是臣的错,但旁人的话殿下不必听,长欢殿的恩情臣永记于心。"

齐轻舟刚想说不必,殷淮忽然弯腰凑近了些,声音低下来:"殿下给臣一个还恩的机会,好不好?"

齐轻舟心中大响,但他早已不是那个心软天真的孩童,挺直腰板,三年前的话原封不动奉还给他:"我的事用不着掌印插手,掌印以后也不要再来找我说话。"

殷淮望着他大步的背影,不知在想什么。

齐轻舟很有骨气,说到做到,人人都畏惧巴结的九千岁,只有他视若无睹,每回见了都像陌生人一般,见完了又自己跟自己生闷气。

陈皇贵妃练完剑回来,啧啧叹道:"谁又惹我们七殿下了?"

近日太医院换了医正来长欢殿看诊,皇贵妃的药方子换了几帖,从前总是说短缺的药材近来也补齐了,陈皇贵妃的病渐好起来,也能下床走动了。

齐轻舟给他母妃倒茶:"没有。"

"有吧,"陈皇贵妃嘬了口茶,"我猜猜。"

"不会是——"

"母妃不许说!"

陈皇贵妃笑得乱颤,好一会儿才停下来,看了会儿齐轻舟,觉得他好像长大了,又好像还没长大,她想了想,说:"舟儿,你觉得舅舅为什么能调回京畿?"

圣旨刚下,陈将军正班师回朝。

齐轻舟静静地对上母妃的视线。

陈皇贵妃看着他轻声说:"胡戎进犯,军粮短缺,连败六城。"

皇帝就没想过让他们回来。

"你舅舅说,褚山之战的援军根本不是兵部的人马,他们至今查不到那些人的身份。"

齐轻舟眉心狠狠一蹙，是殷淮。

殷淮竟敢抗旨。

彼时殷淮一个宦官出使，强势插手战事，满朝文武讨伐"东厂奸佞"，不知他与齐盛帝交换了什么条件，总归逃不过用自己做刀做靶。

"不过这也只是你舅舅的猜测，是他问及我宫中局势，顺道提了几句，没有再跟第二个人说过，家书已经被我烧了，但我觉得还是应该要告诉你。"

"你长大了，自己能做判断。"

殷淮南下办差，回宫时下了暴雨，刚到东厂，就听闻门外喧哗，他一抬头，正对上一双漆黑的眼睛。

这回不是梦，小皇子的衣角、鞋子都湿透了，就这么站在雨中。殷淮眉心一蹙，大步走过去将人揽入伞下，沉声问："殿下，发生了什么事？"

他遣人日夜守着长欢殿，并未接到什么坏消息。

齐轻舟看着他不说话，殷淮心下更紧，微弯下腰，看着他的眼睛，安抚的声音温沉而可靠："殿下告诉臣，臣来解决。"

"什么事掌印都能解决吗？"

殷淮将伞往他那头偏，不让一点雨淋到他，笃定地道："是。"

"什么事臣都会为殿下解决。"

齐轻舟："那你告诉我，三年前为什么要离开长欢殿。"

殷淮一怔，避开他的话题，顾左右而言他："从前不能伴着殿下，往后臣会一直——"

齐轻舟打断他："掌印是为长欢殿。"

他低声说："是为我。"

陈家军的命，舅舅回朝，母妃的药……

但齐轻舟说："你是为我走的我才更生气。"

殷淮心下叹息，弯下腰哄他："让殿下生气是臣不对，殿下让臣将功补过好不好？"

齐轻舟不说话，把伞往他那头推了推。

殷淮把他带到内厢，就像三年前一样为他换衣、擦发、穿袜。齐轻舟晃着腿说："殷淮，你如今可是掌印了。"

殷淮笑笑："臣是殿下的殷淮。"

齐轻舟撩起他的衣袖，看着那些陈年旧疤，又添了新伤，好一会儿，才轻声说："你若再离开，我是不会再原谅你的。"

人前位高权重、高不可攀的九千岁低着头，娴熟地为他整理衣领和腰带："臣不会离开，会一直守着殿下。"

齐轻舟待到了夜里，殷淮对他百依百顺有求必应，他很乐不思蜀。

月上中天。

"臣送殿下回宫。"殷淮掌了宫灯，护着齐轻舟一路走到长欢殿宫门，齐轻舟磨磨蹭蹭的不进去。

殷淮低头看着他说："明日臣来接殿下去南书房，好不好？"

齐轻舟抬头："嗯？"

殷淮跟他承诺："往后臣在宫里当差的时候，都来接送殿下。"

齐轻舟眼里总算露出点笑意："那我要吃糖蟹、玉露团、五福饼和地黄粥。"

"……好。"

次日，半醒未醒的齐轻舟还带着起床气，长欢殿宫门外，冬阳静谧，一人长身玉立，微笑着朝他伸出手："殿下，来。"

图书在版编目（CIP）数据

一行白鹭 / 清明谷雨著. – 武汉：长江出版社，2024.6
ISBN 978-7-5492-9442-8

Ⅰ.①一… Ⅱ.①清… Ⅲ.①长篇小说－中国－当代
Ⅳ.①I247.5

中国国家版本馆CIP数据核字(2024)第087294号

一行白鹭/ 清明谷雨 著
YIHANG BAILU

出　　版	长江出版社
	（武汉市解放大道1863号 邮政编码：430010）
策　　划	力潮文创-白鲸工作室
市场发行	长江出版社发行部
网　　址	http://www.cjpress.cn
责任编辑	罗紫晨
特约编辑	唐　婷　波　菲　赵　雯
封面设计	Aquavit
封面绘制	长　阳
插图绘制	小鸟欢欢酱 长　阳
印　　刷	北京盛通印刷股份有限公司
版　　次	2024年6月第1版
印　　次	2024年6月第1次印刷
开　　本	880mm×1230mm　1/32
印　　张	8.75
字　　数	323千字
书　　号	ISBN 978-7-5492-9442-8
定　　价	45.80元

版权所有，侵权必究。如有质量问题，请与本社联系退换。
电话：027-82926557（总编室）027-82926806（市场营销部）